AF397257

Amelia Blackwood lebt und arbeitet in der Nähe des Zürichsees. Zusammen mit ihrem Mann führt sie eine eigene Praxis für Physiotherapie. Inzwischen sind 8 Bücher aus ihrer Feder entstanden.

AMELIA BLACKWOOD

LOVE IN THE DARK

Erstausgabe März 2025

Copyright © 2025 dp Verlag, ein Imprint der
dp DIGITAL PUBLISHERS GmbH
Made in Stuttgart with ♥
Alle Rechte vorbehalten

Love in the Dark

ISBN 978-3-98998-968-9
E-Book-ISBN 978-3-98998-685-5

Covergestaltung: Nadine Most
Umschlaggestaltung: ARTC.ore Design
Unter Verwendung von Abbildungen von
shutterstock.com: © FlexDreams, © leolintang, © Artnizu
Lektorat: Johannes Eickhorst
Satz: dp DIGITAL PUBLISHERS GmbH
Druck und Bindung: Books on Demand GmbH, Norderstedt

Für Herman für seine Liebe
Für Rebecca für ihre Hilfe
Für Mama, ich vermisse Dich

Jemand wird kommen

Er wird stürzen

Sein eigen Blut wird siegen

Samtene Nacht, des Ozeans Blau

Prolog

Auszug aus den Chroniken der Vergessenen:

Man nennt mich Claudio, den Schreiber. Mir wurde die Aufgabe zuteil, unsere Geschichte niederzuschreiben. Auf dass sie niemals vergessen werde.

Es ist das Jahr 1705 der menschlichen Zeitrechnung.

Einst lebten die Clans der Sangualunaris und der Delcours in Eintracht miteinander. Doch durch den Wahnsinn eines Einzigen wurden Freundschaften zerstört, Familienbanden zerschlagen und sowohl Vampire als auch Menschen mussten ihr Leben lassen …

… Ich hatte einen Traum. Eine Frau, die so alt war, dass man ihre Jahre nicht mehr zählen konnte, sprach zu mir. Ihre Worte haben sich in mein Gedächtnis gebrannt und ich muss sie hier erwähnen.

Jemand wird kommen
Er wird stürzen
Sein eigen Blut wird siegen
Samtene Nacht, des Ozeans Blau

Jemand wird kommen
Die Ausgeschlossenen, Vergessenen und
Die sich Erhabenen zu einen

Samtene Nacht, des Ozeans Blau

Jemand wird kommen
Sie müssen sich finden
Um den Anderen zu bezwingen
Samtene Nacht, des Ozeans Blau

Zwei werden kommen
Nur wenn sich das Blut verbindet
Werden sie gewinnen
Samtene Nacht, des Ozeans Blau

Was sie zu bedeuten haben, wird allein die Zeit zeigen. Doch steht zu befürchten, dass diese Prophezeiungen von den falschen Personen zu falschen Zwecken ausgelegt werden ...

... Menschen, was sind Menschen? Für uns sind sie nichts anderes als Vieh, das wir ohne ihr Wissen halten, um uns zu nähren und uns zu unterhalten. Sie sind dumme Herdentiere, die sich für größer halten, als sie tatsächlich sind. Zu welchem anderen Zweck sollten sie existieren, wenn nicht, um mit ihrem Lebenssaft unsere Bedürfnisse zu stillen? Blutsklaven sind sie, nichts anderes kann ihre Bestimmung sein.

Unser König ist schwach, er zwingt uns, von unserer eigenen Spezies zu trinken. Er befiehlt uns, Kannibalen zu sein, obwohl genug andere Nahrung direkt vor unserer Nase lebt. Wir werden das nicht länger akzeptieren. Wir werden aufstehen und unsere Freiheit erkämpfen! Das Joch des Kannibalismus und des Versteckens wird fallen ...

... Der Krieg tobt seit Dekaden. Beide Seiten bluten aus körperlichen und seelischen Wunden. Das Volk ist entzweit mit verhärteten Fronten. Unsere Seite hat schwere Verluste erlitten. Des Königs Truppen gehen erbarmungslos gegen uns vor. Uns gehen die Krieger aus. Vor einigen Jahren haben wir begonnen, uns mit Menschenfrauen zu paaren. Sie werden entführt und zu den stärksten und besten Männern unseres Lagers gebracht. Menschenfrauen haben einen schwachen, leicht zu beeinflussenden Geist, weshalb für die Vereinigung selten Gewalt angewendet werden muss. Leider sind unsere Versuche neue Krieger zu züchten, fehlgeschlagen. Die Menschenfrauen gebären durchwegs nur menschliche Kinder ...

... Wir haben eine neue Art Vampir erschaffen. Einige der Sprösslinge unserer Verbindungen mit Menschen haben sich zu Vampiren gewandelt, nachdem sie von einem von uns gebissen worden waren. Darius biss seinen Sohn Leander im Zorn, da dieser nur menschlich und daher vernachlässigbar war. Kurz darauf trat eine Veränderung im Körper des Jungen auf, welche ihn innerhalb weniger Stunden zum Vampir werden ließ. Leander krümmte sich vor Schmerzen und schrie die ganze Nacht. Wir konnten hören, wie seine Knochen von selbst brachen und sich danach wieder zusammenfügten.

Darius war durch diesen Zauber wie geblendet und eilte in die Zimmer seiner anderen drei Söhne. Jeden biss er und wartete ab. Igor und Janus wandelten sich, nur Erik blieb ein Mensch. In seiner Wut tötete Darius sein eigen Fleisch und Blut, indem er ihn blutleer trank ...

… Wer hätte gedacht, dass das dunkle Zeitalter noch dunkler werden könnte? Darius ist tot, der König ist ebenfalls gefallen und seine Gemahlin, die Königin, dem Wahnsinn verfallen.

Leander, Igor und Janus haben nun das Kommando über uns. Auf der feindlichen Seite stehen Orion und Andromeda an der Spitze. O Schicksal, steh uns bei! Der Krieg ist in die Hände von jungen Vampiren gefallen, die beinahe noch Kinder sind. Leander ist ruhig und bemüht, weise zu entscheiden. Igor ist ein Hitzkopf und Janus erfüllt von Brutalität und Gewalt.

Wie es um Orion und seine Schwester Andromeda steht, vermag ich zu diesem Zeitpunkt nicht zu sagen …

Blutdurst

Ihr Handy klingelte. Der Klingelton, Assassin von Muse, sagte ihr nur zu deutlich, wer sie da anrief. Es war Boss, ihr Mentor, ihr Auftraggeber. Hin und wieder betrachtete er sie auch als seine Blutsklavin. Obwohl sie mit dieser Angelegenheit ganz und gar nicht einverstanden war, musste sie sich seinem Befehl beugen. Sie stand ihm zur Verfügung. Jederzeit.

Wenn er sie anrief, ging es um eine heikle Angelegenheit. In solchen Fällen war sie seine erste Adresse. Sie war bekannt und berüchtigt für ihre speziellen Fähigkeiten in Sachen Überzeugung. Leider ... denn sie war nicht immer so gewesen.

Sie legte die zehn Kilo Kurzhantel auf den Boden und nahm den Anruf entgegen. Den Knoten, der sich in ihrer Magengegend gebildet hatte, ignorierte sie.

„Ja", meldete sie sich.

„Ich habe einen Auftrag für dich. Komm zum Club", sagte Boss.

„Gib mir fünfundvierzig Minuten", antwortete sie und legte auf. Eisige Kälte breitete sich in ihr aus, während sie versuchte, nicht daran zu denken, was ihr bald bevorstand.

Nachdem sie den Trainingsraum verlassen hatte, ging sie zwei Türen weiter ins Bad. Die 6-Zimmer-Attikawohnung lag hoch über Zürich. Es war November und dichter Nebel verhüllte sowohl die Hochhäuser als auch den Nachthimmel.

Als sie geduscht hatte, öffnete sie den Kleiderschrank. Die Leere darin schrie sie an. Dieselbe Leere, die auch in ihrem Leben herrschte und sie manchmal zu ersticken drohte. Sie griff nach einer schwarzen, eng anliegenden Stretch-Hose, einem schwarzen engen T-Shirt und ihren fast kniehohen Schnürstiefeln mit den stahlverstärkten Kappen. Der Blockabsatz verlieh ihr trotz allem Weiblichkeit und bot Standsicherheit, wenn sie diese brauchte.

Nachdem die Kleidung saß, holte sie das Schulterholster vom Haken und streifte es über. Dann nahm sie ihre SIG Sauer P226 aus dem Waffenschrank, überprüfte um der Routine willen das Magazin und steckte sie in das Holster unter ihrem linken Arm. Danach folgten zwei Reservemagazine, welche unter ihrem rechten Arm in den Magazintaschen Platz fanden. An ihrem Hosengürtel befestigte sie den Dolch, den sie immer bei sich trug, gut verborgen an ihrem Rücken unter dem Mantel. Ein weiteres Messer, ein Seal Pup Elite, fand in einer versteckten Scheide im Stiefelschaft seinen Platz. Danach griff sie in die Schublade im Waffenschrank und holte einen Satz Schlagringe heraus, die in die Manteltaschen wanderten. Als Letztes nahm sie die Ledermanschetten aus der Schublade, zog sie sich über die Handgelenke und schnürte sie straff. Sie gaben ihr im Notfall Stabilität.

Bevor sie das Schlafzimmer verließ, warf sie einen letzten prüfenden Blick in den Spiegel. Das schwarze Haar fiel glänzend bis zur Taille. Die tiefblauen Augen leuchteten ihr aus dem blassen Gesicht entgegen. Das schwarze Shirt hatte einen tiefen V-Ausschnitt und verdeckte ihr großes Tattoo kaum. Die feinen Ranken begannen tief zwischen ihren Brüsten auf dem Brustbein und zogen auf beiden Seiten zu ihren Schulterspitzen. Von da nach hinten über die Schulterblätter, vereinigten sich und verliefen als ein Strang über die Wirbelsäule bis zum Kreuzbein.

Ja, das war sie: Blue. Früher, vor jener verhängnisvollen Nacht, war sie Mia Müller gewesen. Ein Mädchen, das niemandem auch nur ein Haar hatte krümmen können. Doch das war jetzt vorbei. Mia Müller starb, als Blue geboren wurde. Blue, eine Auftragskillerin, Geldeintreiberin, Security-Angestellte eines Clubs und die rechte Hand des Bosses der Unterwelt, der sich selbst als König bezeichnete.

Drogen, Spiel und Prostitution gehörten zu ihrem Alltag, oder besser gesagt Allnacht. Und doch, trotz allem, was sie bis jetzt getan hatte, war sie nicht stolz darauf und würde sich nie daran gewöhnen. Ihr einziges Ziel galt der Suche nach dem Arschloch, das ihr das angetan hatte. Wie lange war das her? Schätzungsweise zehn Jahre, welche sich jedoch wie hundert anfühlten.

Sie wurde verdammt, ohne dass sie sich dagegen hatte wehren können. Sie hatte ihr Schicksal nicht selbst gewählt. Bis zu jener Nacht hatte sie nicht einmal geahnt, dass eine Welt wie diese überhaupt existierte. Natürlich wusste sie von Drogen, Mord und Prostitution. Aber sie hatte keine Ahnung von der Existenz jener Wesen, zu denen sie nun gehörte. Sie waren Kinder der Nacht, überaus stark und hatten sich die Dunkelheit Untertan gemacht.

Ihr Boss fand sie, nachdem sie überfallen worden war. Verwirrt, blutend … an einem Montag kurz vor

Sonnenaufgang. Am Freitag zuvor war sie ins Zentrum gefahren, um sich mit Freunden zu treffen. Sie war nie angekommen. Das Nächste, was ihr Gehirn gespeichert hatte, war, wie Boss sie in seinen Audi R8 geladen hatte und davongefahren war.

Er hatte ihr alles erklärt. Was mit ihr geschehen war, was sie jetzt war und wie ihr Leben von nun an aussah. Erst hatte sie ihm nicht geglaubt. Dachte er wäre ein totaler Spinner. Die Wesen, von denen er sprach, gab es nur in Mythen und Legenden. Erst, als sie brennenden Durst bekommen hatte, und den verlockenden, feuchten Herzschlag der Menschen im Haus nebenan hören konnte, war sie überzeugt gewesen. Vorsichtig hatte sie gewagt, mit der Zunge über die obere Zahnreihe zu fahren und fand, wovor sie sich gefürchtet hatte: Spitze, scharfe Fänge. Vampir, schoss es ihr durch den Kopf, unmöglich!

Boss hatte ihr die ganze Geschichte erklärt und mit allen Klischees aufgeräumt. Menschen werden nicht automatisch zum Vampir, wenn sie von einem solchen gebissen werden. Es ist vielmehr so, dass ein Mensch ein latentes Gen in sich tragen muss, um zu einem Blutsauger zu werden. Dieses Gen kommt bei ungefähr einem von tausend Menschen vor. Solche Menschen werden Träger genannt.

Wird ein Träger von einem Vampir gebissen, aktiviert ein spezielles Enzym im Vampirspeichel das Gen und die Mutation beginnt wenige Minuten später. Die gesamte Transformation dauert nur ein paar Stunden und ist äußerst schmerzhaft. Danach ist man komplett verändert. Nicht wiederzuerkennen.

Entgegen allen Mythen verbrennen Vampire nicht in der Sonne. Nur ihre Augen, die auf Nachtsicht eingestellt sind, schmerzen. Das ist auch der einzige Grund, warum sie selten bei Tageslicht draußen sind. Das lächerliche Gerede über Pfählen, Knoblauch, Kreuze und so weiter ... totaler Bullshit. Jedes Lebewesen stirbt, wenn man ihm einen Pfahl durch das Herz rammt. Und sie sind nicht untot. Sie fühlen, atmen und ihre Herzen schlagen.

Nur zwei der vielen Gerüchte sind teilweise wahr. Es stimmt, dass Vampire langlebiger sind als ihre menschlichen Verwandten. Bei Weitem nicht unsterblich, aber sie haben eine etwa zehnfache Lebenserwartung. Es ist nicht ungewöhnlich, dass Vampire das tausendste Lebensjahr erreichen. Und ja, sie trinken Blut. Sie töten dafür jedoch keine Menschen. Sie haben Blutkonserven. Sie lieben es zwar, normale Nahrung zu sich zu nehmen, ihr Körper kann jedoch nicht alle Nährstoffe daraus gewinnen, um auf Dauer gesund zu bleiben.

Sie fuhr mit dem Fahrstuhl in die Tiefgarage des Hochhauses, in dem sie wohnte und stieg in ihren Chevrolet Camaro. Die Nacht gehörte den Vampiren, aber sie lockte auch den Abschaum auf die Straßen. Menschen und anderes. Es gab eine Vampirgruppe, die sie die Outlaws nannten. Sie hielten sich nicht an die Regeln und betrachteten Menschen als Freiwild. Blue und die Sippe, der sie angehörte hingegen, hielten ihre Existenz bedeckt, obwohl sie natürlich auch alles andere als eine weiße Weste hatten. Der Anführer der Outlaws, Igor, war darauf aus, Boss' Platz einzunehmen. Er wollte der König der Nacht und des Milieus werden, weswegen es immer wieder zu Konfrontationen mit ihm und seinen Leuten kam.

Blue parkte ihren Wagen am Hintereingang des Clubs. Vorn im legalen Teil tanzten sich die Gäste wahrscheinlich die Füße wund und waren auf der Suche nach unverbindlichem Sex. Der hintere Teil gehörte der einschlägigen Klientel. Ein Treffpunkt eben jenes Abschaums.

Tom, der Türsteher, öffnete ihr die Tür und nickte. Er war groß und definitiv als Schrank zu bezeichnen. Toms grüne Augen musterten sie unmissverständlich. Er stand auf sie, das wusste sie schon lange. Leider gaben ihr menschliche Männer nichts. Wäre da nicht die Nervosität gewesen, die sie stets erfüllte, wenn Tom in ihrer Nähe war ... Selbst ihre Coolness, die sie immer als Schutzschild vor sich hertrug, bekam in seiner Gegenwart mikroskopisch kleine Risse. Sie konnte sich nichts vormachen, sie mochte den Mann. Vor ihrer Wandlung war sie total grün in Sachen Sex gewesen und danach war Boss ihre einzige Erfahrung. Aber selbst mit ihm war es nie bis zum Ende gekommen. Tom war definitiv ein Mensch ohne Vamp-Gen. Sie konnte es meistens riechen, wenn einer das darwinsche Los gezogen hatte. Menschen, die das Gen in sich trugen, rochen leicht metallisch mit einer Prise Pfeffer. Für sie zumindest. Andere Vampire berichteten auch schon über andere Geruchseindrücke.

Sie durchquerte den Gastraum in Richtung ihres Büros. Vorbei an den Huren und deren Kunden. Schon auf halber Strecke konnte sie das nervöse Schlagen des Herzens hören, dessen Besitzer sie eine Lektion erteilen sollte. Er war definitiv ein Mensch. Vampire waren nicht so schnell aus der Fassung zu bringen.

Sie betrat den Raum und ließ ihren Blick über die Runde schweifen. Mit dem Rücken zu ihr saß Richi, die Hände nach hinten an die Stuhllehne gefesselt. Neben ihm stand einer der Sicherheitsleute des Clubs. Er nickte ihr zu und trat zur Seite. Betont langsam ging sie zum Schreibtisch und setzte sich auf die Tischkante.

„Hallo, Richi", sagte sie leise.

Richi hob den Kopf und funkelte sie überheblich mit seinen schwarzen Augen an. Das dunkle Haar hing ihm in Strähnen ins Gesicht.

„Blue. Erledigst du mal wieder die Drecksarbeit für Boss?"

Der Hohn in seiner Stimme ließ sie müde lächeln. Diesem kleinen Wurm würde seine Überheblichkeit schnell vergehen. „Ach Richi. Wenn Leute wie du ihre Schulden termingerecht begleichen würden, müsste ich meine Zeit nicht mit solchem Mist verschwenden." Seufzend stand sie auf und zog ihren knöchellangen Ledermantel aus. Nachdem sie ihn abgelegt hatte, drehte sie sich wieder zu Richi um und sah ihn an.

„So, wann sagst du, zahlst du die zwanzigtausend Mäuse zurück? Du bist mehrfach gewarnt worden und trotzdem hältst du dich nicht an die Abmachungen." Während sie das sagte, ließ sie provokativ ihre Fingerknöchel knacken. Ihre Maske saß perfekt, verrutschte keinen Millimeter. Niemand bemerkte ihren Abscheu gegen solche Dinge.

In dem Moment wich alle Arroganz aus Richis Gesicht und machte einer ungesunden Blässe Platz. Nervös begann er, auf dem Stuhl hin und her zu rutschen.

Seine Augen blitzten immer wieder zu ihrer linken Seite. Die SIG Sauer im Schulterholster machte ihn sichtlich nervös.

„Ich ... ähm ... ich hab's nicht."

Er räusperte sich verlegen und blickte sie mit großen Hundeaugen an. Da sie mit dieser Antwort gerechnet hatte, war sie vorbereitet. Sie trat einen Schritt auf ihn zu und ließ ihn ihre Fänge sehen.

Richi sprang auf und verlor das Gleichgewicht, weil er noch immer an den Stuhl gebunden war. Er wollte fliehen, stolperte aber über seine Füße und fiel mit der Nase voran auf den Betonboden. Ein ekelerregendes Knacken war zu hören und in der gleichen Sekunde keuchte Richi auf. Blut lief in Strömen aus seiner Nase und versaute sein weißes Designer-Seidenhemd.

Ein Brennen erfüllte Blues Kehle und verursachte einen Tunnelblick. Sie hasste diese Reaktion ihres Körpers: Blutdurst. Doch sie war selbst schuld daran. Sie wartete immer zu lange, bevor sie Blut zu sich nahm. Ein durchschnittlicher Vampir trank alle ein bis zwei Wochen Blut. Je nach Gesundheit und Belastung. Sie zog es vor, die Zeit dazwischen zu vervierfachen. Der Gedanke Blut zu trinken, verursachte ihr auch nach all den Jahren noch immer Übelkeit.

Als sie Richis Blut roch, schoben sich ihre Fänge schmerzhaft pochend aus ihrem Oberkiefer und ihre Zunge leckte unwillkürlich über die Lippen. Geschockt drehte sie sich kurz weg, bis sie sich wieder unter Kontrolle hatte. Voller Wut auf Richi und erfüllt von Selbsthass knurrte sie den Security-Mann an, er solle Richi auf die Beine helfen und seine Fesseln lösen.

Sie griff brutal in Richis Schritt, erhöhte den Druck und blickte ihm ins Gesicht. „Fangen wir noch einmal von vorn an. Wann bezahlst du?"

Er keuchte, wand sich und wimmerte. Wie erbärmlich. Sie erhöhte den Druck erneut.

„Bitte! Aufhören! Ich werde bezahlen. Zwei Wochen, ich brauche zwei Wochen."

Sie versetzte ihm einen Stoß vor die Brust, sodass er rückwärts mitsamt Stuhl zu Boden ging. „Du hast zwei Tage. Keine Minute länger. Und damit du dir die Konsequenzen von gebrochenen Abmachungen auch vorstellen kannst, wirst du dich jetzt von deinem kleinen Finger verabschieden. Du hast von Anfang an gewusst, dass Boss sich nicht verarschen lässt und wie er mit Leuten wie dir verfährt. Ich will das nicht tun, aber ich habe keine andere Wahl. Es wird schnell gehen."

Sie ging in die Hocke, zückte ihr Messer und schnitt ihm mit einem Ruck den kleinen Finger ab. Richi hatte sie die ganze Zeit fassungslos angestarrt. Er war unfähig, zu schreien. Obwohl sie Mühe mit ihrer Selbstbeherrschung hatte, sah sie ihn noch einen Moment eindringlich an, bevor sie sich umdrehte. Sie entschuldigte sich in Gedanken bei ihm.

„Bring ihn raus", sagte sie heiser zum Security-Mann und an Richi gewandt: „Denk daran, du hast zwei Tage. Falls du bis dahin deine Schulden nicht bezahlt hast, wirst du für den Rest deines erbärmlichen Lebens jemanden brauchen, der dir den Hintern abwischt."

Das Nächste, was sie hörte, war Rascheln von Kleidung und kurz darauf fiel die Tür zu. Sie schloss einen Moment die Augen. Sie hasste, was sie tat, sie hasste sich und sie hasste ihr beschissenes Leben. Aber noch mehr hasste sie den Typen, der sie damals gebissen hatte. Wenn es doch nur einen Weg gäbe aus dieser Misere, die ihr Leben war, zu fliehen.

Schließlich riss sie sich zusammen und hob, von Grauen erfüllt, Richis kleinen Finger vom Boden auf. Boss wollte immer einen klaren Beweis für die Erledigung seiner Aufträge.

Als sie mit dem Finger in einem Plastikbeutel vor seinem Büro stand, musste sie all ihren Mut aufbringen, denn sie wusste, was ihr blühte. Mit einem Knoten in der Brust klopfte sie kurz an und trat ein.

Boss saß, selbstgefällig, wie er war, hinter seinem Schreibtisch. Als er sie sah, blitzten seine Augen erfreut auf und jagten ihr kalte Schauer über den Rücken. Er stieß seinen Stuhl vom Tisch weg und lehnte sich zurück. Seine Arme verschränkte er vor seiner Brust.

„Blue", schnurrte er, „hast du mir was Schönes mitgebracht?"

Sein breites Grinsen löste bei ihr akuten Würgereflex aus. Krampfhaft versuchte sie, sich nichts anmerken zu lassen. Nachdem sie sich gefangen hatte, machte sie einen Schritt auf ihn zu und warf den Plastikbeutel mit dem Finger auf die Tischplatte. Boss war geradezu entzückt.

„Wie ich sehe, hast du meinen Auftrag wie üblich zufriedenstellend erledigt. Was hast du ausgehandelt?"

Bevor sie antworten konnte, musste sie sich räuspern. Ihre Stimme wollte ihr nicht gehorchen und ihr Mund war staubtrocken. „Er hat zwei Tage Galgenfrist. Als kleine Warnung kann er sich die nächste Zeit nur noch mit links einen runterholen."

Boss schlug mit der flachen Hand auf den Tisch und lachte brüllend. „Du bist fantastisch, Blue. Die Härtesten meiner Jungs können dir nicht das Wasser reichen."

Danke für das Kompliment. Als ob sie stolz darauf sein könnte. Der Gedanke ließ sie ein verächtliches Schnauben ausstoßen.

„Was hast du? Du kannst stolz auf dich sein. Du bist ein Naturtalent im Kämpfen und hast eine wahnsinnige Überzeugungskraft." Er grinste verschlagen und fügte hinzu: „Wenn du verstehst, was ich meine."

Er erhob sich und schlenderte betont gleichgültig um den Schreibtisch herum auf sie zu. Dicht, zu dicht, vor ihr blieb er stehen. Sie wusste erschreckend gut, was jetzt geschah. Er würde sie erniedrigen, seine Macht ausspielen. Seine Hand glitt von ihrem Kinn nach hinten zum Ohr und dann langsam am Hals entlang zu ihrem Schlüsselbein. Angewidert drehte sie den Kopf auf die andere Seite, von ihm weg. Er drückte unterdessen seinen massigen Körper gegen ihren und legte seine Lippen auf die weiche Haut oberhalb ihres Schlüsselbeines. Gleich würde es passieren. Gleich würde er seine Fänge in ihr Fleisch bohren.

Vampire tranken voneinander aus zweierlei Gründen. Zum Ersten bei schweren Verletzungen, um die Heilung zu beschleunigen, denn Menschenblut ernährte sie zwar, war aber schwach und für solche Zwecke nicht dienlich. Klar könnten sie sich auch voneinander nähren, aber das hatte etwas von Kannibalismus.

Zum Zweiten bissen sie einander beim Sex. Es gehörte zur Leidenschaft dazu, hatte sie sich sagen lassen. Da

Boss nun aber offensichtlich nicht verletzt war, biss er sie aus dem zweiten Grund. Er tat es immer in solchen Situationen. Es machte ihn scharf, wenn sie auf seinen Befehl hin andere Menschen oder Vampire verletzte oder gar tötete. Er nahm es sich immer von ihr und sie hatte nicht den Mut, sich ihm zu widersetzen. Hätte Feigheit einen anderen Namen, würde sie Blue heißen. Für ihn ging es um nichts anderes als um Machtdemonstration und Erniedrigung.

Sie schloss die Augen und hoffte, dass er es schnell hinter sich bringen würde. Der Schmerz des Bisses war kurz und scharf. Sein Keuchen zu hören und seinen Atem auf ihrer Haut zu spüren, war schrecklich. Schließlich ließ er von ihrem Hals ab und sah sie aus schmalen Augen an.

„Dein Blut ist dünn. Du verweigerst dir immer noch das regelmäßige Trinken."

„Es ist mein Blut! Verdammt! Ich trinke, wann ich es für nötig halte."

Boss zuckte lediglich mit den Schultern und machte sich weiter an ihr zu schaffen. Sie schauderte.

„Blue, wir haben ein Problem", ertönte Toms Stimme in dem Mini-Kopfhörer in ihrem Ohr.

Sie hielt inne und auch Boss, mit seinem Vampirgehör, hatte es vernommen. Sie drückte auf den Knopf für das Mikrofon und atmete erleichtert durch. „Was gibt's?"

„So ein Penner von Freier macht Tamtam wegen einem der Mädchen."

Sie seufzte. Das Glück schien ihr hold und bot ihr eine Fluchtmöglichkeit. „Bin gleich da."

Boss stand immer noch vor ihr, seine Fänge ausgefahren. Er schien verärgert, doch er wusste, dass Ruhe und Frieden im Club essenziell waren.

„Los, geh. Das hier können wir später erledigen." Er knurrte regelrecht, wischte sich aber den Mund ab.

Freunde

Sie konnte es nicht vermeiden, tief durchzuatmen. Fluchtartig verließ sie Boss' Büro und nahm noch einmal Kontakt mit Tom auf. „Tom, wo bist du?" Es knisterte in der Leitung.

„Keine Eile, Blue. Es ist nichts los."

Nun verstand sie nichts mehr. Eben noch ein Notfall und jetzt … „Was soll das heißen? Was ist mit diesem Freier, der gerade eben noch Terror gemacht hat?"

„Den gibt's nicht."

Sie erschrak sich beinahe zu Tode, denn Tom stand direkt hinter ihr. Seine Augen blickten besorgt auf sie herab. Obwohl sie eins achtzig groß war, überragte er sie um mindestens einen halben Kopf. Er nahm sie am Ellbogen und führte sie an die Bar. Als sie nichts entgegnete, sprach er weiter.

„Ich habe dir lediglich eine Fluchtmöglichkeit besorgt. Das ist alles. Ich weiß doch, was dir Boss immer antut, wenn du bei ihm im Büro bist."

Sie konnte fühlen, wie sie ihren Kopf einzog. Tief zwischen die Schultern. „Danke", flüsterte sie.

Tom klopfte ihr kumpelhaft auf die Schulter. Dann wurden seine Augen schmal und er schob ihre Haare zur Seite. „Du blutest", stellte er trocken fest.

Sie nickte und versuchte, das aufkeimende Gefühl von Boss' Zähnen in ihrer Haut zu verdrängen. Aus einem unerfindlichen Grund schämte sie sich.

„Ich bin zwar kein Experte in vampirischer Physiologie, aber sollte das nicht längst zu sein?"

„Ja, sollte es."

„Und warum blutet es dann noch? Du trinkst nicht regelmäßig, stimmt's?"

„Jetzt fängst du auch noch an! Verdammt, du solltest noch nicht einmal davon wissen. Also gib mir keine Ratschläge, okay?"

Er zuckte zusammen und schwieg.

Sie bestellte einen Tequila und labte sich am schlechten Gewissen. Tom hatte es nur gut gemeint. Sie fühlte seinen prüfenden Blick und atmete durch. „Sorry, Tom. Es war nicht so gemeint. Ich bin einfach ein wenig empfindlich, was diese ganze Bluttrinkerei betrifft." Mit Schwung schüttete sie den Tequila hinunter und knallte das Glas auf die Theke. Mit erhobenem Finger bestellte sie gleich noch einen.

„Blue, du wirst sterben, wenn du nicht regelmäßig trinkst."

Sie konnte auf diese Bemerkung nur mit den Schultern zucken. Seine Hand landete wieder auf ihrer Schulter und zwang sie, ihn anzusehen.

„Heißt das, du willst sterben? Aber warum?" Seine Augen waren so grün, dass sie fast leuchteten.

Warum fiel ihr das gerade jetzt auf? „Ich hasse dieses Leben, diese Existenz. Ich habe mir das nicht ausgesucht. Alles, was ich mir wünsche, ist wieder Mensch zu sein. Mit allen Krankheiten, dem Altern und der körperlichen Schwäche. Und ich hasse diese kranke Abhängigkeit von Boss."

Inzwischen war auch der zweite Tequila durch ihre Kehle gesickert.

„Aber warum suchst du dir dann nicht einen anderen Job? Weg vom Milieu. Etwas Gutbürgerliches?"

„Und was bitte sollte das sein? Du weißt verdammt gut, dass ich in der Menschenwelt nicht Fuß fassen kann, und abgesehen davon wird mich Boss nicht lebend gehen lassen. Das ist ja wohl total klar." Resigniert ließ sie die Schultern fallen und bemerkte in ihrem Selbstmitleid am Rande, wie Tom etwas mit der Barfrau besprach. Dann sah er sie an.

„Was hat Boss gegen dich in der Hand, dass du dir das gefallen lässt? Du scheinst mir nicht der Typ zu sein, der so leicht unterzukriegen ist."

Seine Frage überraschte sie ein wenig und sie überlegte, ob sie überhaupt bereit war, zu antworten. „Boss setzt mich unter Druck. Wenn ich ihm nicht gebe oder tue, was er verlangt, verstößt er mich aus der Vampirgesellschaft. Das ist mit der Vogelfreiheit zu vergleichen und die Versorgung mit Blutkonserven ist dann auch nicht mehr so einfach."

Tom runzelte die Stirn, beschloss aber wohl, nicht weiter nachzufragen.

Im Club verkehrten Menschen und Vampire. Wobei sich die Menschen der Existenz der Letzteren nicht bewusst waren. Die Vampire bekamen artgerechte Verpflegung. Drogen, Huren, menschliche und vampirische, und Blut.

Erst als ein schwarzes blickdichtes Glas vor ihrer Nase auftauchte, begriff sie, was Tom getan hatte. Er hatte um Blut für sie gebeten. Igitt! Wieder begann ihre Kehle zu brennen und die Reißzähne schossen buchstäblich in ihre Mundhöhle.

„Los, trink das."

Er duldete keine Widerrede. Doch es war undenkbar, das Zeug in seiner Gegenwart zu schlucken. Sie hatte schon Mühe damit, es allein zu tun. „Ich kann nicht. Es ist einfach zu widerlich." Sie kam sich weinerlich vor.

Tom drückte ihr das Glas in die Hand. „Halte dir die Nase zu oder was auch immer. Aber das Zeug wirst du zu dir nehmen. Oder willst du, dass ich es dir gewaltsam einflöße?"

Sie drehte das Glas in ihrer Hand. Es war warm. Vampire tranken Konservenblut immer leicht temperiert. Kaltes Blut war noch ekelhafter. Falls das überhaupt möglich war. Seufzend setzte sie es an die Lippen und trank. Sie konnte spüren, wie ihr Körper sich danach verzehrte. Er war ausgehungert. Während der ganzen Zeit strich Toms Hand über ihren Rücken und löste ein Kribbeln in ihrem Inneren aus. Was war nur mit ihr los? Drehte sie langsam durch? Und seit wann ließ sie sich von einem Menschen herumkommandieren? Was war das nur mit ihm?

Als sie das Glas mit verzogenem Gesicht abstellen wollte, sah sie, dass er bereits eine zweite Runde bestellt hatte. Sie sah ihn flehend an und dachte, er möge sie bitte verschonen. Er schien ihre Gedanken zu lesen.

„Ich weiß zwar nicht, wie viel ihr normalerweise trinkt, aber ein Glas scheint mir in deinem ausgehungerten Zustand nicht genug."

„Warum tust du mir das an? Du quälst mich."

Er lächelte und drückte ihr das zweite Glas in die Hand. „Ich bin dein Freund, und Freunde sind füreinander da. Auch wenn's manchmal nervt."

Nach der zweiten Ladung fühlte sie sich tatsächlich besser. Wärmer. Die klamme Kälte, die sie ausgefüllt hatte, war verschwunden.

„Und überhaupt. Du hast heute frei."

Sie räusperte sich. „Du hast recht, deshalb werde ich jetzt gehen. Ich wollte sowieso noch trainieren." Während sie aufstand, musterte er sie vom Haaransatz bis zum kleinen Zeh.

Tom blickte sie mit aufeinandergepressten Lippen an. Dann schüttelte er den Kopf und stand ebenfalls auf. Er vergrub die Hände tief in den Taschen seiner Vintage-Jeans und wirkte verlegen.

„Ich wollte dich fragen, ob du noch einen Trainingspartner brauchen könntest. In zwei Stunden wäre ich hier fertig."

Eigentlich war ihr die Einsamkeit während des Trainings wichtig. Nur so konnte sie ihre Gedanken ordnen und zur Ruhe kommen. Aber andererseits war es vielleicht an der Zeit, einen Freund in ihr Leben zu lassen. Sie war schon zu lange einsam und hielt alle auf Distanz. Und sie konnte noch nie jemandem eine Bitte abschlagen. Vor allem nicht, wenn sie in solch einer attraktiven Verpackung daherkam. Mensch oder nicht. Sie rückte ihren Mantel zurecht und blickte Tom in die grünen Augen.

„Okay, wenn du glaubst, mit mir mithalten zu können, komm nach deiner Schicht zu mir ins Appartement. Du weißt ja, wo ich wohne." Dann drehte sie sich mit einem Grinsen um und ging davon. Sie versuchte, das nervöse Flattern in der Nähe ihres Herzens zu ignorieren.

Blue hatte den Club durch den Hinterausgang verlassen und öffnete die Autotür des Camaros, als Boss nach draußen kam. Zuerst drängte sich ihr der Gedanke auf, einfach davonzufahren. Was allerdings keine prickelnde Idee war. Er würde nicht erfreut sein. Niemand widersetzte sich ihm. Als er sie entdeckt hatte, kam er schnellen Schrittes auf sie zu. Hätte sie ihn nicht auf andere Art gekannt, hätte er Eindruck auf sie gemacht. Er war ein Riese, muskelbepackt und mit einer Ausstrahlung, die einem das Blut in den Adern gefrieren ließ. Definitiv ein Mann, der seine Sippe um jeden Preis beschützen würde. Aber leider hatte er mit seinem Verhalten ihr gegenüber alles kaputtgemacht. Sie konnte ihn nur verachten. Um ihren Unmut zu verbergen, lehnte sie sich gelassen an ihren Wagen.

Boss blieb dicht vor ihr stehen. Seine Augen funkelten sie durch die Dunkelheit an. „Du gehst schon? Ich dachte, wir hätten noch eine Verabredung."

Ihr Herz kam ins Stocken. Er wusste immer, wann sie das Haus verließ. „Ich fühle mich nicht gut und heute ist mein freier Tag. Warum nimmst du nicht eins der Mädchen? Sie stehen dir liebend gern zur Verfügung."

Seine Augen verengten sich zu schmalen Schlitzen. „Ich glaube, du vergisst, wen du vor dir hast. Dank mir bist du nicht tot oder in den Händen der Outlaws. Ich denke, ein solch kleiner Dienst hin und wieder ist nicht zu viel verlangt. Und jetzt komm, ich will nicht länger warten."

Innerlich fluchend verschloss sie das Auto und folgte ihm zurück in den Club, vorbei an den Huren. Sie fühlte sich plötzlich wie eine von ihnen. Nur dass die wenigstens dafür bezahlt wurden und es ihr Job war.

Vorbei an Tanzenden mit verschwitzten Leibern, vorbei an der Bar in Richtung der Privaträume. Sie sah Tom an einer der Säulen stehen. Als er sie entdeckte, bekam er einen besorgten Gesichtsausdruck und wollte ihnen folgen. Mit einem kurzen Kopfschütteln gebot sie ihm Einhalt. Sie wollte nicht, dass er auch nur im Geringsten etwas davon mitbekam, was sich gleich abspielen würde.

Als sich die Bürotür hinter ihnen schloss, hatte sie das Gefühl Regenwürmer im Magen zu haben.

Boss öffnete sein Hemd. „Zieh den Mantel aus."

Blue, eine Mörderin

Der Lift nach oben in Blues Wohnung war definitiv zu langsam. Sie verspürte den unendlichen Drang, sich sofort die Kleider vom Leib zu reißen, sie zu verbrennen und danach ein Tauchbad in Desinfektionsmittel zu nehmen. Die ‚Sitzung' bei Boss war kurz, aber heftig gewesen und sie hatte sicher blaue Flecken davongetragen. Boss hatte einen festen Griff und er liebte es, seine Kraft auszuspielen.

Nachdem sie das Badezimmer in eine Dampfsauna verwandelt hatte, stieg sie aus der Duschkabine, flocht sich ihre Haare zu einem Zopf und zog eine Trainingshose, einen Sport-BH und ein enges Tank Top an. Alles in Schwarz. Der Trainingsraum war ihre Oase. Mit den vielen verschiedenen Hanteln, Kraftgeräten, dem Sandsack, einem Laufband und einem Spinning-Bike. Der Boden war mit blauen Turnmatten ausgelegt und an der Wand stand eine Hi-Fi-Anlage. In jeder Ecke hingen Lautsprecher. Heute Nacht beschallten sie den Raum mit harten Technobeats.

Zuerst absolvierte sie ein paar Kilometer auf dem Laufband. Danach bearbeitete sie den Sandsack hart. Mit blanken Fäusten, Fuß- und Kniekicks. Angeheizt von der Musik und dem Frust hämmerte sie immer weiter, bis die Türklingel sie aus einem tranceartigen Zustand holte.

Tom. Den hatte sie in ihrem Elend total vergessen. Beim Verlassen ihrer persönlichen Folterkammer griff sie sich ein Handtuch aus dem Regal und schickte Tom den Fahrstuhl nach unten. In der Zwischenzeit wischte sie sich den Schweiß ab. Dabei bemerkte sie, dass die Bisswunden, die sie an diesem Tag davongetragen hatte, zwar geschlossen, aber immer noch empfindlich waren. Boss hatte sich wirklich Mühe gegeben. Seine Zahnabdrücke befanden sich an ihrem Hals, an der Innenseite des linken Oberarmes, an beiden Handgelenken und in der Leistengegend.

Mit einem leisen Dring meldete der Aufzug seine Ankunft. Die Tür glitt zur Seite und Tom kam zum Vorschein. Seine Füße steckten in schweren Biker-Stiefeln, die Jeans hing ihm auf den Hüften und eine lederne Motorradjacke betonte seine breiten Schultern. In den Händen trug er Helm und Sporttasche. Blue schluckte hart.

Er blickte sie prüfend an. Zwischen seinen Augen hatte sich eine Sorgenfalte gebildet. „Hey", sagte er mit skeptischem Unterton.

„Hey. Komm rein." Dann trat sie beiseite und ließ ihn eintreten. Wieder begann dieses Flattern in der Brust, von dem sie nicht wusste, was sie damit anfangen sollte. Sie kannten sich schon zwei Jahre und anfangs hatte sie Tom kaum beachtet. Er war nur ein neuer Mitarbeiter gewesen. Doch dann hatte er sich heimlich in ihr Herz geschlichen und jetzt wusste sie nicht, wie sie mit diesen Gefühlen umgehen sollte.

Er war zuverlässig und hatte ihr schon öfter Rückendeckung gegeben. Er war nicht nur Türsteher, sondern wie sie für die Sicherheit aller Angestellten verantwortlich. Deshalb war er in Selbstverteidigung und Waffengebrauch ausgebildet worden. Er hatte gelernt, Krisensituationen zu erkennen und zu entschärfen, bevor sie eskalierten.

Seit er im Club arbeitete, war er zunehmend zu einer Konstante in Blues Leben geworden. Tom war immer da. Ob sie nun Hilfe bei der Arbeit benötigte oder nur für ein nettes Wort, eine sanfte Berührung. Alles Mangelware im Milieu.

Er ging weiter und sah sich um. „Eine schöne Wohnung hast du. Die Aussicht ist fantastisch.“

Sie musste schmunzeln. Immer, wenn er so ungezwungen mit ihr sprach, schlich sich unwillkürlich ein Lächeln auf ihr Gesicht.

„Danke. Wo hast du deine Hayabusa abgestellt?“

„Auf dem Gästeparkplatz in der Parkgarage. Warum?“

Sie nahm ihm Helm und Jacke ab und legte beides in die Garderobe. „Alles, was hier nicht niet- und nagelfest ist, kriegt Beine. Aber in der Garage ist sie sicher.“

Tom liebte seine weißgraue 197-PS-Maschine heiß und innig. Und es ließ sich kaum leugnen, dass er mächtig sexy aussah auf dem Bike. Verunsichert fuhr sie sich über ihre geflochtenen Haare. Tom holte zischend Luft und nahm vorsichtig ihre Hand. Er drehte sie, bis er die Bisswunde am Handgelenk und am Oberarm anschauen konnte.

„Verdammtes Arschloch. Wie geht es dir?“

Sie entzog ihm den Arm und sah ihm in die Augen. „Es geht mir gut. Darüber brauchst du dir keine Sorgen zu machen. Das ist nicht deine Angelegenheit."

Ein Schatten glitt über seinen grünen Blick, dann strich er ihr mit den Fingerspitzen über die Wange. Ein Kribbeln erfüllte wieder ihren Körper. Das ging zu weit, das würde nur kompliziert werden. Definitiv.

„Tom, bist du hier, um zu trainieren oder mich ins Bett zu zerren?"

Langsam ließ er die Hand sinken und setzte ein verdammt scharfes, schiefes Lächeln auf. Ohne seinen Blick zu senken, glitt seine Hand auf ihren Rücken und strich sanft tiefer. Jeder Zentimeter war ein stummes Versprechen. „Beides, Süße, erst das eine und danach das andere."

Sie musste ihren Lungen befehlen, sich mit Luft zu füllen und wahrscheinlich sah sie dabei ziemlich dämlich aus. Tom lachte.

„Man kann dich also doch in Verlegenheit bringen. Sonst gibst du immer die ganz Harte."

Sie gab ihm einen Stoß gegen die Schulter und zeigte ihm das Gästezimmer, wo er sich umziehen konnte. Bevor er die Tür öffnete, warf er ihr einen verschmitzten Blick über die Schulter zu.

„Rot steht dir gut."

Es dauerte einen Augenblick, bis sie kapierte, dass er ihre Gesichtsfarbe meinte. Sie warf ihr Handtuch nach ihm. Er duckte sich lachend und verschwand in dem Raum.

Als Tom sich umgezogen hatte, erschien er in der Tür zum Trainingsraum. Er trug eine schwarze weite Trainingshose und ein graues ärmelloses Shirt. Das Handtuch, das sie nach ihm geworfen hatte, lag auf seiner Schulter. Sie war bereits wieder mit dem Sandsack beschäftigt.

„Sag mal, wie bezahlst du das alles hier? Boss bezahlt gut, aber so gut nun auch wieder nicht."

Blue rieb sich die schmerzenden Fingerknöchel. Sie wusste nicht, wie viel sie ihm erzählen durfte und konnte. „Manchmal erledige ich Sonderaufträge, die ihn bedeutend mehr als einen Monatslohn kosten."

Tom hob eine Augenbraue und kam auf sie zu. Er stellte sich hinter den Sandsack und fixierte ihn. Sie verstand, was er wollte und schüttelte den Kopf.

„Ich glaube, ich hab den für heute genug zu Brei geschlagen. Lass uns zum Eisen übergehen."

Sie nahm eine zehn Kilo Hantel und begann, ihren Bizeps zu foltern. Tom schnappte sich die zweite und machte es ihr nach. Leicht verwirrt sah er ihr einen Moment zu, als glaubte er nicht, was er sah, denn er hatte deutlich Mühe mit dem Gewicht.

„Was für Sonderaufträge? Solche wie heute Nacht mit Richi? Oder meinst du mehr die Aktivitäten danach?"

Ihr fiel beinahe das Eisen aus der Hand. „Was hältst du von mir? Ich bin keine Hure, verdammt noch mal!" Im Ärger waren ihre Reißzähne tief in die Mundhöhle geschossen. Unbewusst hatte sie die Zähne gefletscht. Erst als Tom entsetzt einen Sprung nach hinten machte, besann sie sich.

„Sorry. Ich wollte dich nicht anpissen."

Er zuckte mit den Schultern, setzte sich wieder und führte sein Training fort. „Ist schon okay. Eigentlich finde ich es beeindruckend, wenn du so wild bist. Aber ich sollte mich entschuldigen, denn ich wollte dich nicht beleidigen. Ich bin nur neugierig."

Die Hantel wanderte von ihrer rechten zur linken Hand. „Aufträge wie heute gehören zu meiner Stellenbeschreibung, wenn man es so ausdrücken kann."

Eine Weile sagte keiner ein Wort. In der Zwischenzeit hatten sie vom Bizeps-Training zum Bankdrücken gewechselt und beluden die Stange mit Gewichtsscheiben. Tom legte sich zuerst auf die Bank und sie assistierte ihm.

„Wenn also Boss' Befriedigung und Richis Gesichtsremodellierung nicht zu deinen Sonderleistungen gehören, was ist es dann? Putzt du ihm das Klo oder bringst du Leute für ihn um?"

Er hatte es als Scherz gemeint, ihr verknotete sich jedoch der Magen. Sie war unfähig, zu antworten. Tom konnte eine totale Nervensäge sein.

Erst sah er sie kopfüber an, runzelte die Stirn und setzte sich danach ruckartig auf. „Scheiße", brummte er, „sag mir, dass du ihm das Klo putzt und nicht Menschen in seinem Namen ermordest."

Sie konnte immer noch nicht antworten und drehte den Kopf weg.

„Scheiße, Blue, rede mit mir!"

Sie drehte sich um und ging. Sie fühlte sich schmutzig, verdorben und minderwertig. Was hatte sie sich nur dabei gedacht, jemanden auch nur andeutungsweise in ihr Leben zu lassen? Im Wohnzimmer stieß sie die Terrassentür auf und trat hinaus. Die Novemberkälte biss im Gesicht und auf den nackten Armen. Innerhalb weniger Minuten zitterte sie am ganzen Körper, aber das half, einen klaren Kopf zu bekommen.

Tom war ihr gefolgt und stand hinter ihr. Sie konnte seinen Herzschlag hören und seinen Atem fühlen. „Ich bin nicht stolz auf die Dinge, die ich tue. Aber was bleibt mir anderes übrig?" Sie hatte geflüstert, um zu verbergen, dass ihre Stimme nicht hielt. Wieso hatte sie auf einmal das Gefühl, sich vor Tom rechtfertigen zu müssen?

Er trat neben sie. „Vielleicht hast du recht. Boss ist schonungslos. Es ist nur schwer vorstellbar, dass du zu so etwas fähig bist."

Hätte er ihr mit der Faust in den Magen geschlagen, wäre es nicht schmerzhafter gewesen. „Ich war nicht immer so. Und glaub mir, mit jedem Mord, den ich begehe, stirbt ein Teil von mir mit."

Tom trat noch näher, legte ihr den Arm um die Schulter und drückte sie fest an sich. Ob er sich im Klaren war, dass sie ihm den Arm mit einer einzigen schnellen Bewegung brechen konnte? Aber es tat gut, die Nähe eines anderen zu fühlen. Seit ihrer Verseuchung mit Vampirspeichel hatte sie niemanden mehr an sich herangelassen.

Tom führte sie wieder in die Wohnung. „Was ist eigentlich mit dir passiert? Du bist ganz deutlich nicht freiwillig in die Vampirliga aufgestiegen."

Sie löste sich von ihm und ging in die Küche. Er folgte ihr wie ein Schatten.

„Bier?", fragte sie aus dem geöffneten Kühlschrank heraus.

„Gern."

Sie stellte die zwei Flaschen auf die Arbeitsfläche und öffnete sie. Tom wartete geduldig auf ihre Antwort, lässig an die Küchenkombination gelehnt. Er passte gut in die in Chrom und Schwarz gehaltene Küche.

„Mit oder ohne Glas?", fragte sie.

„Ohne."

„Vor diesem One-Way-Ticket ins Grauen war ich ganz normal. Eher unscheinbar und ich hatte gerade mein Studium in Biochemie abgeschlossen. An jenem Abend hatte ich mich mit Freunden verabredet und auf dem Weg dorthin wurde ich überfallen. Was genau passiert ist, weiß ich nicht mehr. Boss hat mich damals gefunden und unter seine Fittiche genommen. Den Rest kennst du."

Tom trat auf sie zu. Er musterte sie eingehend. „Du warst eine Laborratte?"

Sie konnte nur mit Mühe ein Schmunzeln unterdrücken. „So kann man es nennen. Ich gehörte zu den Besten meines Jahrgangs." Der Gedanke an die Zeit verursachte ihr Stiche im Herz. Sie sehnte sich nach dieser unscheinbaren Normalität.

Tom leerte den Rest der Flasche und stellte sie neben die Spüle. Seine Rückansicht war ... wahnsinnig. V-förmig, muskulös und ein kleiner runder Knackarsch krönte das Ganze. Sie fühlte, wie sich ihre Triebe an die Oberfläche wühlen wollten, was vollkommen inakzeptabel war. Um sich abzukühlen, nahm sie einen großen Schluck Bier und verschluckte sich prompt.

Tom grinste breit und klopfte ihr kräftig auf den Rücken. Als sich der Husten gelegt hatte, wurde er wieder ernst und sie spürte seine nächste Frage kommen.

„Wer hat dir das alles beigebracht?"

„Mir was beigebracht?“

„Das Kämpfen, den Umgang mit Waffen und das alles.“

„Das ist das Merkwürdigste überhaupt. Das Wissen war einfach da. Als ob ich es mir über Jahrzehnte angeeignet hätte. Dabei hatte ich vor diesem Leben hier keine Ahnung von solchen Dingen.“ Ohne dass sie es bemerkt hatte, war Tom nähergekommen. Er machte sie nervös. Die Wärme, die er ausstrahlte, drang bis in ihr Herz. Sie hatte plötzlich das Gefühl, nicht mehr atmen zu können und ihre Hände zitterten. Es war ihr Wunsch, in diesem Augenblick verharren zu können. Sie wollte ihn auskosten, obwohl sie sich fürchtete. Was war, wenn sie seine Signale falsch deutete? Er hatte gesagt, sie wären Freunde. Weshalb hatte sie nicht die Gabe des Gedankenlesens bekommen? Ihr Blick wanderte von seiner Stirn über seine grünen Augen zu seinen vollen Lippen. Wie es sich wohl anfühlte, diese Lippen zu küssen? Was dachte sie hier bloß?

Sie setzte ihre Musterung fort und konnte seinen Pulsschlag unter der zarten Haut seines Halses erkennen. Ihre Fänge begannen sofort, zu kribbeln. Sie hatte noch nie zuvor das Verlangen verspürt, einen Menschen aus purem Genuss zu beißen. Ihr Blick glitt über seine breite, gut ausgebildete Brust. Durch ihre Nähe zu ihm drang sein unverkennbarer Duft in ihre Nase. Eine verführerische Mischung aus Nadelholz und Moschus. Ein drängendes Brennen breitete sich in ihrer Mitte aus und schien sie zu versengen.

Auch seine Atmung ging nun schneller und sie hoffte, dass er sie berühren würde. Als hätte er ihre Gedanken gelesen, legte er ihr eine Hand in den Nacken und strich mit dem Daumen über ihren Unterkiefer. Sie schloss die Augen und genoss die Berührung.

Plötzlich überkam Blue Panik. Was taten sie hier? Tom war ein Mensch und sie so unerfahren wie die Jungfrau Maria. Vorsichtig schob sie ihn von sich. Sie wollte ihn nicht beleidigen. Er richtete sich auf und sah sie an.

„Was ist?"

Blue schob sich an ihm vorbei. „Nichts. Ich bin müde."

„Lahme Ausrede", sagte er ruhig.

„Richtig. Ich will dich nicht verletzen."

Er trat wieder näher und sah sie forschend an. „Sag's mir, ich kann's verkraften. Vertrau mir, Süße."

Süße? „Du bist ein Mensch und ich hab nicht viel Ahnung von solchen Dingen. Ich brauche Zeit."

Er atmete aus. „Dann werde ich wohl besser gehen." Doch bevor er sich abwandte, zog er sie in seine Arme.

Sie vergrub ihr Gesicht an seiner Brust und atmete noch einmal seinen Geruch tief ein.

Während er sich im Gästezimmer umzog, ging sie zurück in den Trainingsraum und schaltete die dröhnende Musik aus.

Kurz darauf standen sie vor dem Fahrstuhl. Seine Hand ruhte auf ihrem Oberarm und ließ feurige Hitze durch Blues Körper rasen.

„Darf ich morgen wiederkommen und mit dir das Training beenden?"

Seine tiefe Stimme brachte eine Saite in ihrer Seele zum Schwingen und sie nickte stumm. Was tat er nur mit ihr?

Nachdem er gegangen war, stieg sie erneut unter die Dusche. Zum dritten Mal in dieser Nacht. Es dämmerte draußen bereits.

Mit geröteter Haut und nassen Haaren stieg sie ins Bett. Diese Nacht war schrecklich gewesen und zugleich schön. Nur nicht in der Kombination, im Sinne von schrecklich schön. Den ersten Teil der Nacht wollte sie um jeden Preis vergessen, den zweiten nicht. Als sie das Licht gelöscht und die Fensterläden mit der Fernbedienung geschlossen hatte, war das Letzte, was sie vor sich sah, Toms grüne Augen, und sie genoss das Flattern in der Nähe ihres Herzens.

Deal

Wieder einmal holte das Handy Blue in die Realität zurück. Dieses Mal aus dem Tiefschlaf.

„Ja", bellte sie in das Smartphone. Gleichzeitig schaute sie auf den Wecker. Es war zehn Uhr. Sie hatte gerade mal drei Stunden geschlafen.

„Was, bist du auch gut aufgelegt?", erklang die heisere Stimme belustigt am anderen Ende.

„Was willst du, Boss?" Sie war seiner Sprüche so überdrüssig.

„Heute Nacht findet eine Transaktion mit den Kolumbianern statt. Du wirst dieses Geschäft abwickeln."

Mit einem Seufzen setzte sie sich im Bett auf und raufte sich mit der freien Hand die Haare. „Drei Fragen: Wann? Wo? Und warum machst du diesen Scheiß nicht selbst?"

Boss lachte gekünstelt. „Drei Antworten: Um null Uhr, am üblichen Autobahn-Rastplatz und ich hab schon etwas anderes zu tun. Ein neues Mädchen stellt sich heute vor. Im Übrigen, dank diesem Scheiß bekommst du deinen Lohn, verstanden? Das sollte genug Motivation sein."

... und klick, weg war er.

Nun war definitiv nicht mehr an Schlaf zu denken. Blue rollte sich aus dem Bett und machte sich auf zur Küche. Sie brauchte einen Kaffee.

Der Abend hatte gemächlich begonnen, was allerdings logisch war. Der große Tumult brach meist erst Donnerstag oder Freitag los. Anfang der Woche war es ruhig.

Tom hatte seinen freien Tag und David schob heute Dienst an der Tür. Mit einem Nicken öffnete er ihr. Blue verspürte einen kurzen Stich im Herzen, weil Tom nicht da war. Sie hatte ihn bisher nie bewusst vermisst, wenn er seinen freien Tag hatte. Aber nach vergangener Nacht konnte sie sich nichts mehr vormachen. Er war ihr wichtig.

Ihre erste Tat war die Kontrolle der Toiletten und die Überprüfung der Vorräte hinter der Bar. Danach ging sie zu den Mädchen. Lucinda, die Chefin, zog sich gerade um. Sie war feingliedrig mit endlos langen Beinen und hatte das Gesicht eines Engels. Mit ihren langen blonden Haaren hätte sie durchaus als Topmodel durchgehen können. Allein ihre Augen zeugten von den Dingen, die sie in ihrem Leben bereits erlebt hatte. Die anderen fünf Professionellen trudelten nacheinander ein und bereiteten sich auf ihre Schicht vor.

„Hi, Lucy.“

Die Vampirin lächelte Blue freundlich an. „Guten Abend, Blue. Wie geht es dir?“

Blue wurde das Herz leicht. Wahrscheinlich war Lucy das, was einer Freundin nahekam. Die Einzige, der sie sich anvertrauen würde, sollte sie es brauchen. „Gut, danke. Ist bei euch alles im grünen Bereich?“

Sie nickte. „Wir haben, was wir brauchen. Andernfalls hörst du von uns."

Nachdem Blue sich davon überzeugt hatte, dass alles in Ordnung war, ging sie zu Boss.

Er saß wie üblich hinter seinem Schreibtisch und schob Papierstapel von links nach rechts. Sein Büro war schlicht eingerichtet. Ein Schreibtisch, zwei Stühle davor, ein Bürostuhl dahinter, zwei Aktenschränke, Laptop mit Drucker und, was nur er und Blue wussten, einen hinter der Wandtäfelung versteckten Safe.

Nachdem die Tür hinter ihr ins Schloss gefallen war, sah sie, dass neben dem Schreibtisch zwei Sporttaschen auf dem Boden standen. Neutral, schwarz, mit Reißverschluss.

Boss schaute zu ihr hoch, legte den Stift beiseite und grinste sie verschlagen an. Seine spitzen Fänge blitzten hinter seinen Lippen hervor und verursachten ihr wie immer eine Gänsehaut. Wie oft hatte er sie in ihre Haut geschlagen? Und nicht nur in ihre. Sie wagte es, ihm in die Augen zu schauen und zuckte kurz zusammen. Dieser Ausdruck erinnerte sie an jemanden. Sie kam nicht drauf. Er bemerkte ihren Blick und hob die Augenbrauen.

„Was ist?"

„Nichts. Was hast du für mich?"

Boss stand auf, rückte das Jackett seines Hugo Boss-Anzugs zurecht und kam um den Tisch herum. „Du hast Angst vor mir, stimmt's?"

Sie zuckte mit den Schultern. Was sollte sie denn sonst tun? Sie konnte ihre Gefühle für ihn kaum in Worte fassen. Einerseits hasste sie ihn für das, was er von ihr verlangte. Den nicht einvernehmlichen Blut-austausch, den Tod und den Schrecken, den sie in seinem Namen verbreiten musste. Sie wollte nicht, dass man sie als gewissenloses Monster sah. Es war doch nur ihr Job, den sie erledigte und dabei hatte sie keine Wahl.

Andererseits war sie ihm unendlich dankbar, dass er für sie da gewesen war, als ihr niemand anderes helfen konnte. Irgendwie waren ihre Gefühle für ihn wie für einen Vater, weswegen es sich so falsch anfühlte, wenn er mit ihr ... Nicht, dass sie jemals erfahren hatte, wie es war, einen Vater zu haben, den man lieben konnte. Sie war als Waise bei Pflegefamilien aufgewachsen. Aber Angst? Nein, Angst hatte sie keine. Sie hatte lediglich einen überlebensfördernden Respekt vor ihm.

„Du musst keine Angst vor mir haben, ich werde dir nichts tun", sprach er weiter, „vorausgesetzt, du tust, was ich von dir erwarte."

Wusste sie doch, dass seine Aussage einen Haken hatte. Die Worte lagen ihr auf der Zungenspitze, doch sie konnte sich gerade noch beherrschen.

Dann widmete er sich den Sporttaschen. „Hier ist das Geld für das heutige Geschäft. Die Kolumbianer liefern dreißig Kilo reines Kokain. Du nimmst den Fetten Freddy mit. Er soll das Zeug testen. Ich bin nicht gewillt, bei einer Transaktion dieser Größe über den Tisch gezogen zu werden."

Sie nickte. Dann zog Boss die Schreibtischschublade auf und warf ihr einen Autoschlüssel zu. „Du nimmst den Golf und fährst über die A3 zum üblichen Rastplatz. Dort werden sie dich in einem Audi A6 erwarten."

Als Blue mit dem Fetten Freddy auf den Rastplatz fuhr, stand der Audi bereits da. Bevor sie ausstiegen, griff sie nach ihren Waffen und löste die Halterungen. Nur für den Fall der Fälle ... Dann verließen sie den altertümlichen Golf III VR6. Vom Audi lösten sich drei dunkle Gestalten. Nach einer kurzen Musterung holte einer der drei zwei große Taschen und stellte eine davon auf die Kühlerhaube des Autos. Bisher wurden kaum drei Silben gewechselt. Als jedoch Freddy sein Köfferchen hervorholte, wurden die Kolumbianer nervös und begannen an ihren Jacken und Mänteln herumzunesteln. Instinktiv glitt Blues rechte Hand unter ihren Ledermantel an die linke Seite ... zu der SIG.

„Wir werden uns jetzt alle etwas entspannen, okay?", sagte sie in die Runde. „Der Boss will nur auf Nummer sicher gehen."

Dadurch entschärfte sich die Lage und Freddy konnte sich mit seinem Chemie-Bausatz für Drogenlaboranten an die Arbeit machen.

Mit allen Sinnen versuchte sie, die Umgebung abzuchecken. Die Luft war kalt und roch nach Schnee. Hin und wieder raste ein Auto am Rastplatz vorbei. Nichts deutete darauf hin, dass sich Schwierigkeiten anbahnen könnten.

Freddy holte sie auf den Rastplatz zurück. „Die Ware ist in Ordnung."

Alle stießen erleichtert die Luft aus und das Geld sowie das Kokain wechselten die Besitzer.

Freddy hatte die wertvollen Pakete in den Kofferraum ihres prähistorischen Klapper-Golfs gelegt, als ihre Gefahrsensoren Alarm schlugen. Ruckartig drehte sie sich um und sah, wie ein anderer Wagen auf den

Rastplatz fuhr. Ein Hummer. Outlaws! In all den Jahren hatte sie ein besonderes Gespür für sie entwickelt. Nun war die Kacke am Dampfen. Nein, sie war geradezu am Überkochen. Blue war umgeben von Menschen, die nichts von ihrer Existenz wissen durften und im Kofferraum hatte sie Koks im Wert einer Eigentumswohnung.

„Los!", rief Blue den Kolumbianern zu. „Ihr müsst von hier verschwinden. Sofort!"

Sie ließen sich das nicht zweimal sagen, bestiegen den Audi und rasten davon.

Blue schob Freddy hinter ihren Rücken und drängte ihn Richtung Schrott-Golf. Gleichzeitig glitt ihre rechte Hand unter die linke Mantelhälfte und griff nach der SIG Sauer. Die linke Hand hingegen schoss auf ihren Rücken und holte die andere SIG hervor, die sie in potenziell brenzligen Situationen immer dabei hatte.

Die Outlaws waren inzwischen ausgestiegen und kamen auf sie zu. Einer löste sich aus der Gruppe und bedeutete den anderen stehen zu bleiben.

Blue hasste diese Typen. Erstens waren sie lästig, zweitens war ihr Verhalten absolut inakzeptabel und drittens stanken sie abscheulich. Da sie Jagd auf Menschen machten und Frischblut bekamen, war ihre Ausdünstung viel herber als bei anderen Vampiren. Sie rochen nach wilden Raubtieren. Jeder, der einmal in einem Zoo war und das Raubkatzengehege besucht hat, wusste, wovon sie sprach.

„Blue", schnurrte der Anführer. „Welche Ehre, dich hier zu treffen."

Janus. Er war ihr schon öfter in die Quere gekommen. Er gehörte zur übelsten Sorte der Outlaws und war der Bruder von Igor Delcours, dem Anführer der Outlaws.

„Was willst du, Janus? Komm schon, spuck's aus. Du vergeudest meine wertvolle Zeit." Ihre Stimme war nur ein Zischen und Freddy wimmerte hinter ihr. Der Fette Freddy war alles andere als fett. Im Gegenteil. Er war so dünn und zierlich, dass er als Mädchen hätte durchgehen können. Langsam schob sie ihn weiter zum Auto.

„Warum bist du so bissig, Blue? Kommst du nicht, wenn es Boss mit dir treibt? Geht dann nur ihm einer ab?"

Er seufzte theatralisch, während sie ihre ganze Konzentration darauf verwenden musste, ihm nicht hier und jetzt den Kopf abzureißen.

„Nun, lassen wir den ganzen Scheiß. Du weißt genau, warum wir hier sind. Ich will die Ladung Dope, die der Spargel da gerade ins Auto geladen hat."

Sie kämpfte noch immer um Selbstbeherrschung, um nicht aufzufliegen. „Du hast ganz offensichtlich eine blühende Fantasie, wenn du glaubst, dass du mit meiner Ware davonspazieren kannst."

Janus hob die Augenbraue, die noch roter war als sein Haar. „Deine Ware? Und spazieren wollte ich sowieso nicht. Ich habe das Auto dabei."

Sein blödes Grinsen lud geradezu dazu ein, ihm die Zähne einzuschlagen. Ein Knurren drang aus ihrer Brust.

„Hör mit dieser Ameisenbumserei auf!", fluchte sie und sah, wie Janus mit einem Wink seinen Schergen befahl, anzugreifen. Die vier anderen schwärmten aus.

„Los, ins Auto mit dir!", befahl sie Freddy und deckte ihn, bis die Tür zu war. Ein Schuss fiel, genau in dem Moment, als sie über die Kühlerhaube des Golfs zur Fahrerseite gleiten wollte. Irgendetwas riss sie an der linken Schulter nach hinten. Ohne sich umzusehen, schleuderte sie ihre Arme hoch, drehte sich in Janus' Richtung und schoss. Die Schüsse zerrissen die Stille und hallten in der Dunkelheit nach. Innerhalb von drei Sekunden waren vier der fünf Outlaws außer Gefecht gesetzt. Allein Janus stand noch da, die Hände zu Fäusten geballt und warf grimmige Blicke in ihre Richtung.

Bevor sie ins Auto sprang, hörte sie ihn rufen: „Das ist nicht das letzte Mal, dass du mir begegnest. Und das nächste Mal wirst du nicht so viel Glück haben. Das ist ein Versprechen!"

Dann knallte sie den ersten Gang ins Getriebe und raste mit quietschenden Reifen davon. Wenn man bei diesem Auto überhaupt von Rasen reden konnte.

Freddy saß schwer atmend neben ihr, und sein Schweiß stach ihr in der Nase. Doch da war noch ein anderer Geruch, der das Wageninnere ausfüllte. Blut! „Bist du verletzt, Freddy?" Sie spie die Frage geradezu aus. Denn ein blutender Mensch mit ihr im selben Auto war problematisch. „Los, antworte gefälligst!"

Er schüttelte mit weit aufgerissenen Augen den Kopf und deutete auf sie. Sie folgte seinem Finger und erschrak. Es war ihr Blut, das sie gerochen hatte. Unter ihrem linken Schlüsselbein quoll Blut aus einer Schusswunde.

„Verfluchte Vollscheiße!", fauchte sie und schlug auf das Lenkrad. Sie wollte unter keinen Umständen anhalten. Sie wären ein zu einfaches Ziel. Für Janus und auch für die Polizei. Da aber die Kugel noch in ihrem Körper steckte, würde die Blutung nicht aufhören. Und das konnte definitiv zum Problem werden. Durch das Adrenalin, das in rauen Mengen durch ihre Adern gepumpt wurde, hatte sie zwar keine Schmerzen, doch der Blutverlust würde sich schnell bemerkbar machen.

„Zieh dein T-Shirt aus und gib es mir."

Freddy zögerte keine Sekunde. Er griff unaufgefordert nach dem Lenkrad, damit sie das Shirt zusammengeknüllt auf die Wunde drücken und es mit dem Sicherheitsgurt fixieren konnte.

Nie zuvor war ihr die Fahrt in die Stadt länger vorgekommen. Durch den zunehmenden Blutverlust verschwamm ihre Sicht von Zeit zu Zeit. Bereits ein paar Minuten nach Verlassen des Rastplatzes schossen scharfe Schmerzen durch ihre Schulter und raubten ihr den Atem.

Der Fette Freddy war klug genug, sich still zu verhalten. Je näher sie Zürich kamen, desto elender fühlte sie sich. Sie brachte den Fetten Freddy und das Kokain ins Labor, wo er gleich mit dem Strecken begann. Danach stellte sie den Golf in die Garage und hoffte inständig, dass sie es mit dem Camaro bis zum Club schaffen würde, bevor sie bewusstlos wurde.

Glücklicherweise machte ihr Organismus mit und sie stolperte kurze Zeit später durch den Hintereingang in den Club. In ihrem Büro entledigte sie sich erst ihres Mantels und der Waffen. Ihr Mantel war ruiniert. Ein Loch prangte in der Vorderseite. Janus würde so was von bluten, weil er auf sie geschossen hatte! Danach zog sie das durchnässte Shirt über den Kopf. Das Büro hatte ein angeschlossenes Badezimmer. Während sie mit

Handtüchern versuchte, sich sauber zu machen und die Blutung zu stillen, konnte sie hören, wie die Bürotür geöffnet und wieder geschlossen wurde. Dann spürte sie nur noch, wie ihre Knie unter ihr nachgaben. Sie hatte das Gefühl, Watte im Kopf zu haben.

„Blue! Scheiße!", rief Boss.

Jemand schüttelte sie so kräftig, dass ihre Zähne aufeinanderschlugen. Aber ihr Körper war noch nicht bereit, ein Lebenszeichen von sich zu geben.

„Mach endlich die Augen auf, verflucht noch mal!"

Die heisere Stimme duldete keinen Ungehorsam und deshalb öffneten sich ihre Augenlider wie von selbst. Nachdem sich ihre Sicht geklärt hatte, erkannte sie Boss' blaue Augen über ihr. Diesmal hatte er den kühlen, berechnenden Blick abgelegt. In diesem Moment standen nur Sorge und Wärme in diesen Augen, die sie schon so oft eingeschüchtert hatten. Wieder hatte sie das Gefühl, dass die Augen sie an jemanden erinnerten.

„Na endlich", brummte er.

Sie probierte sich aufzusetzen, gab den Versuch jedoch schnell auf.

„Bleib einfach liegen." Boss rollte ihren Mantel zusammen und schob ihn ihr unter den Kopf. „Du brauchst Vampirblut. Das weißt du doch, oder?" Während er das sagte, zog er das Jackett aus und rollte den Hemdsärmel hoch. Hätte sie genug Kraft gehabt, hätte sie die Flucht ergriffen.

„Das wird nicht nötig sein. Ich komm auch so wieder in Ordnung", stammelte sie.

Boss sah sie aus den Augenwinkeln an. „Dir ist aber klar, dass die Kugel noch in deinem Fleisch steckt und du zu allem anderen Scheiß zu schwach bist, um sie dir zu entfernen, weil du zu wenig trinkst? Ergo: Nicht, dass du es nicht schon wüsstest, wirst du hier langsam verbluten. Und das, mein Schätzchen, kann ich nicht zulassen."

Ehe sie sich versah, biss er sich in die dünne Haut an der Innenseite des Handgelenks. Sein Blut drang aus der Vene an die Hautoberfläche und leuchtete verführerisch rot auf Boss' heller Haut. Wie ein guter Bordeaux im Kerzenlicht. Verlangen breitete sich brennend in ihr aus.

„Nein", rief sie. Das wollte sie nicht. Niemals! Sie hatte noch nie von einem Menschen getrunken, geschweige denn von einem Vampir. Doch Boss ließ ihr keine Wahl. Er drückte ihr das blutende Handgelenk auf die Lippen und wartete. Drei Sekunden später übernahmen ihre Instinkte die Kontrolle. Selbst wenn sie stark genug gewesen wäre ihn wegzudrücken, hätte sie sich nicht gegen diese Urgewalt wehren können. So trank sie und trank und trank und trank ... Vampirblut war anders als das menschliche Konservenblut. Viel aromatischer und beinahe so dickflüssig wie Sirup. Es rann ihre Kehle hinunter, füllte sie mit Wärme und Kraft. Sie keuchte vor Genuss. Tief in ihrem Inneren schämte sie sich für ihr Verhalten, konnte aber nichts dagegen unternehmen.

Boss kniete neben ihr auf dem Boden und ließ entspannt den Kopf hängen. Er streichelte ihr tatsächlich mit der anderen Hand über die Haare. Die ganze Situation war unangenehm. Sie war verwirrt und hatte das Gefühl, dass nichts mehr so war, wie es sein sollte. Ihr ganzes Universum war plötzlich aus dem Lot.

„Was zum Teufel geht denn hier ab?"

Im Schreck ließ sie Boss' Handgelenk los. Tom stand schnaubend und mit geballten Fäusten in der Tür. Die lauten Beats drangen vom Club ins Büro, bis Tom eingetreten war und die Tür hinter sich geschlossen hatte.

„Was hast du mit ihr gemacht? Lass sie gefälligst in Ruhe!"

Tom zog die falschen Schlüsse, und bevor er etwas tat, was er bereuen würde, wollte Blue die Lage klären. Mit Boss war nicht zu spaßen.

„Tom, hör mir zu." Sie erschrak über die Heiserkeit ihrer Stimme. „Boss versucht nur, mir zu helfen. Verstehst du? Er hat mir nichts getan. Wirklich."

Toms Blick wanderte von ihrem Gesicht zu ihrem Hals. Als er an ihrer linken Schulter angekommen war, fluchte er tonlos. Er ließ sich ebenfalls neben ihr auf die Knie. „Wie ist das passiert?" Toms Stimme war rau und Blue konnte sein rasendes Herz hören.

„Outlaws", antwortete Boss an ihrer Stelle, „aber bevor wir eine gemütliche Kaffeerunde abhalten, müssen wir zuerst die Kugel aus ihr herausholen. Und du, lieber Tom, wirst mir dabei helfen."

Sie konnte Tom schlucken hören, als Boss ihm bereits weitere Befehle erteilte.

„Setz dich hinter sie und halt sie fest. Es wird wehtun und sie darf sich nicht bewegen. Sonst werden wichtige Blutgefäße verletzt oder ihre Lungen beschädigt."

Tom rutschte hinter sie, stützte ihren Oberkörper an seiner Brust ab und hielt sie in einem eisernen Griff. Als Boss mit einer langen Pinzette kam, stoppte Tom ihn.

„Warte, sollten wir sie nicht ins Krankenhaus bringen?"

Boss lachte spöttisch und entblößte seine Fänge. Blue hatte ihn selten so offen in Gegenwart von Menschen gesehen wie jetzt. „In ein Menschenkrankenhaus? Das ist eine wirklich geniale Idee, Homo sapiens."

Schweißperlen standen auf Boss' Stirn, während er angestrengt versuchte, die Kugel aus ihrer Schulter zu holen. Die Schmerzen waren beinahe unerträglich. In regelmäßigen Abständen wurde Blue schwarz vor Augen und sie hatte das Gefühl, jeden Moment kotzen zu müssen.

„Ich krieg das Mistding nicht raus, verdammte Scheiße! Sie rutscht ständig weg."

„Dann schneide sie raus, Herrgott noch mal! Ich halte das nicht mehrlange aus." Sie wimmerte und fühlte, dass die Kraft, die ihr Boss' Blut gegeben hatte, bald versiegt war. Boss schaute ihr in die Augen, bevor er sich auf die Suche nach etwas machte, was er als Skalpell benutzen konnte.

„Such nicht lange herum. In meinem rechten Stiefel ist ein Messer und in meiner Schreibtischschublade findest du einen Verbandskasten."

Er stand auf, holte die Erste-Hilfe-Ausrüstung und zog dann das Messer aus dem Stiefel. Ihr Herz hämmerte hart und schnell. Sie hatte Angst vor weiteren Schmerzen und dem Tod. Obwohl sie ihn sich lange gewünscht hatte.

„Bist du bereit?", fragte Boss genauso unsicher, wie sie sich fühlte.

Sie konnte nur nicken und die Augen fest zudrücken. Der brennende Schmerz war unsäglich und sie brauchte alles an Kraft, um nicht zu schreien. Ihre Fingernägel rammte sie in Toms Unterarme. Er zuckte keinen Millimeter zurück. Er war erstaunlich hart im Nehmen für einen Menschen und seine Kraft überraschte Blue.

Als die Kugel endlich draußen war, setzte unverzüglich die Heilung ein. Schon ein paar Minuten später fühlte sie sich stark genug, um sich aufzusetzen. Dann schaute sie Tom an.

„Was tust du überhaupt hier? Du hast doch heute frei."

„Wir waren zum Training verabredet. Ich hab mir vor deiner Wohnung fast die Eier abgefroren, deshalb hab ich gedacht, dass ich genauso gut hier auf dich warten könnte."

„Ach ja, stimmt ... das Training." Dann wandte sie sich an Boss. „Und was ist mit dir?"

Er war dabei, sein Hemd und seinen Anzug zu richten. „Mich hat der Fette Freddy angerufen und mir erzählt, was passiert ist."

Mit jeder Minute fühlte sie sich stärker und sie wollte es wagen, aufzustehen. Tom stützte sie. Vorsichtig wankte sie zum Schrank neben der Badezimmertür. Dort hatte sie immer frische Kleidung deponiert, für den Notfall. So holte sie eines der schwarzen T-Shirts heraus und funkelte die beiden Männer an. „Würde es euch etwas ausmachen, euch umzudrehen? Mein BH ist total versaut und ich muss ihn ausziehen." Der linke BH-Träger war zerschossen und durchweicht von Boss' und ihrem Blut. Tom, ganz Gentleman, drehte sich im Gegensatz zu Boss sofort um. Boss grinste und wollte gerade zu einer Erwiderung ansetzen, als sie ihm über den Mund fuhr.

„Ja, ich weiß, dass du weißt, wie ich aussehe. Aber jetzt ist definitiv nicht der richtige Zeitpunkt dafür."

Er sah sie überrascht an, drehte sich aber tatsächlich um. Umständlich schälte sie sich aus dem Büstenhalter und versuchte, die schmerzende Schulter zu ignorieren. Der BH flog zum T-Shirt in den Abfalleimer. Nachdem sie das saubere Shirt übergestreift hatte, wollte sie sich nach ihrem Schulterholster bücken, das auf dem Boden lag. Reflexartig streckte sie die linke Hand danach aus, was ihr prompt einen reißenden Schmerz verursachte. „Fuck!", fluchte sie und sowohl Boss als auch Tom wirbelten herum.

„Was ist?", fragten beide synchron.

Was sollte bloß diese gemeinsame Sorge um sie? Vor allem Boss überraschte sie. Von Tom wusste sie, dass er in sie verschossen war. Aber Boss? Nein, so wie er sie immer behandelte, war das unmöglich.

„Nichts!", schimpfte Blue. „Ich hab nur vergessen, mein Hirn einzuschalten."

Tom und Boss wechselten einen Blick.

„Es ist besser, wenn du sie nach Hause bringst, Tom." Boss war bereits zur Tür gegangen.

„Das wird nicht nötig sein. Ich fühle mich schon viel besser und ich kann selbst zu meiner Wohnung fahren." Ihr Protest verpuffte. Anscheinend wurde sie einfach ignoriert.

Tom führte sie aus ihrem Büro. Sie hatte gerade noch Gelegenheit, ihren ruinierten Mantel anzuziehen. Boss war bereits hinausgeeilt und verschwunden. Als sie den Club verließen, kam er zu ihnen zurück. Er hielt eine Tasche in der Hand und reichte sie Tom. Dieser warf einen Blick hinein und rümpfte die Nase.

„Was ist das?", fragte sie, unsicher über Toms Gesichtsausdruck. Er reichte ihr wortlos die Tasche. Sie enthielt zwei Blutkonserven. Blue drehte sich wieder einmal der Magen um.

„Wie ich dich kenne, hast du keinen Vorrat zu Hause und jetzt brauchst du es ganz besonders."

Blue war zu erledigt, um zu protestieren. Tom schob sie zur Beifahrertür ihres Autos und öffnete sie. Plötzlich schoss ihr eine Frage durch den Kopf. Sie schaute Boss über das Wagendach hinweg an.

„Sag mal Boss, wie heißt du eigentlich wirklich?" Boss' Blut in ihren Adern machte sie mutig und sie stellte ihm die Frage, die ihr schon länger auf der Zunge brannte.

Seine Augen blitzten kurz auf.

„Ich heiße Orion und wenn du oder Tom es jemals jemandem verraten solltet, seid ihr tot. Verstanden?"

„Wow", entgegnete sie, „deine Eltern waren ziemlich grausam, dich nach den Sternen zu benennen." Sie zwinkerte ihm zu und er lachte schallend.

„Nicht grausam, aber leidenschaftliche Astronomen."

Dann war er weg und sie fragte sich, woher so plötzlich diese Vertrautheit zwischen ihnen kam. Sie hatte ihn noch nie so offen erlebt. Gelacht hatte er bisher sowieso kaum und sonst umgab er sich immer mit einer angsteinflößenden Aura.

Auf dem Weg zu ihrer Penthouse-Wohnung am Escher Wyss schwiegen sie. Obwohl es nur eine kurze Fahrt war, fielen Blue die Augen zu. Irgendwann wurde sie wach, weil Tom sie aus dem Wagen hob. Sie vergrub ihr Gesicht an seinem Hals und genoss seinen ihm eigenen Duft und die Wärme, die er ausstrahlte. Sie fühlte seinen regelmäßigen Puls an den Lippen. Wie es wohl wäre, Toms Blut zu trinken? Allein schon bei dem Gedanken begann ihr Herz, zu galoppieren.

„Wo hast du den Schlüssel?"

Seine Stimme vibrierte an ihrer Wange. Sie griff in die Hosentasche und zog den Wohnungsschlüssel heraus. Tom streifte zärtlich ihre Hand, als er ihr den Schlüssel aus den klammen Fingern nahm. Ein wohliges Kribbeln durchflutete ihren ganzen Arm.

Er brachte sie ins Schlafzimmer und setzte sie auf das Bett. Blue ließ zu, dass Tom sie aus dem Mantel schälte und ihr die Stiefel auszog. Er verlor keine Silbe und wirkte gefasst. Sie hingegen kämpfte mit sich selbst. Das Verlangen, das sie verspürte, war nicht richtig. Sie sollte nicht so fühlen.

Ohne mit der Wimper zu zucken, streifte Tom ihr Shirt und Hose ab und bedeutete ihr, sich hinzulegen. Dann kniete er sich neben das Bett und legte ihr die Hand an die Wange.

„Liegst du bequem?" Als sie stumm genickt hatte, drückte er ihr unversehens einen Kuss auf die Stirn und erhob sich. „Bin gleich zurück", sagte er und verließ das Zimmer. Als er wiederkam, hatte er eine aufgewärmte Blutkonserve dabei. „Warum tust du das alles?" Blues Stimme war schwer vor Müdigkeit.

„Das erzähle ich dir, wenn du wieder klar denken kannst, Süße." Er wollte aufstehen, als sie ihn zurückhielt.

„Warte." Blue griff zum Nachtkästchen und holte einen Schlüssel hervor. Damit er in Zukunft nicht mehr vor ihrer Wohnung erfrieren musste.

***

Tom saß auf Blues Bett und wachte über ihren Schlaf. Ihre Züge waren entspannt, die wohlgeformten Lippen leicht geöffnet. Dahinter konnte er die Spitzen ihrer Fänge erkennen. Er fragte sich, wie es sich wohl anfühlen würde, diesen Mund zu küssen, ihn mit der Zunge zu erforschen. Und nicht nur ihren Mund. Bei diesem Gedanken wurde er hart und gab sich einen mentalen Kinnhaken.

Er hatte sich noch am Abend zuvor geschworen, sie nicht zu bedrängen. Sollte sie die Zeit haben, die sie brauchte. Er hatte schon so lange gewartet. Jetzt kam es auch nicht mehr darauf an, ihr die nötige Zeit zu lassen.

Sie drehte sich im Schlaf auf die Seite und ihr Geruch wehte zu ihm herauf. Sie roch nach roten Rosen. Dieser Duft sabotierte seine guten Vorsätze und lockte seine primitivsten Züge hervor. Er musste gehen, jetzt gleich. Andernfalls würde er sich nicht beherrschen können. Bevor er das Schlafzimmer verließ, schaute er sie noch einmal an. Er sog den Anblick in sich auf. Er wollte ihn nicht mehr vergessen. „Ich liebe dich, Süße. Lass mich nicht zu lange warten."

Während er nach Hause fuhr, dachte er immer wieder an die schlafende Blue und sein Körper reagierte schnell und heftig. Zeit für ein Vollbad in Eiswasser. Wenn er ehrlich war, hatte er keinen Schimmer, wie er sich davon abhalten konnte, bei nächster Gelegenheit über sie herzufallen. Sie brachte ihn an die Grenze seiner Selbstbeherrschung. Er wusste, dass er fordernd sein konnte, doch genauso war er sich im Klaren, dass Blue noch nicht bereit war.

Ungeküsst, unberührt

In dieser Nacht sah Blue sie zum ersten Mal, während sie träumte. Die Fremde stand vor ihr, umgeben von goldenem Licht. Die dunklen Haare fielen ihr bis über das Gesäß. Sie war groß, aber zart gebaut. Sie trug ein weites, luftiges weißes Kleid, das bis zum Boden reichte.

Die blauen Augen strahlten aus einem ebenmäßigen, schmalen Gesicht und ein Lächeln umspielte die vollen roten Lippen. In ihrer Hand hielt sie einen pfirsichfarbenen Seidenschal. Ihr Anblick fesselte Blue, tauchte sie in Liebe und Wärme. Sie schien Blue ebenfalls zu beobachten und ihr Lächeln war allgegenwärtig. Blue glaubte, es sogar in ihrem Herzen spüren zu können.

Plötzlich drehte die Frau sich um und ging davon. Blue hatte das Gefühl eines riesigen Verlustes, weshalb sie ihr Warte! nachrief. Die Frau sah Blue noch einmal an, lächelte und ließ den Seidenschal fallen. Als er den Boden berührt hatte, wachte Blue mit pochendem Herzen auf.

Sie machte Licht und setzte sich auf. Ihre Schulter protestierte kurz. Zur Kontrolle hob sie den Verband ab und stellte fest, dass nur noch eine feine rote Linie zu sehen war. Sie stand auf und wollte ins Bad gehen, als ihr Blick auf etwas Pfirsichfarbenes fiel, das auf dem Boden lag. Sie hob es auf und ließ das feine Gewebe durch ihre Finger gleiten. In der nächsten Sekunde erkannte sie dieses Ding und das Blut gefror ihr in den

Adern. Die Frau im Traum hatte ihr Halstuch fallen lassen ... und nun lag es in Blues Schlafzimmer. Das konnte nur eines bedeuten: Es war kein Traum gewesen.

Wie war das möglich?

Am nächsten Abend, der Zwischenfall mit dem Traum spukte immer noch in ihrem Kopf herum, kam Blue aus der Dusche, als sie hörte, wie der Aufzug betätigt wurde. Hastig wickelte sie sich ein Handtuch um und ging ins Schlafzimmer. Sie riss die Schranktür auf, griff nach der SIG und lud sie durch, während sie zurück in den Flur rannte. Breitbeinig, die SIG auf die Lifttür gerichtet, wartete sie. Ihr Herz hämmerte hart gegen ihre Rippen und durch den Adrenalin-Ausstoß waren ihre Sinne geschärft.

Als sich der Aufzug langsam öffnete, hielt sie den Atem an.

„Halt! Vorsicht, ich bin's nur."

Tom war zur Seite gesprungen und drückte sich mit dem Rücken gegen die Wand.

Erleichtert ließ Blue die Waffe sinken und atmete aus. Sie hatte vergessen, dass sie ihm einen Schlüssel gegeben hatte. Wahrscheinlich litt sie langsam an Verfolgungswahn.

Als Tom das Gefühl hatte, dass die Gefahr gebannt war, setzte er sein Lächeln auf und brachte damit ihr Herz ins Stolpern.

„Wenn ich es mir recht überlege, finde ich es doch sehr reizvoll, von dir in diesem Aufzug und mit gezückter Waffe begrüßt zu werden."

Rechtzeitig merkte Blue, wie sich das Badetuch verselbstständigen wollte. Hastig griff sie danach und hielt es dort, wo es hingehörte. „Vorsicht, vielleicht erschieße ich dich ja doch noch, wenn du weiter solchen Mist von dir gibst. Was willst du eigentlich schon wieder hier?" Nie würde sie sich oder ihm eingestehen, dass sie sich an seinen Anblick in ihrer Wohnung gewöhnen könnte. Sie ging zurück ins Schlafzimmer.

„Ich hab den Camaro zurückgebracht und mein Bike steht noch beim Club!", rief er ihr nach.

Sie hatte inzwischen Unterwäsche und eine Vintage-Jeans von Diesel angezogen.

Plötzlich konnte sie spüren; wie Toms warme Finger von ihrem Kreuz vorsichtig nach oben wanderten und dabei die Konturen ihrer Tätowierung nachzeichneten. Sie hatte ihn nicht kommen hören und hielt reflexartig die Luft an. Es war ihr nicht klar, ob sie ihm eine schmieren oder die Berührung genießen sollte. Überhaupt reagierte ihr Körper losgelöst von ihrem Bewusstsein. Gänsehaut bildete sich und dort wo Tom sie sanft berührte kribbelte es. Wärme breitete sich südlich ihres Bauchnabels aus, und ihr ganzer Körper schien zu vibrieren.

Während Blue damit beschäftigt war, ihre Körperreaktion zu analysieren, glitt Toms Hand weiter nach oben bis zu ihrer Schulter. Den anderen Arm legte er von hinten um ihre Taille. Ihr Herz begann, ungebremst zu rasen. Sie hörte, wie sich sein Puls ebenfalls beschleunigte.

„Was machst du mit mir?", keuchte sie.

Er lachte leise. „Alles, was du willst, Baby."

Was zum Teufel sollte sie mit dieser Antwort anfangen? Sie drehte sich um und schaute ihn an. In seinen Augen lag ein Feuer, das sie an ihm noch nicht kannte.

Er zog sie eng an sich und küsste sie mit unendlicher Sanftheit auf den Mund. Als ob es die normalste Sache der Welt wäre, stiegen ihre Lippen in seinen Takt mit ein. Nur eben war es für sie nicht normal. Bis zu diesem Abend war sie ungeküsst gewesen. Eine Tatsache, die sie bewusst verschwiegen hatte, immer. Denn es ging niemanden etwas an.

Toms Zunge umspielte die Spitzen ihrer Fänge und er genoss deutlich das kratzende Gefühl.

In dem Moment, als Blue alles bewusst wurde, schreckte sie mit einem Satz zurück. Toms entsetzter Blick schnitt ihr ins Herz.

„Das ist nicht richtig", sagte Blue entschuldigend.

Er sah sie unergründlich an. „Was ist hier nicht richtig? Dass ich dich küsse, dass du mitmachst und dabei heiß wirst ... nein, streite es nicht ab. Ich kann deine Erregung spüren. Oder liegt es an diesem ganzen Vampir-Mensch-Scheiß? Denn wenn es das ist, lass es einfach stecken. Du solltest inzwischen wissen, dass mich das nicht stört."

„Du weißt verdammt noch mal, dass ich es nicht mit Menschen mache! Das funktioniert nicht." Nur mit Mühe konnte sie die Verzweiflung in ihrer Stimme unterdrücken.

„Ich weiß zwar nicht, mit was für menschlichen Losern du früher zusammen warst, aber es ist gemein von dir, wenn du mich abweist, nur weil ich ein Mensch bin und du denkst, dass ich unfähig bin, dir den besten Sex deines Lebens zu geben."

Wie konnte sie es ihm nur begreiflich machen? „Das ist es nicht, du Idiot! Ich mach's nicht mit Menschen, weil ich nicht weiß, was dann passiert. Mit dir, mit mir … Ich könnte dich verletzen, töten oder sonst was. Ich weiß noch nicht einmal, wie ich mich in einer solchen Situation verhalten soll." Während sie um Fassung rang, verzog er missbilligend das Gesicht.

„Weißt du, ich hätte nicht gedacht, dass ich dich für dumm halten könnte. Aber ich kann mir kaum vorstellen, dass Sex unter Vamps anders abläuft als bei Menschen. Im Übrigen haben wir genug blutsaugende Kundschaft im Club, die die Dienste menschlicher Nutten in Anspruch nehmen und noch keine von ihnen ist dabei umgekommen. Also sag doch einfach gleich, dass du mich für nicht gut genug hältst."

„Ich weiß nichts von Sex zwischen Mensch und Vampir. Ich weiß überhaupt nichts von Sex. Ich habe noch nie mit einem Mann geschlafen. Kapiert?"

Er lachte trocken und bedachte sie mit eisigem Blick. „Du bist schlimmer, als ich dachte, Blue. Hast du vergessen, dass ich weiß, was zwischen dir und Boss hinter verschlossenen Türen passiert?" Er wandte sich zum Gehen und vermied es, sie anzusehen.

„Du weißt gar nichts, Tom. Hau einfach ab, okay?", sagte sie geknickt. „Manchmal liegen die Dinge anders, als man glaubt." Sie wartete nicht ab, bis er gegangen war, sondern drückte sich an ihm vorbei und floh ins Badezimmer. Die Tür schlug laut zu. Sie zitterte am ganzen Körper und ihre zugeschwollene Kehle ließ kaum Luft in ihre Lungen. Wie beschämend das Ganze war! Wie sollte sie Tom beweisen, dass sie tatsächlich noch unberührt war? Himmel noch mal, musste sie das überhaupt? Tatsache war, dass man sie in ihrem ersten Leben kaum beachtet hatte und Männer schon gar nicht. Später, als sie sich gewandelt hatte, hatte sie Ekel empfunden, wenn sie an Sex gedacht hatte. Bis sie Toms Verlangen das erste Mal gespürt hatte. Sie hatte sich ganz erfolgreich selbst belogen, zumindest bis zu diesem Abend. Sie konnte seine Berührung noch immer auf ihrer Haut spüren. Seine Finger, die die Konturen des Tattoos nachzeichneten.

In diesem Moment traf sie die Erkenntnis wie ein Fausthieb. Sie würde einsam sterben, wenn sie nicht ihre Angst vor körperlicher Nähe überwand. Ihre Knie gaben unter ihr nach und sie ließ sich an den Fliesen entlang zu Boden gleiten. Mit dem Kopf zwischen den Knien drangen gedämpfte Schluchzer aus ihrer Brust. Als sich die ersten Tränen an ihrer Nasenspitze sammelten und sie kitzelten, schüttelte sie das Selbstmitleid ab. Gott verdammt noch mal! Sie sollte sich nicht wegen eines Typen so fertig machen. Tatsache war jedoch, dass es ihr in dem Moment, als sie Tom geküsst hatte, wie Schuppen von den Augen gefallen war. Sie wollte ihn ebenfalls, und zwar mit Haut und Haar. Ihre Fänge verlängerten sich reflexartig und das erste Mal seit ihrer zweiten Geburt wollte sie einem Menschen die Zähne ins Fleisch schlagen. Nicht, um ihn zu töten, sondern um sein Blut in sich zu haben und ihm dadurch nahe zu sein. Aber nach diesem Desaster würde das bestimmt nie der Fall sein. Der Verlust brannte in ihrer Brust und drohte sie zu versengen. Noch nie zuvor hatte sie ein derart primitives, sexuelles Verlangen verspürt. Und noch nie zuvor hatte sie sich so nach einem Mann, egal ob Mensch oder Vampir, verzehrt. Doch sie wusste nicht, wie sie damit umgehen sollte. So etwas fand man nicht in Büchern.

Ruckartig sprang sie auf die Füße, beseitigte den Schaden, den die Tränen in ihrem Gesicht hinterlassen hatten, und zog sich fertig an. Das obligatorische schwarze Shirt lag eng an und die Diesel Vintage-Jeans saßen tief auf ihren Hüften. Nachdem sie ihre Doc Martens geschnürt hatte, schnallte sie sich das Schulterholster um, bestückte es mit SIG und Reservemagazin und holte ihren Ersatz-Ledermantel aus dem Schrank.

Als Blue das Wohnzimmer betrat, bemerkte sie, dass Tom den Wohnungsschlüssel zusammen mit dem des Autos auf dem Wohnzimmertisch liegen gelassen hatte. Irgendwie bekam ihr Herz einen erneuten Knacks und stolperte über die eigenen Schläge. Schnaubend packte sie den Autoschlüssel und verließ die Wohnung.

Unten auf der Straße vernahm Blue ein Räuspern und hob den Blick. Tom lehnte am Camaro und hatte die Hände tief in den Hosentaschen vergraben. Die dunklen Haare hingen ihm ins Gesicht.

„Du bist noch hier?", fragte sie und schob sich an ihm vorbei, ohne ihn anzusehen. In ihrem Herzen begann ein wenig Hoffnung zu keimen und davor hatte sie Angst.

„Ich brauche eine Mitfahrgelegenheit. Mein Bike steht noch beim Club und mein Helm liegt in deinem Kofferraum." Tom wirkte fehl am Platz und das versetzte Blue einen weiteren Hieb.

Resigniert ließ sie die Schultern hängen. „Na schön", seufzte sie, „dann steig ein."

Auf dem Weg zur Arbeit schwiegen sie. Erst als Blue auf den Parkplatz fuhr, sprach er sie an.

„Es tut mir leid, Blue. Ich hab mich wie ein Arsch benommen."

Bevor Blue etwas entgegnete, schaltete sie den Motor ab und zog den Schlüssel aus dem Zündschloss. Dann erst sah sie ihn an. Seine grünen Augen glänzten. Was sollte sie bloß mit ihm anfangen? „Ja, das hast du. Ich finde, dass du dich zum totalen Idioten gemacht hast."

Er zuckte zusammen. „Kannst du mir verzeihen?"

Ohne ihn anzusehen, stieg sie aus dem Auto und bemerkte, dass er es ebenfalls getan hatte. Sie blickten sich über das Autodach hinweg an.

„Darauf kann ich dir keine Antwort geben, Tom. Eins ist aber sicher und du sollst es wissen. Auch auf die Gefahr hin, dass du mir nicht glaubst. Der erste Mann, der mich geküsst hat, warst du, heute Nacht." Dann drehte sie sich um und ging davon. Tom in seinen schweren Motorradstiefeln bewegte sich schnell über den Asphalt und kam näher. Als er Blue erreicht hatte, griff er nach ihrem Unterarm und hielt sie zurück.

„Warte, Blue", er sah sie an und sie hatte das Gefühl in einem grünen See zu versinken, „heißt das, dass du wirklich noch nie ..."

Wütend riss sie sich von ihm los und ballte die Hände zu Fäusten. „Du kapierst auch gar nichts!", zischte sie und rannte buchstäblich davon.

Der Club war noch fast leer und sie begann ihre allabendliche Runde in ihrem Büro und darüber war sie froh, denn die verhassten Tränen wollten sich bereits wieder an die Oberfläche mogeln. Achtlos warf sie den Mantel über die Stuhllehne. Danach holte sie das Funkgerät mit dem dazugehörenden Ear Piece von der Ladestation. Das Schulterholster hängte sie an den Haken an der Wand. Nachdem sie all diese selbstverständlichen Handgriffe erledigt hatte, fühlte Blue sich stabil genug, um den Rundgang weiterzuführen. Dieser Kerl machte sie noch zur Heulsuse und das durfte nicht passieren. Sie hatte sich noch nie so schwach und hilflos gefühlt. Himmel noch mal!

Als Erstes ging sie zur Bar, um die Bestände zu kontrollieren und danach die fehlende Ware aus dem Lagerraum zu holen.

Ein Besuch bei Lucinda und ihren Mädchen stand als Nächstes auf der Liste.

„Guten Abend Lucy, wie geht's?"

Lucy schnürte gerade einen ihrer hochhackigen Stiefel, als sie Blue prüfend ansah. Die anderen Mädchen waren bereits in den Startlöchern und Lucy und Blue waren allein in der Privatgarderobe.

„Bei mir ist alles in bester Ordnung. Aber du siehst nicht gerade gut aus. Was ist los?"

„Es geht mir gut, wirklich", antwortete Blue zu schnell. Lucys perfekt in Form gezupften Augenbrauen zogen sich zusammen und die volle Oberlippe zog sich nach oben. Dabei entblößte sie ein paar schneeweiße Fänge. So grazil, aber tödlich wie Lucy selbst.

„Und weil es dir so blendend geht, heulst du fast." Ihr Ton war voller Wärme.

Kraftlos ließ Blue sich auf den Stuhl sinken und seufzte. „Es ist nicht der Rede wert, Lucinda."

Lucy setzte sich zu ihr und reichte ihr ein Taschentuch, denn ohne dass Blue es bemerkt hatte, hatte sich eine Träne aus ihrem Augenwinkel davongestohlen und rann über ihre Wange.

„Sorry Liebes, aber du siehst aus, als ob dir ein Kerl das Herz gebrochen hat."

„Darf ich dich etwas fragen, Lucy?"

Lucy nickte. In ihrem Kopf legte Blue sich die Worte zurecht. Vielleicht war Lucy genau die richtige Person für dieses Thema. Eine Professionelle.

„Wenn ich dir sagen würde, dass ich noch nie mit einem Mann geschlafen habe, würdest du mir glauben?"

Lucy zog geräuschvoll Luft ein. Blue wagte es aber nicht, sie anzusehen.

„Kannst du mich mal anschauen, Blue, bitte."

Langsam hob Blue den Kopf und sah Lucy in ihr hübsches Gesicht. Sie studierte Blues Gesichtszüge und las darin. Nach einer gefühlten Ewigkeit begann sie, zu sprechen.

„Auch wenn es kaum vorstellbar ist, glaube ich dir. Du bist nicht der Typ Frau, der lügt. Aber weshalb ist das so wichtig? Und da drängt sich mir noch eine weitere Frage auf. Entschuldige, aber wenn du noch Jungfrau bist, was treiben Boss und du dann immer hinter verschlossenen Türen?"

Blues Herz zog sich auf die Größe einer Erbse zusammen. „Auf jeden Fall nicht das, was alle denken!" Sie hatte beinahe gefaucht, bekam aber sofort ein schlechtes Gewissen. „Entschuldige, aber wenn ich sage, dass ich noch nie mit einem Mann geschlafen habe, dann ist das so. Boss verlangt nur Blut von mir. Zwar erregt ihn das auch, aber mehr will er nicht." Ihre Wangen pulsierten und waren wahrscheinlich knallrot. Ihr diese Dinge zu erzählen, ließ Blue schaudern. Dennoch konnte sie fühlen, dass Lucy die Richtige für dieses Thema war. Sie legte Blue den Arm um die Schultern.

„Und was ist heute passiert?", fragte sie fürsorglich.

„Es gibt da jemanden, den ich sehr gern habe und heute ... nun ja ... sind wir uns nähergekommen und ich bin in Panik geraten. Danach hat er mir nicht geglaubt, dass ich keine Ahnung von diesen Dingen habe."

Lucy ließ Blue Zeit, sich zu beruhigen und nachdem ihr Atem wieder ruhiger war, ergriff sie erneut das Wort. „Du musst vor diesen Dingen keine Angst haben. Lass dich einfach von deinen Gefühlen leiten und entspann dich. Wenn du ihn liebst und er dich auch, dann werdet ihr einen Weg finden. Vertrau einem Profi wie mir", sagte sie augenzwinkernd, „oder ist da noch ein Problem, von dem ich wissen sollte?" Da war er wieder dieser prüfende Blick, der sich tief in Blues Seele bohrte.

„Was ist, wenn ich ihn verletze? Er ist nicht wie du und ich. Er ist ein Mensch und ich weiß noch nicht einmal, wie ich mich in einer solchen Situation verhalten werde. Was ist, wenn ich mich in ein wildes Tier oder so verwandle und ihm Schaden zufüge oder sogar noch Schlimmeres?"

Lucinda begann schallend zu lachen und ihre weißen Fänge blitzten im Licht der Garderobe. „Darum machst du dir Sorgen? Aber das brauchst du nicht, Schätzchen. Vielleicht packst du ihn etwas härter an, als er es von Menschenfrauen gewöhnt ist. Aber das gefällt den meisten Männern." Sie nahm Blue in ihre zierlichen Arme und drückte sie an ihre zwar gut bestückte, aber trotzdem schmale Brust.

Blue hatte das Gefühl, von einer Halbwüchsigen umarmt zu werden. Ein Räuspern ließ sie beide hochfahren. Tom stand in der Tür. Sofort begann ihr Herz wieder zu rasen und in ihrem Kopf entstanden Fantasien, die von Lucys Worten unterstrichen wurden. Etwas härter anpacken ... gefällt den meisten Männern ... Sie schluckte.

„Sorry für die Störung", stammelte er, „aber dein Typ wird verlangt, Blue."

Sie sprang auf und fuhr sich mit der Hand über das Gesicht, um wieder zur Vernunft zu kommen. Dann blickte sie ihn düster an. „Warum hast du mir das nicht über Funk mitgeteilt?"

„Dein Funk ist nicht eingeschaltet und es ist dringend. Richi ist hier."

Schnaubend brauste Blue an ihm vorbei und konnte gerade noch hören, wie Lucinda Tom bat einzutreten. Sie wollte sich nicht vorstellen, was sich da drinnen abspielen würde. Lucinda, die Hure und Tom, der wegen ihr ganz offensichtlich frustriert war ... Was hatte sie sich nur dabei gedacht, jemanden überhaupt an sich heranzulassen? Ihr Leben war in Sekundenschnelle viel zu kompliziert geworden.

Blues Weg führte sie über die Toiletten, wo sie noch nach dem Rechten sehen musste, zurück in ihr Büro. Als sie die Tür aufstieß, bemerkte sie, dass Richi mit David bereits auf sie wartete.

Richi saß mit verbundener Hand breitbeinig auf dem Stuhl vor dem Tisch. Als er Blue hörte, sprang er auf und ging auf Distanz.

„Hallo Richi. Hast du etwas Schönes für mich?"

Er nickte und warf ihr einen dicken Umschlag zu. Da Blue aus Prinzip Kanalratten wie Richi nicht traute, zählte sie nach und überprüfte die Echtheit der

Scheine. Alles war in bester Ordnung. Richi hatte inzwischen nervös von einem Bein auf das andere gewechselt.

„David, du kannst diese Missgeburt hinausbegleiten."

David nickte und packte Richi am Arm und wollte ihn aus dem Büro führen.

„Wer ist hier die Missgeburt, Blue? Mach dir mal Gedanken darüber. Übrigens bin ich noch nicht ganz fertig hier."

Er hatte diese Worte ausgespien. Dieser kleine Parasit wollte sie provozieren, doch diese Genugtuung würde sie ihm nicht geben. „Was willst du noch?" Er grinste blöde und begann, in der Nase zu bohren. Widerlich! „Hör auf nach deinem Gehirn zu suchen, du wirst nämlich keins finden. Also spuck schon aus, was du zu sagen hast und erlöse mich von deinem Anblick."

Beleidigt zog er den Finger aus der Nase und wischte ihn an seiner Hose ab. Ekel schüttelte sie. „Ich soll dir was von Igor ausrichten. Er möchte sich morgen mit dir treffen. Um fünf am Hauptbahnhof. Du sollst allein kommen, sonst passiert etwas Schreckliches."

Überrascht hob sie die Augenbrauen. Was hatte Igor vor und was hatte er mit Richi zu tun?

Nachdem Richi seine Botschaft überbracht hatte, zerrte David ihn auf ihr Zeichen hin aus ihrem Büro. Erst tigerte sie unruhig jeden Quadratzentimeter des Raums ab, bis sie schließlich zu dem Schluss kam, dass das Ganze eh keinen Sinn hatte. Sie beschloss, zu Boss zu gehen und die Angelegenheit mit ihm zu besprechen.

Als Blue vor seinen Räumlichkeiten stand, straffte sie die Schultern und versuchte mutig zu sein. Boss' Büro war wie der Vorhof der Hölle. Irgendwie spielte er immer hässliche Spielchen mit ihr. Sie klopfte leise an. Die Sekunden verstrichen und es kam keine Antwort. Blue griff nach der Türklinke und drückte sie nach unten. Dann schob sie die Tür auf und erblickte Boss. Er saß zusammengesunken am Schreibtisch und betrachtete ein Foto, das er in der Hand hielt. In seinen Augenwinkeln glitzerte es verdächtig. Weinte er etwa? Das konnte sie kaum glauben.

Mit einem leisen Hüsteln machte sie auf sich aufmerksam. Er zuckte zusammen und sah zu ihr auf. Yep, Boss hatte Tränen in den Augen, die er nun krampfhaft wegzublinzeln versuchte. Er räusperte sich und ließ das Foto unter einem Stapel Unterlagen verschwinden. Blue ließ sich nicht anmerken, wie seltsam die ganze Situation auf sie wirkte, und legte den Umschlag mit den zwanzigtausend Franken auf den Tisch. Er runzelte fragend die Stirn.

„Richi hat bezahlt. Es ist alles da."

Boss nahm wortlos das Bündel und ging zu seinem Safe, wo er es einschloss. Blue musterte ihn eingehend und er schien es zu bemerken.

„Was?", fauchte er. Sein Blick und sein Ton ließen ihr die Haare zu Berge stehen und sie zuckte unwillkürlich zusammen.

„Ich wollte eigentlich noch etwas mit dir besprechen", sagte sie, „aber wenn ich ungelegen komme, kann das auch warten."

Er fuhr sich mit der Hand über das Gesicht und schien danach völlig ausgewechselt. „Ach was. Schieß los, was hast du für ein Problem?"

Sie schilderte Boss die Geschichte mit Igor und fragte ihn, was sie jetzt tun sollte. Während ihrer Erzählung hatte Boss' Gesichtsfarbe von einem warmen Goldbraun zu einem kränklichen Grün gewechselt. Lange sagte er nichts. Dann sprang er plötzlich auf.

„Du wirst da auf keinen Fall hingehen! Hast du mich verstanden? Das ist zu gefährlich."

Sie wusste nicht, was dieser Ausbruch zu bedeuten hatte. Normalerweise war Boss nicht so schnell aus der Ruhe zu bringen. „Aber wenn ich nicht gehe, werden wir nie herausfinden, was er vorhat."

Abrupt drehte er sich zu ihr um und packte sie fest an den Schultern. Seine Finger gruben sich schmerzhaft in ihr Fleisch. „Du gehst da nicht hin!" Er nagelte sie mit seinen blauen Augen an Ort und Stelle fest. Er musterte Blue und sie konnte eine seltsame Verzweiflung in seinem harten Gesicht erkennen. Sein militärisch kurz geschnittenes Haar machte es noch kantiger. Genauso abrupt, wie er sie gepackt hatte, ließ er sie wieder los. Er schaute zu Boden und ließ die Schultern hängen. Seine Brust hob und senkte sich unter schweren Atemzügen. „Er hat mir schon einmal jemanden genommen", flüsterte er mehr zu sich selbst. Dann ging er zurück zu seinem Bürostuhl und ließ seine Hand gedankenversunken zum Foto gleiten, dessen Ecke unter dem Stapel Unterlagen hervorlugte.

„Wen hast du verloren, Boss? Was ist los mit dir? Ich mache mir ja fast Sorgen." Sie musste innerlich über ihren Sarkasmus lachen.

Er seufzte, zog das Foto heraus und hielt es beinahe zärtlich hoch.

Orions Geschichte

Boss lehnte sich zurück und hielt seinen Blick auf das Foto gerichtet. Nachdem er sich gesammelt hatte, durchbrach seine heisere Stimme das Schweigen.

„Meine Eltern waren Sagittarius und Lyra Sangualunaris. Sie waren König und Königin unseres Volkes. Damals, als meine Welt noch in Ordnung war, lebten meine Eltern, meine Schwester und ich in einem großen Herrschaftshaus. Nicht in einem Schloss oder einer Burg, wie man meinen könnte. Im 17. Jahrhundert, als ich geboren wurde, waren alle Vampire reinrassig. Das heißt, wir kamen als solche zur Welt. Nicht wie heute, wo wir eine Laune der genetischen Mutation sind. Wir setzten alles daran, vor den Menschen versteckt, aber in Frieden unter ihnen zu leben. Unsere Spezies ernährte sich hauptsächlich voneinander oder von Tierblut.

Es gab neben mehreren kleineren Zweigen zwei große Familienclans. Die Sangualunaris, denen ich angehöre und die Delcours, von denen Igor, Janus und Leander abstammen. Bis zu einem schrecklichen Zwischenfall im Jahr 1692. Ein Cousin zweiten Grades von Darius Delcours griff in einem Zustand von Blutrausch eine aus dem Nachbardorf stammende Menschenfrau an. Und das am helllichten Tag. Unglücklicherweise gab es mehrere Zeugen für diesen grauenhaften Mord.

Sagittarius, mein Vater, sah sich gezwungen einzugreifen. Er ließ die menschlichen Zeugen eliminieren und der Täter wurde gefangen genommen, um ihm den

Prozess zu machen. Das Gesetz ist auch heute noch klar in solch einem Fall. Sollte ein Vampir durch sein Verhalten die Tarnung unserer Existenz gefährden, bedeutet das Tod durch Enthauptung.

Darius von den Delcours erhob aber Einspruch und verlangte die Auslieferung seines Clanmitglieds. Sagittarius weigerte sich, denn Darius fand, dass sein Cousin unschuldig war. Seiner Meinung nach waren Menschen mit Vieh gleichzusetzen und Vampire dazu geboren, die Herrscherrasse zu sein. Mein Vater blieb stur, Delcours Cousin wurde der Prozess gemacht und gleich nach der Urteilsverkündung wurde er hingerichtet. Darius wertete das als Angriff auf seinen Clan und kurz darauf wurden aus Darius und seinem Gefolge die Outlaws. Sie waren nicht mehr als Rebellen und Gesetzlose. Sie überfielen Menschen und löschten ganze Dörfer aus. Durch ihr Verhalten bedrohten sie natürlich unser ganzes Dasein.

Mein Vater kam an einen Punkt, an dem er gegen Darius in den Krieg ziehen musste. Nach etwas mehr als zwanzig Jahren Gefecht hatte Darius Probleme mit dem Truppennachschub. Ihm gingen langsam die Soldaten aus. Aus diesem Grund fingen sie an, menschliche Frauen zu entführen und zu vergewaltigen, um neue Soldaten zu züchten.

Bald merkten sie, dass ihre Brut durchweg menschlicher Natur war. Irgendwann brannte Darius eine Sicherung durch und er biss einen seiner Bastarde. Zur Überraschung aller begann sich der Junge zu wandeln und als Erstes brachte er seine eigene Mutter um, indem er sie blutleer trank. Leander war geboren. Kurz darauf folgten Igor und Janus. Sie sind Darius' direkte Nachkommen.

1740, gute fünfzig Jahre nach Beginn dieser Familienfehde kamen Darius und Sagittarius auf dem Schlachtfeld um. Sie hatten sich auf den Ruinen eines von Outlaws niedergemetzelten Dorfes ein tödliches Duell geliefert. Um die beiden herum tobte eine nie da gewesene Schlacht. Sowohl mein Vater als auch Darius waren bereits durch unzählige Verletzungen geschwächt. Meinem Vater gelang es, Darius niederzustrecken. Er war aber unaufmerksam und als er dem tot geglaubten Darius den Rücken kehrte, warf dieser mit letzter Kraft einen Dolch. Die Klinge durchbohrte das Herz meines Vaters von hinten.

Da ich der Erstgeborene war, musste ich seinen Platz einnehmen. Dasselbe Schicksal ereilte Leander auf dessen Seite.

Meine Mutter litt schrecklich unter dem Verlust und war bald nach Vaters Tod nicht mehr unter uns. Andromeda und ich waren auf uns allein gestellt. Durch die Machenschaften der Rebellen war leider die DNA der Menschen für immer verändert und damit auch unsere. Heute bin ich einer der letzten lebenden reinblütigen Vampire."

Er hielt einen Moment inne. Blue hatte ihm gebannt zugehört und wagte es nicht, auch nur eine Silbe von sich zu geben. „Der Krieg zwischen den Outlaws und uns ging weiter, rutschte aber in den Untergrund wie unser gesamtes Dasein. Vor etwas mehr als dreißig Jahren geschah dann das Unglück. Andromeda wurde von Igor entführt. Er wollte sie als Druckmittel gegen mich einsetzen. Wie ich erfahren habe, rettete Leander sie aus Igors Händen. Dabei verliebten sich die beiden ineinander. Igor wurde rasend und Leander und Andromeda mussten untertauchen. Seit jenen Tagen habe ich nur noch einmal von ihr gehört. Ich muss davon ausgehen, dass sowohl Andromeda als auch Leander tot sind.

Igor ist ein böser, berechnender Vampir, der nicht davor zurückschreckt, seinen eigenen Bruder zu ermorden. Er ist skrupellos, und wenn ich mittlerweile auch in die Illegalität des Milieus gerutscht bin, habe ich im Gegensatz zu ihm nicht all meine Moral verloren.

Ein Krieg kostet Geld. Verdammt viel Geld. Und mein Volk muss auch noch mit Blutkonserven versorgt werden. Aus diesem Grund bin ich zum Drogenbaron, Zuhälter und Mörder geworden. Nur so kann ich in kürzester Zeit genügend Geld generieren.

Ich weiß, dass ich manchmal Dinge von dir verlange, die nicht in Ordnung sind. Ich weiß, dass du das nicht willst und ich entschuldige mich bei dir. Es wird nicht wieder vorkommen. Als du gestern blutend am Boden lagst, ist mir so manches klar geworden." Er hielt noch einmal kurz inne, ehe er weitersprach. „Es ist schon seltsam. Erst wenn man jemanden zu verlieren droht, wird einem klar, wie viel er einem bedeutet. Ja, Blue, ich mag dich und ich schätze dich mehr, als du vielleicht glauben magst."

Blue konnte nur nicken, denn eine Entschuldigung war das Letzte, was sie jemals erwartet hätte. Wieder blickten sie diese ihr seit ein paar Wochen so seltsam vertrauten Augen an.

Boss schob ihr das Foto über den Tisch hinweg zu. Mit steifen Fingern griff sie nach der Fotografie. Sie ließ dabei Boss nicht aus den Augen. Erst als er ihr auffordernd zunickte, wagte sie einen Blick.

Die Aufnahme war von mittelmäßiger Qualität, etwas körnig, mit einem leichten Gelbstich. So wie die meisten Fotos aus den 1970er Jahren. Als ihr Blick auf die Frau darauf fiel, stockte ihr der Atem. Sie war schön, mit zarten, aber stark wirkenden Zügen. Auf einen ersten flüchtigen Blick konnte Blue eine gewisse Ähnlichkeit mit Boss erkennen. Die dunklen Haare, die klaren blauen Augen, der volle Mund und die hohen Wangenknochen.

„Deine Schwester?"

Boss nickte. Was Blue den Atem nahm, war die Tatsache, dass es sich bei der Frau um die aus ihrem Traum handelte. Lange Haare, der Blick und vor allem das weiße, luftige Kleid mit dem pfirsichfarbenen Seidenschal.

Boss bemerkte nicht, welchem inneren Chaos Blue ausgeliefert war. Er war mit seinem eigenen Kampf beschäftigt und sprach weiter. Vermutlich mehr zu sich selbst als mit ihr.

„Als ich dich damals gefunden habe, dachte ich erst du wärst sie. Eure Ähnlichkeit ist erschreckend. Nur dein Charakter ist sanfter als ihrer. Du unterwirfst dich, wenn auch nur ungern. Sie würde eher sterben, als sich jemandem zu beugen. Deshalb habe ich dich mit der Drohung, dich zu verstoßen, unter Druck gesetzt. Ich musste dich einfach an mich binden. Ich konnte den Gedanken nicht ertragen, sie noch einmal zu verlieren. Ich weiß, dass es kaum zu verstehen ist, aber so ist es nun einmal." Er hielt inne und fuhr sich durch die Haare.

Blue hielt das Foto noch immer in ihren zittrigen Fingern.

„Aber das ist jetzt vorbei. Als ich Tom und dich zusammen gesehen habe, wurde mir klar, dass ich dich nicht mehr so quälen darf."

Sie bekam nur am Rande mit, was Boss alles sagte. In ihrem Kopf herrschte nur eine Frage: Was hatte Andromeda mit ihr zu tun?

Kaum hatte die Frage in ihrem Kopf Form angenommen, sah sie einen Weg zu einer Antwort zu kommen. Igor!

„Sorry, Boss, aber ich denke, dass ich mich auf jeden Fall mit Igor treffen sollte. So können wir vielleicht etwas über deine Schwester erfahren."

Boss' Gesicht verzog sich schmerzhaft. „Vielleicht hast du recht. Aber du gehst nicht allein. Du nimmst Tom mit. Verstanden?"

Nun war Blue es, die ein säuerliches Gesicht machte. „Tom nehme ich auf keinen Fall mit."

Boss sah Blue überrascht an. „Warum nicht? Ihr macht den Eindruck, als ob ihr zusammengehört. Seid ihr denn kein Paar?"

„Nein, sind wir nicht", schnaubte sie viel zu schnell.

Boss lächelte undefinierbar. „Willst du ihn nicht?"

Blue konnte fühlen, wie sich ihre Wangen mit Blut füllten. Wenn es so einfach wäre. „Nein! Vielleicht. Er will mich nicht. Nicht mehr zumindest. Und vor allem ist er ein Mensch ...", fügte sie resigniert hinzu.

Boss enthielt sich eines blöden Kommentars und nahm stattdessen den Telefonhörer in die Hand. Als am anderen Ende der Leitung abgenommen wurde, straffte er die Schultern.

„Hallo Gabriel ... würdest du bitte so schnell wie möglich herkommen ... es gibt Arbeit für dich."

Als sie Boss fragen wollte, wer oder was diese Person war, knackte es in ihrem Ohrknopf und die Stimme von David dröhnte. „Blue? Kannst du mich hören?"

Sie drückte den Button für das Mikrofon. „Ja, David. Was ist los?"

Wieder knackte es leise, bevor seine Antwort kam. „Weißt du, wo Tom ist? Wir suchen ihn überall."

Während sich ein unangenehm ziehendes Gefühl in ihrem Magen ausbreitete, antwortete sie mit fester Stimme. „Zuletzt habe ich ihn bei Lucinda gesehen."

„Da ist er nicht mehr."

„Ich komme", sagte sie schnell und sprang auf. Boss sah sie fragend an. „Tom ist unauffindbar. Ich werde dieser Sache auf den Grund gehen und komme nachher wieder."

Noch bevor Boss etwas entgegnen konnte, war Blue aus dem Büro geeilt. Ihr Magen hatte sich zu einem festen Knoten zusammengezogen. Es entsprach nicht Toms Art, einfach so zu verschwinden.

Blue stellte den ganzen Club auf den Kopf und durchkämmte jeden Raum. Kein Tom. Dann ging sie zu Lucinda, die sich mit einem Kunden unterhielt.

„Lucy, hast du Tom gesehen? Er war bei dir, als ich vorhin gegangen bin."

„Er ist nur kurz geblieben. Vielleicht fünf Minuten. Estée brauchte seine Hilfe mit ihrem Auto, glaub ich. Am besten fragst du sie", sie hielt inne und blickte sie scharf an, „und Blue, nur damit du eins weißt, ich mach's nicht mit den Männern meiner Freundinnen. Egal, ob privat oder geschäftlich."

Blue schluckte das aufkeimende schlechte Gewissen hinunter und formte mit ihren Lippen stumm das Wort Danke. Dann wandte sie sich um und machte sich auf die Suche nach Estée. Sie blieb jedoch trotz aller Bemühungen verschwunden. Genau wie Tom. Brennende Eifersucht nagte an Blues Eingeweiden. Was, wenn Tom und Estée …? Sie wollte den Gedanken nicht einmal zu Ende denken.

Schließlich fand sie sich vor dem Club wieder. Toms Hayabusa stand noch da und auch Estées Subaru Justy war nicht bewegt worden. Es wurde immer mysteriöser. Schließlich zückte Blue ihr Smartphone und wählte erneut Toms Nummer. Sie hatte schon mehrfach versucht, ihn auf dem Handy zu erreichen. Es klingelte … sie lief inzwischen Kreise in der Novemberkälte. Es klingelte ein zweites Mal … ein drittes Mal. Dann wurde abgenommen. Als sie losfluchen und nach Toms Grund für sein Verschwinden fragen wollte, meldete sich eine kalte, schnurrende Männerstimme.

„Blue. Schön, deine Stimme zu hören."

Ihr Kehlkopf hatte sich zugeschnürt, ihr Herz raste und ihr Gehirn schlug Saltos. Was ging hier vor, verflucht? „Wer bist du?", fragte sie wenig geistreich. Ein schabendes Geräusch erklang, das wahrscheinlich ein Lachen sein sollte.

„Igor."

Das Blut gefror ihr in den Adern und das hatte absolut nichts mit der Kälte zu tun. „Wie bist du an Toms Handy gekommen?", fauchte Blue, als sie ihre Stimme wiedergefunden hatte.

„Verschwende unsere Zeit nicht mit blöden Fragen, auf die du die Antwort bereits kennst."

„Ich hoffe für dich, dass es ihm gut geht, du Hurensohn! Wenn du ihm auch nur ein Haar krümmst, wirst du keinen ruhigen Tag mehr erleben, und zwar für den Rest deines erbärmlichen Lebens." Das Knurren, das am Ende dieses Versprechens aus ihrer Brust drang, erschreckte selbst sie. Ihr Herz raste und ihr Blickfeld zog sich auf Tunnelsicht zusammen.

„Deine Drohungen lassen mich kalt. Du wirst morgen um fünf zum Hauptbahnhof kommen. Weitere Details folgen. Es versteht sich von selbst, dass du allein zu unserem Rendezvous erscheinst, sonst passiert ihm tatsächlich etwas."

Ehe Blue etwas entgegnen konnte, legte Igor auf. Ihre Gedanken kreisten in einer endlosen Abwärtsspirale. Wo war Tom und wie war er in Igors Hände geraten? In welchem Zustand befand er sich? Was hatte Igor mit ihm vor und was wollte er von ihr?

Sie blieb noch ein paar Minuten in der frostigen Novemberluft stehen. Bewusst vertiefte sie ihre Atmung, um zu fokussieren. Es half Tom nicht, wenn sie jetzt den Kopf verlor. Unwillkürlich drängte sich ihr der Gedanke auf, dass ihr Streit das Letzte war, was sie voneinander hatten. Blues Selbstbeherrschung war wie weggeblasen und sie hatte das Gefühl, explodieren zu müssen. Plötzlich erfüllte sie eine solche Wut auf Igor, dass sie wie eine Verrückte in den Club rannte, in ihr Büro stürmte und dort nach dem Schulterholster, der Waffe und ihrem Mantel griff. Danach eilte sie zu Boss' Büro, riss die Tür auf und kam schlitternd zum Stehen.

Bei Boss stand ein Mann, so groß wie ein Berg und so muskelbepackt, dass Rugby-Spieler wie unschuldige Chorknaben gegen ihn wirkten. Die honigblonden Haare waren hinten kurz geschnitten, vorn fielen sie ihm in die Stirn und Augen. Er trug schwarze Militärhosen und einen langen Ledermantel, wie sie ihn immer zu tragen pflegte. Blue erkannte, dass er bis an die Zähne bewaffnet war.

Als er seinen eigenartig bronzefarbenen Blick auf sie richtete, stellte sie fest, dass wohl jede andere Frau vor ihm auf die Knie gesunken wäre und ihn angefleht hätte, ihr auf der Stelle die Kleider vom Leib zu reißen und sie zu nehmen. Doch ihre Gefühle galten nur Tom. Niemand konnte es in ihren Augen mit ihm aufnehmen. Er war der Einzige, den sie wirklich in ihrer Nähe haben wollte. Der fremde Kerl strahlte puren Sex aus und das wusste er todsicher auch. Doch was dem Fleischklops an Klasse fehlte, hatte Tom im Überfluss zu bieten. Er wusste, wie er mit ihr sprechen, sie ansehen oder berühren musste, damit er sie aus der Fassung brachte. Keiner hatte das zuvor geschafft und Blue wusste, dass es keinem anderen je gelingen würde.

Ihre Hand klammerte sich verzweifelt am Türrahmen fest. Blue hatte keine Ahnung, wie lange sie so belämmert dagestanden hatte. Schließlich holte sie Boss' harsche Stimme auf den Boden der Tatsachen zurück.

„Steh nicht so dumm rum, Blue. Komm rein, schließ die Tür und sag schon, was los ist. Du bist weiß wie ein Leichentuch."

Sie trat an seinen Tisch. Mit einem Seitenblick auf Mr. Mount Everest gab sie ihrem Mund den Befehl, zu sprechen. „Igor hat sich Tom gekrallt."

Boss, der ein paar Papiere ordnete, hielt inne. „Was?"

„Ich habe Tom auf seinem Handy angerufen und Igor hat abgenommen. Er hat mir unmissverständlich zu verstehen gegeben, dass er ihm etwas antut, wenn ich morgen nicht zu einem Tête-à-Tête erscheine."

Boss schlug mit der flachen Hand auf den Tisch. „Verdammte Scheiße noch einmal! Wie konnte das passieren? Tom ist ein Profi und kennt den Feind."

Während Boss weiterwetterte, formten sich in Blues Kopf die wirren Gedanken zu einem erschreckenden Verdacht. Trotz der Not war sie nach und nach wieder fähig, vernünftig zu denken. „Wir haben einen von Igors Spitzeln im Haus." Noch während sie es aussprach, wusste sie, dass sie recht hatte. Boss und der Muskelprotz, von dem sie immer noch keine Ahnung hatte, wer er war und was er hier tat, hielten die Luft an und starrten zu ihr. Boss schob sich vom Schreibtisch weg und stand auf. Er wanderte auf und ab.

„Die Lage ist sehr ernst", begann er, kam auf ihre Seite des Schreibtischs und lehnte sich rückwärts dagegen. „Die Outlaws wissen, dass Tom dein Mann ist und sie werden ihn ohne Zweifel als Druckmittel einsetzen. So wie sie es mit Andromeda gemacht haben. Die Frage ist nur, was die von dir wollen, Blue."

Sie schnaubte und blickte Boss finster an. „Woher soll ich das wissen? Und im Übrigen ist Tom nicht mein Mann." Sie konnte selbst hören, wie lächerlich sie sich anhörte.

„Verarsch dich nicht selbst, Mädchen. Es ist mehr als deutlich, dass er dir gehört und dir definitiv verfallen ist. Ein Vampir verschenkt nur ein einziges Mal in seinem langen Leben sein Herz."

Aus ihrer Brust drang ein spöttisches Lachen, woraufhin Boss sich kopfschüttelnd abwandte.

„Also Gabriel, was sollen wir deiner Meinung nach unternehmen, um Blues Mann zurückzuholen? Am besten in einem Stück." Boss hatte das Wort Mann extra betont und sie damit zur Weißglut getrieben.

„Hör auf, verdammt noch mal!" Sie fluchte und Herr Fleischklops kicherte. Das war eindeutig zu viel, und ehe sie sich bewusst war, was sie tat, war sie auf ihn losgestürmt und drückte ihm mit der Hand die Kehle zu. Plötzlich gab sich Mr. Anabolika kleinlaut, obwohl er sie um mindestens einen Kopf überragte. „Willst du mich blöd anmachen?", zischte Blue, „ich erzähl dir mal was. Ich kann's überhaupt nicht leiden, wenn jemand mir gegenüber das Großmaul raushängen lässt. Das ist noch keinem gut bekommen."

Er hatte sich keinen Millimeter bewegt. Blue fühlte sich gefangen in Frust und Wut. Sie brauchte dringend ein Ventil, um Druck abzulassen.

„Schluss jetzt mit dem ganzen Quatsch! Lass ihn sofort los, Blue", blaffte Boss in ihre Richtung, „und du, Gabriel, lässt sie gefälligst in Ruhe. Sie ist eine meiner besten Assassinen. Also sei vorsichtig."

Widerwillig ließ sie die Hand sinken und trat einen Schritt von Gabriel weg. Er betrachtete sie neugierig, musterte sie regelrecht. Als er schließlich das Gefühl hatte, dass sie sich wieder im Griff hatte, streckte er ihr die rechte Hand entgegen.

„Hi Blue, ich bin Gabriel. Nichts für ungut, okay?"

Sein Händedruck war fest und warm, so wie sie es mochte. Blue schüttelte kurz seine Hand. Boss setzte sich an seinen Schreibtisch und befahl ihnen mit einem stummen Blick sich ebenfalls auf ihre vier Buchstaben zu setzen. Und Boss' Befehle missachtete man nicht. Synchron ließen sie sich auf den Stühlen gegenüber von Boss nieder.

„Gabriel wird dich morgen begleiten, Blue." Boss kam wie immer ohne Umschweife zum Thema, und bevor sie etwas einwenden konnte, hob er abwehrend die Hände. „Keine Diskussion zu diesem Thema. Igor wird ihn nicht bemerken. Gabriel ist einer meiner besten Soldaten. Wir arbeiten schon unser Leben lang zusammen."

Wie sollte sich ein Riese wie Gabriel unauffällig bewegen? Und was zum Teufel meinte Boss mit Soldaten? Der Typ sah nicht aus wie ein Soldat, eher wie ein Macho. Wie immer, wenn sie nachdenken musste, war sie aufgestanden und wanderte im Raum herum. Irgendwann schnaubte Boss sie an.

„Los, sag schon, was dir querliegt! Dieses Auf- und Abtigern macht mich wahnsinnig."

„Ein paar Dinge musst du mir erklären, bevor ich mich auf dieses Spiel einlasse."

„Komm auf den Punkt, Mädchen. Du verschwendest wertvolle Zeit." Gabriels Stimme war ruhig, aber bestimmt. Es war deutlich, dass er schon lange Befehle entgegennahm oder sie erteilte.

„Dann erklär mir mal, du Schlaumeier, wie jemand wie du unauffällig sein kann. Gegen dich ist der Himalaja ein Sandkorn in der Wüste."

Gabriel funkelte böse in ihre Richtung. Sie hatte einen Moment das Gefühl, dass sich seine Augen gelb verfärbten. Boss schlug hart mit der Faust auf den Tisch und ließ sie dadurch zusammenfahren.

„Was ist heute los mit dir? Deine miese Laune kannst du an deinem Sandsack auslassen. Reiß dich gefälligst zusammen." Boss holte tief Luft und fuhr etwas ruhiger fort. „Gabriel hat eine Gabe, genau wie du. Er kann sich in ein Energiefeld einhüllen und wird dadurch unsichtbar. Dieses Energiefeld erlaubt es ihm auch, sich an einem Ort zu dematerialisieren und an einem anderen wieder Gestalt anzunehmen. In Sekundenschnelle. Reicht dir das als Antwort?"

Ein spöttisches Lachen entwischte ihrer Kehle. „Und gleich erzählst du mir, dass wir Vampire uns in Fledermäuse verwandeln und davonfliegen können."

Boss bewegte sich so schnell, dass sie es kaum wahrnahm. Plötzlich lag sie rücklings auf dem Boden und Boss saß auf ihr. Er hatte ihr in dieser hundertstel Sekunde den Dolch vom Rücken gepflückt und drückte ihn ihr nun in die linke Wange. „Jetzt hab ich allmählich genug von dir!", zischte er. „Du führst dich auf wie eine blöde Göre. Wie es scheint, musst du mal wieder richtig durchgevögelt werden ... Ach ja, dein Stecher Tom ist ja anderweitig beschäftigt. Nämlich damit, am Leben zu bleiben."

Irgendwo in ihrem Kopf machte es klick und sie sah rot. Die Killerin in ihr brach durch. Im Reflex zog sie die Knie an, schob sie zwischen Boss und sich und streckte sie dann blitzschnell. Boss flog in hohem Bogen über sie hinweg und landete hinter ihr auf dem Rücken. In der nächsten Sekunde war sie auf den Füßen und machte sich sofort auf den nächsten Angriff gefasst. Leider kam dieser aus unerwarteter Richtung.

Gabriel hatte von hinten seine massigen Gorilla-Arme um ihren Oberkörper geschlungen und machte sie bewegungsunfähig. Sie hatte das Gefühl, in einen Schraubstock geklemmt worden zu sein. Sämtliche Luft wurde aus ihren Lungen gepresst und neue konnte nicht nachfließen. Er wollte Boss vor ihr schützen, wie es wahrscheinlich seine Aufgabe war. Boss rappelte sich auf und strich sich gleichzeitig seinen schwachsinnig teuren Anzug glatt. Innerlich machte sie sich auf ein Donnerwetter gefasst, Boss jedoch sah sie anerkennend an.

„Ich hatte ganz vergessen, wie gut du bist. Im Nahkampf macht dir so schnell niemand etwas vor. Gabriel, lass sie los und zeig's ihr."

Die Umklammerung lockerte sich, und als sie sich zu Gabriel umdrehte, sah sie noch, wie er sich in Luft auflöste und zwei Meter weiter wieder auftauchte. Dann verschwand er und kam drei Sekunden später zur Tür herein. Wortlos ging er zu Boss und beide wurden unsichtbar. Das hieß deutlich, dass Gabriel jemanden in seinen Schutzschild mit einbeziehen konnte. Blue fehlten die Worte. Beide Männer grinsten, denn sie konnten ihre Verblüffung sehen. Wow. Neid kam in ihr hoch. Diese Gabe konnte sehr nützlich sein.

„Okay, ihr habt mich überzeugt, Männer. Und wie geht es jetzt weiter?"

Anschließend diskutierten sie lange und heftig über Igors Motive, Toms Befreiung und die Vorgehensweise. Im Verlauf des Gesprächs drängte sich ihr wieder der Gedanke auf, dass irgendjemand aus diesem Haus Igor bei Toms Entführung geholfen haben musste. Anders wäre das nicht möglich gewesen. Doch wer war diese

Person? Sie beschloss, dass es wahrscheinlich am einfachsten war, dort mit der Suche zu beginnen, wo sie Tom das letzte Mal gesehen hatte. Bei Lucinda in der Garderobe. Als alles für das Treffen mit Igor abgemacht war, ergriff sie noch einmal das Wort.

„Boss, wir sollten uns noch einmal Gedanken über den Outlaw-Spitzel machen. Es muss einen geben, denn anders wäre es unmöglich gewesen, Tom unter unserer Nase wegzuholen." Boss sog laut die Luft ein und fixierte sie mit schmalen Augen.

„Hast du jemanden in Verdacht?"

„Noch niemand Konkreten. Aber ich weiß, wo ich mit meiner Suche beginnen werde. Und zwar noch heute."

„Ich gebe dir freie Hand. Bediene dich der Ressourcen, die du brauchst. Lass mich wissen, wer das Schwein ist. Niemand vergreift sich an meinen Leuten und kommt ungeschoren davon."

Damit war es beschlossene Sache und Blue drückte den Knopf für den Funk.

„David, hörst du mich?" Eine Sekunde knisterte es in der Leitung, dann antwortete David.

„Ja, Chefin?"

„Geh zu Lucinda und sag ihr, sie soll so schnell wie möglich in mein Büro kommen. Und du begleitest sie. Hast du Estée gesehen?" Erneut tönte ein statisches Rauschen in ihrem Ohr.

„Estée hat einen Kunden."

Wenigstens war ihr nichts passiert. Bestimmt wusste sie, wohin Tom gegangen sein könnte. Dazu würde Blue sie später befragen.

„Gut, dann bring Lucy zu mir."

„Verstanden, Chefin."

Boss und Gabriel hatten sie stumm beobachtet.

„Würde es dir etwas ausmachen, mich zu begleiten?" Ihre Frage hatte Gabriel gegolten. Er nickte und erhob sich schier endlos.

Spitzel

Gabriel hatte sich auf das Sofa gepflanzt, das in der hinteren Ecke von Blues Büro stand. Er war damit beschäftigt, mit dem Dolch seine Fingernägel zu reinigen, während Blue nervös auf und ab ging.

Sie mussten nicht lange warten, dann klopfte es an die Tür. Auf ihr Kommando hin trat David mit Lucinda ein. Lucy machte ein gleichgültiges Gesicht. Sie trug einen schwarzen Ledermini, der eher als Streifen denn als Kleid zu bezeichnen war. Über dem schwarzen BH trug sie ein rotes durchsichtiges, bauchfreies Trägertop. In ihrem Bauchnabel glitzerte ein mit einem Zirkonia besetztes Nabelpiercing.

Blue ging ins Badezimmer und holte den Bademantel, den sie für den Notfall bereithatte. Sie gab ihn Lucy und diese zog ihn dankbar über.

„David, kannst du bitte vor der Tür warten? Ich rufe dich später rein."

David nickte und auch Gabriel erhob sich vom Sofa. Blue wusste, dass Gabriel wieder zu ihr stoßen würde. Nur nicht sichtbar. Das hatten sie vorher abgesprochen. Er sollte ihr leicht ins Gesicht pusten, wenn er wieder anwesend war. Als sie den erwarteten Luftzug gespürt hatte, sah sie Lucy in die Augen.

„Sorry, dass ich dich so herzitiert habe. Aber ich muss herausfinden, was mit Tom passiert ist. Und da ich ihn zuletzt bei dir gesehen habe, möchte ich dich bitten, mir alles noch einmal zu erzählen."

Lucy legte ihre makellose Stirn in Falten. Mit einem Seufzen, das entweder genervt oder gleichgültig klang, hob sie das linke Bein und legte es über das andere. Es war eine so fließende Bewegung, dass sie aus nichts als purer Erotik bestand. Bei ihrem Anblick wurde Blue schwer ums Herz. Sie war so grazil, von schlichter Eleganz und strahlte dennoch eine Art Erotik aus, welche die ganze Welt in die Knie zwingen konnte. Blue war das pure Gegenteil. Groß, eher grobschlächtig und von Sex und Erotik wusste sie nur aus der Theorie. Bei Lucy schien all das natürlich, angeboren.

„Also, noch einmal", begann sie, und warf ihr langes Haar über die Schulter. „Nachdem du gegangen bist, habe ich Tom gebeten, noch einen Moment zu bleiben. Ich wollte noch etwas mit ihm besprechen. Kurz darauf ist Estée aufgetaucht. Sie hatte ein Problem mit ihrem Auto. Das Öl, glaube ich. Er ist gleich mitgegangen. Danach habe ich ihn nicht mehr gesehen."

Nun wusste Blue, was sie als Nächstes zu tun hatte. Tom hatte mit Estée das Haus Richtung Parkplatz verlassen. Der Außenbereich des Clubs und somit auch der Parkplatz waren videoüberwacht. Vielleicht war auf einem der Überwachungsvideos etwas zu sehen, was ihnen weiterhalf.

Nachdem sie Lucy entlassen hatte, eilten Gabriel und Blue zum Überwachungsraum und klopften. Die Tür war aus Sicherheitsgründen verschlossen. Niemand öffnete. Als sie noch einmal mit der Faust gegen die Tür donnern wollte, verschwand Gabriel neben ihr. Löste sich einfach in Luft auf. Dann ertönte ein Klicken und die Tür sprang auf. Gabriel stand auf der anderen Seite und grinste.

„Das ist ja mal praktisch." Blue lächelte zurück. Als sie den Raum betrat, verging ihr das Lachen, denn auf dem Boden lag der Mann, der die Überwachungsmonitore im Blick haben sollte. Seine Kehle war aufgeschlitzt und er lag in einer riesigen Blutlache. Mausetot. Der Geruch von Blut hing schwer in der Luft und zerrte an Blues Nerven. Sie fragte sich, ob es Gabriel auch so ging oder ob er wirklich so cool und überlegen war, wie er sich gab.

Langsam wurde sie wütend. Das hier musste gestoppt werden.

„Wie geht's jetzt weiter?", fragte Gabriel.

Wenn sie darauf nur eine Antwort hätte. Langsam erhob sie sich und sah sich in dem kleinen Raum um. Auf den Bildschirmen war nur ein Flimmern zu erkennen. Der Eindringling hatte sich an den Aufzeichnungen zu schaffen gemacht. Was der Trottel aber nicht wusste, war, dass die Aufnahmen in zwei unabhängigen Systemen gespeichert wurden. Nur Boss und Blue hatten Kenntnis davon. Während sie bereits die Tastatur bearbeitete, wandte sie sich an Gabriel.

„Beam du dich zu Boss rüber und berichte ihm, was hier passiert ist. Er soll jemanden schicken, um diese Schweinerei zu beseitigen. Wir treffen uns danach wieder in meinem Büro."

Die einzige Antwort, die sie von Gabriel bekam, war ein leichter Lufthauch, als er sich in seine Moleküle auflöste.

Dann holte sie einen USB-Stick und steckte ihn in die Schnittstelle am Computer. Danach öffnete sie die Videosequenzen für den entsprechenden Zeitrahmen.

Auf den monochromen Aufnahmen konnte Blue deutlich erkennen, wie Tom mit Estée aus der Garderobe kam. Dann wechselte sie zu den Bildern der Außenkamera. Estées Auto war klar zu sehen. Tom hatte die Haube geöffnet und beugte sich über den Motor. Estée ging langsam ein paar Schritte rückwärts. Im selben Moment näherten sich drei Gestalten Tom von hinten. Sie fielen über ihn her, schlugen auf ihn ein, und als er sich kaum mehr rührte, schleiften sie ihn davon. Mit jedem Schlag, der Tom traf, wurde Blue wütender. Sie würden dafür büßen, ihren Mann misshandelt zu haben!

Ihren Mann?

Blue betätigte ihr Funkgerät und befahl David, Estée in ihr Büro zu bringen.

Boss hatte recht gehabt, sie hatte sich in Tom verliebt. Scheiße!

Sie musste ihn finden. Und sie würde Igor, Estée und alle, die damit zu tun hatten, bluten lassen. Sie würde sie alle töten. Knurrend lud Blue die Dateien auf den Stick, verließ den Überwachungsraum und schloss die Tür hinter sich.

Vor ihrer Bürotür blieb sie einen Moment stehen. Wenn sie so aufgewühlt den Raum betreten würde, würde Estée wahrscheinlich noch genau eine Minute am Leben bleiben. Und das würde ihr in dieser Sache nicht weiterhelfen. Nach ein paar tiefen Atemzügen betrat sie den Raum. David stand neben der Tür und Estée saß mit gekreuzten Beinen auf dem Stuhl. Blue baute sich vor ihr auf, die Hände in die Seiten gestützt und fixierte sie mit ihrem Blick. Estée begann verschlagen zu lächeln und rekelte sich lasziv auf dem Stuhl.

„Lass den Quatsch!", fauchte Blue. „Was weißt du über Toms Verschwinden?"

Sie gab sich gelangweilt und begann, ihre Haarspitzen nach Spliss abzusuchen. Blue ging zu ihrem Laptop und öffnete die Bilder vom Stick auf dem Desktop. Ein leichter Luftzug an ihrer Wange sagte Blue, dass Gabriel wieder da war. „Ich hab dich etwas gefragt."

Trotzig ließ sie die Hände sinken und warf ihr Haar über die Schulter. „Ich weiß nicht, was du meinst."

„Du solltest deine Antwort noch einmal überdenken, Mädchen."

„Ich weiß nicht, wo dein Stecher ist, Schlampe", rief Estée und wollte sich vom Stuhl erheben.

Blue schlug ihr mit dem Handrücken ins Gesicht. Sie taumelte rückwärts und fiel David in die Arme, der inzwischen hinter ihr stand.

„Du Miststück!", kreischte Estée, „das wirst du ..."

Blue unterbrach sie, indem sie ihr die Hand auf den Mund drückte. David hielt ihr die Arme auf den Rücken. „Du wirst jetzt mal die Schnauze halten. Ich habe Beweise."

Ihre Augen wurden groß und ihre Gegenwehr ließ nach. Sie war plötzlich von Angst erfüllt und die Essenz ihrer Angst biss Blue in der Nase. Langsam ließ Blue ihre Hand sinken, immer bereit, sich wieder gegen sie zu verteidigen. Doch das war nicht nötig.

Blue drehte sich um, holte den Laptop und spielte Estée die Videosequenzen vor. Sie war deutlich zu erkennen, weshalb sie sich wie gelähmt auf den Stuhl fallen ließ.

„Also, Estée, was hast du mit Toms Entführung zu tun?"

Sie sank tiefer in den Stuhl und blickte zu Boden. Blue bemühte sich immer noch um Ruhe und Gelassenheit. Sie krallte sich daran wie an ein Rettungsseil. Estée zu töten, war keine Option, und wenn Blue die Nerven verlor, lebte die Hure nicht mehr lange.

„Ich werde dazu nichts sagen."

Wo nahm Estée nur ihre Hartnäckigkeit her? Sie saß da und zuckte nicht einmal mit der Wimper. In einem Anflug von Frustration packte Blue Estée an den Schultern und riss sie vom Stuhl hoch. Sie lieferten sich ein Blickduell. Schließlich senkte Estée den Blick. Nach einem tiefen Atemzug wiederholte Blue ihren Befehl.

„Sag mir, was du mit Toms Entführung zu tun hast und wohin sie ihn gebracht haben."

Statt einer Antwort begann Estée, schrill zu lachen. „Ihr seid alle so schwach. Solche Witzfiguren. Ihr mit eurem Kodex, keine Menschen zu töten! Stattdessen verlangt ihr von euren Leuten, abscheuliches, mit Tierblut gestrecktes Konservenblut zu trinken. Oder noch schlimmer, ihr trinkt von unseresgleichen!"

Blue verstand nicht ganz. „Was meinst du mit unseresgleichen? Du bist ein Mensch, Estée. Deine Leute werden von den Outlaws getötet! Was hat Igor dir versprochen, damit du ihm hilfst? Freiheit? Leben? Reichtum? Vertrau mir, Kleine, nichts davon wird er einhalten."

Estée senkte wie ertappt den Blick. In diesem Moment wusste Blue, was Igor versprochen hatte, um Estée rumzukriegen. Woher wussten so viele Menschen eigentlich von ihrer Existenz? Irgendwann würde sie diese Tatsache den Kopf kosten, so viel stand fest. Blue hielt sie noch immer im eisernen Griff und zog sie näher an sich heran. „Er hat dir gesagt, dass er dich zum Vampir macht, wenn du kooperierst, stimmt's? Er hat dir gesagt, dass er dich nur zu beißen braucht."

Estée beantwortete die Fragen nicht. Sie zuckte nicht einmal zusammen. Sie dachte anscheinend, dass Blue bluffte.

„Kann es sein, dass du zwar weißt, dass es uns gibt, aber immer noch an das Ammenmärchen Vampir-beißt-Mensch-und-Mensch-wird-Vampir glaubst?"

Endlich kam Regung in Estées Körper. Sie versuchte, Blue wegzustoßen. Es gelang aber nicht, da sie Blue an Stärke unterlegen war. In ihr Gesicht trat ein verzweifelter Schatten und sie krallte ihre waffenscheinerforderlichen Fingernägel in Blues Unterarme. Blue labte sich an ihrer Verzweiflung, sprach weiter und beachtete den brennenden Schmerz, den Estée ihr beibrachte, nicht. Im Gegenteil, sie hieß ihn willkommen.

„Vampire entstehen nicht so, Estée. Man braucht die genetische Veranlagung. Nur dann wandelt man sich nach einem Biss. Du trägst dieses Gen nicht in dir. Du bist und bleibst nur ein kleiner Mensch. Träger riechen auf ganz eigene Weise. Und glaub mir, Igor weiß, dass du das Gen nicht hast. Das, was du sein willst, ist nicht erstrebenswert. Es ist die Hölle. Ich weiß, wovon ich rede."

Estées Wutschrei ließ das Mobiliar erzittern. Glücklicherweise war die Musik draußen viel zu laut, um sie zu hören.

„Igor hat mich gewarnt, dass du mit solchen Tricks kommst!"

Estée feuerte wilde Blitze in Blues Richtung ab und ließ bei ihr die Sicherung durchbrennen. Wut brannte wie Säure in ihren Eingeweiden und ihre Fänge verlängerten sich. Sie vergeudeten hier wertvolle Zeit, die Tom wahrscheinlich nicht hatte. Mit der linken Hand griff sie nach Estées langen Haaren und riss ihren Kopf nach hinten, während ihre rechte nach der SIG griff und sie ihr an die Schläfe hielt. „Zum letzten Mal, du falsche Schlange, wo ist Tom?"

Estée begann, boshaft zu lachen. Es klang kalt, beängstigend berechnend. Es gab Blue das Gefühl, bereits verloren zu haben und das konnte und wollte sie nicht hinnehmen.

„Du kannst machen, was du willst, Blue. Du erfährst nichts von mir. Igor wird mich holen und danach werde ich mächtig sein. Niemals mehr altern und ewig leben! Dein Schicksal wird sein, dass du Tom nie wiedersehen wirst. Vielleicht ist er ja schon tot."

Estées höhnischer Ton ließ ihr die Nackenhaare zu Berge stehen. In brennender Verzweiflung schlug sie ihr mit voller Wucht mit der Waffe gegen die Schläfe und schickte sie ins Land der Träume. Wie ein schlaffer Mehlsack glitt die Prostituierte zu Boden und Blue ließ sie fallen wie einen unnützen Gegenstand. Ein Zittern erfüllte Blue und sie verspürte das unbändige Bedürfnis, zu fliehen. Hier raus, einfach weg.

„Bring sie in den Luftschutzkeller und kette sie an eine der Pritschen. Und vergiss den Knebel nicht. Ich will nicht, dass sie die ganze Bude zusammenschreit", befahl sie David.

„Ist schon erledigt, Chefin."

Danach nahm sie den Mantel und wollte durch die Tür verschwinden, als ihr noch etwas einfiel. „Sag Gabriel, dass er Boss informieren soll, und wenn irgend möglich soll er Toms Motorrad zu mir bringen. Ich hab noch Platz in der Garage." Es war ihr klar, dass sich Gabriel bereits zu Boss aufgemacht hatte, gleich, nachdem die Worte ihren Mund verlassen hatten.

Blue fuhr Richtung Escher Wyss, als ihr Blick auf den Beifahrersitz fiel. Vor ein paar Stunden hatte Tom noch dort gesessen. Die dunklen Haare hatten ihm ins Gesicht gehangen, die grünen Augen waren auf sie gerichtet. Jetzt nahm sie nur noch seinen Geruch wahr. Ein warmes Aroma mit einem Hauch von Moschus und Nadelholz. Plötzlich wusste sie auch wieso. Sein Motorradhelm lag immer noch im Kofferraum. Am liebsten wäre sie aus dem Auto gesprungen, um den Helm zu sich nach vorn zu holen. Einzig das hupende Auto hinter ihr erinnerte sie daran, dass die Ampel auf Grün stand und sie weiterfahren musste. Fluchend legte sie den ersten Gang ein und setzte ihre Fahrt fort.

Zu Hause warf sie ihren Mantel auf die Couch. Dabei fiel ihr Blick auf den Wohnungsschlüssel, den Tom auf dem Tisch abgelegt hatte. Ihr Herz krampfte sich zusammen. Wie belanglos und kindisch waren plötzlich Streit und Meinungsverschiedenheiten, wenn man sich um einen geliebten Menschen sorgte.

Ihre innere Flucht führte sie zum Kühlschrank. Sie öffnete ihn und blickte hinein, ohne wirklich etwas zu sehen. Der Inhalt war ihr ohnehin bekannt. Bier, ein paar Lebensmittel und eine Blutkonserve. Ihre Finger schlossen sich automatisch um eine Bierflasche und Blue holte sie heraus. Gedankenversunken ging sie zur

Anrichte, um den Flaschenöffner zu holen, als ihr Blick auf die leere Flasche fiel, aus der Tom zwei Nächte zuvor getrunken hatte. Wie in Trance nahm sie die Flasche und betrachtete den Rand der Öffnung. Sie stellte sich Toms weiche, wohlgeformte Lippen vor, wie sie sich um den Flaschenrand gelegt hatten. Ein wohliger Schauder durchlief sie. Einem inneren Zwang folgend, leckte sie mit der Zungenspitze über den Flaschenrand. Durch den schalen Geschmack von abgestandenem Bier drang Toms Essenz in ihre Sinne. Er schmeckte gut, warm. Wieder war die Moschus- und Nadelholznote wahrnehmbar. Und noch eine Essenz war darunter. Sie ließ ihr Herz schneller schlagen. Ein Hauch von Pfeffer, mehr eine Erinnerung, als wirklich anwesend, breitete sich über die Geschmacksknospen ihrer Zunge aus. Auf ihrem Körper bildete sich Gänsehaut. Sie wagte kaum, zu hoffen. Tom war ein Träger. Warum war ihr die Pfeffernote nicht früher schon aufgefallen? Normalerweise war sie deutlich wahrzunehmen. Bei Tom war der Duft aber nur schwach vorhanden.

Toms Bierflasche legte sie gut geschützt in die Schublade zwischen die Geschirrtücher. Wie ein Erinnerungsstück aus vergangenen Zeiten. Dann ging sie ins Schlafzimmer und holte die zweite SIG, die Dolche und Reinigungsmaterial aus dem Waffenschrank. Zurück im Wohnbereich setzte sie sich an den Esstisch und begann mit der Reinigung der SIG, die noch im Schulterholster steckte, das sie über die Stuhllehne gehängt hatte.

Siria Leandra Sanqualunaris

Ein sanfter Luftzug ließ Blue den Blick heben und ein Schaudern fuhr ihr über die Wirbelsäule. Andromeda näherte sich dem Tisch, an dem sie saß. Es schien, als ob Orions Schwester aus einem Vakuum heraustrat. Die Luft und das Licht zogen sich um sie herum zusammen. Blue erwartete beinahe ein ploppendes Geräusch, es blieb aber aus. Dieses Mal trug Andromeda eine schwarze Lederhose und eine ebenso schwarze Lederweste, die sie vorn zugeknöpft hatte. Die Haare hatte sie zu zwei Zöpfen geflochten. Die Handgelenke steckten in metallenen Manschetten, aus denen jeweils ein Dolchgriff ragte. Sie sah unglaublich aus. Schön und Respekt einflößend. Sie blieb vor Blue stehen und sah ihr lange ins Gesicht.

„Was willst du von mir?", brach Blue schließlich das Schweigen. Ein zögerliches Lächeln umspielte ihre Lippen und die Ähnlichkeit zu ihrem Bruder war nicht von der Hand zu weisen.

„Ich bin hier, um dir ein paar Dinge zu erzählen, die du unbedingt erfahren musst. Vor allem aber musst du alles daransetzen, Tom lebend zu finden."

Blue hob fragend die Augenbrauen. Zum einen, woher wusste sie von Toms Entführung? Und zum anderen, warum sollte es so wichtig für sie sein, ob er lebte oder nicht? Andromeda schien ihre Gedanken zu lesen.

„Woher ich es weiß, spielt keine Rolle. Das Einzige, was wirklich zählt, ist, dass er lebt und freikommt. Ich habe gesehen, dass er für unser aller Zukunft wichtig ist."

„Aber er ist doch nur ein Mensch."

„Sei nicht so arrogant, Mia Müller!" Ihre Stimme polterte über Blue hinweg und ließ die Luft erzittern.

„Woher weißt du, dass ich früher Mia Müller war?"

„Ich weiß so manches über dich. Genau deswegen bin ich hier." Sie ging vor dem Tisch auf und ab, und Blue lehnte sich mit verschränkten Armen im Stuhl zurück. „Du nennst dich jetzt Blue. Ich kann deutlich erkennen, warum du dir diesen Namen gegeben hast. Deine Augen sind mitternachtsblau. Im Gegensatz zu denen deines Vaters. Seine Augen waren rotbraun." Sie hielt einen Moment inne und schien mit den Gedanken in die Ferne zu schweifen.

Ein Keuchen drang aus Blues Brust. Ihr Vater? „Das ist unmöglich", rief Blue und sprang auf. „Ich bin eine Waise und wurde von Pflegefamilie zu Pflegefamilie weitergereicht. Es ist absolut ausgeschlossen, dass du meinen Vater kennst."

Andromeda lächelte mild. Und wieder hatte Blue das Gefühl, diese Augen zu kennen. Wie, wenn Boss sie anschaute. Es war die Art und Weise wie die Geschwister ihre Umwelt betrachteten. Wie immer wusste sie nicht, woher sie diesen Ausdruck kannte.

„Du irrst dich, Mia, oder Blue. Ich kenne deinen Vater sehr gut und ich kenne auch deine Mutter." Andromeda machte eine Pause und Blue war froh darüber. Sie wusste nicht, wie sie ihre Aussage werten sollte. „Du musst mir jetzt gut zuhören." Sie sprach mit Blue wie mit einem Kind. „Du bist eine Sangualunaris. So wie Orion und ..." Andromeda hielt inne und Blue versuchte immer noch herauszufinden, was das zu bedeuten hatte. Andromeda schluckte und sah dann zu Boden. „Du bist meine Tochter, Blue."

Diese zwei Worte ... meine Tochter ... waren wie ein Stromschlag. Nein! Ihre Mutter war während ihrer Geburt gestorben, ihr Vater unauffindbar. So hatten es ihr die Behörden gesagt.

„Das ist eine Lüge."

Sie lebte lieber mit der Illusion, dass ihre Eltern tot waren, anstatt dem Wissen, dass sie sie einfach weggegeben hatten.

Andromedas Blick wurde ... wütend? „Nur damit du eins weißt, ich lüge nicht! Ich musste dich damals weggeben, um dich vor Igor und Janus zu schützen. Leander hatte mich aus deren Händen befreit und wir beschlossen, unterzutauchen. Wir verliebten uns ineinander. Bald danach stellte ich fest, dass du unterwegs warst. Nur, mit einem Säugling zu fliehen, war schwierig und ich wollte dir ein Leben in ständiger Flucht ersparen. Das war der Grund, warum ich dich zum Babyfenster des Krankenhauses gebracht hatte."

„Blödsinn", rief Blue. „Im Stich gelassen hast du mich. Mich einfach meinem Schicksal übergeben. Du wolltest mich vor einem Leben auf der Flucht bewahren? Du weißt ja gar nicht, wie meine Kindheit ausgesehen hat." Ihre Stimme überschlug sich, das Herz donnerte ihr hart gegen die Rippen. Sie fühlte sich im Stich gelassen und zutiefst verletzt. „Sie haben mich geschlagen und hungern lassen, weil sie nur scharf auf die Kohle der Behörden waren. Ich lief in abgetragenen Kleidern herum, mehr Lumpen als etwas anderes. Sie gaben mir kaum Zeit, um für die Schule zu lernen. Stattdessen musste ich die Hausarbeit machen. Putzen, kochen, waschen, aufräumen. Für Prüfungen lernte ich immer nachts, wenn alle schliefen. Als ich achtzehn wurde, wollte niemand mehr die Verantwortung für mich haben. Ich ging zur Schule und danach zur Arbeit, um mein Leben zu finanzieren. Später, während meines Studiums, arbeitete ich in einer Fabrik und hauste in einem Loch."

Andromedas Augen wurden schmal. „Wenn du fertig herumgeschrien hast, werde ich weitererzählen. Andernfalls werde ich gehen und nicht mehr wiederkommen." Ihre Stimme hatte den kühlen Unterton angenommen, den Blue bereits von Boss kannte. Ihre plötzliche Distanziertheit ließ Blue verstummen. „Du bildest dein Urteil vorschnell. Wenn du glaubst, dass es mir leichtgefallen ist, dich, frisch geboren, einfach herzugeben, dann irrst du dich gewaltig. Leander und ich flohen in den Wald, in der Nähe von Einsiedeln. Er hatte dort eine Hütte gefunden und für uns hergerichtet. Mehrmals pro Woche ging er weg, um Lebensmittel zu kaufen. Immer wieder an einen anderen Ort und nie zur selben Zeit. Er wollte keine Spuren hinterlassen. Eines Tages kam er nicht mehr zurück. Ich wartete und wartete. Als er nach einer Woche immer noch nicht aufgetaucht war, musste ich vom Schlimmsten ausgehen. Es war in der Zeit, als du zur Welt kommen solltest. Als du dann schließlich da warst, wurde mir schlagartig klar, dass du in großer Gefahr schwebtest. Ich hatte dich allein in dieser Hütte zur Welt gebracht, hauste in ärmlichen Verhältnissen und dein Vater war vermutlich tot. Es brach mir das Herz, aber ich musste für deine Sicherheit und Anonymität sorgen. Also brachte ich dich fort. Wie ich den Weg zurück gefunden habe, ist mir ein Rätsel. Auf jeden Fall erschlug mich die Einsamkeit in dieser Hütte in dem Moment, als ich sie wieder betrat. Danach ist alles im Dunkeln."

Blue hatte ihr mit angehaltenem Atem zugehört. Andromeda räusperte sich. Es schien, dass sie Mühe hatte, die Fassung zu bewahren.

„Was meinst du mit alles im Dunkeln? Wo bist du denn jetzt? Bist du noch am Leben, oder ... ähm ... bist du ein Geist?" Blue war sich bewusst, wie dämlich sie sich anhörte.

Andromeda kicherte. Trotzdem wirkte sie angestrengt. „Nein, ich bin kein Geist. Ich bin noch am Leben ..."

Plötzlich wurde Blue bewusst, was sie ihr hier erzählte. „Moment! Du erzählst mir jetzt nicht, dass Leander mein Vater ist. Oder? Ich meine, dann wären Igor und Janus meine Onkel." Beim Gedanken daran schüttelte es sie.

Andromeda sah Blue unergründlich an. Seufzend setzte sie sich auf den Tischrand. „Auch wenn es mich nicht glücklich macht, aber ja, Igor und Janus sind mit dir in gleichem Grad verwandt wie Orion. Leander ist dein Vater und er war ein guter Mann. Trotz seiner Vergangenheit."

Ihre Worte hingen im Raum wie ein Damoklesschwert über Blues Haupt. Was hatte das nun für sie zu bedeuten? Andromedas Geständnis war wertvoll, aber auch gefährlich. Was sollte sie damit anfangen? Blues bisheriges Leben basierte auf Lügen, was sie bis in ihre Grundfesten erschütterte. Sie war ein halber Outlaw! Ob sie mit dieser Tatsache würde leben können? Sie wusste es nicht. Wie würde Boss auf diese Neuigkeit reagieren? Oder Tom, wenn sie ihn fanden. Sie musste darauf achten, wer davon erfuhr. Sollten die falschen Leute Wind davon bekommen, schwebte sie in Lebensgefahr. Blues Gedanken rasten und sie merkte fast zu spät, dass ihre Mutter weitergesprochen hatte.

„... sie dürfen es auf keinen Fall erfahren."

Blue schreckte hoch. „Wie ist es überhaupt möglich, dass wir diese Unterhaltung auf diese Weise führen?"

„Ich war immer bei dir, Blue. Du hast mich nur nie gesehen. Im Übrigen werde ich Orion zur Rechenschaft ziehen für das, was er dir angetan hat. Als du mich das erste Mal gesehen hast, habe ich versucht, mich auf deine Frequenz einzustellen. Aber das alles ist nicht wichtig. Du musst unbedingt deinen Mann Tom finden. Ich weiß, dass du es schaffen kannst, denn du bist eine starke Frau." Sie machte eine Pause und schien zu horchen. „Es kommt jemand, darum muss ich gehen. Ich komme aber wieder. Vergiss nicht, du bist Siria Leandra Sangualunaris. Schön, stark und eine Kriegerin."

Andromedas Erscheinung verblasste und Blue schlug mit einem Keuchen die Augen auf. Ihr Kopf lag auf dem

Tisch zwischen den zwei SIGs, zwei Dolchen, schmutzigen Tüchern und Waffenöl. Vor ihrer Nase glitzerte etwas in Rot und Silber. Sie griff danach und betrachtete den Gegenstand, während sie sich aufrichtete. Ein Medaillon. Silber mit einem mit Rubinen besetzten Sichelmond auf der Vorderseite. Vorsichtig klappte sie es auf. Im Inneren befanden sich zwei Fotos. Rechts Andromeda und links ein Mann, von dem sie annehmen musste, dass es sich um Leander handelte.

Ihre Eltern.

Wow. Unglaublich. Blue war von widersprüchlichen Gefühlen erfüllt. Sie war aufgewühlt, dass sie durch Andromedas Besuch erfahren hatte, wer ihre Eltern waren. Endlich kannte sie ihre Wurzeln und fühlte sich nicht mehr, als wäre sie ein Planet ohne Umlaufbahn. Ihre leibliche Mutter hatte sie weggegeben. Klar, Andromeda hatte ihre Gründe gehabt, aber das linderte den Druck in Blues Brust nicht. Sollte sie glücklich, wütend oder enttäuscht sein? Sie wusste es nicht. Das alles war so überwältigend, dass sie Zeit brauchte, um dem Ganzen einen Platz zu geben.

Jemand klopfte an die Terrassentür. Sie erschrak fast zu Tode. Doch dann erkannte sie Gabriels blonden Schopf durch die Scheibe und entspannte sich. Mit knackenden Knien stand sie auf, legte sich das Medaillon um den Hals und schob es unter ihr Shirt. Danach ging sie zur Terrassentür und ließ ihn herein.

„Ich wollte dir nur sagen, dass ich Toms Bike in die Garage gestellt habe. Boss war übrigens nicht glücklich über die Spionin in seinem Haus. Er lässt dir ausrichten, dass du vollkommen freie Hand hast, was ihre Be-

strafung angeht." Sie kam nicht dazu, etwas zu entgegnen, als er ihr die Hand auf die Schulter legte. „Geh
schlafen, Blue. Du musst morgen fit sein. Wir sehen uns
am Nachmittag um vier im Club."

Dann drehte er sich um und ... weg war er. Sie blieb
mit offenem Mund zurück.

Wenn der Tod anklopft...

Da sie bereits am Tisch geschlafen hatte, fand Blue keine Ruhe. Sie konnte nur warten, bis es Zeit für das Treffen mit Igor war. Auch wenn sie das Gefühl hatte, sofort die ganze Stadt auf den Kopf stellen zu müssen, ihr waren die Hände gebunden. Sie hasste es, untätig herumzusitzen. Deshalb zog sie Schuhe und Jacke an und verließ die Wohnung für einen nächtlichen Spaziergang. Die Luft war frisch und es waren nicht mehr viele Leute unterwegs. Sie versuchte an nichts anderes zu denken, als einen Fuß vor den anderen zu setzen. Heute war ihre Welt zusammengebrochen.

Man hatte sie das ganze Leben lang belogen. Zuerst über ihre Eltern, dann über ihre Spezies und jetzt, wo ihr klar geworden war, dass sie ihren Mann gefunden hatte, war er ihr genommen worden. Von den gleichen Hurensöhnen, die ihr bereits ihre Eltern entrissen hatten. Ja, sie hasste ihr Leben als Vampir und was sie dadurch gezwungen war zu tun. Aber an diesem Abend war sie dankbar für die Fähigkeiten, die sie nach ihrer Wandlung erlangt hatte. Sie würde Igor und Janus töten, und sie würde Estée nicht verschonen. Sie mussten dafür bezahlen, dass sie ihr Leben von Anfang an zerstört hatten. In dieser Nacht wurde der Racheengel in ihr geboren. Sie ging zum Hauptbahnhof und sah sich um. Es galt, das morgige Treffen vorzubereiten. Sie lief alle Ebenen ab und beobachtete die Passanten. Zu so später Stunde war nicht mehr viel los und sie musste sich eingestehen, dass das alles nichts nutzte, solange Igor ihr nicht weitere Details über das Treffen mitteilte.

Insgeheim hatte sie gehofft, einen der Outlaws zu entdecken und ihm folgen zu können. Zweifellos hätte er sie zu Igors Unterschlupf und somit zu Tom führen können.

Unverrichteter Dinge verließ sie den Bahnhof und setzte einen Fuß vor den anderen. Versuchte an nichts zu denken, damit sie nicht den Verstand verlor.

Als Blue aufblickte, erkannte sie, wo sie ihre Schritte hingeführt hatten. Sie stand vor dem Tattoostudio, in dem sie ihr Oberkörpertattoo hatte machen lassen. Der Tattooartist hatte vierundzwanzig Stunden geöffnet. Er lebte im Studio und stand jederzeit zur Verfügung. Plötzlich hatte Blue eine Idee und betrat das Studio.

Henk war Holländer. Groß gewachsen, blond und blauäugig. In seinem Studio hing immer eine Wolke Gras-Dunst. Doch er machte fantastische Arbeiten. Als er Blue sah, kam er auf sie zu.

„Blue! Dich hab ich ja 'ne halbe Ewigkeit nicht mehr gesehen. Wie geht es dir?"

Sie musste lächeln. Er war immer freundlich. Fast euphorisch, was sie allerdings weniger ihrer Person, als seinem Cannabiskonsum zuschrieb. Aber was machte das schon.

„Hi Henk. Ich hab schon bessere Zeiten gesehen. Aber du kennst mich ja. Ich behalte den Kopf immer oben. Und wie geht's dir?"

Er zuckte die Schultern. „Wie immer fantastisch. Und wenn du mir jetzt noch sagst, dass du hier bist, um meine Dienste in Anspruch zu nehmen, dann geht es mir noch besser."

Blue setzte sich auf einen der Sessel, die er in der Ecke stehen hatte. Sie schaute sich im Studio um. Die Wände waren gepflastert mit Tätowiervorlagen und Bildern, von denen sie wusste, dass Henk sie selbst gezeichnet hatte. Aus den Lautsprechern drang harte Rockmusik. Henk war von Kopf bis Fuß tätowiert, seine Ohren randvoll mit Piercings und in der Nase trug er einen massiven Ring. „Deshalb bin ich hier. Du darfst dich wieder einmal auf meinem Körper verewigen."

Er hob eine Augenbraue und stand auf, um seinen Skizzenblock zu holen. „Was soll's denn sein?"

„Ich möchte, dass du mir am linken Oberarm, auf der Innenseite, eine Soldaten-Hundemarke stichst. Die Kette soll sich zweimal um den Oberarm winden." Sie griff nach dem Medaillon und holte es hervor. „An der Außenseite möchte ich, dass du dieses Medaillon eintätowierst. Es soll ebenfalls an der Kette hängen."

Henk hatte ihr zugehört und gleichzeitig damit begonnen zu zeichnen. „Und was soll auf der Plakette stehen? Ich nehme nicht an, dass sie blanko sein soll."

„Da soll Tom und darunter das Datum 21. November in gotischer Schrift stehen."

Er nickte und zeichnete weiter. Blue lehnte sich zurück und schloss die Augen. Schließlich hatte sie die Müdigkeit übermannt, denn Henk musste sie wecken, als er mit dem Entwurf fertig war. Sie betrachtete ihn und staunte.

„Das ist genau das, was ich mir vorgestellt habe."

Es war halb vier Uhr nachmittags und Blue tigerte unruhig vor dem Club auf und ab. Sie war zwar erst um vier mit Gabriel und Boss verabredet, hatte aber keine Geduld mehr gehabt, um noch länger tatenlos in ihrer

Wohnung auszuharren. Deshalb hatte sie sich bewaffnet und war mit dem Camaro zum Club am Bellevue gefahren.

Die beiden Männer waren noch nicht da und der Club hatte seine Türen noch geschlossen. Die Sonne schien winterlich vom Himmel und war bereit, bald unterzugehen. Durch die Ray-Ban Sonnenbrille beobachtete Blue die Autos, die vorbeifuhren. Ab und zu kamen auch Fußgänger. Das Klingeln ihres Mobiltelefons riss sie aus den Gedanken. Sie nahm den Anruf in Erwartung auf Nachricht von Tom oder Igor entgegen.

„Blue." Die schwache zittrige Stimme ließ ihr Herz stillstehen und ihre Knie weich werden. Sie musste sich am Auto festhalten.

„Tom, bist du das?" Ein Räuspern drang an ihr Ohr. „Tom?"

„Blue, ich muss dir etwas sagen." Wieder hielt er inne. Sie schaffte es nicht, auch nur ein Wort herauszubringen. Ihre Kehle war komplett zu. „Igor will, dass ich dir sage, dass du heute um fünf zum Gleis 21 Sektor D des Hauptbahnhofs kommen sollst. Allein und unbewaffnet."

„Ich werde da sein, Tom. Halte durch."

Plötzlich schien er wieder Kraft gefunden zu haben, denn er schrie beinahe ins Telefon. „Nein! Komm nicht. Riskier nicht dein Leb..."

Dann hörte sie einen Fluch, eine Faust, die auf einem Körper landete und in der nächsten Sekunde schrie Tom auf. „Tom!", rief Blue. Es raschelte in der Leitung. Das Handy wurde Tom gewaltsam aus der Hand gerissen.

„Du wirst kommen, Schlampe. Andernfalls bekommst du ihn in Einzelteilen zurück. Tag für Tag ein Puzzlestück mehr. Verstanden?" Igors Stimme war frostig und berechnend.

„Verstanden." Dann legte sie auf. Eisige Kälte machte sich in ihr breit. Verdammt! Sie würde ganz bestimmt nicht unbewaffnet zu diesem Kaffeeplausch gehen und glücklicherweise würden Igor und Janus Gabriel nicht sehen können. Dennoch wurde sie das Gefühl nicht los, dass Tom diesen Tag nicht überleben würde. Er hatte außergewöhnlich schwach geklungen und sie wollte sich nicht vorstellen, wie sie ihn quälten. Energisch ging Blue neben ihrem Auto auf und ab, immer wieder auf die Uhr blickend. Wo blieben Boss und Gabriel, zum Teufel?

Als sie laut losgeflucht hatte, legte ihr jemand die Hand auf die Schulter. Es war Boss und seine Augen musterten sie eindringlich.

„Was ist passiert? Du explodierst ja gleich."

Sie setzte ihren Weg wieder fort. Auf und ab und auf und ab ... Währenddessen erzählte sie den beiden von Toms Anruf und ließ sie von seinem Zustand wissen.

Den Weg zum Bahnhof legten Blue und Gabriel in Gabriels Suburban zurück. Er redete auf sie ein, sie verstand aber kein Wort. Ihre Gedanken waren bei Tom. Wie sollte sie ihn nur lebend da rausholen? Sie wusste nicht einmal, was Igor von ihr wollte. Sie hatte das Gefühl, eine zentnerschwere Last würde auf ihren Schultern liegen.

Gabriel hatte inzwischen den Wagen geparkt und sie betraten den Bahnhof über den Haupteingang. Auf ihr

Zeichen hin legte er sein Energiefeld um sich und war nicht mehr zu sehen.

Reisende eilten an ihnen vorbei und aus den Lautsprechern drangen Durchsagen. Der kalte Novemberwind zog durch die Hallen und riss an Blues gespannten Nerven. Am Haupteingang waren Handwerker damit beschäftigt, die häuschenartigen Stände für den Weihnachtsmarkt aufzustellen. Gabriel und Blue gingen zu den Rolltreppen, die ins Untergeschoss führten. Am Gleis 21 angekommen, bahnten sie sich den Weg durch die Menge der Wartenden, immer darauf bedacht, niemanden zu berühren.

Im Sektor D, am Ende des unterirdischen Bahnsteigs, standen keine Menschen mehr. Hinter dem Plattformende gähnte der schwarze Tunnelschlund wie der Eingang ins Pandämonium.

Igor, Janus und Tom standen an einer Säule. Janus hatte Tom am Kragen gepackt und es war nur zu deutlich, dass er sich anders nicht aufrecht halten konnte. Tom ließ den Kopf hängen. Die dunklen Haare fielen ihm in Strähnen ins Gesicht. Es drückte Blue schwer aufs Herz, ihn in diesem Zustand zu sehen, und die Wut darüber engte ihr Blickfeld ein.

Igor grinste siegessicher und Janus' Blick hatte etwas Anzügliches. Als Tom bemerkte, dass sie da war, hob er mühsam den Kopf. Das rechte Auge war zugeschwollen, die Lippe aufgeplatzt und an seiner Stirn prangte eine Platzwunde. Als sich ihre Blicke trafen, versagten seine Knie ihm den Dienst. Janus riss ihn jedoch grob wieder hoch und Tom stöhnte gequält.

Verärgert wandte sich Blue an Igor. „Wie du siehst, bin ich gekommen. Jetzt verschwende nicht unsere wertvolle Zeit und sag schon, was du von mir willst."

Igor lachte und trat einen Schritt näher. „Eins muss man dir lassen. Bei dir gibt's kein überflüssiges Weibergeschnatter. Ich kann mir gut vorstellen, was Boss an dir so gefällt."

Sie schnaubte. „Komm zur Sache, Schwätzer."

„Okay. Ich nehme an, dass du Tom wiederhaben willst", begann er. Als sie nickte, fuhr er fort. „Das passiert aber nur unter zwei Voraussetzungen. Du sagst mir, wer Boss' Lieferanten und Großabnehmer sind und wirst dich für mich mit ihnen in Verbindung setzen. Und du trittst in meinen Dienst, das heißt natürlich, dass dein erster Auftrag die Beseitigung von Orion sein wird."

„Warum sollte ich das tun und was versprichst du dir davon?"

Er lächelte verschlagen. „Wie gesagt, wenn du den Typen wiederhaben willst, tust du, was ich will. Und was ich mir davon verspreche, geht dich nichts an. Wenn du dich als vertrauenswürdig erweist, wirst du es vielleicht erfahren."

Was sollte sie tun? Wenn sie Igors Angebot annahm, musste sie ihren Onkel töten, der, obwohl er sich ihr gegenüber nicht immer richtig verhalten hatte, eigentlich kein schlechter Kerl war. Wenn sie ablehnte, würde Tom sterben. Und zwar qualvoll. Das war sicher. Egal, wie sie sich entschied, sie würde zur Verräterin werden.

„Nein, Blue", rief Tom, „lass dich nicht darauf ein. Das ist es nicht wert. Ich bin das nicht wert."

Janus holte aus und schlug Tom hart in die Nieren. Tom keuchte auf und fiel zu Boden.

„Hey, du Bastard! Lass das!"

„Du kannst mich mal, Schlampe", entgegnete Janus.

Blue wandte sich Igor zu. „Du verlangst sehr viel von mir und eine solche Entscheidung kann ich nicht einfach so treffen. Vor allem ist sie abhängig von Toms Gesundheitszustand. Wenn Janus ihn weiter misshandelt, könnt ihr alle Deals sowieso vergessen."

Igor nickte und warf Janus einen warnenden Blick zu. „In Ordnung. Du hast vierundzwanzig Stunden. Ich warne dich aber. Kein Ton zu irgendjemandem. Andernfalls ist Tom tot. Und jetzt geh!" Er wedelte mit seiner Hand, als ob er eine lästige Fliege wegscheuchen wollte.

Während Blue Schritt für Schritt rückwärtsging, behielt sie Tom im Blick. Er hob langsam den Kopf und sah sie schmerzerfüllt an. Sein Anblick brannte sich in ihre Netzhaut. Für immer. Dann wirbelte sie herum und machte sich auf den Weg zu den Rolltreppen. Ihre Gedanken überschlugen sich.

„Verdammte Scheiße!", fluchte sie so laut, dass sich eine ältere Dame empört umdrehte.

Zurück am Auto tauchte Gabriel wieder auf. Er sah Blue mit schmalen Augen an. Kommentarlos öffnete er die Fahrertür und stieg ein. Sie folgte ihm auf der Beifahrerseite. Nachdem die Wagentür ins Schloss gefallen war, sackte sie zusammen. Sie war verzweifelt, wütend und enttäuscht. Es gab keinen Ausweg! Tom würde sterben. So oder so. Ob sie Orion tötete oder nicht.

„Was wirst du jetzt tun?" Gabriels Stimme holte sie aus ihrer Trance.

„Wenn ich das nur wüsste", antwortete sie resigniert.

Er räusperte sich und startete den Motor. Bevor er aus dem Parkfeld fuhr, sah er sie an. „Falls du Igors Angebot annimmst, musst du wissen, dass ich nicht zulasse, dass du Orion umbringst. Ich diene ihm schon seit vielen Hundert Jahren. Wenn du ihm nach dem Leben trachtest, werde ich dich töten."

„Vielen Dank auch. Jetzt geht's mir gleich viel besser." Wütend drehte sie sich von ihm weg und schaute zum Fenster hinaus, ohne etwas wahrzunehmen.

Gabriel fuhr auf den Parkplatz des Clubs, und noch ehe er den Wagen zum Stehen gebracht hatte, war sie schon hinausgesprungen. Sie musste weg, fliehen, einen klaren Kopf bekommen.

„Wo willst du hin? Boss wartet auf unseren Bericht."

Blue blieb vor dem Auto stehen und musste ihre Hände zu Fäusten ballen, damit sie nicht losschrie. „Ich muss mir über einiges klar werden. Du hast ja alles gehört, also kannst du es ihm erzählen."

Als sie in den Camaro einsteigen wollte, packte sie Gabriel rüde an der Schulter, schleuderte sie herum und drückte sie gegen das Auto. Seine bronzenen Augen funkelten sie an. „Er wird das nicht akzeptieren, Mädchen. Also bleibt dir nichts anderes übrig, als mitzukommen. Danach kannst du dich in deine Ecke verziehen und heulen."

Das war zu viel. Blue schlug Gabriel die Faust ins Gesicht. Sein Kopf wurde zurückgeschleudert und als Reaktion darauf warf er sie knurrend zu Boden. Sie kam sofort wieder auf die Füße und rannte auf Gabriel los.

Sie rammte ihm ihre Schulter in die Brust und brachte ihn zu Fall. Reflexartig rollte er herum und saß auf ihrem Oberkörper.

„Denk ja nicht", keuchte er, „dass ich keine Frauen schlage."

Als Antwort holte sie erneut aus und schlug zu. Er fing den Schlag ab. Sie wälzten sich am Boden und prügelten aufeinander ein. Okay, meistens schlug Blue. Er verteidigte sich nur.

„Was, zum Teufel, soll diese Scheiße?" Boss' Stimme drang wie durch Watte in ihr Bewusstsein. „Seid ihr total übergeschnappt? Los, rein in mein Büro. Sofort!" Boss' Tonfall ließ ihnen keine andere Wahl, als voneinander abzulassen.

Boss schloss die Bürotür und setzte sich hinter seinen Schreibtisch. „Ich höre." Er blickte zwischen ihnen hin und her.

Blue lehnte sich mit dem Rücken an die Wand und suhlte sich genüsslich in ihrem Elend. Währenddessen berichtete Gabriel bis ins kleinste Detail, wie das Treffen mit Igor verlaufen war.

Irgendwann wurde es ihr zu warm und sie zog die Jacke aus. Darunter trug sie nur ein T-Shirt mit Rollkragen. Boss sah sie an und sein Mund klappte auf. Gabriel war dabei zu erzählen, wie es zu ihrer Rangelei gekommen war, als Boss ihm mit einer Hand Einhalt gebot.

„Seit wann hast du diese Tätowierung, Blue?", fragte er.

Blue zuckte zusammen und warf zuerst einen Blick auf die Innenseite des linken Oberarms, auf dem Tom stand, dann sah sie Boss an. „Seit letzter Nacht. Was geht es dich an?"

Boss kam zu ihr und nahm sanft den Arm in seine Hände. „Und woher hast du die Vorlage für diese Abbildung?"

Er zeigte auf die Tätowierung des Medaillons. Stumm griff Blue in den Kragen und holte die Kette heraus, an der der Anhänger hing. Sie zog diese über den Kopf und gab sie Boss. Er betrachtete das Medaillon eine Zeit lang und öffnete es danach, ohne wirklich hineinzusehen. „Woher hast du das?"

„Von meiner Mutter", antwortete Blue und hörte das Zittern in ihrer Stimme.

„Ich dachte, du wärst eine Waise."

Sie nahm ihm die Kette wieder ab und beobachtete, wie er in seine Hosentasche griff. Er holte seine Hand wieder heraus, öffnete sie und hielt ihr einen Ring entgegen. Der Ring trug dasselbe ovale Wappen mit dem rubinbesetzten Sichelmond wie das Medaillon.

„Das ist ein Familienwappen, Blue. Mein Familienwappen. Weißt du, wer die Personen auf den Fotos innen sind?"

„Das sind Andromeda und Leander. Meine Eltern." Blue wusste, dass sie Orion gerade nach der Manier eines Vorschlaghammers diese Neuigkeit auf den Tisch geknallt hatte. Aber für Taktgefühl hatte sie im Moment keine Nerven.

Boss erbleichte und ließ sich gegen den Tisch sinken. Er starrte sie an. „Wie hast du es bekommen?"

Blue erzählte ihm alles. Von Andromedas Erscheinen, ihrer und Leanders Geschichte und von ihrer Geburt. „... und so bin ich Siria Leandra Sangualunaris. Deine

Nichte und leider auch die von Igor und Janus. Nur wissen die beiden Idioten nichts davon." Und wenn es nach ihr ging, sollte das auch so bleiben.

Boss war grünlich im Gesicht und seine Augen schwammen in Tränen. „Andromeda lebt ... und du bist ihre Tochter ..." Tief in Gedanken wog er seinen Siegelring in der Hand. Niemand wagte, etwas zu sagen. Orion fand schließlich seine Stimme wieder. „Wer hätte mit diesen Neuigkeiten gerechnet. Meine Nichte ... das muss ich erst sacken lassen. Ich möchte euch beide bitten, vorerst mit niemandem darüber zu sprechen."

Gabriel nickte und Blue entgegnete: „Ich denke, wir haben derzeit andere Sorgen, als unsere neu entdeckte, nette Familie der großen Welt vorzustellen."

Boss nickte und sie beschlossen, sich nun in erster Linie auf Toms Rettung zu konzentrieren. Es war klar, dass sie Igors Forderung nicht nachkommen würde.

Die Diskussion zwischen Boss und Gabriel war endlos und letztes Endes hatten sie keine Lösung für ihr Problem gefunden. Unter dem Vorwand müde zu sein, hatte sich Blue schließlich verdrückt. Es gab nur einen Platz, wo sie in Ruhe nachdenken konnte.

Sie saß in der Schwüle der Masoala-Halle des Zürcher Zoos. Dieses Regenwaldhaus war das weltweit größte seiner Art und dem Masoala-Regenwald auf Madagaskar nachempfunden. Verschiedene Arten von Farnen, Orchideen, Wasserpflanzen, Palmen, Bambus und Lianen bildeten die grüne Kulisse für die angesiedelte Fauna. Insekten summten im Blätterwerk und bunte Schmetterlinge flogen von Blüte zu Blüte. Exotische Vögel zwitscherten in den Ästen und eine Vielzahl von Maki-Arten sprang von Ast zu Ast oder tummelte sich auf den Trägern der Halle unter dem transparenten Dach. Über ihr landete gerade ein Rodrigues-Flughund in einer Palme, ließ sich kopfüber hängen und schlang seine Membranflügel um den schlanken Körper. Der Duft von feuchter Erde und Pflanzen drang tief in ihre Lunge ein. Sie streifte über die Pfade und hielt Ausschau nach Chamäleons, Insekten und hübschen Pflanzen.

Wie konnte sie Tom retten, sodass weder er noch jemand anderer zu Schaden kam? Es durften keine Menschen in die Angelegenheit hineingezogen werden. Am besten war, wenn sie den Bahnhof, am Gleis 21 beginnend, durchsuchte. Es war unwahrscheinlich, dass Igor und Janus den verletzten Tom durch die Menschenmenge geführt hatten. Sie wären aufgefallen.

Das Klingeln des Handys holte sie aus ihren Grübeleien. Ein Blick auf das Display sagte ihr, dass die Nummer unterdrückt war. Ihr Finger schwebte einen Augenblick über der Annahmetaste. Sie konnte nur hoffen, dass sie gute Neuigkeiten erwarteten. Noch mehr Mist würde sie nicht ertragen.

„Ja?", meldete sie sich.

Ein kaltes Lachen war zu hören. „Hallo Schlampe."

Janus Delcours! „Was willst du, Arschloch?"

Janus lachte wieder. „Die Frage sollte lauten, was du von mir willst. Wenn du dein Spielzeug wiederhaben willst, komm um ein Uhr zum Letzigrund-Stadion. Natürlich allein. Du findest mich auf dem Grünen." Seine selbstgefällige Stimme verursachte ihr Übelkeit. „Und wenn du ganz nett zu mir bist, bekommst du deinen Tom vielleicht voll funktionstüchtig zurück."

Blue flog buchstäblich aus der Halle. Er konnte Gift darauf nehmen, dass sie ganz nett zu ihm sein würde. So nett, dass sie ihm seine Eier abreißen und sie ihm in den Rachen stopfen würde.

Beim Auto angekommen, tippte sie Boss' Nummer ins Handy ein. Bevor es jedoch klingeln konnte, besann sie sich und legte wieder auf. Diese Sache musste sie allein erledigen. Blue warf einen kurzen Blick auf die Uhr im Armaturenbrett.

Zurück in ihrer Wohnung begann sie peinlich genau mit den Vorbereitungen. Sie tauschte ihre Jeans gegen schwarze Stretchhosen, die sie nicht einengten. Dann streifte sie über das Shirt eine Lederweste und knöpfte sie zu. Als die Weste saß, ging sie ins Bad und flocht ihre Haare zu einem Zopf und steckte ihn als Knoten am Hinterkopf fest.

Sie blickte in den Spiegel und konnte feine Linien um Augen und Mund erkennen. In ihrem Gesicht spiegelte sich die Entschlossenheit, die sie empfand. Janus würde erst bluten für das, was er Tom angetan hatte und danach sterben. Sie würde ihm ihren Dolch nach Manier eines Assassinen ins Herz stoßen und zusehen, wie das Licht in seinen Augen erlosch.

Zurück im Schlafzimmer legte sie die Ledermanschetten, zwei Dolche mit Scheide, die SIG mit Reservemagazin und einen Schlagring heraus. Danach holte sie ihre kniehohen Schnürstiefel.

Sie verließ bis auf die Zähne bewaffnet die Wohnung. Da diese in Sichtweite des Stadions lag, war sie innerhalb weniger Minuten dort angekommen. Den Camaro hatte sie eine Straße weiter abgestellt.

Das Stadion war hell erleuchtet und Menschenmassen strömten heraus. Anscheinend war gerade ein Fußballspiel zu Ende gegangen. Blue ging gegen den Strom der Fans und drückte sich unauffällig zwischen ihnen durch den Eingang. Unbeachtet betrat sie das Stadioninnere und stieg die Tribüne hoch bis zur obersten Reihe. Dort setzte sie sich im Schutz der Dunkelheit hin und wartete. Überall lagen Plastikbecher und anderer Abfall herum. Bald würde die Putzkolonne kommen und den Kollateralschaden des Spiels beseitigen. Sie musste dafür sorgen, unbemerkt zu bleiben. Nachdem das Aufräumungskommando um halb eins fertig und gegangen war, setzte sie sich wieder auf einen der roten Klappstühle, die auf den Tribünen angebracht waren. Unter ihr breitete sich der Fußballrasen aus. Eingerahmt von der roten Tartanbahn. Es herrschte eine unheimliche Ruhe. Nur gedämpft drang der Verkehrslärm ins Innere der Arena.

Plötzlich konnte sie ein leises Geräusch hören. Lauschend und beobachtend setzte sie sich auf. Ihr Herzschlag beschleunigte sich und Adrenalin rauschte durch ihre Blutgefäße. Langsam verlängerten sich ihre Fänge, die rechte Hand glitt in die Manteltasche und sie streifte sich den Schlagring über die Finger. Sie war kampfbereit.

Da Blue gegenüber dem Eingang zum Spielfeld saß, konnte sie sehen, wie Janus hervortrat. Obwohl das Licht inzwischen gelöscht worden war, war sein Rotschopf deutlich zu erkennen, besonders mit der guten Nachtsicht, die sie besaß. Sie erhob sich und ging langsam die Tribüne hinunter.

Janus hatte sie kommen gehört und drehte sich in ihre Richtung. Als sie sich auf dem Grün gegenüberstanden, ergriff Blue das Wort.

„Wo ist Tom?"

Janus grinste und schritt langsam um sie herum. Er schnalzte mehrmals mit der Zunge. Das Geräusch klang wie Peitschenhiebe in ihren Ohren. Er hielt erst inne, als er wieder vor ihr stand. Ihre rechte Hand, die immer noch in der Manteltasche steckte, schloss sich reflexartig fester um den Schlagring.

„Du hast doch nicht etwa geglaubt, dass ich dein kleines Menschlein hierherschleppe? So naiv kannst nicht einmal du sein."

Eigentlich hatte sie das wirklich nicht geglaubt, aber sie hatte zugelassen, dass sich ein wenig Hoffnung in ihr geregt hatte. Das sollte Janus aber nie erfahren. Stattdessen hob sie stolz das Kinn. „Und was willst du nun von mir?"

Wieder entstand dieses blöde Grinsen auf seinem Gesicht. Es war geradezu eine Einladung, ihm die Fresse einzuschlagen.

„Nun, ich wüsste da schon etwas, das du tun könntest, um Tömchen zu helfen."

„Komm auf den Punkt, Arschloch!"

Er sah sie belustigt an. „Oh, die Katze ist wütend. Aber ich werde dir trotzdem verraten, was ich von dir erwarte." Er räusperte sich und trat einen Schritt näher. Sein Körpergeruch brannte ihr in der Nase. „Wenn du ein bisschen nett zu mir bist und mich ein bisschen mit dir spielen lässt, bekommst du deinen kleinen Tommy wieder zurück."

Als Antwort spuckte sie ihm ins Gesicht, wohl wissend, dass ihn das rasend machen würde. Mit einer Geschwindigkeit, dass sie es kaum wahrgenommen hatte, packte Janus sie am Hals und drückte ihr die Kehle zu. Sie spürte, wie ihr die Luft knapp wurde, doch nun hatte sie ihn da, wo sie ihn haben wollte.

„Das war die falsche Antwort, Schlampe. Ich werde dich sowieso ficken. Du entscheidest nur darüber, wie schmerzhaft es für dich wird."

Ruckartig zog Blue die Hand aus der Manteltasche und schlug ihm die beringte Faust in den Magen. Er keuchte und krümmte sich. Abgelenkt lockerte er seinen Griff und sie nutzte den Moment und riss sich los. Ihr Hals schmerzte und sie hatte noch immer Mühe zu atmen. Sie ließ Janus aber keine Sekunde aus den Augen. Er stürmte brüllend auf sie los und schlug auf sie ein. Zweimal konnte sie ihn abwehren. Beim dritten Mal packte er ihren rechten Unterarm und verdrehte ihn so, dass er ihr die Schulter ausrenkte. Der Schmerz war unerträglich und ihr wurde einen Moment schwarz vor Augen.

Der rechte Arm hing lahm an ihrer Seite und war nicht mehr zu gebrauchen. Ohne, dass sie etwas dagegen tun konnte, gaben ihre Beine nach und sie fiel auf die Knie. Als sie vor Janus kniete, trat er ihr mit voller Wucht gegen die Brust. Blue wurde auf den Rücken geschleudert und blieb betäubt liegen. Vor ihren Augen tanzten flimmernde Punkte und sie konnte fühlen, dass ihr Brustkorb verletzt war. Bei jedem Atemzug jagten stechende Schmerzen durch den Thorax.

Janus ließ ihr keine Verschnaufpause und sprang auf ihren Oberkörper. Er schlug ihr hart ins Gesicht und sie musste sich konzentrieren, um nicht das Bewusstsein zu verlieren. In ihrem Mund machte sich ein metallischer Geschmack breit.

„So, du kleine Nutte, jetzt hast du keine große Klappe mehr. Im Übrigen gefallen mir Weiber besser, wenn sie die Schnauze halten. O Mann, deine Titten machen mich richtig scharf."

Während er sich an Blues Lederweste zu schaffen machte, konnte sie mit der linken Hand zu ihrem Stiefel greifen und den Dolch ziehen. Irgendwie musste sie Janus ablenken. „Bevor du mich anfasst, sollst du wissen, auf wen du dich hier einlässt." Ihre Stimme gewann mit jedem Wort an Stärke. „Mein Name ist Siria Leandra Sangualunaris. Ich bin die Tochter von Andromeda und Leander, deinem Bruder."

Er sah sie erschrocken an, und während sie sich an seinem Schock labte, stieß sie ihm den Dolch ins Herz. Er riss die Augen auf und fiel auf sie. Mühsam rollte sie ihn von sich herunter und sah ihn angewidert an.

„Das hast du nicht gewusst, was, Onkel?" Das letzte Wort hatte sie ausgespien. Dann packte sie den Dolch und riss ihn mit einer Drehung aus Janus' Brust. Die Wunde riss auf und so konnte sie sicher sein, dass er auch wirklich tot war.

***

Als Tom die Garderobe der Mädchen betreten und Blue bei Lucy sitzen gesehen hatte, war sein Brustkorb eng geworden. Sie hatte geweint und er war schuld daran gewesen. Weshalb hatte er nur auf dieser ganzen „J"-Sache herumreiten müssen?

So unvorstellbar es auch sein mochte, wenn man bedachte, was im ganzen Club gemunkelt wurde. Sie und Boss ... Aber vielleicht hatte sie die Wahrheit gesagt und die Dinge lagen wirklich anders, als sie zu sein schienen. Wahrscheinlich hatte er tatsächlich zu wenig Ahnung von der ganzen Vampirsache.

Nachdem sie die Garderobe verlassen hatte und Lucy ihn um ein Gespräch bat, wusste er, dass er total verschissen hatte. Leider, oder sollte er sagen glücklicherweise, war es nicht zu diesem Gespräch gekommen. Er war nicht sicher, ob er den Inhalt überhaupt hatte hören wollen. Estée war dazwischengekommen und hatte um seine Hilfe gebeten. Sie hatte Probleme mit ihrem Wagen und wusste sich keinen Rat. Tom hatte diese Möglichkeit zur Flucht nur zu gern ergriffen. Eigentlich hatte er sich nicht für einen Feigling gehalten, doch er hatte buchstäblich Angst vor diesem Gespräch mit Lucy gehabt.

Draußen, als er sich über den Motorraum ihres Wagens gebeugt hatte, hörte er, wie sich jemand von hinten näherte. Als er sich aufrichten wollte, war er zu Boden geschleudert und getreten worden. Halb bewusstlos hatte er noch mitbekommen, wie er in ein Auto verfrachtet worden war.

Als er wieder zu sich kam, saß er auf einem Stuhl, die Hände hinter dem Rücken gefesselt. Selbst seine Beine waren an den Stuhlbeinen festgebunden. Von der Decke hing eine einsame Glühbirne, die schwach den Raum ausleuchtete. An den Wänden standen Regale mit allerlei Werkzeugen und Ersatzteilen. In der Ferne konnte er vorbeifahrende Züge hören. Was aber seine Aufmerksamkeit fesselte, waren die drei Männer, die in der offenen Tür standen und diskutierten. Igor, Janus und … Richi, dieses gottverdammte Arschloch.

„Hast du ihm sein Handy abgenommen, Bruder?" Janus nickte und gab es Igor.

Noch in derselben Sekunde begann es, zu klingeln. Igor nahm grinsend ab. Er wusste sofort, wer ihn versuchte zu erreichen. Es war Blue, denn nur ihr hatte er diesen speziellen Klingelton zugewiesen. Nämlich „Hurricane" von 30 Seconds To Mars.

Angst griff nach seinem Herzen. Sie hatte jedoch nichts mit seiner Gefangenschaft zu tun. Er hatte Angst um Blue, denn er wusste ganz genau, dass sie versuchen würde, ihn zu retten. Egal ob sie sich vorher gestritten hatten oder nicht.

„Blue. Schön, deine Stimme zu hören … Igor … Verschwende unsere Zeit nicht mit blöden Fragen, auf die du bereits die Antwort kennst … Deine Drohungen lassen mich kalt. Du wirst morgen um fünf zum Hauptbahnhof kommen. Weitere Details folgen. Es versteht sich von selbst, dass du allein zu unserem Rendezvous erscheinst, sonst passiert ihm tatsächlich etwas."

Dann legte er auf und ließ das Handy in seiner Hosentasche verschwinden.

„Glaubst du, sie wird kommen?", fragte Janus.

Igor nickte. „Natürlich wird sie kommen. Wir werden ihr keine andere Wahl lassen."

„Lasst sie in Ruhe! Sie hat euch nichts getan!" Toms Stimme ließ sie herumfahren.

Janus kam auf ihn zu und beugte sich herunter, bis er auf Toms Augenhöhe war. „Ich werde sie alles andere als in Ruhe lassen. Ich werde sie flachlegen und so lange ficken, bis sie vor Verzückung meinen Namen schreit. Wie gefällt dir das, du Kakerlake?"

Tom brüllte ihn an und zerrte an den Fesseln. Janus grinste nur breit und schlug ihm seinen Ellbogen mit solcher Wucht auf die Schläfe, dass ihm das Licht ausging.

Als Tom wieder zu sich gekommen war, kreisten seine Gedanken nur um Blue. Er musste an den Abend denken, als er sie das erste Mal gesehen hatte. Damals war er in einer Phase des Umbruchs gewesen. Er hatte gerade seiner dunklen Vergangenheit den Rücken gekehrt. Er hatte sich vom Milieu verabschiedet, war auf der Suche nach einem Neuanfang gewesen und ins Dark Evil eingeladen worden. Und da war sie. Sie streifte durch den Club und schaute nach dem Rechten. Sie trug eine schwarze Lederkorsage, die im Rücken geschnürt war. Dazu eine schwarze enge Hose und kniehohe Schnürstiefel. Ihre Handgelenke steckten in Ledermanschetten. Was sie aber total sexy machte, war das große Tattoo, das aus ihrem Ausschnitt blitzte und anscheinend zwischen ihren Brüsten begann, über die Schultern zog und sich über den Rücken zum Kreuz fortsetzte.

Trotz ihrer Körpergröße und den gut trainierten Muskeln wirkte sie feminin und zart. Noch am selben Abend fragte Tom, ob es im Club eine freie Stelle gab. Er musste einfach einen Weg finden, um in ihrer Nähe zu sein.

Boss hatte ihn tatsächlich in sein Büro bestellt und ihn erst einmal eine Weile gemustert. Tom hatte das

Gefühl gehabt, dass Boss ihn mit Röntgenaugen durchleuchtet hatte. Er war ihm anfänglich seltsam vorgekommen. Unheimlich.

„Was hast du mir zu bieten?", war die klare Frage von Boss gewesen. Tom hatte mit allem gerechnet, aber nicht damit. Er hatte nicht gewusst, was er darauf antworten sollte. Es hätte schließlich einen schlechten Eindruck gemacht, wenn er gesagt hätte: Ihre Türsteherin ist heiß und ich will in ihrer Nähe sein. Darum entschied er sich für eine andere, aber genauso direkte Taktik.

„Ich habe früher schon im Milieu gearbeitet. Ich weiß, dass hier Drogen, Glücksspiel und Prostitution zum exklusiven Angebot gehören. Wie Sie sehen, habe ich den nötigen Körperbau, um hier im Haus für Ruhe und Ordnung zu sorgen."

Boss hatte ihn damals überrascht angesehen. „Und wie steht es mit deiner Verschwiegenheit? Ich lege großen Wert auf Diskretion."

Tom hatte sich entspannt zurückgelehnt und gelächelt. „In dieser Hinsicht bin ich der richtige Mann für Sie. Ich habe lange in einem Bordell gelebt und so einiges gesehen und miterlebt, von dem nichts an die Öffentlichkeit kommen darf."

Der Mann hinter dem Schreibtisch hatte daraufhin bedächtig genickt. „Nun gut. Dann gibt es jetzt nur noch eine Angelegenheit, die zu klären wäre." Dann stand Toms neuer Chef auf und kam um den Tisch herum. „Fürchtest du dich vor Monstern?"

Tom hatte nicht gewusst, was das nun wieder zu bedeuten hatte. Doch er zuckte locker mit den Schultern. „Ich habe genug Monster in meinem Leben gesehen.

Monster, die sich Menschen nennen und andere mit Freuden leiden lassen. Also, nein, ich fürchte mich nicht vor Ungeheuern."

„Bist du sicher?" Boss' Blick hatte sich verändert. Er war kälter und bohrender geworden. Dann hatte er sich so schnell bewegt, dass Tom es erst registriert hatte, als Boss ihn gegen die Wand geworfen und ihm die Kehle zugedrückt hatte. Dabei hatte er die Zähne gefletscht. Tom konnte erst nicht glauben, was er da sah. Boss' Eckzähne waren zu langen Fängen geworden. Und er war stark. Stärker, als es sich Tom hatte vorstellen können. Boss war tatsächlich ein Monster und Tom hatte es mit der Angst zu tun bekommen.

Nur einen Augenblick später hatte Boss ihn wieder losgelassen und auch seine Reißzähne waren verschwunden. Nachdem er wieder zur Ruhe gekommen war, hatte ihm Boss alles über seine Spezies, wie er es nannte, erzählt. Er hatte ihm unmissverständlich klargemacht, was passieren würde, wenn er die Geschichte nicht für sich behielt.

Wenn Tom es nicht mit eigenen Augen gesehen hätte, hätte er nichts von alldem geglaubt. Er hatte auch später noch immer das Gefühl, dass ihm plötzlich ein Raubtier an die Kehle gesprungen war. Nur bei Blue nicht, obwohl sie, wie er von Boss erfahren hatte, ebenfalls ein Vampir war. Bei ihr hatte er sich immer sicher gefühlt und er fand es irgendwie scharf, dass sie anders war. Was sagte das wohl über ihn aus? Er wusste es bereits. Er war ein beschädigter Mensch, der als Kind geschlagen und missbraucht worden und am Schluss auf der Straße gelandet war.

Blue hatte vom ersten Augenblick an eine unglaubliche Anziehung auf ihn ausgeübt. Es war mehr als nur Sex. Das Gefühl war tiefgehender. Es fühlte sich an, als ob sie sich schon lange kannten. Und dann waren da ihre Augen. Sie hatte ihn mit ihrem Blick gefangen genommen. Sie war sich wahrscheinlich seiner Anwesenheit nicht einmal bewusst gewesen, doch er hatte Blue bis tief in sein Innerstes gefühlt. Bis zu dem Tag, an dem er sie zum ersten Mal gesehen hatte, hatte er nie so etwas für jemanden empfunden.

Er hatte gedacht, dass seine schlechte Kindheit ihm sämtliche Gefühle geraubt hatte. Damals hatte er sich geschworen, nie mehr einen Menschen so nahe an sich heranzulassen. Er hatte nie mehr erleben wollen, dass er im Stich gelassen und einfach vergessen wurde. Aber vielleicht lag es daran, dass Blue eben kein Mensch war. Vielleicht konnte er deshalb so für sie empfinden. Tom musste an ihren Kuss denken. Es hatte sich so richtig angefühlt und sie hatte so unglaublich gut geschmeckt. Die Vorstellung, dass Janus sie berühren, sie verletzen würde, machte ihn rasend. Nur er allein durfte ihr ihre Unschuld nehmen! Sie gehörte ihm ganz allein! Ein primitives Untier in ihm wurde laut und er musste sich über sich selbst wundern.

Igor und Janus waren nach einer Ewigkeit zu ihm gekommen, um ihn zu dem Treffen mit Blue zu schleppen. „Was wollt ihr Arschlöcher überhaupt von ihr?", hatte er geflucht. Die beiden Outlaws hielten es jedoch nicht für nötig, ihm zu antworten.

Dann kam das Treffen, das Igor verlangt hatte. Das Treffen selbst lag im Nebel für ihn. Nur an sie konnte er sich erinnern. Sie stand da, stark, kühl und distanziert. Er konnte aber erkennen, dass sie hinter dieser Fassade um Fassung ringen musste.

Nach diesem Treffen brachten sie ihn zurück in den Tunnel und dann begann sein wahres Martyrium. Sie folterten ihn mit Schlägen und einer Nagelpistole. Janus, das Monster, trieb ihm damit, breit grinsend, Nagel um Nagel ins Fleisch. Sie fragten nach Boss' Drogenlieferanten und -abnehmern. Natürlich wusste er nichts von Orions Drogenkontakten und er bezweifelte auch, dass Blue genaueres Wissen davon hatte. Nach endlosen Qualen konnte er fühlen, dass sich sein Bewusstsein verabschiedete und damit kam die Gewissheit, dass er sterben würde.

Verkrüppelt

Mit zittriger Hand wischte Blue Janus' Blut von der Klinge und steckte den Dolch zurück in den Stiefel. Dann holte sie ihr Handy hervor und rief Boss an. Es klingelte drei Mal. Inzwischen musste sie sich flach auf den Boden legen, denn das Atmen fiel immer schwerer und sie hustete Blut. Innere Verletzungen. Na klasse. Sie fühlte sich wie von einer Dampfwalze überfahren.

„Blue, was ist los?" Boss wusste, dass sie ihn nur im äußersten Notfall anrief.

„Ist Gabriel da?", fragte sie mit heiserer Stimme. „Redet er nach unserem Streit überhaupt noch mit mir?" Sie musste sich räuspern.

„Er ist hier, und er ist nicht wütend auf dich. Wo bist du?"

Bleierne Müdigkeit übermannte sie. „Ich bin verletzt ... im Letzigrund ...", stammelte sie.

„Im Stadion? Was machst du da?"

„Janus ist tot." Schwere, unendliche Müdigkeit, das Blut rauschte in ihren Ohren ...

„Blue? Rede mit mir!"

Boss' Stimme an ihrem Ohr ließ sie die Augen aufreißen. „Was hast du gesagt, Boss?"

„Gabriel ist auf dem Weg zu dir. Eigentlich sollte er schon da sein. Halte durch! Warum hast du dich nur allein mit Janus getroffen?"

Boss redete auf sie ein und wollte sie so bei Bewusstsein halten. Sie gab sich alle Mühe. Dann hörte sie Schritte näher kommen. Mühsam öffnete sie die Augen. Gabriel kniete sich neben sie auf den Rasen und nahm ihr das Handy aus der starren Hand.

„Boss, ich bin bei ihr. Ich melde mich später." Dann legte er auf und steckte das Mobiltelefon zurück in ihre Manteltasche. „Mädchen, Mädchen. Du machst ja Sachen."

Während er das sagte, begann er sie zu untersuchen. Zuerst ihren Kopf, dann ihren Brustkorb und zum Schluss die Schulter.

„Gabriel, wie kann jemand wie du einen solchen Namen haben?", nuschelte sie und erntete ein mildes Lächeln. Sie runzelte die Stirn.

„Frag nicht, ich hatte grausame Eltern. Sie haben mich nach einem Erzengel benannt, der von vielen Künstlern oft weiblich dargestellt wird. Das ist doch allerliebst, oder?" Er leistete sich ein Schmunzeln und wurde dann wieder ernst. „Du hast eine ausgerenkte Schulter und eine Gehirnerschütterung. Am schlimmsten aber ist die Brustkorbverletzung. Dein Brustbein ist total zertrümmert und die Rippengelenke sind komplett ausgerissen." Er schüttelte den Kopf und strich ihr die Haare aus dem Gesicht.

In dem Moment wusste Blue mit Sicherheit, dass sie in großen Problemen steckte. Sie hatte Tom nicht retten können, war sich aber gewiss, ihr Bestes getan zu haben.

„Es ist ein Wunder, dass du noch lebst. Was hat er nur mit dir angestellt?“

Gabriel sprach einfach weiter und ihre Augenlider schlossen sich wie von allein. Sie war so müde ...

„Halt, halt, Kleine! Du wirst mir jetzt nicht wegtreten.“

Gabriel nahm ihr Kinn zwischen seine Finger und schüttelte sie leicht. Dann hörte sie, wie er sich an seiner Kleidung zu schaffen machte. Ihr Bewusstsein wurde inzwischen immer wieder von Dunkelheit eingehüllt. Gabriel drückte ihr etwas Warmes, Feuchtes auf den Mund und massierte ihr mit der anderen Hand sanft die Kehle. Als die Flüssigkeit auf ihre Zunge traf und ihr Körper registrierte, dass es Gabriels Blut war, übernahm der Überlebensinstinkt die Kontrolle. Mit ihrer linken Hand presste sie sein Handgelenk gegen ihre Lippen und saugte wie ein Baby an der mütterlichen Brust.

„Ja, so ist es gut, Mädchen. Du brauchst das jetzt, denn wir müssen immer noch deinen Mann retten.“

Mit jedem Schluck spürte sie, dass wieder Leben in ihren Körper zurückkehrte und die bleierne Müdigkeit verschwand. Irgendwann löste sich Gabriel von ihr und sah sie prüfend an.

„Wenn du bereit bist, werde ich dir jetzt die Schulter einrenken. Das wird wehtun.“

Blue konnte nur nicken. Gabriel stellte seinen Fuß in ihre Achselhöhle. Dann zog er ruckartig an ihrem Arm. Mit einem übelkeitserregenden Knacken sprang die Gelenkkugel wieder in die Pfanne, und ihr blieb nichts anderes übrig als aufzuschreien.

Jetzt, wo die Schulter wieder da war, wo sie hingehörte, machte sich ihr Körper spürbar an die Genesung. Gabriel begutachtete unterdessen mit besorgter Miene ihren Brustkorb.

„Was ist los, Gabriel?", krächzte Blue.

Er blickte sie traurig an. „Die Verletzung am Brustbein und den Rippen ist zu schwer. Dein Körper kann sie nicht richtig heilen. Ich fürchte, dein Thorax wird für immer deformiert bleiben."

Entsetzt über seine Worte versuchte sie, den Kopf zu heben und Gabriel half ihr dabei. Als sie ihre Brust sah, erstarrte sie. Ihr Brustbein war schräg und die zerrissenen Rippengelenke standen unnatürlich ab. Irgendwie erinnerte sie das an einen Buckligen, nur anders herum. Es sah hässlich aus. Wenigstens musste sie sich jetzt keine Sorgen mehr machen, wie sie sich in Sachen Sex verhalten würde. Denn kein Mann würde sie jetzt mehr ansehen, geschweige denn anfassen.

„Kannst du aufstehen?"

Sie versuchte auf die Beine zu kommen, gab es jedoch schnell auf, da ihr Brustkorb von starken Schmerzen geschüttelt wurde. Blue musste sich zusammenkrümmen. Würde ihr Leben jetzt so aussehen? Gezeichnet von Schmerzen, bewegungsunfähig? Nur mit großer Mühe schaffte sie es, nicht loszuheulen.

Gabriel seufzte und hob sie sanft hoch. Dann legte er seinen Energieschild um sie beide und trug sie zum Camaro. Dort setzte er sie auf den Beifahrersitz und löste sich danach wieder in Luft auf. Kurz darauf bemerkte Blue, dass sich Gabriel am Kofferraum zu schaffen machte und etwas polternd darin verstaute. Dann stieg er auf der Fahrerseite ein und startete den Motor. Er warf ihr einen besorgten Blick zu.

„Die Schmerzen werden besser werden, Blue. Glaub mir."

Es war ihr ein schwacher Trost, so entstellt, wie sie war. „Wie soll ich in diesem Zustand Tom retten? Kannst du mir das verraten?"

„Du wirst sehen, dass du stark genug bist für diese Aufgabe. In ein bis zwei Stunden wird es besser sein."

Sie ließ den Kopf gegen die Kopfstütze fallen und schloss die Augen.

***

Eine Bewegung im Auto weckte sie. Sie waren am Club angekommen und Gabriel war bereits ausgestiegen. Er kam zur Beifahrerseite und machte die Tür auf.

„Oh, du bist wach. Wie fühlst du dich?"

Blue löste den Sicherheitsgurt und stieg vorsichtig aus, währenddessen hielt er sie am Unterarm fest. Ihre Beine trugen sie erstaunlicherweise. Der Schmerz war zwar stark, aber nicht mehr lähmend. „Es geht. Ich werde jetzt zu Estée gehen und mal sehen, ob ihr jetzt etwas eingefallen ist. Vielleicht kann ich ihrem Gedächtnis ja ein bisschen auf die Sprünge helfen."

Gabriel, der spürte, dass er ihr das nicht ausreden konnte, nickte und meinte, dass er später zu ihr stoßen würde. Sobald er Janus' Leiche, die er in ihrem Kofferraum transportierte, entsorgt hatte.

Auf dem Weg zu Estées Verlies musste sie den ganzen Club durchqueren. Sie zog den Mantel zu, um ihren verkrüppelten Oberkörper zu verbergen. Als sie durch die

139

Tür zur Kellertreppe gehen wollte, lief sie Boss in die Arme. Er sah sie mit großen Augen an und umarmte sie.

„Blue, bin ich froh, dass du okay bist."

Die Sorge in seiner Stimme und der Druck seiner Umarmung verursachten Blue physische und psychische Schmerzen und ließen sie zusammenzucken. Er bemerkte es und hielt sie auf Armlänge von sich. Eindringlich musterte er sie von oben bis unten. An ihrem mittlerweile aufgegangenen Mantel blieb sein Blick hängen und er erkannte, dass etwas mit ihr ganz und gar nicht stimmte.

„Was, zum Teufel, ist passiert? So etwas habe ich selten gesehen." Boss fluchte zischend und hielt ihre Handgelenke in eisernem Griff.

Sie musste den Blick abwenden. „Ich werde es überleben, Boss." Dann versuchte sie sich ihm zu entwinden, um endlich zu Estée zu können. Er ließ jedoch nicht locker.

„Blue."

„Also gut. Ich hab mit Janus gekämpft und er hat mir hart gegen die Brust getreten. Dabei hat er mir alles zertrümmert. Und jetzt sind die Fragmente falsch zusammengewachsen. Weshalb, weiß ich auch nicht."

Boss schluckte und legte ihr die Hand an die Wange. „Hast du Schmerzen?" Sie nickte. „Liebes, wir werden einen Weg finden, das wieder in Ordnung zu bringen. Das verspreche ich dir."

Während sie die Treppe hinunterstieg, kämpfte sie mit den Tränen. Sie fühlte sich entstellt, konnte nur flach atmen und jede Bewegung verursachte Schmerzen. Vor der Luftschutzkellertür blieb sie stehen und sammelte sich. Dann riss sie kraftvoll die Tür auf und trat ein. Estée saß auf der Pritsche, die Beine untergeschlagen und die Hände an den Heizkörper hinter ihr gekettet. Im Schutzraum selbst war es eiskalt und sie war nur mit ihren Nuttenklamotten bekleidet. Den Knebel hatte sie abstreifen können. Er hing ihr lose um den Hals. Blue zog die Tür hinter sich zu, verschloss sie sorgfältig und ließ den Schlüssel in ihrer Hosentasche verschwinden. Estée schaute Blue mit unverhohlenem Hass an.

„Wird auch Zeit, dass du mich endlich losmachst, Schlampe."

Ihre Stimme war nur ein Zischen. Blue hob fragend eine Augenbraue und wunderte sich über Estées Vorstellungen. „Das sagt die Richtige. Wer von uns beiden ist denn hier die Schlampe? Aber lass uns nicht über Kleinigkeiten streiten, wir haben anderes zu besprechen." Sie ging in großem Bogen auf Estée zu und zog demonstrativ langsam den Dolch, den sie am Rücken trug. Die Gefangene zeigte keinerlei Reaktion, weshalb Blue erneut das Wort ergriff: „Ich frage dich jetzt noch einmal, obwohl ich mich nicht gern wiederhole. Wo hält Igor Tom gefangen?"

Ein süffisantes Lächeln breitete sich auf Estées Gesicht aus. „Von mir erfährst du nichts. Igor wird mich auf jeden Fall retten und dann ..."

Blue ließ sie nicht weiterreden, sondern holte aus und schlug ihr die Faust ins Gesicht.

Estée schrie auf. „Du blöde Kuh", rief sie, „du wirst das so was von bereuen!"

Blue hob drohend den Dolch und hielt ihn ihr an die Wange. „Du hast immer noch nicht geantwortet. Du willst Vampirin werden? Ewig schön, ewig jung? Narben, die du als Mensch bekommst, verschwinden nicht. Die trägst du auch noch, wenn du Vampir bist." Blue richtete sich auf und öffnete ihren Mantel. „Als Vampir bist du auch nicht vor Verletzungen und Verstümmelungen geschützt." Sie bemerkte mit Genugtuung, dass Estées Blick wie gebannt auf ihre Brust gerichtet war. Mit diesen Worten drückte sie die Klinge tiefer in Estées Wange. Ein winziger Blutstropfen rann langsam über das Metall. Estée schrie und heulte, konnte sich aber nicht dagegen wehren, da Blue ihr Gesicht festhielt. Sie achtete darauf, Estée nicht zu sehr zu verletzen. Es war nur ein kleiner Kratzer.

„Du Hexe! Jetzt, wo ich wehrlos bin, fällst du über mich her. Du bist so armselig, Blue!"

Wenn Estée wüsste, wie recht sie damit hatte. Trotzdem versetzte Blue ihr mit der flachen Hand einen Schlag ins Gesicht. „Du hast recht, Estée. Vielleicht ist es besser, wenn ich dich losmache. Dann kann ich dich nämlich durch den ganzen Raum prügeln."

Estée erstarrte und sah sie mit glasigen Augen an. Blue griff über sie hinweg und löste die Fesseln. Dann schleuderte sie Estée an den Haaren quer durch den Raum. Der Schmerz im Brustkorb wollte wieder aufbegehren, sie ignorierte ihn jedoch. In drei großen Schritten war sie bei Estée und hob sie hoch. Sie drückte sie mit dem Rücken gegen die Wand und umfasste ihren Hals mit einer Hand. Einem inneren Drang folgend drückte sie zu. Estée begann sich zu wehren und strampelte wild mit ihren Beinen, die über dem Fußboden baumelten. In ihren Augen platzten Blutgefäße und aus ihrer Kehle drangen kratzige Laute.

„Also, zum letzten Mal: Wo wird Tom festgehalten?"
Dann lockerte sie ihren Griff etwas, damit Estée die Gelegenheit bekam zu antworten. Sie hustete und sog gierig Luft ein. Doch sie antwortete immer noch nicht. Deshalb packte Blue sie wieder, dieses Mal noch stärker. Nun begann sie, zu wimmern.

„Ich höre. Wo ist er?"

„Hauptbahnhof … Gleis 21 … Sektor D … Tunnel … eine Tür zum Wartungsschacht."

Das war genug. Blue ließ Estée los, die hustend zu Boden ging, und würdigte sie keines Blickes mehr.

Noch bevor die Tür hinter Blue zugefallen war, rannte sie zu ihrem Büroschrank und riss ihn auf. Sie holte ein sauberes Shirt heraus und legte das Schulterholster ab. Im Bad wusch sie sich die Hände und reinigte die Klinge des Dolchs. Das schmutzige Oberteil warf sie in den Wäschekorb und zog sich das frische blutrote Shirt über. Dabei vermied sie, sich im Spiegel anzusehen. Den Anblick wollte sie sich ersparen. Sie war ein Krüppel und würde nie mehr in einen Spiegel schauen.

Als sie den Schrank wieder schließen wollte, fiel ihr Blick auf die Tequila-Flasche. Das war genau das, was sie jetzt brauchte. Er würde die Schmerzen lindern wie kaum etwas anderes. Mit zwei langen Zügen trank sie direkt aus der Flasche. Der Alkohol brannte in der Kehle und sie musste husten, was wegen der Verletzung eine schlechte Idee war. Sie hatte das Gefühl, ihr Brustkorb würde erneut brechen. Kaum war der Hustenanfall vorüber, setzte sie die Flasche erneut an.

„Na, das nenn ich mal eine kreative Lösung aller Probleme."

Die spöttische Stimme ließ sie falsch schlucken und der daraus resultierende Husten zwang sie in die Knie. Mit tränenden Augen schoss sie wütende Blitze in Gabriels Richtung. „Musst du dich so anschleichen, verdammt?", keuchte sie.

Gabriel grinste und half ihr auf den Stuhl. Sie wetterte weiter wie ein trotziges, altes Waschweib. „Was weißt du schon von meinen Problemen!"

Das Grinsen war aus seinem Gesicht verschwunden. Er sah sie finster an. „Du hast recht. Ich kenne nicht alle deine Probleme, aber ich weiß, dass keins je durch Saufen gelöst wurde."

Sie schnaubte und nahm noch einen Schluck. Inzwischen hatte sie die halbe Flasche intus und sie fühlte sich wunderbar losgelöst von allem. „Ich hab Schmerzen und das hilft mir, sie zu betäuben. Anders kann ich nicht einmal mehr meinen Job erledigen. Was wäre ich Boss von Nutzen, wenn die Leute keinen Respekt mehr vor mir hätten, nur weil ich wegen Janus nicht mehr kämpfen kann?"

Gabriel schlug mit der Faust auf den Tisch. „Führ dich nicht so weinerlich auf! Dein Körper benötigt Zeit, um mit der neuen Situation fertig zu werden. Und wenn es nicht mehr gehen sollte, suchst du dir eben einen anderen Job."

Sie lachte trocken. „Ja, klar. Als ob mich Boss mit allem Insiderwissen einfach gehen lassen würde. Vorher bringt er mich um." Unbemerkt hatte sie begonnen, an ihren Fingernägeln zu kauen. Erst als sie schmerzhaft auf das darunterliegende Fleisch des Nagelbetts stieß, wurde ihr bewusst, womit sie beschäftigt war.

„Boss bringt nicht einfach jemanden um. Ich kenne ihn schon sehr lange. Er wird eine Lösung finden. Und das nicht nur, weil du seine Nichte bist. Er schätzt dich, wenn auch auf eine irgendwie schräge Weise." Dann kam er auf sie zu und nahm ihr den Tequila aus den klammen Fingern. „Und jetzt komm hoch, Mädchen. Wir haben einiges zu tun." Er zog sie auf die Füße und stützte sie, bis sie festen Stand hatte.

Eine Bewegung hinter ihm im Raum ließ Blue erstarren. Andromeda kam flimmernd auf sie zu. Sie trug immer noch die gleiche Kleidung wie beim letzten Mal. Warum konnte sie sie sehen, wenn sie nicht schlief? Die Antwort war einfach. Blue war sturzbetrunken und darum wahrscheinlich empfänglich für ihre Schwingungen, oder wie man das nannte.

„Was machst du hier?", fragte sie sie und Gabriel drehte sich verwirrt um.

„Mit wem …", setzte er an, sie gebot ihm aber mit einer knappen Handbewegung Einhalt.

Andromeda stand nun direkt neben ihm. „Du musst dich beeilen! Tom stirbt." Danach löste sie sich in Luft auf.

Mit einem Mal fühlte Blue sich total lächerlich. Sie saß da und suhlte sich in Selbstmitleid, während Tom durch weitaus größere Qualen ging.

Gabriel schaute sie noch immer an, als wäre sie komplett übergeschnappt.

„Andromeda … sie war hier", begann sie, doch dann durchflutete sie eine Welle von Kraft und sie blickte Gabriel in die bronzenen Augen. „Wir müssen uns beeilen. Tom geht's schlecht." Während sie das sagte, schnallte sie das Schulterholster um, bestückte es mit

Pistole und Reservemagazin, steckte den Dolch in die Scheide am Rücken und schob die zweite SIG ins Holster, das sie neben den Dolch am Gürtel trug.

„Aber du bist halb betrunken. In dem Zustand bist du eine Gefahr für uns alle."

Schnaubend ging sie ins Bad und band sich die Haare zusammen. „Falsch. Ich bin nicht halb betrunken, sondern voll bis obenhin. Hol mir Kaffee. Aber dalli!" Kaum hatte sie den Befehl geblafft, war er auch schon verschwunden.

Als Blue das Büro verlassen wollte, tauchte Gabriel mit einer Thermoskanne Kaffee wieder auf. „Hier", sagte er und drückte sie ihr in die Hände. „Runter damit."

Der bittere Geschmack des Gebräus ließ sie kurz würgen. Guter Kaffee war in diesem Club Mangelware. Doch mit jedem Schluck wurde ihr Kopf klarer, womit aber auch die Schmerzen zurückkamen.

***

Gabriel stellte den Suburban ruckartig im Parkfeld ab. Bevor sie den Wagen verließen, luden sie erst ihre Waffen durch.

„Du bleibst in meiner Nähe, Blue. Wir werden unsichtbar den Bahnhof und den Tunnel betreten. Ich will nicht, dass Igor vorgewarnt wird."

Im Schutz seines Energieschilds gingen sie durch die Menschenmassen. Gabriel bewegte sich elegant wie eine Raubkatze, während sie das Gefühl hatte, ein Trampeltier zu sein. Sie blieb wie ein Schatten hinter ihm, bis sie das Ende des Bahnsteigs 21 erreicht hatten.

Sie warteten, bis ein Zug eingefahren war und angehalten hatte. Dann sprangen sie von der Plattform und rannten über die Gleise. Die Luft im Tunnel war warm und teergeschwängert. Nach ein paar Hundert Schritten fanden sie die Tür zum Wartungstunnel. Blue wollte sie öffnen, als Gabriel sie mit aller Macht gegen die Wand drückte. Ein Zug raste nur wenige Zentimeter an ihnen vorbei und drohte sie mitzureißen. Blues Ohren gingen durch den Sog zu und es verschlug ihr den Atem. Innerhalb von Sekunden war alles vorbei und es herrschte Stille.

Langsam versuchte sie, den Türknauf zu drehen. Er ließ sich jedoch keinen Millimeter bewegen. Gabriel runzelte die Stirn. Dann schaute er im Tunnel nach links und rechts und trat einen Schritt zurück. Plötzlich sprang er mit Wucht auf die Tür zu und trat sie mit dem Fuß ein. Da Blue sich nicht an andere Orte beamen konnte, musste er ihnen auf konventionelle Art Zutritt verschaffen.

„So viel zum Thema unauffällig anrücken“, meinte er leicht frustriert. Mit einem kurzen Blick wies er sie an, ihre Waffen zu ziehen. Als die beiden SIGs in ihren Händen lagen, machte er ein skeptisches Gesicht.

„Was?“, fragte sie.

Er zuckte mit den Schultern. „Nichts.“ Als sie den Korridor betreten hatten, schloss Gabriel die Tür behelfsmäßig, damit ihre Anwesenheit so unauffällig wie möglich blieb. Sie schlichen den grauen, neonbeleuchteten Korridor des Wartungstunnels entlang. Lautlos bewegten sie sich vorwärts, die Schusswaffen im Anschlag. Stimmen hallten ihnen durch die Tunnelröhre entgegen.

„Hast du das auch gehört?"

„Nein, was war denn?"

Gabriel winkte sie zu sich und legte seinen Schild erneut um sie. Dann verharrten sie lautlos, mit dem Rücken flach an die Wand gedrückt, und warteten.

Sekunden später kamen Igor und einer seiner Arschkriecher um die Ecke. Bei genauerem Hinsehen erkannte Blue den Schleimscheißer neben Igor. Richi! Jetzt war ihr auch klar, wie er so schnell Boss' Kohle aufgetrieben hatte.

Igor schaute argwöhnisch den Korridor hinunter. „Ich dachte, ich hätte die Eingangstür zum Wartungsschacht gehört. Aber ich habe mich wohl geirrt."

Dann traten Igor und Richi vor die Tür zur Werkzeugkammer, öffneten sie und warfen einen Blick hinein. Auf den Gesichtern beider Männer machte sich ein diabolisches Grinsen breit und Blue schlug der metallische Geruch von Blut entgegen. Sie wollte einen Schritt auf Igor und Richi zu machen, Gabriel hielt sie aber an der Schulter zurück und warf ihr einen warnenden Blick zu.

„Der Schlappschwanz macht's nicht mehr lange. Das wird dieser Schnepfe aber gar nicht gefallen", kicherte Richi vor sich hin.

Igor legte ihm den Arm um die Schulter und Blue verfluchte sich, dass sie diese Amöbe nicht getötet hatte, als sie die Gelegenheit dazu hatte.

„Sie wird es nicht erfahren. Heute, am Nachmittag, wird sie sich entscheiden müssen. Und glaub mir, sie wird sich richtig entscheiden. Erst danach wird sie erfahren, dass ihr Zögern ihrem Mann das Leben gekostet hat."

Dann schlossen sie die Tür, wandten sich um und gingen wieder davon. „Und jetzt wird es Zeit, die Zinsen für deine Schulden zu bezahlen."

Blue wusste, was das hieß. Richi würde Igor an seine Vene lassen. Es schüttelte sie vor Ekel.

„Wo Janus nur bleibt?", hörte sie Igor fragen, während er mit Richi um die Ecke bog.

Als alles wieder ruhig war, senkte Gabriel das Energiefeld und sie gingen leise zu dem Raum, vor dem Igor und Richi vorhin gestanden hatten. Gabriel gebot Blue stumm, sich hinter ihn zu stellen, während er die Tür einen Spaltbreit öffnete und hineinsah. Wieder schlug ihnen der herbe, eisenhaltige Blutgeruch entgegen. Gabriel sog scharf die Luft ein und schob die Tür ganz auf. Blue folgte ihm in den Raum. Es handelte sich um eine Werkzeugkammer. Zwei der vier Wände waren mit Regalen zugestellt, auf denen die verschiedensten Hämmer, Sägen und Zangen lagen. Sogar eine Nagelpistole war vorhanden, flankiert von diversen Nägeln, Schrauben, Kabel und Ähnlichem. Erhellt wurde der kalte, graue Raum von einer einsamen Glühbirne an der Decke.

Gabriel trat zur Seite und gab den Blick frei auf eine zusammengekrümmte Gestalt auf dem Boden. Die gefesselten Hände waren an ein Rohr gebunden, das an der Wand entlang, parallel zum Boden verlief. Blue gefror das Blut in den Adern. Ihre Beine trugen sie automatisch zu diesem Mann. Es bestand kein Zweifel. Es handelte sich um Tom, der kaum noch atmete und bewusstlos dalag. Sie ließ sich neben ihm auf die Knie fallen und ihre Fingerspitzen fuhren durch seine strähnigen, verklebten Haare. Er sah furchtbar aus. Sein Gesicht war zugeschwollen, schillerte in allen Farben und Blut rann ihm aus dem Mundwinkel. Er musste innere Verletzungen haben. Was hatten diese Hurensöhne mit ihm angestellt? Mit zitternden Händen zog sie ihr Messer aus dem Stiefel und begann die Fesseln durchzuschneiden. Nachdem er frei war, drehte sie sich zu Gabriel um. „Kannst du ihn bitte tragen?"

Er nickte, legte ihr kurz die Hand auf die Schulter und schob sie dann zur Seite. Er hob Tom vorsichtig hoch. Toms Kopf ruhte an Gabriels massiger Schulter. Er hatte noch nicht einmal bemerkt, dass er in Gabriels Armen lag.

„Ich kann nicht uns alle drei in den Schild nehmen. Du wirst schutzlos sein, Blue." Gabriel sah Blue besorgt an.

„Mach dir deswegen keinen Kopf. Bring Tom sicher zum Auto. Ich schlag mich schon durch."

Gabriel nickte und verschwand mit Tom auf den Armen vor ihren Augen.

Blue blickte links und rechts den Korridor hinunter. Nachdem sie sich vergewissert hatte, dass er leer war, schlich sie schnell zum Durchgang zum Bahntunnel. Bei der Tür warf sie einen letzten Blick zurück. Niemand war ihr gefolgt. Erleichtert rannte sie über die Gleise zum Bahnsteig. Sie hatte jedoch das Gefühl, dass alles zu leicht gegangen war.

***

Gabriel hievte Tom auf die Rückbank des SUV, als Blue zu ihm stieß.

„Ist alles glattgegangen?", fragte er sie, während er Toms Beine in den Fußraum hob.

„Ja, niemand ist mir über den Weg gelaufen." Ein geheimnisvoller Funken blitzte in seinen Augen auf. „Setz du dich zu Tom auf die Rückbank. Ich muss noch den Sondermüll entsorgen. Igor hat den hier ja bereits vermisst. In fünf Minuten bin ich wieder da."

Mit diesen Worten drehte er sich um und ließ sie verwirrt stehen. Er ging zum Kofferraum und öffnete die Heckklappe. Blue folgte ihm, denn sie wollte wissen, was er vorhatte. Sie traute ihren Augen nicht, als sie sah, wie Gabriel Janus' leblosen Körper herauszog und sich wie einen Sandsack über die Schulter warf. Dann schlug er die Kofferraumklappe zu und verschwand vor ihren Augen.

Blue ging zu Tom und setzte sich neben ihn. Sie hob seinen Kopf und legte ihn in ihren Schoß. Ihre Finger fuhren über seine Wange und zeichneten die Konturen seines geschundenen Gesichts nach. Langsam beugte sie sich zu ihm hinunter und drückte ihre Lippen sanft auf seine. Dabei kam sie mit seinem Blut in Kontakt. Im Reflex leckte sie mit der Zunge über ihre Lippen. Der Geschmack explodierte in ihrer Mundhöhle. Da war er wieder, dieser Cocktail von Nadelholz und Moschus auf der einen Seite, und Metall und Pfeffer auf der anderen.

Tom war tatsächlich ein Träger!

Obwohl Blue es bereits geahnt oder gehofft hatte, war diese Erkenntnis doch schockierend.

„Blue?", hörte sie sein heiseres Flüstern.

„Ich bin hier."

Seine grünen Augen suchten ihren Blick. „O Gott, du hast mich gefunden." Ein schwaches Husten schüttelte ihn. Er lag im Sterben, wie Andromeda gesagt hatte.

„Tom, ich kann dir helfen, wenn du es willst. Es wird aber hart für dich werden." Sie wartete auf eine Reaktion. Sie kam nicht, deshalb beugte sie sich noch einmal zu ihm hinunter und küsste ihn auf die Stirn. „Hast du gehört, was ich gesagt habe?" Er schlug die Augen auf und nickte. Dabei versuchte er, ihre Hand zu drücken. Es blieb bei dem kläglichen Bemühen. „Willst du, dass ich dir helfe?" Wieder nickte er. „Du weißt aber, was dann mit dir passiert, oder?" Wieder ein Nicken, aber bedeutend schwächer. Bereitwillig legte er den Kopf zur Seite und präsentierte ihr seine schwach abgezeichnete Halsvene. Blue atmete tief durch und war darum bemüht, die aufkeimende Angst niederzuschlagen. Was, wenn sie schwach war und nicht rechtzeitig aufhören konnte? Was, wenn Tom bereits zu entkräftet war? Doch dann riss sie sich zusammen. Dies war jetzt nicht der richtige Zeitpunkt für Selbstzweifel! Sie durchlebte in diesem Moment Höllenqualen und ihre Seele drohte im Eis zu ertrinken. Mit der Zunge leckte sie sanft über die Haut an seinem Hals. „Ich werde vorsichtig sein, versprochen. Etwas muss ich dir aber noch sagen, bevor ..." Sie hielt inne und schaute in sein Gesicht. Er hatte die Augen geschlossen und lag seltsam entspannt da. „Ich liebe dich, Tom."

Sie konnte spüren, wie er die Luft anhielt und dann die Augen öffnete. „Ich liebe dich auch", krächzte er.

„Ich weiß", antwortete Blue und senkte ihre Lippen auf seinen Hals. Sein Duft stieg in ihre Nase und umnebelte ihre Angst. Ihre Zunge kreiste noch ein paar Mal über die Stelle, die ihre Fänge gleich durchbohren würden. Seine Haut sollte etwas aufgeweicht sein, damit er keine großen Schmerzen beim Biss verspüren würde. Er verschränkte seine Finger mit ihren und sie hielten sich gegenseitig fest. Sie hatte noch nie zuvor einen Menschen oder einen Vampir gebissen. Bislang waren ihre Reißzähne nur Dekoration gewesen. Dann nahm sie allen Mut zusammen und biss zu. Die Haut bot nur leichten Widerstand und gab schnell nach. Tom zuckte kurz zusammen, wurde aber danach umso entspannter. Boss hatte ihr von dem Phänomen des Vampirbisses erzählt. Es war dazu da, das menschliche Opfer ruhig zu halten, damit es nicht zu einem hässlichen Kampf kam. Auf Vampire wirkte der Biss nicht auf diese Weise. Er verschaffte ihnen, vorausgesetzt es geschah freiwillig, zwar Genuss, war aber nicht lähmend wie beim Menschen.

Blue traute sich kaum zu saugen, obwohl sie es würde tun müssen. Schlussendlich gewann die Sehnsucht, Toms Blut in sich zu haben und sie sog kurz an seiner Vene. Er schmeckte genauso, wie sie es erwartet hatte. Ohne darüber nachzudenken, nahm sie noch einen Schluck. Tom war mit einem Mal so nahe und die Situation hatte etwas extrem Intimes an sich. Intimer als Sex. Sein Blut rann warm ihre Kehle hinunter. Es war, als würde sie pures Licht trinken. Ein heißes Kribbeln breitete sich von ihrer Körpermitte in alle Richtungen aus und wurde immer stärker. Ihr Atem beschleunigte sich und sie hatte das Gefühl, Tom in sich zu spüren. Seine Gedanken, seine Empfindungen. Es war, als wären sie auf immer verbunden.

Nach dem zweiten Schluck musste sie alle Kraft aufbringen, um sich von ihm lösen zu können. Bewusst hinterließ sie Speichel auf den Bisswunden, damit genügend Enzyme in seinen Kreislauf kamen.

Tom rührte sich immer noch nicht und sie machte sich Sorgen, dass er zu schwach war. In einem Anflug von Verzweiflung führte sie ihr Handgelenk an den Mund und biss kräftig zu.

„Tom, mach die Augen auf." Als er reagierte, führte sie ihr Handgelenk an seine Lippen. „Du wirst das ekelhaft finden, aber trink von mir. Das Blut wird dir Kraft geben."

Toms Reaktion überraschte sie. Blue hatte mit allem gerechnet, aber nicht mit dem, was dann geschah. Mit der Kraft eines Bullen packte er ihren Unterarm und presste ihn auf seinen Mund. Er sog brutal daran und sie musste sich darauf konzentrieren, vor Schmerz nicht zu keuchen. Bereits nach kurzer Zeit fühlte sie, dass sie schwächer wurde. Ihr Körper hatte sich von den Verletzungen noch immer nicht ganz erholt und hielt Toms Ansturm kaum stand. Sie versuchte sich von ihm zu lösen, hatte aber zu wenig Kraft.

„Tom! Du musst jetzt aufhören!" Er reagierte nicht. „Tom, du tötest mich!"

Egal, was sie tat, sie konnte nicht zu ihm durchdringen. Glücklicherweise kam in dieser Minute Gabriel an.

„Gabriel, hilf mir! Er lässt nicht los!", rief sie ihm panisch entgegen.

Gabriel betrachtete die Situation eine Sekunde verwirrt. „Was haben wir denn hier? Wird der kleine Tom etwa zu einem Blutsauger?"

„Hilf mir, verdammt noch mal!", fluchte sie. Gabriels Hand näherte sich ihnen, worauf Tom losließ und ihn anfauchte. Seine Augen waren weit aufgerissen und alle Farbe darin verschwunden. Er war mehr Raubtier als menschliches Wesen. Doch wenigstens war Blue jetzt frei.

„Komm runter, Mann! Ich nehme dir deine Frau nicht weg." Gabriel sprach in sanftem Ton mit Tom, worauf sich dieser langsam beruhigte und es sich wieder in Blues Schoß bequem machte. Gabriel grinste breit und stieg vorn ein.

„Gabriel, geht das eigentlich immer so schnell?" Sie hatte noch nie so etwas in der Art erlebt.

Gabriel schaute sie im Rückspiegel an. „Was soll schnell gehen?"

„Die Mutation. Ich habe Tom eben erst gebissen und er verhält sich jetzt schon wie ein Vampir. Ein animalischer zwar, aber definitiv vampirisch."

Gabriel hatte seinen Blick wieder auf die Straße gerichtet. „Wahrscheinlich ist seine Vampir-DNS dominant. Das heißt, dass es möglich gewesen wäre, dass er sich spontan zum Vampir gewandelt hätte, wenn du ihn nicht gebissen hättest."

Die Wissenschaftlerin in ihr wurde aufmerksam. „Aber ist das möglich? Ich dachte immer, unser Speichel ist der Katalysator, der diesen Prozess erst ermöglicht."

Gabriel musste an einer roten Ampel halten und drehte sich zu ihnen um. Tom hatte sich inzwischen auf der Rückbank umständlich zusammengerollt und war eingeschlafen. Die Mutation war bereits in vollem

Gange und es würde bestimmt nicht mehr lange dauern, bis er das erste Mal vor Schmerzen aufbrüllen würde.

„Es sind ein paar wenige Fälle bekannt, wo sich Menschen spontan verwandelt haben. Meist waren sie enormen Stresssituationen ausgeliefert. Solchen Menschen fehlt auch die charakteristische Ausdünstung, die den normalen Trägern eigen ist. Wir denken, dass bei Spontanmutationen der Vampirteil den Teil der menschlichen DNS immer weiter verdrängt.

Probleme

Gabriel hatte Tom in ihre Wohnung getragen und auf das Bett gelegt. Inzwischen hatte Tom begonnen sich unter Schmerzen zu winden und hin und wieder drangen erstickte qualvolle Laute aus seiner Kehle.

Gabriel half Blue, Tom die schmutzigen Kleider auszuziehen. Als seine nackte Haut zum Vorschein kam und sie sah, wie er zugerichtet war, stockte ihr der Atem. Sein Oberkörper war übersät mit Blutergüssen. Links waren eindeutig mehrere Rippen gebrochen und eine schien sich in die Lunge gebohrt zu haben. An seinen Armen, Beinen und Rumpf hatte er mehrere Punktionswunden. Bei genauerem Hinsehen erkannten sie, dass es sich um Verletzungen handelte, die ihm mit Nägeln zugefügt worden waren. In einigen dieser Löcher fanden sie noch welche. Am Ende zählten sie acht Nägel, die sie aus ihm herausgezogen hatten. Igor und Janus hatten keine Gnade walten lassen. In Anbetracht dessen war Janus zu einfach gestorben.

„Danke für deine Hilfe, Gabriel. Jetzt komme ich zurecht." Er folgte Blue, während sie das Zimmer verließ und ins Bad ging. Sie füllte eine Schüssel mit warmem Wasser und legte einen Waschlappen hinein.

„Ich werde für ihn ein paar Klamotten besorgen. Wie steht's mit Essen und Blut? Bist du eingedeckt? Er wird

Kohldampf haben, wenn er zu sich kommt." Blue schüttelte den Kopf. Gabriel lächelte und klopfte ihr auf die Schulter. „Okay, dann werde ich auch noch Futter mitbringen."

Nachdem Gabriel gegangen war, wusch sie vorsichtig Toms Gesicht, Brust und Arme. Schmutz und Blut wichen und das wahre Ausmaß der Verletzungen kam zum Vorschein. Als seine Beine an der Reihe waren, hörte sie ein lautes Knacken und im selben Moment schrie er auf. Seine Knochen sprangen aus den Gelenken, brachen und fügten sich neu zusammen. Er wand sich, bog den Rücken durch und schrie immer wieder unter Schmerzen. Schweiß rann ihm über die Stirn und hinterließ feuchte Ringe auf dem Kopfkissen.

Blue hielt ihm die Hand und sprach auf ihn ein. Tom klammerte sich an sie und brach ihr beinahe die Hand. Es war schrecklich, ihn so zu sehen und zu wissen, dass sie es war, die ihn in diese Situation gebracht hatte. Man konnte buchstäblich sehen, wie seine Beine länger, seine Arme kräftiger und seine Brust breiter wurden.

***

Tom war der festen Überzeugung gewesen, dass er nicht lebend aus dieser Sache herauskommen würde. Als Igor ihn nach der Folter an die Wand gefesselt hatte, hatte Tom mit dem Leben abgeschlossen. Jeder Atemzug schmerzte und der Blutverlust tat sein Übriges.

Der Gedanke zu sterben, hatte ihm nichts ausgemacht. Doch er bedauerte, dass er keine Gelegenheit mehr bekam, Blue seine Liebe zu zeigen und zu geben. Was noch schlimmer wog, war, dass sie im Streit auseinandergegangen waren. Er hätte alles dafür gegeben, sie noch einmal in seinen Armen zu halten und ihren Rosenduft einatmen zu können.

In den Tagen, die er in den Händen der Delcours verbrachte, hatte er sich Vampirkräfte gewünscht. Er hätte sich besser zur Wehr setzen können. Schon als Kind hatte er viele Nächte lang gebetet, als Superman aufzuwachen und die Perverslinge in die Flucht zu schlagen, die ihn immer wieder heimgesucht hatten. Aber das war die Vergangenheit, über die er nicht mehr nachdenken wollte.

Blue machte sich Vorwürfe wegen der Dinge, die sie getan hatte. Wenn sie nur wüsste ... Er hatte auch genug Dreck am Stecken und war auf seine Taten der vergangenen Jahre nicht stolz. Doch diesen Dingen hatte er abgeschworen, als er den ersten Fuß ins Dark Evil gesetzt hatte.

Als er in Blues Armen zu sich gekommen war, hätte er vor Glück beinahe geheult. Und dann sagte sie ihm, dass sie ihn liebte. Wie hatte er so viel Glück verdient? Schließlich hatte sie ihn auch noch zum Vampir gemacht. Der Biss tat kaum weh und das Gefühl, als sie von ihm getrunken hatte, war unbeschreiblich gewesen. Er hatte sich mit ihr verbunden gefühlt. So nah wie nie zuvor irgendjemandem. Doch dann hatte der Kampf begonnen.

Die Schmerzen, die jetzt durch seine Glieder fuhren, waren unerträglich. Er hatte das Gefühl, in kleine Stücke gerissen zu werden. Flammen schienen durch seine

Blutgefäße zu schießen und drohten ihn zu verbrennen.

Blues Stimme drang aus weiter Ferne an sein Bewusstsein. Sie war sein Leuchtfeuer, das ihm den Weg durch diese Hölle wies. Er verstand die Bedeutung der Worte nicht. Aber das war nicht wichtig. Hauptsache, sie war da, bei ihm. Die Wärme ihrer Hand und der Klang ihrer Stimme war alles, was er brauchte, um diesen Kampf zu überstehen.

***

Nach einer Ewigkeit ebbte der Kampf ab und er entspannte sich.

„Blue?", hörte sie ihn sagen und hob den Kopf. Seine Stimme schien tiefer und voller als vorher. Doch seine grünen Augen waren noch immer dieselben. „Ist es vorbei?"

Blue strich ihm über die Wange. Sie hatte das Gefühl, ersticken zu müssen. „Ja, es ist vorbei."

Er schluckte schwer und sah sie eindringlich an. „Hast du die Wahrheit gesagt?"

„Womit?"

Er drückte ihre Hand fester. „Dass du mich liebst."

Was sollte sie darauf antworten? Sie war nicht gut mit Worten. Sie konnte mit chemischen und mathematischen Formeln umgehen und Zellen alle möglichen Informationen entlocken. Im Waffengebrauch war sie beinahe unschlagbar. Doch in Liebesdingen hatte sie keine Ahnung.

Unsicher hob sie ihre Hand und strich Tom mit den Fingern durch die Haare. „Ja, ich liebe dich." Sie schluckte, um sich zu beruhigen. Er sah sie weiter an, sagte aber nichts. „Ich bin mir über meine Gefühle erst im Klaren gewesen, als ich dich fast verloren hatte. Mein Gott, ich bin beinahe zu spät gekommen." Sie bedeckte gequält die Augen. „Du wirst mir helfen müssen, denn ich habe keine Ahnung, wie ich mit diesen Gefühlen umgehen soll oder wie man sich einem Partner gegenüber verhält. Ich war immer allein und musste nur auf mich Rücksicht nehmen."

Sie hörte, wie Tom sich aufrichtete. Dann nahm er ihre Hand von den Augen. Er wirkte müde, aber sein Blick war klar. „Vertrau mir, Baby. Wenn du mich lässt, mache ich dich zur glücklichsten Frau der Welt." Dann führte er ihre Hand an seine Lippen. Er verharrte einen Augenblick, bevor er ihre Finger wieder freigab. „Wir schaffen das", sagte er müde und ließ sich zurück ins Kissen sinken.

Blue wurde bei dem Anblick das Herz schwer. Sie hatte Tom noch nie so schwach erlebt und sie bekam Gewissensbisse. „Schlaf jetzt, Liebster. Du hast Ruhe nötig", flüsterte sie, und bevor sie sich erhob, küsste sie ihn auf die Stirn. Tom war bereits eingeschlafen und seine Brust hob und senkte sich in ruhigen Atemzügen.

***

Das heiße Wasser war auf ihren geschundenen Leib geprasselt. Sie hatte es nicht gewagt, das Licht im Bad anzumachen, weshalb sie im Dunkeln geduscht hatte. Erst nachdem sie frische Kleidung angezogen hatte, drückte sie auf den Lichtschalter und konnte ihre Haare kämmen und die Zähne putzen.

Das Klingeln des Handys ließ sie zusammenfahren. Während sie ins Wohnzimmer hastete, fiel ihr am Rande eine ihr unbekannte Sporttasche auf. Gabriel hatte die versprochenen Sachen gebracht.

Der Klingelton verriet ihr, dass Boss anrief. „Hi, Boss."

Ein Räuspern erklang. „Wir haben ein Problem."

„Nur ein Problem? Schön. Ich dachte schon, ich müsste mich langweilen."

„Eigentlich sind's zwei. Es gibt Tote. Zum einen unerklärliche Todesfälle innerhalb der Vampirgesellschaft und solche, die sehr wohl einen Grund haben."

Seufzend ließ sie sich auf die Polstergruppe fallen und legte den Kopf auf die Lehne. „Ich höre."

„In den letzten Wochen kamen vermehrt Angehörige von überraschend verstorbenen Vampiren zu mir. Sie waren weder krank noch Opfer von Überfällen und Gewaltverbrechen. Es hat den Anschein, dass sie innerhalb kürzester Zeit um Jahrhunderte gealtert sind." Er machte eine Pause und schien auf eine Antwort zu warten.

„Das ist seltsam. Aber was willst du jetzt von mir?"

„Du hast studiert und vielleicht könntest du dieser ganzen Sache mal auf den Grund gehen. Wissenschaftlich meine ich."

„Ich bin keine Pathologin. Keine Ahnung, ob ich da nützlich sein kann."

Er schien zu lächeln. „Das weiß ich. Aber du könntest es wenigstens näher beleuchten."

„Okay, dafür benötige ich Blutproben. Und zwar von mindestens einem frisch Verstorbenen, einem Reinblütigen und einem noch nicht gewandelten Träger. Die

Probe von einem Gewandelten kann ich von mir entnehmen."

„Sehr gut", sagte er, „das kann ich dir alles besorgen. Und weil ich wusste, dass du so denkst, hat dir Gabriel mit den Kleidern für Tom zwei Blutentnahmeröhrchen gebracht."

Ihr Blick fiel auf die Sporttasche. Sie wusste, wo sie die Untersuchungen durchführen würde. Ein Bekannter aus ihrer Studienzeit war Dozent an der Uni in Zürich. Er würde ihr Zugang zum Labor verschaffen.

„Zu den anderen Todesfällen", fuhr Boss fort, „das ist eine ganz üble Geschichte. Einige Vampire wurden verschleppt und anscheinend für Forschungszwecke missbraucht. Sie wurden als Versuchskaninchen benutzt und dabei ermordet."

Der Schock über diese Neuigkeit verursachte Übelkeit. „Wer tut so etwas und warum zum Teufel?" Sie musste sich aufsetzen, damit ihr die Magensäure nicht hochkam.

„Eine Gen-Tech-Firma namens Lemniskate Helvetica. Sie sind schon seit Jahrzehnten auf der Suche nach dem Geheimnis ewiger Jugend. Irgendwie haben sie von unserer Existenz und unserem langsamen Altern erfahren. Ein Mensch, der von uns weiß, muss es ihnen gesteckt haben."

„Woher weißt du davon?" Sie stand auf und wanderte herum. Bewegung half ihrer Konzentration auf die Sprünge.

„Eins der Opfer war noch am Leben, als man es gefunden hat. Sie konnte uns ein paar Dinge erzählen, bevor sie den Kampf verlor."

Irgendwie war eine Flasche Grey Goose in Blues Hand gewandert und sie hob sie an die Lippen. Der Wodka rann samtig warm in ihren Magen. Herrgott noch mal! Sie würde als Alkoholikerin enden, wenn das so weiterging. Selbst Vampire waren gegen Suchtverhalten nicht gefeit. „Und wie lautet der Auftrag?", fragte sie, während sie sich am warmen Gefühl im Bauch labte.

„Das besprechen wir, wenn du das nächste Mal im Club bist."

„Okay, dann komme ich heute Abend nach Schichtbeginn ins Büro."

Er zögerte, sie konnte deutlich hören, wie sein Atem stockte. „Du wirst heute nicht in den Club kommen. David übernimmt deine Schicht. Vor morgen Nacht will ich dich hier nicht sehen."

Ihr Herz zog sich zusammen. Traute er ihr nicht zu, dass sie ihren Pflichten nach wie vor nachkommen konnte? Hatte ihm Gabriel von ihren Zweifeln erzählt?

„Boss, nimm mir meine Arbeit nicht weg. Mein Leben ist momentan ein einziges Chaos. Wenn ich nicht arbeiten kann, verliere ich diesen letzten Anker auch noch."

Das Katzengejammer wurde von seinem kehligen Lachen quittiert. Es klang nicht spöttisch, sondern warm und fast liebevoll. „Ich nehme dir deinen Job nicht weg. Ich gebe dir lediglich Zeit, damit du dich um deinen Mann kümmern kannst und dich etwas erholst. Das ist alles. Und jetzt schlaf endlich ein bisschen." Dann legte er auf.

In welcher Scheiße steckte sie eigentlich? Gedanklich listete sie alle Probleme auf.

Igor, der bestimmt nicht gut auf sie zu sprechen war, jetzt wo sie seinen Bruder getötet hatte.

Igor, der Orions Tod wollte. Durch ihre Hand ausgeführt. Und was waren eigentlich seine Pläne, die er mit ihr hatte?

Tom, der zum Vampir geworden war. Würde er ihr jemals verzeihen? Würde sie sich jemals vergeben können?

Was sollte sie mit Estée machen?

Sie musste Andromeda und Leander finden.

Sie war durch Janus entstellt. Sie hatte Schmerzen und schämte sich vor Tom.

Es galt herauszufinden, woran die Vampire starben.

Und was sollte mit den Bastarden von Lemniskate Helvetica passieren?

Wunder

Ein seltsames Geräusch weckte Blue. Mit geschlossenen Augen lag sie da, versuchte diesen Laut einzuordnen und kämpfte um Orientierung. Plötzlich wusste Blue, was dieses Geräusch verursachte. Jemand bearbeitete kraftvoll ihren Sandsack. Als sie sich vorsichtig aufsetzte, bemerkte sie, dass sie jemand zugedeckt hatte. Gabriel sollte recht behalten, die Schmerzen hatten tatsächlich nachgelassen. Nur ihre Atmung war eingeschränkt, und während sie aufstand und ihren Oberkörper dabei ungeschickt verdrehte, trat ein starkes Ziehen auf. Aber das war alles, was sie fühlte. Dennoch behinderte sie die Verletzung und es war zu befürchten, dass sich diese Situation nicht mehr weiter verbessern würde.

Blue ging auf wackligen Beinen in Richtung Trainingsraum. Dabei stolperte sie über die Flasche Grey Goose ... sie war leer. Mit jedem Schritt, der sie näher an den Trainingsraum führte, beschleunigte sich ihre Herzfrequenz.

Es war klar, dass Tom dabei war, den Boxsack zu Staub zu verarbeiten. Nach ihrer Mutation hatte sie ebenfalls das starke Verlangen verspürt, sich bis an die Grenzen auszupowern. Sie konnte sich noch gut daran erinnern, wie erstaunt sie darüber war, dass ihr neuer

Körper keine Grenzen in Sachen Ausdauer und Kraft kannte.

Als sie in der Tür zum Trainingsraum stand und hineinblickte, blieb ihr die Luft weg. Tom bot einen atemberaubenden Anblick. Er wandte ihr den Rücken zu und die nackte Haut spannte sich über die straffen Rücken- und Schultermuskeln. Durch die Bewegung glitzerten Schweißperlen auf der leicht gebräunten Haut. Er trug seine alten Shorts, die er beim letzten Training bei ihr deponiert hatte. Sie waren ihm etwas zu eng geworden. Es hatte den Anschein, dass er ungefähr zwanzig Zentimeter an Körpergröße gewonnen und schätzungsweise zwanzig Kilo Muskelmasse zugelegt hatte. Er strahlte pure Kraft aus und ihr Herz zog sich zusammen. Er war einfach perfekt und sie ... war verkrüppelt.

Die Verzweiflung entlockte ihr einen Seufzer und Tom bemerkte sie. Er sah sie mit glühenden Augen an. Seine Brust hob und senkte sich rasch. Wegen der Anstrengung, nahm sie zumindest an. Als er Schritt für Schritt auf sie zukam, begann ihr Herz zu galoppieren. Eins war ihr klar: Jetzt, als Vampir, konnte er es hören. Er stand vor ihr, keine Handbreit entfernt, und sein erregender Duft stieg ihr in die Nase. Urplötzlich schlug das Verlangen zu, von ihm berührt zu werden und seine Haut zu spüren.

Er lächelte sie schelmisch an und trieb ihr mit Lichtgeschwindigkeit Blut ins Gesicht. Als er zu allem Übel die Hand ausstreckte und mit den Fingerspitzen über ihre Wange strich, wurden ihre Knie weich und drohten wegzusacken. Mit einem kurzen Auflachen legte Tom einen Arm um ihre Taille und zog sie eng an sich. Seine Körperwärme drang durch ihre Kleidung. Seine

Lippen legten sich sanft auf ihre Stirn und wanderten langsam über ihre Nase zu ihrem Mund. Bevor er sie küsste, hielt er inne und lächelte zärtlich. Sie schnappte hörbar nach Luft.

„Hey", flüsterte er.

„Hey", antwortete Blue wenig geistreich, voll damit beschäftigt, ihre Atmung in den Griff zu bekommen. Seine Zungenspitze fuhr langsam, verführend über ihre Lippen, bevor sie ihren Mund in Besitz nahm. Ohne zu zögern, öffnete sie sich ihm und beantwortete seine Zärtlichkeit. Sie schlang die Arme um seinen Hals und griff in seine Haare. Er brummte tief und presste sich noch enger an sie. Ein Feuer, heiß und fordernd, breitete sich in ihr aus. Als sie jedoch seine Erregung an ihrem Bauch spürte, schrak sie abrupt zurück. Er sah sie verwirrt an.

„Es ... es tut mir leid", stammelte sie.

Er hob die Augenbrauen. „Was tut dir leid?"

„Alles! Alles tut mir leid. Was du jetzt bist, was ich bin ..." Er schien immer noch nicht zu begreifen. „Wenn ich nicht zu feige gewesen wäre und mit dir geschlafen hätte, dann wären wir erst später oder vielleicht gar nicht in den Club gegangen. So hätten Igor und Janus dich nicht mit Estées Hilfe entführen können. Dann wärst du nicht beinahe zu Tode gefoltert worden und ich hätte dich nicht beißen müssen ... Aber ich konnte nicht zulassen, dass du stirbst ... Es war so furchtbar! Ich war nicht ich selbst, hab mich mit Gabriel und auch mit Boss geprügelt! Ich habe Estée misshandelt und da war noch ..." Sie stockte. Die Geschichte mit Janus wollte sie ihm nicht erzählen.

„Moment", unterbrach er, „du hast dich mit Boss geprügelt? Das hätte ich gern gesehen."

Blue überging seine amüsierte Frage und plapperte weiter. Es gab kein Halten mehr. „Dann hab ich erfahren, dass Boss mein Onkel ist und zumindest meine Mutter noch lebt. Und da sind noch so viele andere Probleme, dass ich gar nicht weiß, wo ich anfangen soll. Und du, du bist so toll und großartig, und ich, ich bin jetzt hässlich, seit ..." Keuchend stoppte sie mit ihrer verzweifelten Litanei.

Toms Gesicht hatte immer besorgtere Züge angenommen. „Du bist ja total fertig, Blue", sagte er und führte sie zum Sofa im Wohnzimmer. Dort drückte er sie sanft in die Kissen und kniete sich vor ihr auf den Boden. Er griff nach ihren Händen und bedeckte sie mit seinen riesigen Pranken. „Jetzt hörst du mir mal gut zu, Baby. Du trägst absolut keine Schuld an dem, was mit mir passiert ist. Du hast alles getan, was du tun konntest." Er schaute sie prüfend an. „Hast du mich verstanden?"

Als sie nicht sofort reagierte, drückte er leicht ihre Finger. Daraufhin nickte sie.

„Und was soll überhaupt die Bemerkung, dass du jetzt hässlich bist? Du bist wunderschön, Baby. Glaub mir."

Im Elend biss sie sich auf die Unterlippe und schüttelte unter Tränen den Kopf. Tom seufzte und nahm ihr Gesicht in seine Hände. Sein Blick sagte mehr als tausend Worte. Wo war sein jungenhaftes Verhalten geblieben? Er wirkte so männlich wie nie zuvor und konnte offensichtlich ihren inneren Schmerz spüren.

Sie war nicht mehr in der Lage, sich zurückzuhalten. In schierer Verzweiflung stieß sie ihn weg und riss sich buchstäblich das T-Shirt vom Leib. Die ruckartige Bewegung verursachte Blue starke Schmerzen und sie wimmerte. Als sie wieder zu Atem gekommen war, schrie sie: „Sieh mich an, Tom! Ich bin ein Krüppel. Kaum mehr zu ertragen!“

Toms Augen weiteten sich erschrocken. Er saß regungslos vor ihr und rang einen Moment um Worte. Als er sich gefangen hatte, griff er nach ihrer Hand. „Wann ist das passiert?“, fragte er ruhig.

Ihr wollte die Stimme nicht gehorchen, weshalb sie unfähig war, ihm zu antworten.

„Süße, antworte bitte. Wann und wie ist das passiert? Welches Schwein hat dir das angetan?“ Um seine Worte zu unterstreichen, drückte er ihre Hand fester.

„Vorletzte Nacht hatte ich einen Zusammenstoß mit Janus.“

„Janus!“, grollte es aus Toms Brust, „dafür wird dieser Bastard bezahlen.“ Er hatte wieder diesen raubtierhaften Ausdruck in seinen Augen. Wie im Wagen, als jegliches Grün aus seiner Iris verschwunden war. Nun war Blue es, die ihm beruhigend die Hand an die Wange legte. Ihre Wärme griff nach seinem Inneren und brachte ihn zurück auf den Boden. So hoffte sie.

„Ich habe ihm bereits den Dolch ins Herz getrieben, Tom. Du und ich, wir sind, was ihn betrifft, gerächt.“

Es dauerte noch einen Augenblick, bis die Farbe wieder in seine Augen zurückgekehrt war. Ohne Blue anzusehen, legte er seine Arme um ihre Hüften und zog sie auf seinen Schoß. Während sie so rittlings auf ihm saß, war sie sich des Sofas in ihrem Rücken und seiner nackten Brust vor ihr mehr als bewusst. Seine warmen, großen Hände glitten von ihren Schultern über den Rücken und die Hüften nach vorn. Als sie die Spitze ihres Brustbeins erreicht hatten, hielt sie beschämt den Atem an. Sie wollte sich von ihm lösen. So einfach ließ er sie jedoch nicht entkommen. Er schien zu wissen, was ihr quer lag. Deshalb nahm er eine ihrer Hände und führte sie in seinen Schritt. Sie konnte seine Erektion fühlen. Hart und pulsierend. Ihr stieg Schamesröte ins Gesicht und sie wollte ihre Hand wegziehen, aber er hielt sie eisern fest.

„Sag nie mehr, dass du nicht schön bist. Spürst du das, Blue? Das ist der Beweis, wie sehr ich dich will. Verdammt! Du wurdest beim Versuch mein Leben zu retten verletzt ... wie sollte mich das abstoßen? Nichts an dir würde mich je abstoßen, Süße."

Als sie nicht reagierte, brummte er etwas Unverständliches und stand umständlich mit ihr in den Armen auf. Nie zuvor war er ihr größer, stärker und erotischer erschienen. Er trug sie ins Schlafzimmer und setzte sie sanft auf den Bettrand. Ihre Blicke verbanden sich. Wohl wissend, was jetzt kam, hob und senkte sich ihre Brust schnell.

„Ich muss dich jetzt einfach spüren. Es geht nicht anders." Seine Stimme klang heiser.

Ach du Scheiße! Ihr stockte der Atem. Pure Angst schoss durch ihre Glieder. Sie war noch nicht bereit. Oder redete sie sich das nur ein?

Er fuhr durch ihre Haare und sog scharf die Luft ein. Seine Nasenflügel blähten sich. Er konnte ihre Angst riechen. Verdammte Vampir-Sinne!

„Hab keine Angst. Wir machen nur, wozu du auch bereit bist. Du kannst jederzeit Stopp sagen und ich verspreche dir, dass wir aufhören werden."

Ohne weitere Umschweife schlangen sich seine Arme um sie und besiegelten ihr Schicksal. Seine warmen vollen Lippen legten sich auf ihre. Seine Zunge drang in sie ein und begann einen leidenschaftlichen Ringkampf mit ihrer. Irgendwie verschwanden sämtliche Kleidungsstücke von ihren Körpern. Das Gefühl von Haut auf Haut ließ ihren Schoß vor Hitze pulsieren. Akribisch genau erkundete er jeden Quadratzentimeter ihres Körpers. Als er bei ihrem Busen angekommen war, und mit der Zunge über eine der aufgerichteten Brustwarzen strich, keuchte sie vor Lust auf. Die Haut an ihrem ganzen Körper begann zu kribbeln und die Härchen richteten sich auf. Es war, als wäre die Luft auf einmal elektrisch geladen. Es fühlte sich an, als ob die Polarisierung ihres Körpers verändert werden würde. Als ob ihre beiden Frequenzen aufeinander abgestimmt würden.

Tom setzte seinen Weg nach Süden fort. Sie rekelte sich unter seiner Berührung. Erst als er ihre Beine spreizte, erstarrte sie. Er hielt inne und sah sie an.

„Vertrau mir. Wir hören auf, wenn du nicht mehr willst. Okay?" Erst als sie zögerlich genickt hatte, senkte er seinen Kopf. „Ich hoffe zumindest, dann stoppen zu können. Du bist so wunderschön."

Er drang mit einem Finger in sie ein. Langsam bewegte er ihn rein und raus. Blue war zu nichts anderem mehr fähig, als aufzustöhnen. Als er schließlich ihr Zentrum der Lust zwischen seine Lippen nahm und genüsslich daran leckte und saugte, dauerte es nicht mehr lange und sie kam zum Höhepunkt. Eine Welle des Glücks durchlief sie. Damit sie nicht laut aufschrie, hatte sie sich auf die Unterlippe gebissen.

Einem starken Drang folgend, zog sie ihn zu sich hoch. Ihre Hand nahm seinen Finger und führte ihn zu ihrem Mund. Mit einem keuchenden Laut nahm sie ihn zwischen ihre Lippen und leckte ausgiebig daran. Tom schloss die Augen und knurrte. Seine Hüften schoben sich immer weiter zwischen ihre Beine und sie konnte sein hartes Geschlecht an ihrer Körpermitte spüren.

„Ich will dich beißen und in dich stoßen, Baby. Ich kann nicht widerstehen." Er machte ein verzweifeltes Gesicht, denn für ihn war ein derartiges Verlangen noch fremd.

„Tu's einfach. Ich bin bereit und vertrau dir." Zur Bestätigung ihrer Worte schob sie ihre Hüften näher an ihn heran und zog seinen Kopf zu sich herab. Sanft fuhr ihre Zungenspitze über seine Lippen und sie konnte spüren, wie der Grad seiner Erregung zunahm. Falls das überhaupt möglich war. Um ehrlich zu sein, hatte sie eine Scheißangst. Gleichzeitig wollte sie es aber auch, ungeachtet der Tatsache, dass es sowieso kein Zurück mehr gab.

„Ich will dir nicht wehtun oder dich verletzen", flüsterte er.

„Mir geht es genauso. Lass uns einfach der Natur vertrauen." Ohne ein weiteres Wort zu verlieren, trieb Tom seine Fänge in ihren Hals. Ein Keuchen kam aus Blues Mund, aber nicht, weil er ihr wehtat, sondern weil es sie enorm erregte, wie er an ihr saugte.

Gleichzeitig stieß er langsam in sie hinein. Der Schmerz war kurz und heftig, machte aber schnell einem aufregenden Spannungsgefühl Platz. Mit jedem Stoß drang er tiefer in sie ein und schürte ihre Leidenschaft.

Irgendwann hatte er sich von ihrer Kehle gelöst und sich, mit ihr verbunden, erst auf den Rücken gedreht und danach aufgesetzt. Als sie nun auf seinem Schoß saß, ihre Beine um seine Hüften gelegt und sich auf ihm auf und ab bewegte, verlor sie jeden Hang zur Realität. Es gab nur noch sie beide. Das Universum schrumpfte auf einen winzigen Punkt zusammen.

„Beiß mich, Süße", verlangte er heiser.

Eine solche Einladung konnte sie nicht ablehnen und biss ihn in die Halsvene. Sein warmes, würziges Blut brachte sie in Wallung, und noch während sie von ihm trank, kam er zuckend und stöhnend zum Höhepunkt. Dieser Laut aus seiner Brust ließ sie ebenfalls in tausend Stücke zerbrechen. Er presste sie an sich und bewegte sich noch ein paar Augenblicke weiter. Dann küsste er die Stelle, an der er sie gebissen hatte. Sie war inzwischen geschlossen, aber noch wund und genauso köstlich empfindlich wie der Rest ihres Körpers. Sein Mund wanderte zu ihrem linken Arm. Auf dem Tom-Tattoo hielt er inne und betrachtete es.

„Warum hast du das machen lassen?", fragte er leise.

„Es sollte mich jeden Tag daran erinnern, dass ich dich finden musste. Falls ich dich nicht lebend in meine Arme schließen könnte, sollte es ein Mahnmal für mich sein, dass ich dich geliebt, aber versagt habe."

Er küsste es noch einmal und blickte sie an. Seine Augen waren wieder moosgrün und schimmerten liebevoll. „Du bist etwas ganz Besonderes."

Auf einmal durchfuhr sie ein krampfartiger Schmerz. Ausgehend von ihrer Körpermitte in alle Gliedmaßen. Gleichzeitig trat ihr der kalte Schweiß aus sämtlichen Poren. Ihre Muskeln zogen sich brutal zusammen und sie hatte das Gefühl, zur gleichen Zeit verbrannt und zerrissen zu werden. Am Rande bekam sie mit, dass Tom sie ablegte und zudeckte.

„Was hast du, Süße?", hörte sie ihn weit entfernt fragen.

Unfähig zu sprechen, gefangen in ihrem von Schmerzen geschüttelten Körper, versuchte sie herauszufinden, was zum Teufel los war. Anscheinend hatte sie sich auf die Lippe gebissen, denn sie schmeckte Blut auf ihrer Zunge.

Das zerstörerische Brennen nahm immer mehr zu, bis sie schließlich das Gefühl hatte, zu Asche zerfallen zu müssen. Die Schlacht, die in ihrem Inneren tobte, schien eine Ewigkeit zu dauern. Es fühlte sich an wie damals, als sie sich gewandelt hatte. Aber das war unmöglich, denn sie war bereits vor Jahren zum Vampir geworden.

***

Tom kniete neben dem Bett und hielt seine Liebste in den Armen. Er sah ihren Kampf und konnte fast ihre Schmerzen fühlen. Kein Laut drang aus ihrer Kehle. Ihre Lippen waren fest zusammengepresst und ein feines Rinnsal Blut bahnte sich seinen Weg nach unten über ihr Kinn. Blue hatte sich auf die Lippe gebissen. Er fühlte sich hilflos. Sein Herz schlug ihm bis zum Hals. „Bitte verlass mich nicht, Blue." Wie ein Mantra sagte er diese Worte immer wieder. Es durfte nicht sein, dass er endlich am Ziel war und sie jetzt verlor. Damit konnte er nicht leben. Aber was konnte er schon tun? Er war ja eben erst zum Vampir geworden und hatte keine Ahnung, was das mit sich brachte und wie er sich verhalten musste.

Blues Not schnitt ihm ins Herz und seine Hilflosigkeit frustrierte ihn. Er war ein Macher, er musste etwas tun! Aus Mangel an Möglichkeiten durchsuchte er die ganze Wohnung nach etwas, was Blue helfen konnte. Er fand aber weder Schmerzmittel noch Verbandsmaterial. Daran musste er sich gewöhnen. Er war jetzt ein Vampir wie Blue. In einem solchen Haushalt wurden diese Dinge nicht benötigt. Schließlich holte er Eis aus dem Gefrierfach und gab die Würfel in eine Schüssel mit Wasser. Damit und einem Handtuch kniete er sich an Blues Bett. Er wischte ihr mit dem nassen Tuch Stirn und Hals ab.

Blue wurde von heftigen Krämpfen geschüttelt. Fluchend nahm er ihr Gesicht in beide Hände. „Wach auf, Süße. Sprich mit mir und sag mir, was ich für dich tun kann." Er bekam keine Antwort. In seiner Not rief er Boss an. „Mit Blue stimmt etwas nicht."

„Was ist los?" Boss klang alarmiert. Tom schilderte ihm alles. „Ich mach mich sofort auf den Weg zu euch."

Boss legte auf und Tom fühlte sich im Stich gelassen. Er ging ratlos zu der Frau zurück, für die er sein Leben geben würde. Er konnte nichts weiter tun, als ihr die

Stirn zu kühlen. Verdammt! Nach gefühlten Äonen hörte er endlich die Türglocke.

***

Nach unendlich langer Zeit fühlte Blue, wie der Schmerz nachließ. Jemand tupfte ihr mit etwas Nassem das Gesicht und den Hals ab. Langsam kamen Blues Sinne zurück und sie hörte Männerstimmen. Es waren Boss, Tom und Gabriel, die sich in unmittelbarer Nähe gedämpft unterhielten. Nur, was machten sie alle in ihrem Schlafzimmer? Vorsichtig öffnete sie die Augen einen Spaltbreit. Die Nachttischlampe war eingeschaltet und blendete sie derart, dass sie die Augen stöhnend mit dem Arm bedeckte.

„Hey, du bist endlich wach", hörte sie Tom nahe an ihrem Ohr sagen.

Er klang gequält. Was war geschehen? „Was zum Teufel war das?" Textilrascheln war zu hören und einer der anderen beiden Männer trat zum Bett. Tom, das wusste sie jetzt, saß neben ihr.

„Das wissen wir nicht, Blue", sagte Boss. „Aber es hat den Anschein, dass du noch einmal durch eine Art Wandel gegangen bist. Was auch immer das zu bedeuten hat."

Blue nahm den Arm vom Gesicht und schaute in ein moosgrünes Augenpaar. Die Sorge, die darin zu erkennen war, traf sie mitten ins Herz. Boss und Gabriel musterten sie kritisch. Sie wusste das nicht, weil sie sie angeschaut hatte, sondern weil sie sie fühlen konnte. Überhaupt schienen ihre Sinne viel schärfer als vorher.

Noch schärfer! Sie konnte jede Pore in Boss' Gesicht erkennen, obwohl er mehr als zwei Meter von ihrem Bett entfernt stand. Sie hörte jeden einzelnen Herzschlag der Anwesenden und aller Bewohner der oberen drei Etagen des Appartementhauses und konnte sie auseinanderhalten. Wenn sie die Herzen der anderen früher schon gehört hatte, war es wie ein Echo gewesen. Etwas dumpf und leicht verzerrt. Doch nun, wenn sie sich darauf konzentrierte, war deren Klang glasklar zu hören. Die Luft war geschwängert von verschiedenen maskulinen Düften, die durchsetzt waren von einer sauren Note. Sorge. Selbst ihre Haut war sensibler geworden.

Während sie versuchte, diesen ganzen Geschehnissen einen Platz zu geben, fiel ihr plötzlich etwas auf. Egal, wie sie sich bewegte oder wie tief sie atmete, sie hatte keine Schmerzen im Brustkorb.

„Hast du sie dir genau angesehen?", flüsterte Gabriel in Boss' Ohr. „Fällt dir nichts Ungewöhnliches auf?"

Boss runzelte die Stirn und musterte sie eingehend. „Ich weiß, was du meinst", antwortete er und trat nahe an Blue heran. Er nahm ihre Hand und hielt die Innenseite des Handgelenks unter die Nase. Tom begann sofort zu knurren. „Beherrsch dich, Tom. Ich will nur etwas überprüfen."

Tom nuschelte eine unverständliche Entschuldigung in Boss' Richtung, während Boss lange und tief durch die Nase einatmete. Danach riss er erstaunt die Augen auf.

„Was ist los?", fragte Blue.

Er antwortete nicht und legte stattdessen ihre Hand wieder zurück aufs Bett. „Sie hat sich verändert. Rein.", murmelte Boss Gabriel zu.

Einem inneren Impuls folgend hob sie die Decke und schielte darunter. Ein Schock durchfuhr sie. Sie war nackt, aber das hatte sie bereits gewusst und das war nicht, was sie erschreckte. Die Tatsache, dass ihr Brustbein und ihre Rippen wieder so aussahen, wie sie sollten und nicht mehr grauenvoll abstanden, schockierte und erfreute sie zugleich.

Gabriel hatte ihr Keuchen gehört und prompt einen blöden Kommentar zur Hand. „Was ist? Hast du entdeckt, dass dir in den letzten Stunden ein Schwanz gewachsen ist?“

„Jungs, ist es möglich, dass ihr einen Moment ins Wohnzimmer geht?“ Gabriel sah sie verblüfft an, Boss nickte und Tom erhob sich. Ihn hielt sie jedoch zurück. „Nein, du nicht.“

Als sie allein waren, hob Blue die Bettdecke an. Tom folgte ihrem Blick und seine Augen weiteten sich. Mit den Fingerspitzen fuhr er über ihr Brustbein.

„Wie ist das alles nur möglich? Ich kapiere überhaupt nichts mehr“, flüsterte er. „Aber was immer auch passiert ist, es passierte, weil ich in dir war, Baby.“ Stolz stahl sich in sein Gesicht und ein Grinsen.

Gar nicht eingebildet, der Mann. Sie lächelte, zog ihn zu sich herunter und küsste ihn. Sofort vertiefte er den Kuss. Warme Schauder der Erregung durchfluteten Blue.

„Hallo, ihr zwei Turteltäubchen. Wir können euch hören“, rief Gabriel vom Wohnzimmer.

Während Tom sich lachend von Blue löste, vergrub sie peinlich berührt ihr Gesicht in den Händen.

„Ich geh mal zu den beiden Nervensägen", sagte er grinsend, „vielleicht magst du duschen oder noch schlafen?"

Blue sah Tom nach, wie er das Zimmer verließ. Die Geschmeidigkeit seiner Bewegung und sein unverkennbarer Duft, der das Zimmer erfüllte, schürten ihr Verlangen von Neuem. Sie fühlte sich wie ein Teenager. Bis über beide Ohren verliebt, hätte sie die ganze Welt umarmen können. Sie hatte nie geglaubt, dass sie zu solchen Emotionen fähig wäre. Doch Tom hatte ihr das Gegenteil bewiesen. Beim Gedanken an ihn begann es in ihrer Brust angenehm zu flattern und Hitze sammelte sich südlich ihres Bauchnabels. Wo war ihr Schutzschild geblieben, der sie sogar vor sich selbst geschützt hatte?

Sie stand auf und stellte sich nackt vor den Spiegel, wo sie sich von Kopf bis Fuß betrachtete. Hatte sie sich verändert? Ihre Haut schien ebenmäßiger. Die Muskulatur ausgeprägter und die Augen leuchtender. Als sie die Lippen hob, sah sie, dass ihre Fänge ebenfalls kräftiger geworden waren. Am meisten war sie aber erschüttert, dass der Brustkorb wieder in Ordnung war. Keine abstehenden Rippen, keine Fehlstellung im Brustbein. Ihre Finger glitten im Unglauben zwischen ihren Brüsten auf und ab. Sie hatte sich davor gefürchtet, entstellt durch das Leben gehen zu müssen und jetzt hatte Tom ihr geholfen. Wie konnte das überhaupt möglich sein? Ihr Glück trieb ihr Tränen in die Augen, die sie schnell wegwischte. Voller Energie griff sie nach einer Hose und einem Sweater und ging ins Bad.

***

Tom horchte auf, als er das Wasserrauschen aus dem Badezimmer hörte. Vor seinem inneren Auge sah er Blue unter der Dusche und brennendes Verlangen raste durch seine Venen. Er schaute zu Boss und Gabriel, die sich in aller Selbstverständlichkeit auf dem Sofa fläzten. Er musste die Kerle so schnell wie möglich loswerden. Tom stand auf und baute sich vor den beiden auf.

„Ich muss euch jetzt rausschmeißen, Freunde, denn ich will mich noch ein paar Stunden um meine Frau kümmern. Sie vergeht bestimmt schon vor Sehnsucht nach mir.“

Boss und Gabriel sahen sich verblüfft an und lachten daraufhin laut. Die Männer erhoben sich und gingen zur Tür. Bevor Gabriel nach Boss die Wohnung verließ, klopfte er Tom auf die Schulter.

„Übernimm dich nicht, Mann. Es soll schon Typen gegeben haben, deren Herz schlappgemacht hat.“

Tom zeigte dem blonden Hünen den Mittelfinger. „Passiert nicht. Im Gegensatz zu dir bin ich nicht Jahrhunderte alt und habe ein ausgezeichnetes Stehvermögen.“

Gabriel grinste und stolzierte davon.

Tom ging ohne Umweg zur Badezimmertür und stieß sie auf. Der Raum war von Dampf gefüllt. Blue stand unter der Brause, die Hände in den Nacken gelegt. Das Wasser lief über ihre Pfirsichhaut und umspielte ihre Brustwarzen. Bei ihrem Anblick wurde er sofort hart und musste sie so schnell wie möglich berühren. Die Beine trugen ihn ohne sein bewusstes Zutun zur Duschkabine. Er schob die Glastür auf und betrat die Nasszelle mitsamt Kleidung.

Blue wirbelte erschrocken herum und sah ihn mit offenem Mund an. Diese Lippen. Er konnte seinen Blick nicht von ihnen losreißen. Selbstsicher riss er seine Frau an sich und nahm ihren Mund in Besitz. Sie öffnete sich ihm, ohne zu zögern und er fühlte, wie ihre Hände unter den Saum seines Shirts wanderten. Mit einem Ruck zog sie ihm das störende Textil über den Kopf und auch mit den Shorts machte sie kurzen Prozess.

Knurrend hob er sie hoch und vergrub sein Gesicht an ihrer Brust. Sie legte ihre langen Beine um seine Hüften. Diese Einladung konnte er unmöglich ablehnen und stieß sofort zu. Er spürte, wie sie ihn mit ihren Muskeln fest umschloss. Ihre seidige Wärme schickte ihn auf direktem Weg ins Paradies. Er war am Ziel. Hatte sie endlich erobert und als die Seine gekennzeichnet. Tom wusste, dass es mit ihr nicht einfach werden würde. Dafür war sie zu eigenwillig und stur. Doch genauso wusste er, dass er stark genug für sie war, denn er liebte sie mit der ganzen Kraft seines Herzens.

Desoxyribonukleinsäure – DNS

Tom, Gabriel und Blue schlichen zu einem der Neben-
eingänge der medizinischen Fakultät der Universität
Zürich. Dort hatten sie sich mit Matty verabredet, einem ehemaligen Kommilitonen von Blue.

Tom trug eine Kühltasche mit einem Kühlaggregat.
Darin befanden sich die sechs Blutproben, welche Blue
für die Tests benötigte. Gabriel trug den Leichnam eines vor Kurzem verstorbenen Vampirs auf der Schulter. Er hatte sich verhüllt, damit Matty sich nicht zu
Tode erschreckte.

Es war inzwischen elf Uhr nachts und außer den
Securities war niemand mehr zu sehen. Sie hielten sich
im Schatten und warteten, bis sich die Tür öffnete. Ein
leises Klicken war zu hören und Matty erschien im Tür-
spalt. Rasch winkte er sie hinein und schloss hinter
ihnen ab. Nachdem sie vor den Blicken anderer geschützt waren, fing Mattys Gesicht zu strahlen an.

„O Mann, Mia! Ich war überrascht, nach so langer Zeit
von dir zu hören. Wo hast du gesteckt?"

Noch während Blue sich darüber wunderte, wie seltsam es sich anfühlte, ihren alten Namen zu hören, fiel

ihr Matty um den Hals. Blue sog unwillkürlich Mattys vertrauten Duft ein und wurde in ihre gemeinsame Vergangenheit katapultiert.

Tom, der neugeborene Macho-Vampir, begann natürlich sofort knurrend zu protestieren und sie konnte sehen, dass sich seine Augen bereits wieder verfärbten.

Verdammter Mist! Er durfte jetzt nicht die Nerven verlieren, denn Matty wusste nichts von der Existenz ihrer Spezies. Deshalb warf sie Tom einen warnenden Blick zu und schob Matty sanft von sich. „Ach, ich war beschäftigt. Wie geht es dir denn so?", fragte sie, die Augen immer noch auf Tom gerichtet.

„Sehr gut", begann Matty zu plappern. Matty war ein Bilderbuch-Wissenschaftler gewesen. Zu lange Haare, käsige Haut, Hornbrille, abgewetztes Hemd mit Cordhose und ausgetretene Turnschuhe. Damals, während ihrer gemeinsamen Studienzeit, hatten sie Tage und Nächte damit verbracht, zusammen zu lernen. Damals war sie wie er gewesen. Ein Streber und nicht nur grün hinter den Ohren, sondern auch grün in der sozialen Einstellung. Jetzt aber trug er teure Designerjeans, Poloshirt und Sneakers. Selbst die Haare hatte er ordentlich geschnitten. Sie hatten gemeinsam an ihren Dissertationen gearbeitet, als sein Computer von einem Virus befallen worden war und all seine Daten verloren gingen. Er war der Verzweiflung nahe gewesen, als Blue ihm angeboten hatte, seine Daten noch einmal zu erfassen und die Ergebnisse zu rekonstruieren. Dies, obwohl ihre Doktorarbeit noch lange nicht fertig war und sie eine Hundertprozentarbeitsstelle in einem der führenden Institute der Schweiz im Sack hatte und bei Stellenantritt mit allem fertig sein musste.

Sie waren nächtelang damit beschäftigt und wie durch ein Wunder wurden sie beide mit ihren Dissertationen rechtzeitig fertig. An diesem Tag hatte er Blue geschworen, dass wenn sie irgendwann einmal in Not sein würde, er ihr helfen würde wie sie ihm. Nun war es an der Zeit, diese Schuld einzufordern.

Während sie Richtung Labor gingen, fühlte sie sich sofort wieder wie zu Hause. Sie hatte viele Jahre in diesen Räumen mit Lernen verbracht. Matty warf ihr immer wieder prüfende Blicke zu und zauberte ihr ein Schmunzeln auf die Lippen. Sie musste sich bemühen, ihre Fänge nicht zu entblößen.

„Was hast du, Matty?"

Verlegen drehte er seinen Kopf weg. Dann blickte er über die Schulter und sah Tom an. Blue bemerkte, wie ein Schatten über sein Gesicht glitt. „Sind du und dein ... ähm ... Freund auf anabolen Steroiden oder so was?" Als er ihren gespielt empörten Blick erfasste, ergänzte er schnell: „Ich meine, so groß und muskelbepackt warst du noch nie."

Wieder knurrte Tom und sie beschloss, die Situation zu entschärfen. „Tom ist nicht mein Freund, Matty. Er ist mein Mann." Prompt verstummte das Knurren neben ihr. „Und wir ernähren uns ausgewogen und treiben regelmäßig Sport. Das ist alles."

Tom brach in Gelächter aus und musste sich wegdrehen, um seine Fänge zu verbergen. Matty, der Ärmste, schaute verwirrt zwischen ihnen hin und her und verstand die Welt nicht mehr.

Inzwischen hatten sie das Labor erreicht. Die künstliche Beleuchtung tauchte alles in weißes kaltes Licht.

Auf dem langen Arbeitstisch waren mehrere Mikroskope aufgestellt und in den Kästen darüber fanden sich Objektträger und diverse Reagenzgläser. An der anderen Wand des Raums standen Analysegeräte, die in dieser und den folgenden Nächten bestimmt zum Einsatz kommen würden. Matty ging zu einem der Wandschränke und holte Kittel und Kopfhauben heraus. Er warf jeweils eines davon Tom zu und drückte Blue ihr Set in die Hände.

„Du weißt ja, wo du alles findest", sagte er mit einer seltsamen Bitterkeit in der Stimme. „Wenn nicht, dann ruf mich auf dem Handy an. Ich bin in der Bibliothek." Und ehe sie sich versah, war er durch die Tür verschwunden.

Mit offenem Mund starrte sie ihm nach. Was sollte das? Toms Kichern holte sie aus ihren Gedanken.

„Na, da wurde wohl jemandem das Herz gebrochen, damals."

„Was zum Teufel willst du damit sagen?"

Tom zuckte mit den Schultern. „Ich meine, dass dieser Knilch bis über beide Ohren in dich verknallt ist und du ihm gerade in aller Selbstverständlichkeit das Herz herausgerissen hast, indem du ihm gesagt hast, ich bin dein Mann."

„Ich ... was?", stammelte sie, unfähig einen zusammenhängenden Satz auszusprechen. „Aber bist du das denn nicht?"

„Rein technisch", mischte sich Gabriel ein, der inzwischen wieder aufgetaucht war und sich des toten Körpers entledigt hatte, „ist er das. Ihr habt voneinander getrunken, hattet Sex und eure Herzen haben sich verbunden. Aber die Blutzeremonie wurde noch nicht abgehalten. Erst dann ist er wirklich dein Mann.“

Blue zischte. Wie konnten Vampire so altmodisch sein? „Heiraten ist doch so was von aus der Mode. Wozu soll das gut sein? Hast du dir die Scheidungsrate der Menschen angesehen? Ich bezweifle, dass das bei den Vamps anders ist.“

„Da irrst du dich. Bei Vampiren gibt es keine Scheidung. Eine Verbindung ist für immer. Eine Trennung gibt es nur, wenn ein Partner den anderen umbringt. Und das geschieht nicht, das garantiere ich dir.“

„Oh, gut. Wenigstens etwas Verlässliches in dieser Welt.“

Tom hörte interessiert zu, denn er wusste noch nicht viel über die Gesellschaft, in die er hineingeraten war. „Ich hoffe, ich bekomme demnächst einen Kurs über Vampirregeln und -gesetze. Ich weiß nur einen Bruchteil über euch … äh … über uns“, sagte er.

Gabriel lachte. „Den wirst du brauchen, Greenhorn.“ Er hatte den abgelegten Körper aus der Plastikplane gewickelt und benutzte diese jetzt als Unterlage. Er hatte die undankbare Aufgabe, die Leiche zu sezieren und wollte die Sauerei in Grenzen halten.

Blue widmete sich den Blutproben.

„Dich im Laborkittel zu sehen, Baby, macht mich richtig heiß.“ Tom rückte nah an Blue heran und knabberte an ihrem Ohrläppchen.

In ihrem Inneren breitete sich lustvolle Hitze aus. Zäh fließend wie Honig. Dabei wäre ihr beinahe das Reagenzglas aus den Fingern geglitten. „Hilf Gabriel, du störst meine Konzentration, wenn du mich derart anmachst."

Tom lachte auf und gab ihr einen neckenden Klaps auf den Hintern. Als sie verblüfft keuchte, grinste er und schlenderte lässig zu Gabriel, um ihm zur Hand zu gehen.

Mit einer Pipette gab sie jeweils einen Tropfen Blutplasma der unterschiedlichen Proben auf einen Objektträger. Sie hatten den Blutproben vorher einen Gerinnungshemmer beigefügt, weshalb sich das Plasma von den zellulären Bestandteilen getrennt hatte. Unter dem Mikroskop waren die Proben identisch. Um genauere Daten zu bekommen, gab sie diese nacheinander in das Analysegerät. Während Blue auf die Resultate wartete, begann sie mit der Untersuchung der vom Plasma geschiedenen Zellen und kam zu einem überraschenden Ergebnis. Boss' Blut, das Reine, war dicker, das hieß, er hatte mehr Blutzellen als ein Mensch oder ein gewandelter Träger. Die Blutzellen eines Trägers oder die eines Gewandelten waren dünner und kleiner als die eines Reinblütigen. Das Erstaunliche aber war, dass sich Blues Blut vor ihrer zweiten Wandlung genauso verhalten hatte, jetzt aber dem von Boss entsprach. Sie war zu einem reinblütigen Vampir geworden. Wie auch immer das geschehen war.

Toms Blut zeigte ebenfalls dieses Bild. Es war, als wäre er bereits als Vampir geboren worden. Nur wussten sie alle, dass das nicht der Fall war. In seinen Blutzellen fand sie zudem ein Protein, das in keiner der anderen Proben vorhanden war. Sie gab ihm den Namen TP1.

Nach mehreren Nächten des Suchens fand Blue das Problem, das die Vampire sterben ließ. Die menschliche Rest-DNS zerstörte die vampirische DNS. Es ähnelte den Symptomen einer Autoimmunreaktion. Das Blut des kürzlich Verstorbenen war buchstäblich zu Brei zerfallen.

***

Sie wusste am Ende nicht mehr, wie viele Nächte sie in diesem Labor gestanden hatten, aber schließlich hatten sie die Lösung gefunden. Das TP1 schützte die Vampir-DNS und zerstörte die menschliche Rest-DNS, die sowieso nicht mehr aktiv war. Es war ihnen am Ende gelungen, das Protein zu entschlüsseln und synthetisch herzustellen.

Sie hatten ebenfalls entdeckt, dass es genügte, das Protein wie bei einer Impfung zu injizieren. Gabriel hatte als Versuchskaninchen herhalten müssen. Seine zweite Wandlung verlief vergleichbar mit der von Blue und seine Blutprobe wies ähnliche Werte auf wie ihre. In seinem Blut konnten sie aber noch Spuren der menschlichen DNS nachweisen. Durch die Menge an TP1, die Blue von Tom zu sich genommen hatte, wurde sämtliche humane DNS in ihr vernichtet. Sie wollten jedoch das Risiko einer Überdosierung nicht eingehen und beließen es bei der Menge, die Gabriel bekommen hatte.

Boss war an diesem Abend bei ihnen gewesen und hatte Gabriel von seinem starken Blut gespendet. Inzwischen war der Impfstoff und die Rezeptur an andere Vampirlaboratorien verteilt worden. Es würde nur kurze Zeit dauern, bis der größte Teil des Vampirvolkes geimpft und somit geschützt war.

Sie hatten gerade das Labor klinisch gesäubert, um sämtliche Spuren ihrer nächtlichen Machenschaften zu beseitigen, als Blue auf einmal schwindlig wurde. Stöhnend lehnte sie sich an die Wand. Plötzlich spürte sie den inzwischen vertrauten Energiestrom, der sie immer dann erfüllte, wenn Andromeda auftauchte.

Sie nahm wie üblich flimmernd Gestalt an, und bevor Blue etwas sagen konnte, ergriff sie das Wort.

„Ihr müsst vorsichtig sein. Ihr lauft direkt in einen Hinterhalt! Du musst Tom um jeden Preis schützen."

Kaum hatte sie diesen Satz beendet, war sie schon wieder verschwunden. Unmittelbar darauf verflog auch der Nebel, der Blues Gehirn umwaberte. Als sie die Augen öffnete, sah sie sich Toms Gesicht gegenüber. Seine Stirn war von Sorgenfalten zerfurcht. Schnell winkte sie ab und wandte sich an Gabriel.

„Andromeda war wieder da. Wir müssen aufpassen, wenn wir das Gebäude verlassen." Irgendwie machte sie die ganze Situation mit Andromedas geisterhaftem Erscheinen konfus. Es wollte ihr nicht in den Kopf, wie das überhaupt funktionieren konnte und sie wünschte, sie hätte eine Erklärung dafür.

Gabriel richtete sich auf. „Was soll das heißen?"

„Kann mich mal jemand aufklären?", fragte Tom.

Blue erzählte ihm alles über Andromeda in Kurzfassung.

„Cool", sagte er. „Kann ich so was auch?"

„Weiß ich nicht, mir ist das auch neu. Unsere Gaben sind sehr unterschiedlich und zeigen sich oft erst mit der Zeit. Andromeda meinte, dass wir direkt in eine

Falle rennen und du um jeden Preis geschützt werden musst." Während sie das sagte, überprüfte sie ihre SIG und fluchte innerlich, dass sie ihre zweite Waffe nicht mitgenommen hatte. „Gabriel, du nimmst Tom in deinen Schutzschild und bringst ihn so schnell wie möglich in Sicherheit. Ich werde die Typen, solange es geht, aufhalten."

Gabriel zischte vor Unwillen und wollte widersprechen.

„Ich kann selbst auf mich aufpass...", sagte Tom.

„Jungs, verdammt", rief Blue zähnefletschend. „Tut bitte, was ich euch sage."

Damit war Gabriels Ungehorsam gebrochen. Tom hingegen packte sie an den Schultern und sah sie an.

„Nein, Blue. Ich lass dich nicht allein. Ich kann kämpfen."

„Und wie? Wir haben nur zwei Pistolen und ein Messer. Gabriel ist der Einzige, der dich ungesehen hier rausbringen kann. Du nimmst den Speicherstick mit den Forschungsdaten an dich und verschwindest."

Sein Blick war finster geworden und er ließ ein Knurren hören. „Ich bin der Mann von uns beiden!"

Im Zorn drückte sie ihn gegen die Wand und griff nach seiner Kehle. Beim Vampir-Volk war das eine äußerst dominierende Geste und wurde als solche in der Regel respektiert. Dieses intuitive Wissen hätte auch bei Tom da sein müssen. „Wir haben keine Zeit für Machoallüren. Du tust, was ich sage, denn ich weiß genug von solchen Dingen und du nicht. Noch nicht."

Er fauchte erneut unwillig.

„Vertrau mir", sagte sie etwas ruhiger. Gabriel warf ihr seine Glock zu und trat an Tom heran. Dieser sah ihr verdrossen in die Augen. Der Schmerz, der darin schrie, drückte ihr Herz zusammen und im Hintergrund erkannte sie auch verletzten Stolz. Sie schlang ihre Arme um seinen Hals und presste ihre Lippen auf seine. Seine Arme umfingen ihre Taille und er drückte sie fest an sich. „Ich liebe dich", flüsterte sie.

„Nicht so sehr wie ich dich", antwortete er genauso leise.

Gabriels Räuspern holte sie auf den Boden der Tatsachen zurück. Widerstrebend löste sie sich von Tom und schob die Glock hinten in den Hosenbund. „Es wird Zeit." Blue seufzte.

Lautlos eilten sie durch die nächtlichen Korridore der Uni. Seltsamerweise war in dieser Nacht Matty nicht aufgetaucht, wie er es die Nächte zuvor immer getan hatte. Sie schob das auf die Tatsache, dass er davon ausging, ihre Arbeit wäre erledigt.

Sie hielten sich im Schatten und spähten durch die Fensterscheibe der Tür hinaus. Es war nichts zu erkennen, doch sie konnte deutlich acht verschiedene Herzschläge ausmachen. Alle hielten sich im Verborgenen und hatten sich in lockerer Formation um den Vorplatz aufgestellt.

„Gabriel, verhüllt euch und bleibt hinter mir!"

Kaum hatte sie den Befehl erteilt, verschwanden sowohl Gabriel als auch Tom von der Bildfläche. So leise wie möglich drückte Blue die Tür auf und trat, gefolgt von den beiden Unsichtbaren, hinaus ins Freie. Durch die Anspannung verlängerten sich ihre Fänge. Sie griff an ihren Rücken und zog die beiden Pistolen aus dem Hosenbund.

In diesem Moment traten sie aus dem Schatten: Acht Männer, durchschnittlich gebaut und alle menschlich.

Gabriel war mit Tom bereits verschwunden, das konnte Blue spüren. Die Arme hingen locker an ihren Seiten, die Glock und die SIG hatte sie fest im Griff. Blue war erleichtert, dass ihre Begleiter unversehrt davongekommen waren.

„Schnappt sie euch!", rief der Schmächtigste in der Mitte.

Wie ein einziger Organismus zog sich der Kreis um Blue herum zusammen. Sie riss die Arme hoch und schoss auf die beiden äußeren Angreifer. Die Männer gingen mit einem Loch zwischen den Augen zu Boden. Daraufhin stürmten die sechs anderen auf sie los. Sie hatte gerade die Pistolen weggeworfen, um die Hände für den Nahkampf freizuhaben, als ein stechender Schmerz ihr linkes Bein hochfuhr. Verwirrt blickte Blue nach unten. Ihr Verstand benötigte eine Sekunde, ehe er erfassen konnte, was die Augen sahen. In ihrem Bein steckte ein Betäubungspfeil. Diese Bastarde hatten sie auf fieseste Art außer Gefecht gesetzt.

Das Blut gefror ihr in den Adern. Sie saß total in der Scheiße, und noch bevor sie den Gedanken zu Ende denken konnte, wurden ihre Glieder schwer und ihr Bewusstsein verschwand langsam in dunklem Nebel.

Lemniskate Helvetica

Tom ging in Blues Büro auf und ab. Gabriel hatte ihn so schnell, wie er konnte von der Uni in den Club gebracht. Anschließend hatte er sich wieder zu Blue gebeamt, um ihr zu helfen.

Dieses Warten, diese Untätigkeit machten ihn wahnsinnig. Verdammt, es war seine Aufgabe sie zu beschützen! Nicht umgekehrt. Sie hatte schon einmal ihr Leben für ihn riskiert ... Und doch, trotz aller Frustration fühlte Tom tief in seinem Inneren, dass sie recht gehabt hatte. Sie war besser trainiert. Er war in dieser Beziehung noch grün hinter den Ohren. Er wollte sich gar nicht vorstellen, welche Kämpfe sie schon ausgefochten hatte, bevor sie sich kennengelernt hatten. Das erste Mal hatte Tom die Folgen mitbekommen, als sie vor fast zwei Monaten angeschossen worden war. Wie oft war so etwas schon vorgefallen? Wie würde sie an diesem Abend zurückkehren? Würde er sie überhaupt lebend in seine Arme schließen können? Sein Herz stolperte ständig und seine Hände waren zu Fäusten geballt.

Plötzlich fühlte er sich, als ob ihm jemand einen Schlag in den Magen verpasst hätte und ihm sämtliche Luft aus den Lungen entwichen wäre. Eine grässliche Leere erfüllte ihn. Es war, als wäre sie weg ... einfach verschwunden. Es brannte dermaßen in seiner Brust, dass er gezwungen war, sich zu setzen.

Nach einer gefühlten Ewigkeit tauchte Gabriel wieder auf. Allein. Tom war so außer sich vor Wut und Sorge, dass er Gabriel an die Gurgel sprang. Völlig außer Kontrolle.

„Wo ist sie? Warum hast du sie nicht mitgebracht, Arschloch?"

Gabriel stieß Tom schnaubend von sich. „Komm runter, Mann! Als ich in der Uni angekommen bin, war der ganze Zirkus schon vorbei. Es war niemand mehr da und von Blue fehlt jede Spur." Er klang so verzweifelt, wie Tom sich fühlte. Inzwischen hatte Gabriel die beiden Pistolen, seine Glock und ihre SIG, auf den Tisch gelegt. Dann griff er in seine Hosentasche und zog etwas silbrig Glänzendes heraus. Es war Blues Medaillon mit den Fotos ihrer Eltern.

„Was hat das zu bedeuten?", fragte Tom, während er nach der zarten Kette griff. Sie war am Verschluss gerissen. Die Finger seiner rechten Hand ballten sich unwillkürlich zu einer Faust, welche gleich darauf in Blues Schranktür landete und ein faustgroßes Loch hinterließ. Ups! Es überraschte ihn noch immer, wie viel Kraft er seit der Wandlung hatte.

„Ihre Büroeinrichtung zu Kleinholz zu verarbeiten, hilft uns nicht weiter", fauchte Gabriel. „Wir müssen Boss informieren."

Einleuchtend. Toms Herz setzte jedoch beim Gedanken daran einen Schlag aus. „Der wird nicht erfreut sein und uns zu Fleischbällchen verarbeiten."

Gabriel lachte. „Er wird definitiv keine Luftsprünge machen. Aber zu Hackfleisch macht er uns erst, wenn wir sie nicht lebendig finden."

Die Machtlosigkeit, die Tom erfüllte, hatte etwas Lähmendes. Sie hatten sich doch gerade erst gefunden! Er konnte nicht mit dem Gedanken leben, sie bereits wieder zu verlieren. Sie war das erste Lebewesen, das er seit vielen Jahren an sich herangelassen hatte. Sie hatte es geschafft, die Mauern, die er um sich herum hochgezogen hatte, einzureißen. Mauern, die ihn umgeben hatten, seit er von seiner letzten Vertrauensperson verraten worden war. Damals war er noch ein Kind gewesen.

Inzwischen kannte er auch Blues Geschichte, und sie hatten viel gemeinsam. Auch hatten Blue und Gabriel ihm in den langen Labornächten die Sitten und Gebräuche, die do's and don'ts der Vampirgesellschaft beigebracht. Er hoffte, sie hatten nichts für ihn Nützliches ausgelassen. Andererseits käme jetzt eine geheim gehaltene Superkraft der Vampire recht, um Blue so schnell wie möglich zu finden und zu befreien.

***

„Ihr habt ... was?", rief Boss von der anderen Seite seines Schreibtisches. „Wie konntet ihr sie verlieren? Wir reden hier immerhin von Blue, einen Meter achtzig groß, siebzig Kilo schwer, und nicht von einem Schlüsselbund! Warum zum Teufel habt ihr sie allein gelassen?"

Gabriel schaute zerknirscht zu Boden, während sich Tom versuchte klein zu machen.

„Sie hat es mir befohlen, Boss." Gabriel schob die Hände tief in seine Hosentaschen. „Sie hat mich sehr deutlich daran erinnert, wer das Sagen hat."

Boss schnaubte abschätzig. „Und du?", fuhr er Tom an, „warum lässt du deine Frau in der Scheiße sitzen?"

Tom zuckte zusammen und machte instinktiv einen Schritt zurück. „Sie hat auch mich weggeschickt ...", stammelte er und kam sich saublöd vor, weil Boss recht hatte.

Gabriel kam ihm zu Hilfe. „Zu seiner Verteidigung ist zu sagen, dass er kämpfen wollte, sie ihn aber nicht ließ. Und das ebenfalls sehr nachdrücklich. Du kennst sie doch, Boss."

Boss ließ sich seufzend auf dem Bürostuhl nieder und nickte. „Gabriel, die Prinzessin war deinem Schutz unterstellt und nun ist sie verschwunden. Das ist böse, Gabriel, sehr böse ..."

Tom horchte auf. „Prinzessin?"

Boss sah ihn belustigt an. „Hat sie dir das nicht erzählt? Sie ist die Prinzessin und zukünftige Königin aller Vampire und durch ihren Vater auch die rechtmäßige Anführerin der Outlaws. Sie ist die Einzige, die uns alle wieder vereinen kann. Wenn sie stirbt, gibt es nichts, was den Krieg jemals beenden könnte. Und wenn sie in die falschen Hände gerät, kann ich für nichts garantieren."

Boss' Stirn war von Sorge zerfurcht und das erste Mal, so schien es Tom, war der große Orion ratlos. Wenn sie doch nur eine Ahnung hätten, wer sich Blue geschnappt hatte. Tom wusste, dass er nicht aufgeben würde. Prinzessin oder nicht, in erster Linie war sie seine Frau.

„Gabriel, du wirst deine Männer informieren. Sie sollen die Augen offenhalten und mit euren Kontaktmännern Verbindung aufnehmen." Gabriel nickte Boss kurz zu und dematerialisierte sich.

„Und was kann ich tun?" Tom war noch nie gut darin, herumzusitzen und Däumchen zu drehen.

Boss kam auf ihn zu und klopfte ihm auf die Schulter. „Momentan kannst du nichts anderes tun, als dich zu beruhigen und erreichbar zu sein."

Tom schüttelte Boss' Hand schnaubend ab und wollte am liebsten etwas oder jemanden zusammenschlagen. Boss irrte sich, wenn er glaubte, Tom würde brav in seiner Wohnung sitzen und warten. Er war nicht von dieser Sorte. Wild entschlossen verließ er den Club.

Tief in seinem Inneren konnte er Blues Anwesenheit wie ein Echo fühlen. Sie lebte, so viel wusste er. Aber wie lange noch? Dieses Flüstern, das von Blues Blut in seinen Adern kam, war zu schwach, um ihm einen Weg weisen zu können. Er rief nacheinander mehrere seiner Bekannten aus seinem früheren Leben an und bat sie die Augen und Ohren offen zu halten. Er versprach sich nicht viel von dieser Aktion, doch ein Versuch war es auf jeden Fall wert.

Das Objekt

Das Piepsen der Maschinen holte Blue in die Realität zurück. Das Erste, was Sie fühlte, war, dass sie auf dem Rücken lag. Sie spürte die Druckstellen an Fersen, Becken, Schultern und Hinterkopf. Mit dem Bewusstsein kam das Erfassen der Fesseln an ihren Handgelenken und Fußknöcheln. Schließlich versuchte sie, die Augen zu öffnen. Doch es wollte nicht gelingen. Jedes Mal, wenn sie ihren Lidern den Befehl gab, sich zu heben, fuhr ein penetranter Schmerz durch ihr Gesicht. Im Reflex wollte sie an ihre Augen fassen, um herauszufinden, was nicht in Ordnung war. Doch die Fesseln hinderten sie daran. Egal, wie fest sie daran zerrte, sie lockerten sich nicht einen Millimeter.

Plötzlich erfüllte sie eine unbekannte Energie. Vom Scheitel bis zum kleinen Zeh. Ein elektrisches Kribbeln wanderte durch ihren Körper. Dann brach es aus ihr heraus und sie war in der Lage, die Umgebung zu erahnen. Es war wie bei einem Sonar. Trotz der Not, in der sie sich befand, stellte sie verwundert fest, dass sie eine weitere Gabe entwickelt hatte. Nach und nach formten sich Bilder in ihrem Bewusstsein. Sie lag in der Mitte eines quadratischen Raumes. Mehrere Geräte waren an den Seiten aufgereiht, von denen das Piepsen zu kommen schien. Über ihr hing irgendeine Art große Lampe.

Wieder begann sich Blue gegen die Fesseln zu wehren. Furcht überkam sie und sie fror. Wo war sie? In wessen Hände war sie gelangt? Und was noch wichtiger war: Wie kam sie aus dieser Situation lebend heraus?

Eines war klar, sie konnte nicht auf die Rettung durch Gabriel und Tom hoffen. Die wussten nicht einmal, wo sie war oder wer sie gefangen hatte. Während sie verzweifelt nach einem Ausweg aus dieser Misere suchte, hörte sie die Tür auf- und wieder zugehen. Metallisches Klimpern wurde durch die Person verursacht, die eingetreten war. Dieser Klang allein ließ ihr die Nackenhaare zu Berge stehen.

Die Person roch männlich und nach Chlor. Als ob er ein Vollbad in Bleichmittel genommen hätte. Steril. Kühle Finger schoben ihr die Oberlippe hoch und sie drehte angewidert den Kopf weg. Als Folge dessen packte er Blue rüde am Unterkiefer und schaute gewaltsam in ihren Mund. Danach hörte sie ein leises Klicken.

„Untersuchung von Objekt 12510, Dr. Martin Roth, Leiter der Tests. Zurzeit ist niemand sonst anwesend", begann er mit irgendeiner Art Aufzeichnung.

„Lass mich in Ruhe, du Schwein!", rief sie in blanker Panik. Er ignorierte sie jedoch komplett. Egal, wie sie an den Fesseln zerrte oder sich aufbäumte, er zeigte keinerlei Reaktion. Er sprach einfach weiter.

„Das Objekt ist weiblich, Ende zwanzig, Anfang dreißig. Sie ist ein Meter achtzig groß und wiegt fünfundsechzig Kilogramm."

Sie stutzte. Seit wann war sie so leicht? Natürlich, sie hatte sich wieder einmal zu lange nicht richtig ernährt. Das letzte Mal hatte sie von Tom Blut getrunken. Und zwar in der Nacht, als er sie geheilt hatte. Das war jetzt bestimmt sieben Wochen her. Selbst gewöhnliche Nahrung hatte sie kaum zu sich genommen. Irgendwie hatte sie einfach keine Zeit gefunden, um zu essen. In Anbetracht dessen würde sie dieses Intermezzo wohl kaum überleben. Es war erstaunlich, wie gelassen sie diese Erkenntnis aufnahm.

„Das Objekt hat am Oberkiefer stark ausgeprägte Fänge, welche sich bei Bedarf vermutlich noch verlängern können. Sie verfügt über ein hohes Aggressionspotenzial."

Blue fauchte. „Lass mich frei, du Arsch, und vor allem tu nicht so, als ob ich nicht da wäre!"

Er blieb unbeeindruckt. Inzwischen pulsierte das Energiefeld weiter aus ihr heraus und erfüllte den Raum. Er schien es nicht zu bemerken.

„Wie gewöhnlich entnehme ich dem Objekt Blutproben, um die Blutzusammensetzung zu untersuchen. Die Entnahme findet standardmäßig an der Vena mediana cubiti statt."

Gleich darauf fühlte sie einen kurzen Stich in ihrer rechten Ellenbeuge. Als er die Blutprobe von ihr geraubt hatte, sprach er wieder in sein Diktiergerät.

„Das Blut dieses Objekts verhält sich augenscheinlich anders als bei den vorherigen Versuchsobjekten. Es ist deutlich dünner und heller. Genauere Tests werden die Unterschiede zeigen."

Der Unterschied, du Hurensohn, liegt darin, dass ich unterernährt bin! Plötzlich überkam sie ein noch nie da gewesener Blutdurst. Wenn sie gekonnt hätte, hätte sie sich losgerissen und sich auf Dr. Blödmann gestürzt. Dann hätte sie ihm die ach so stark ausgeprägten Fänge in seine Halsvene geschlagen und ihn bis auf den letzten Tropfen leergesaugt.

„Als nächsten Schritt werde ich die Geschwindigkeit der Gewebeneubildung untersuchen. Dazu werde ich zuerst verschiedene Schnitte unterschiedlicher Tiefe anbringen. Im Faserverlauf und quer dazu. Um die Zeit und die verschiedenen Phasen gut eruieren zu können, werden die jeweiligen Schnitte im Zeitraffer gefilmt."

Sie konnte nicht verhindern, dass sie bei allen sechs Schnitten schrie. Nun war Blue klar, dass sie hier niemals lebend rauskam. Sie war eindeutig in die Hände von Lemniskate Helvetica gefallen. Angst vermischt mit ohnmächtiger Wut kroch durch ihre Adern wie Säure, und als er wieder sprach, packte sie das blanke Entsetzen.

„Weiter beobachte ich jetzt die Regenerationsfähigkeit nach Verbrennungen ersten, zweiten und dritten Grades."

Wie verrückt zappelte sie auf ihrer Opferbank und schrie sich die Lunge aus dem Leib. Als sie das schreckliche Fauchen des Bunsenbrenners hörte, der erste Schmerz durch ihr Bewusstsein ätzte und der Geruch nach verbranntem Fleisch ihre Nase streifte, ging bei ihr das Licht aus.

***

Das Licht kam golden leuchtend auf Blue zu und umhüllte sie. Es spendete Trost und Wärme. Hände strichen zärtlich über ihre Wangen und sie konnte sie fühlen, die Person, der sie gehörten. Andromeda war bei ihr. In ihrer dunkelsten Stunde stand sie ihr bei. Allein schon diese Tatsache ließ Blue schluchzen.

„Still, meine Tochter. Du musst jetzt Stärke beweisen und darfst nicht aufgeben. Ich brauche dich. Wir alle brauchen dich."

So gut sie konnte, legte sie sich in Andromedas Umarmung hinein und wünschte sich einen schnellen Tod herbei. Doch Andromeda hatte nur Durchhalteparolen für sie übrig. Sah sie denn nicht, in welcher Lage sie sich befand? „Ich kann nicht mehr, Mutter. Ich bin nicht so stark, wie du glaubst."

Sanft strich ihr Andromeda über den Kopf. „O doch, mein Kind. Du bist eine Sangualunaris. Und als solche bist du besonders stark. Nutze deine neue Gabe, dein Energiefeld und schütze dich damit. Und vergiss nicht: Die Zeit für die Rache kommt später. Erst musst du hier raus."

Blue verstand gar nichts und fühlte sich zu schwach, um nur den kleinen Zeh zu bewegen. Wie sollte sie da ein Energiefeld aufbauen und vor allem aufrechterhalten? Wie lange war sie schon hier? Während all der Qualen und Phasen der Bewusstlosigkeit hatte sie ihr Zeitgefühl komplett eingebüßt.

Andromeda war fort, hatte aber einen goldenen Schimmer in Blues Innerem hinterlassen, der ihr wider Erwarten Kraft gab. Je mehr sie zu sich kam, desto mehr wurde sie sich der Hand bewusst, die auf ihrer nackten Brust lag. Angewidert atmete sie tief durch die Nase ein. Der Duft gehörte jedoch nicht ihrem Peiniger. Dennoch kannte sie ihn und war geschockt, ihn hier anzutreffen. Ihr Herz brannte wegen des Verrats, der ihr gegenüber gerade stattfand. „Matty, was hast du mit diesen Monstern zu schaffen? Und warum begrapschst du mich?"

Er lachte heiser und dann hörte Blue, wie er einen Reißverschluss zuzog. Sie wollte sich nicht vorstellen, womit er beschäftigt gewesen war, bevor sie aufwachte.

„Woran hast du mich erkannt?", fragte er wenig überrascht. Er klang beinahe amüsiert.

„An deinem Geruch. Aber jetzt beantworte meine Fragen."

Er begann auf und ab zu wandern, ließ dabei aber seine Hand weiter über ihren nackten, bewegungsunfähigen Körper gleiten. Kaltes Schaudern überkam sie. „Ich bin der Leiter des Research-Teams in diesem Labor. Und du, Mia, bist hier, weil du dich zu einem Monster hast machen lassen. Sag mir, warum hast du das zugelassen?"

Seine Überheblichkeit machte sie noch wütender. „Du nennst mich ein Monster? Was sind denn du und deine Folterknechte? Ich hab mir mein Schicksal nicht ausgesucht, es lag schon immer in meinen Genen."

Er hielt inne und legte seine Hand viel zu weit nördlich an die Innenseite ihres Oberschenkels, wodurch sie sich automatisch verkrampfte. Seine Fingerspitze glitt dabei unerlaubt über ihr intimstes Zentrum. „Weißt du, Mia, ich habe dich geliebt. Als du von der Bildfläche verschwunden warst, dachte ich, du wärst tot. Was mir in Anbetracht der jetzigen Situation lieber gewesen wäre." Er räusperte sich. „Doch dann bist du plötzlich mit dieser blutsaugenden, Menschen tötenden Kreatur im Schlepptau wieder aufgetaucht. Das war wie eine Ohrfeige für mich."

„Du bist ganz schön heuchlerisch, Matty. Was du meinem Volk und mir antust, ist ein Verbrechen. Töten Menschen nicht auch Menschen? Zum Teil nur aus Habgier oder zum Spaß? Wir bringen keine Menschen um. Wir ernähren uns von Blutkonserven und beißen Menschen nur mit deren Einverständnis. Aber auch bei uns gibt es natürlich schwarze Schafe, wie bei den Menschen. Hör gefälligst auf mich anzufassen."

„Ach, papperlapapp! Du versuchst nur deine Haut zu retten, wie alle anderen vor dir auch. Und ich fasse dich so lange an, wie es mir passt. Denn im Moment bist du mein Eigentum."

Dann glitten seine Finger die letzten Millimeter nach oben und teilten ihr empfindsames Fleisch. Sie drangen zu zweit tief in Blue ein und lösten Übelkeit aus. Matty keuchte ekelerregend und setzte sein Spiel fort. Durch seinen Körper gingen rhythmische Bewegungen. Sie folgten derselben Frequenz wie seine Finger in ihr. Der Raum war auf einmal mit einem herben Geruch erfüllt, der sie würgen ließ. Plötzlich dämmerte ihr, was vor sich ging. Der Reißverschluss war nicht geschlossen, sondern geöffnet worden.

Das Schaben von Textil auf Textil, das Reiben von Haut auf Haut und sein keuchender Atem machten ihr Leben zur Hölle. Nach schierer Unendlichkeit stöhnte er laut auf und etwas Warmes ergoss sich über ihren Bauch. Der pure Ekel erfüllte sie, als er schließlich das Zeug mit der Hand auf ihrer nackten Haut verschmierte und danach über ihre Haare fuhr.

„Ich bring dich um, Matty! Wenn ich hier lebend rauskomme, reiße ich dir höchstpersönlich die Kehle heraus!"

Er lachte kehlig, ließ dann jedoch von ihr ab. Blue konnte hören, wie er näherkam. Dann packte er ihr Kinn und riss ihr den Kopf herum. Obwohl sie ihn nicht sehen konnte, wusste sie, dass sie ihm direkt ins Gesicht blicken würde, wenn sie in der Lage wäre, die Lider zu heben.

„Oh, dazu wirst du keine Gelegenheit haben, Mia. Du wirst dieses Labor nicht lebend verlassen. Vertrau mir." Dann leckte er ekelerregend über ihr Gesicht.

„Nenn mich nicht Mia!", knurrte Blue, „Mia ist tot. Für dich bin ich Blue. Merk dir meinen Namen, denn er wird das Letzte sein, das über deine Lippen kommt."

Erneut lachte er hämisch und verließ den Raum. Nach ihm kam der Folterknecht ins Zimmer, was bedeutete, dass ihr wieder unglaubliche Schmerzen bevorstanden. Was wollten diese sadistischen Schweine überhaupt? Sie drohte wieder im Selbstmitleid zu versinken, als ihr Andromedas Worte wie ein Echo im Kopf hallten. Sie versuchte das furchterregende Klimpern der Folterutensilien auszublenden und konzentrierte sich auf die kleine Kugel von Energie, die tief in ihrem Inneren schlummerte. Vorsichtig probierte sie, diese auszudehnen und zu strecken. Bereitwillig passte sie sich ihrer Körperform an und drang schließlich durch ihre Hülle. Sie umgab Blue wie eine zweite Haut. Ihre Atmung verlangsamte sich und Ruhe erfüllte sie.

Plötzlich begannen die Überwachungsmonitore alarmierend zu piepsen. Der Typ, der Hand an sie legen wollte, fluchte lautstark. „Verdammt, wieder eine, die den Löffel zu früh abgibt." Dann ging er zum Telefon. „Ja, Dr. Bonnet ... Sie ist tot ... asystolisch."

Blue konnte Matty am anderen Ende brüllen hören.

„... ich habe noch gar nicht angefangen ... ihr Herz hat einfach versagt." Martin Roths Stimme hatte einen panischen Unterton angenommen.

Es bedurfte ihrer ganzen Konzentration, das Feld aufrechtzuerhalten, während kalte, grobe Hände ihr Infusionsnadeln herauszerrten, Elektroden von der Haut rissen und sie schließlich nackt in einen Lieferwagen warfen. Die Fahrt dauerte eine gefühlte Ewigkeit. Am Ende hoben sie Blue aus dem Laderaum und warfen sie eine Böschung hinunter in eiskaltes Wasser. Nun war ihr Schicksal besiegelt. Im Winter nackt im Wasser bei Eiseskälte ... das konnte niemand überleben. Zumindest starb sie in Freiheit und nicht in einem Freddy-Krueger-Horrorlabor. Ihre Gedanken wanderten zu Tom. Sie liebte ihn und war glücklich, dass sie wenigstens eine kurze gemeinsame Zeit gehabt hatten. Sie konnte fühlen, wie ihr Körper langsam taub und ihre Gedanken träger wurden.

„Tom", flüsterte sie, „es tut mir leid. Du bist die Liebe meines Lebens." Dann trugen sie die eiskalten Wellen davon ...

***

Tom und Gabriel hatten einen Tipp bekommen, dass sich am Platzspitz wieder eine tote Vampirin befand. Sie eilten, so schnell sie konnten, dorthin. Früher war der Platzspitz ein international bekannter Treffpunkt für Drogensüchtige gewesen. Doch seit die Stadt den Platz geräumt hatte, war er für die Stadtbevölkerung während der Tagesstunden wieder frei zugänglich.

Nachdem sie den Suburban am Straßenrand abgestellt hatten, rannten sie auf die Absperrung zu und sprangen kurzerhand darüber. Die Dunkelheit schützte sie vor neugierigen Blicken. Tom hoffte inständig, dass es sich nicht um Blue handelte. Wie so oft in den letzten Wochen horchte er in sich hinein und suchte nach dem Gefühl, das ihm sagte, dass Blue noch am Leben war. Das Wispern in seinen Venen war in letzter Zeit schwächer geworden und er musste sich stark darauf konzentrieren, um es zu finden. Er zwang sich zu glauben, dass der Grund für diese Abnahme war, dass er sich schon länger nicht von ihrer Vene genährt hatte. Den Gedanken, dass sie im Sterben lag, wies er weit von sich. Gabriel hatte inzwischen einen Zahn zugelegt und rannte nun vor ihm. Tom beschleunigte seinen Schritt ebenfalls und bald waren sie an der Spitze des Parks angekommen, wo sich die Sihl und die Limmat vereinigten.

Schon ein paar Meter vorher konnte Tom den leblosen nackten Körper erkennen. Sein Herz stolperte ein paar Mal über seine eigenen Schläge. Gabriel erreichte das Opfer als Erster und kniete sich hin. Vorsichtig drehte er den Leib um und Tom sah mit Erleichterung, dass die Frau blonde Haare hatte. Nicht Blue, Gott sei Dank! Gabriel überprüfte den Puls der Frau, um sicherzugehen, dass sie wirklich tot war. Er ließ den Kopf hängen und für Tom war das Antwort genug. Sie hatten wieder nur eine Leiche gefunden, wieder ein unschuldiges Opfer. Wie lange würden sie noch brauchen, bis sie endlich am Ende ihrer Suche waren? Sie durften nicht mehr viel Zeit verlieren, denn mit jedem Tag der verstrich, schwanden Blues Überlebenschancen. Instinktiv horchte er wieder auf dieses leise Flüstern. Es war für ihn lebensnotwendig geworden. Ohne es konnte er nicht einschlafen, nicht funktionieren.

Gabriel hob die Tote hoch und trug sie zum Wagen. Tom folgte ihm und ignorierte das Ziehen in der Brust, das er immer verspürte, wenn sie zu spät gekommen waren. Sie brachten sie ins Krematorium und überließen die restliche Arbeit den Leuten dort. Seit Wochen taten sie nichts anderes. Entweder gingen sie ins Leere laufenden Hinweisen nach oder bargen Leichen. Er hatte genug! Die Bastarde von Lemniskate machten einfach keine Fehler.

Ein paar Nächte später trafen sie sich mit Boss und drei Soldaten aus Boss' Armee. Sie beschlossen, auch wenn es nicht vielversprechend aussah, an die bekannten Leichendumpingplätze zu gehen und abzuwarten. Vielleicht würden die Handlanger von Lemniskate an einem der Orte auftauchen. Das war ihre letzte Chance. Weder Boss' Kontakte noch Toms alte Bekannte hatten ihnen weiterhelfen können.

Boss ging mit einem der Soldaten zum Platzspitz, die beiden anderen positionierten sich an der Quaibrücke und Tom ging mit Gabriel zum Zürichhorn. Erst hatte Boss ihn zur Quaibrücke schicken wollen, doch Tom musste zum Zürichhorn. Das sagte ihm sein Gefühl. Am Zürichhorn wurde dieses Gefühl immer drängender und Tom sprang aus Gabriels Wagen, noch bevor dieser den Motor abgestellt hatte. Gabriel holte ihn schnell ein. Tom erkannte weiße Haut, dunkle Haare und ein großes Tattoo auf dem Rücken. Blue! Er rannte, wie er

noch nie in seinem Leben gerannt war und betete, dass
sie dieses eine Mal nicht zu spät gekommen waren.

Verletzt

Warme Hände holten sie ein Stück weit aus dem dunklen Abgrund, in dem sie sich befand.

„Blue, sprich mit mir!" Die Stimme brach und machte ihr das Herz schwer. Sie wollte etwas entgegnen, brachte jedoch keinen Ton heraus. Dann umfing sie die samtene Schwärze wieder. Blue hatte das Gefühl zu schweben. Ihre linke Körperseite lehnte an etwas Warmem und ein kräftiger Herzschlag drang an ihr Ohr. Jemand hatte sie in eine Decke gewickelt, denn die Fasern kratzten auf ihrer wunden Haut.

„Bleib bei mir, mein Schatz. Gabriel, du musst schneller fahren! Ihr Herz schlägt immer schwächer."

Toms Stimme war rau. Blue wollte ihn trösten, beruhigen, doch sie konnte sich nicht aus ihrem Kokon befreien. Das Energiefeld hielt sie noch immer gefangen. Immer wieder strichen seine warmen Finger über ihr Gesicht und seine Stimme ermutigte sie zum Durchhalten. Selbst Gabriels Befehlston konnte sie in der Nähe ausmachen. Die beiden Männer lieferten sich energische Wortgefechte.

„Flöß ihr Blut von dir ein, Tom. Anders schafft sie es nicht lebend nach Hause."

„Das hab ich schon versucht! Sie presst ihre Kiefer so aufeinander, dass ihre Zähne knirschen."

„Was haben diese Ungeheuer nur mit ihr angestellt? Diese Wunden und all die Narben. Wie konnte sie da überhaupt lebend rauskommen? Hast du ihre Augen gesehen?“

Gabriel sprach aus, was schon seit ihrer Gefangennahme an ihr fraß. Doch bevor Panik sie ergreifen konnte, wurde sie von heftigen Krämpfen geschüttelt. Ihr war klar, dass sie sich in einer Art Teufelskreis befand. Das Energiefeld schützte sie zwar einerseits, andererseits fraß es ihre letzten Reserven auf. Wenn sie nicht so schnell wie möglich den mentalen Schalter finden würde, um es herunterzufahren, wäre sie in ein paar Minuten tot.

„Gabriel, drück endlich aufs Gas! Sie hat eine Art Anfall“, rief Tom über ihren unkontrolliert zuckenden Leib hinweg.

Sie spürte, wie sie gegen Toms Brust gedrückt wurde und Gabriel murmelte: „Ihr Körper stirbt.“

***

Die energetische Blase, die Blues Bewusstsein umhüllt hatte, löste sich mit einem einzigen Plopp auf. Tiefe Dunkelheit umfing sie. Sie hatte das Gefühl, aus kaltem Wasser aufzutauchen. Weiche Laken schmiegten sich an die Konturen ihres Körpers. Jede Muskelfaser und jeder Knochen schmerzten.

„Wo bin ich?“, murmelte sie und bemerkte den Schlauch, der in ihrem Rachen steckte. Warme Finger berührten ihr Gesicht und strichen ihr die Haare hinters Ohr. Ein vertrauter Geruch stieg ihr in die Nase.

„Tom", wimmerte sie. „Bist du das? Ich kann nichts sehen! Warum kann ich nichts sehen?" Eiskalte Panik erfasste sie. Tom zog sie in seine Arme und drückte sie an sich. Sein Herzschlag drang an ihr Ohr und da wusste sie es mit Sicherheit. Er hatte sie getragen und beschützt, als sie am verwundbarsten gewesen war.

„Ich bin hier, Blue", flüsterte er und küsste sie.

„Bin ich blind, Tom?" Wollte sie die Antwort überhaupt hören? Noch bevor sie sich darüber im Klaren werden konnte, ertönte Toms Stimme ganz in ihrer Nähe.

„Du bist nicht blind. Aber wir mussten deine Augen verbinden." Er zögerte und wollte nur zu deutlich nicht weitersprechen.

„Sag mir die Wahrheit", verlangte Blue schwach.

Er räusperte sich und rückte ihr Kissen zurecht. „Die Typen haben dir die Augenlider zugenäht. Deine Augen waren über vier Wochen keinem Licht ausgesetzt. Deswegen hat sie der Doc mit Pads abgedeckt."

„Wer ist dieser Doc und was zum Teufel steckt in meinem Hals?" Der Gedanke daran, dass sie wieder ein sogenannter Herr Doktor angefasst hatte, ließ sie schaudern. Ihr Herz schlug hart gegen die Rippen und Übelkeit erfasste sie.

„Doc ist Boss' Leibarzt. Er hat dir den Schlauch durch die Nase in den Magen geschoben. Durch ihn konnten wir dir Blut einflößen. Du warst total spastisch und dein Mund war nicht zu öffnen."

Blue tastete nach den Pads und versuchte das Klebeband, das sie festhielt, zu lösen.

„Nicht", bat Tom. Als er merkte, dass sie weitermachte, meinte er: „Warte wenigstens, bis ich die Vorhänge geschlossen habe. Die Sonne scheint durchs Fenster." Kurz darauf hörte Blue, wie die schweren Nachtvorhänge zugezogen wurden.

„Jetzt sind sie zu. Lass mich das machen." Toms Stimme war sanft und warm. Sie war froh über seine Hilfe, denn aus irgendeinem Grund taten ihr ihre Finger entsetzlich weh. Er löste vorsichtig Pflaster um Pflaster. „Lass die Augen noch zu. Nimm dir Zeit." Dann entfernte er die Pads. „Nun kannst du es versuchen."

Blinzelnd öffnete sie die Lider einen Spaltbreit. Selbst das gedämpfte Licht stach ihr in die Augen und sie musste sie sofort wieder schließen. Nach ein paar weiteren unangenehmen Versuchen erkannte sie Toms grüne Augen. Sie waren von unzähligen Sorgenfalten umrahmt. Seine sonst so goldene Haut wirkte fahl. Er schien um Jahre gealtert.

„Kannst du mir bitte diesen grässlichen Schlauch herausziehen?"

Tom zögerte erst, doch dann löste er das Klebeband und zog am Schlauch. Husten und Würgen wechselten sich ab und ließen Blue erzittern. Als das Ding schließlich draußen war, stand ihr der kalte Schweiß auf der Stirn.

Nun wagte sie einen Blick auf ihre Hände. Die Fingerspitzen waren aufgeplatzt und die Nägel bis auf das Fleisch abgerissen. Dann sah sie ihre Arme. Die Haut wies viele Narben auf, von Schnitten und Brandwunden, die man ihr zugefügt hatte. Durch ihren schlechten Ernährungszustand waren sie nicht gut verheilt und es würde wahrscheinlich Wochen dauern, bis man sie kaum mehr sehen konnte.

Langsam setzte sich Blue mit Toms Hilfe auf. Sie war so schwach, dass sie es allein nicht geschafft hätte. Mit den wunden Fingern hob sie die Decke und betrachtete ihre Beine. Sie wiesen dieselben Verletzungen auf wie die Arme. Dazu noch tiefrote lange Flecken. An diesen Stellen hatten ihr die Bastarde buchstäblich die Haut abgezogen. Die Erinnerung an die unerträglichen Schmerzen ließ sie würgen.

„Leg dich hin, Süße." Tom drückte sie zurück in die Kissen und deckte sie zu. Danach legte er sich zu ihr. Er zog sie an seine Brust und schlang die Arme fest um sie. Es fühlte sich gut an. Sicher. „Ich dachte, ich hätte dich verloren." Seine Stimme brach fast. „Und als wir dich dann fanden und du in meinen Armen fast gestorben wärst, bin ich beinahe wahnsinnig geworden."

Blue war eigentlich zu müde, um zu sprechen. Dennoch brannte ihr eine Frage auf der Zunge. „Wie habt ihr mich gefunden?"

Tom räusperte sich und bettete sie beide leicht um. Schließlich erzählte er ihr von den Wochen nach ihrer Entführung und wie sie sie endlich entdeckt hatten.

„Ich dachte, du wärst tot. Du hast kaum geatmet und ich konnte dein Herz nicht fühlen." Er schluckte schwer. „Aber hören konnte ich es. Es schlug entsetzlich langsam und schwach. Und du warst so schrecklich kalt." Er hielt inne und hob mit seinem Finger ihr Kinn an. Diese Geschichte hatte ihn mehr gezeichnet als seine Folterungen durch die Outlaws.

„Du hast es fast nicht geschafft, Blue. Verlang nie wieder von mir, dass ich mich aus einem Kampf heraushalte, nur weil du mich schützen willst. Ich werde dich nie wieder allein lassen. Hörst du? Und vor allem wirst du dich regelmäßig nähren. Ob es dir gefällt oder nicht. Das ist ein Befehl!" Die Vehemenz in seiner Stimme ließ ihr Herz stottern.

Blue fühlte, wie sich ihre Augen mit Tränen füllten und sie vergrub das Gesicht an seiner Brust. Die Tränen flossen in warmen Rinnsalen über ihre Wangen und hinterließen Flecken auf seinem Shirt. Sie wollte nicht weinen. Denn Weinen bedeutete Schwäche und sie war nicht schwach. Sie war eine Kriegerin, eine Sangualunaris und als solche durfte sie weder Tränen vergießen noch Schwäche zeigen.

Aber die Wut, die Angst und die Schmerzen der letzten Wochen forderten ihren Tribut. Tom hielt dem Ansturm stand und war der Fels in der Brandung. Er drückte sie an sich und verankerte sie im Hier und Jetzt.

Nachdem die Tränen versiegt und die letzten Schluchzer aus Blues Kehle gekommen waren, suchte sie seinen Blick. „Es tut mir leid", stotterte sie.

Er schob ihre eine Haarsträhne aus dem Gesicht. „Was tut dir leid?"

„Dass ich dich weggeschickt und dir jetzt dein Shirt vollgeheult hab."

Seine Lippen legten sich auf ihre Stirn und folgten der Linie ihrer Nase bis zu ihrem Mund. Bevor er sie jedoch küsste, flüsterte er: „Da gibt es nichts zu entschuldigen. Du hast getan, was du für richtig gehalten hast. Aber schick mich einfach nie mehr weg. Okay?"

Sein Atem kitzelte sie und sie konnte ihn auf ihrer Zunge schmecken. Er schmeckte verlockend herb nach Mann; nach ihrem Mann. Dann fanden sich ihre Lippen endlich und sie versanken in der Sehnsucht nacheinander. Nach viel zu kurzer Zeit löste sie sich von ihm. Sein Herz raste und seine Wangen waren gerötet. Er sah sie fragend an und wie üblich, wenn sie in seine grünen Augen sah, begann sie zu stottern.

„Ich ... ähm ... würde es dir etwas ausmachen, wenn ich duschen gehe?"

Lachend richtete er sich auf. „Hast du wirklich das Gefühl, dass du dich so lange aufrecht halten kannst?"

Sie schenkte ihm einen wütenden Blick, der ihm jedoch lediglich ein breites Grinsen entlockte.

„Ich habe eine bessere Idee. Warte hier und ruh dich noch etwas aus." Damit erhob er sich und verließ das Schlafzimmer.

Blue schaute sich im Raum um und ihr wurde bewusst, dass sie um ein Haar nie mehr in ihrem Bett gelegen hätte, nie mehr den glasverkleideten Schrank geöffnet und nie mehr die atemberaubende Aussicht ihrer Wohnung hätte genießen können. Ihr Blick wanderte zur Decke und bohrte Löcher in den Verputz. Matty würde es bereuen. Was er ihren Leuten angetan und wie er sie behandelt hatte, war mit nichts zu entschuldigen. Er würde um sein Leben betteln müssen. Vergebens allerdings. So wie er ihr keine Chance zugestanden hatte, so würde sie ihm auch keine Gnade gewähren.

***

Blue musste inzwischen eingeschlafen sein, denn Tom weckte sie, indem er sie hochhob. Er trug sie ins Bad und setzte sie auf den geschlossenen WC-Deckel. Rasch streifte er sein T-Shirt und die Trainingshose ab. Danach zog er ihr das viel zu große Shirt über den Kopf. Nackt stieg er mit ihr in den Armen in die Badewanne. Die Wanne in Blues Badezimmer bot mehr als genug Platz für zwei Erwachsene. Das warme Wasser brannte in den vielen Wunden, die ihren Körper bedeckten. Tom zog sie mit dem Rücken an seine Brust. Durch seine Nähe fühlte sie sich sicher und beschützt. Entspannt ließ sie den Kopf an seine Schulter sinken und drehte das Gesicht an seinen Hals. Sie stellte sich vor, wie das Wasser alle Spuren ihrer Peiniger wegwusch. Den ekelhaften Schmutz davonspülte. Tom hatte sich den Schwamm vom Wannenrand genommen und damit begonnen ihre Arme vorsichtig abzutupfen. Er ging so sanft vor, dass es ihr kaum Schmerzen bereitete. Zentimeter für Zentimeter reinigte er sie.

Als er mit dem linken Arm an Blue vorbeigriff, um den Schwamm in die andere Hand zu nehmen, fiel ihr Blick auf die Innenseite seines Oberarms. Dort prangte eine Tätowierung, die er vorher noch nicht gehabt hatte. Es sah ihrem Tom-Tattoo zum Verwechseln ähnlich. Dieselbe dargestellte Plakette mit der sich zweimal um den Arm windenden Kette. Nur die Markeninschrift war anders. Dort stand SIRIA BLUE und 19. Dez., ebenfalls in gotischer Schrift. Er wollte den Arm wegziehen, doch sie hielt ihn davon ab. Mit ihren Fingerspitzen zeichnete sie die Linien nach. Tom atmete langsam und tief.

„Warum hast du das gemacht?“, fragte sie mit rauer Stimme, obwohl sie die Antwort erahnte.

„Aus demselben Grund, wie du dir meinen Namen in die Haut hast stechen lassen.“ Gerührt schloss Blue die Augen und schmiegte sich an ihn. Er ließ den Schwamm fallen und schlang die Arme fest um sie. „Was haben diese Tiere dir angetan, Blue?“ Er hatte seine Stirn auf ihr Haar gelegt, weshalb seine Stimme gedämpft an ihr Ohr drang.

Unwillkürlich zog sie ihre Knie zur Brust und igelte sich ein. Ein Zittern durchlief ihren Körper in Wellen. Tom zog sie noch näher an sich.

„Du irrst dich, Tom. Es waren keine Tiere, die mich misshandelt haben. Denn wenn es welche gewesen wären, könnte ich ihre Taten entschuldigen.“ Ihre Kehle war eng geworden und sie versuchte, die aufsteigende Übelkeit hinunterzuschlucken.

„Haben sie …“, er stockte, weil er die Worte nicht laut aussprechen konnte, ohne verrückt zu werden.

„Sie haben mich nicht vergewaltigt, falls es das ist, was du sagen wolltest. Nicht direkt zumindest.“ Sie beschloss ihm davon zu erzählen, wohl wissend, dass er leiden würde. Aber die Ungewissheit würde ihn mehr belasten. Und so erzählte sie von den Wochen der Qual, die sie durchlebt hatte. Bewusst ließ sie die Sache mit Matty aus. Sie brachte diese Worte einfach nicht über die Lippen.

Toms Knurren wurde immer lauter und sie musste sich nicht umdrehen, um zu wissen, dass seine Augen wieder weiß geworden waren. Sie wurde das Gefühl nicht los, dass er ahnte, dass sie ihm etwas verschwieg.

Aber wie dem auch sei, es gab zwei Namen, die sie niemals vergessen würde: Dr. Martin Roth und Dr. Matthias „Matty" Bonnet. Vor allem Matty würde für seinen Verrat bezahlen.

„Wenigstens wissen wir jetzt, wo sich die Forschungseinrichtung von Lemniskate befindet. Und die Büros werden wir auch noch entdecken", sagte sie mehr zu sich selbst.

Tom erstarrte. „Wie meinst du das?"

„Ich weiß, wer die Leitung des Labors hat. Wenn wir ihm folgen, führt er uns direkt zur richtigen Adresse." Der Gedanke Matty und seine Folterkammer wiederzusehen, ließ ihr das Blut in den Adern gefrieren.

„Wer ist es?", fragte Tom ungeduldig.

Sie drehte sich in der Wanne zu ihm um. Doch bevor sie etwas antworten konnte, begann ihr Magen lautstark zu knurren.

Tom hob überrascht die Augenbrauen. „Also, das nenn ich mal eine Überraschung! Ich hätte nicht gedacht, dass ich dieses Geräusch jemals von dir hören würde. Du mit deiner Ess- und Trinkstörung."

Nun war es Blue, die verdutzt dreinblickte und mangels eines passenden Kommentars bespritzte sie Tom mit Wasser. Er lachte und machte sich daran, aus der Wanne zu steigen. Sie hielt ihn jedoch zurück. „Wo willst du hin?"

Er lächelte milde und stupste sie mit dem Finger an die Nase. „Dir etwas zu essen besorgen."

„Nein, bleib. Es spielt keine Rolle, ob ich Hunger habe oder nicht, oder wer mich gequält hat." Sie verstummte kurz und sah Tom in die Augen. „Ich dachte, dass ich dich nie mehr sehen und berühren würde. Das Einzige, was ich jetzt brauche, bist du. Schlaf mit mir, Tom. Jetzt." Mit pochendem Herzen sah sie, wie Tom sie musterte und einen Augenblick später energisch an sich zog.

Sie wollte Mattys Hand nicht mehr zwischen ihren Beinen spüren, sie wollte nur noch mit dem Mann zusammen sein, den sie liebte. Er würde die schrecklichen Erinnerungen verblassen lassen. Da war sie sicher. Sie wollte vor Leidenschaft vergehen und danach zufrieden und mit sich im Reinen die Augen öffnen und sich dem Kampf stellen.

Toms Hände waren überall und seine Fänge kratzten reizvoll über die dünne Haut ihres Halses. O ja! Sie seufzte vor freudiger Erwartung. Doch er biss sie nicht, sondern leckte nur sanft über die Stelle.

„Beiß mich!", flehte Blue mit verzweifeltem Unterton. Er hielt inne, hob den Kopf und sah sie prüfend an. „Blue, du bist zu schwach für so etwas."

Sie schüttelte vehement den Kopf. „Das ist egal. Na los, tu's schon. Bitte." Noch einen Moment sah er sie an, dann, schneller als sie es hätte wahrnehmen können, schlug er ihr seine Zähne ins Fleisch. Gleichzeitig griff sie in seinen Schritt, richtete ihn auf und setzte sich darauf. Ihn so nahe bei sich zu spüren, ließ alle ihre seelischen Wunden heilen.

„Halt dich fest", brummte er und stand dann auf.

Blue hatte gerade genug Zeit, ihre Arme und Beine um ihn zu schlingen und sich an ihm festzuklammern. Er ging ins Schlafzimmer und legte sich mit ihr in den Armen ins Bett. Die Leidenschaft seines Kusses raubte ihr sowohl den Atem als auch die Besinnung. Das Laken klebte auf ihrer nassen Haut. Es war, als streichle es

Blue ebenfalls. Toms Körper strahlte sengende Hitze aus. Seine Hände liebkosten jeden Quadratzentimeter ihrer Haut, nahmen von ihr Besitz und vertrieben die Erinnerung an Mattys Berührung. Seine Lippen wanderten über ihren Hals zur Schulter und hinterließen eine glühende Spur. Toms Weg führte ihn zu ihren wunden Fingern, wo er jeden Einzelnen sanft verwöhnte, darauf bedacht, ihr keine Schmerzen beizubringen. Dann nahm er sich der anderen Seite an. Ein wohliger Schauder erfüllte Blue und das Verlangen nach Tom wurde immer brennender.

„Gott", sagte er heiser, „du bist so schön. Und du riechst so gut."

Mit diesen Worten widmete er sich ausgiebig ihren genussvoll aufgerichteten Knospen. Blue vergrub ihre Finger in der Haut seiner massigen Schultern. Ihre aufgerissenen Fingerspitzen begehrten kurz auf, doch sie hieß den Schmerz willkommen. Es bedeutete, dass sie lebendig war. Seine Hand glitt zu ihrem heißen Zentrum und verwöhnte die weiche Haut. Dann drang er mit zwei Fingern in sie ein, nur um sie mit rhythmischen Bewegungen um den Verstand zu bringen.

Toms Gegenwart half ihr, alles zu vergessen. Die vergangenen Wochen loszulassen. Sie hatte Angst gehabt, Tom nie mehr zu sehen oder zu fühlen und jetzt war er da. Schon bald hatte sie das Gefühl zu schweben. Der einzige Halt, den sie hatte, waren Toms Hände, die sie in der Realität verankerten.

„Komm für mich, Baby", hörte sie ihn sagen und als hätte ihr Körper auf diese Bitte gewartet, entlud sich die ganze Anspannung in einem gewaltigen Höhepunkt. Alle Qualen und Schmerzen wurden fortgerissen und machten einem Gefühl von Glück Platz. Ehe sich die Wogen in ihrem Inneren geglättet hatten, hatte sich Tom auf sie gelegt und in Position gebracht. Quälend langsam drang sein Penis in sie ein. Er war hart und samtig weich zugleich. Als Tom sich bis zur Wurzel in ihr versenkt hatte, vergrub er sein Gesicht in ihren Haaren. Sie spürte seinen Atem und roch seine Leidenschaft. Mit jedem trägen Stoß wurde sie näher an den Abgrund katapultiert. Gerade als sie dachte, ihn um Erlösung anflehen zu müssen, richtete er sich auf und stieß schneller und kräftiger zu. Es dauerte nicht lange und sie fiel über die Klippe und Tom folgte mit einem heiseren Aufschrei.

***

Am späten Nachmittag stand Tom nur mit engen Boxershorts bekleidet in der Küche und kochte für sie beide. Pferdesteak, Gemüse und Risotto. Etwas mächtig für Blues Geschmack, aber Tom hatte Spaß daran zu kochen. Er pfiff vor sich hin und fütterte sie regelmäßig mit Karottenstücken. Er war offensichtlich im Gleichgewicht mit sich und der Welt, denn sie war wieder bei ihm.

Sie beobachtete ihn von der Küchenbar aus, an der sie saß. Das Bild war verboten verführerisch. Das Spiel der Muskeln unter der straffen bronzenen Haut war verlockend. Sie ertappte sich dabei, wie sie sich ausmalte, was sie alles in der Küche miteinander anstellen könnten. Als sie sich genüsslich an den Eindrücken ihres Kopfkinos labte, räusperte sich Tom gespielt empört.

„Würdest du das bitte lassen?“

Sie schreckte hoch und hob die Augenbrauen. „Was denn?“

Er lachte. „Du lenkst mich ab.“

„Ich mach doch gar nichts“, sagte sie gespielt beleidigt.

„Ich kann dich riechen, Süße. Wenn du so weitermachst, brennt das Essen an, weil der Koch anderweitig beschäftigt ist.“ Er wackelte verschwörerisch mit den Augenbrauen, schlenderte zu ihr herüber, legte seine Nase an ihren Hals und atmete tief ein. Sofort beschleunigte sich ihre Herzfrequenz und sie bekam Gänsehaut. Ein hinterhältiges Ping ertönte und sie verfluchte das schlechte Timing der Mikrowelle. Es kam einer kalten Dusche verdammt nahe. Tom lachte heiser auf und trat viel zu schnell von ihr weg, um die große Tasse mit aufgewärmtem Konservenblut aus der Mikrowelle zu holen und sie Blue vor die Nase zu stellen. Als er ihren Widerwillen spürte, legte er seine Stirn in Falten.

„Wir haben eine Abmachung. Los runter damit! Ich akzeptiere keine Widerrede.“

Frustriert zog Blue eine Schnute. „Das Zeug schmeckt einfach scheiße. Wie Zitrone mit Rostnagel.“

Tom hasste es sichtlich, wenn sie sich so weinerlich aufführte. „Von mir hast du auch schon getrunken und da hast du dich nicht so angestellt.“

„Aber du schmeckst lecker“, rutschte es ihr viel zu schnell heraus und sie schlug sich reflexartig die Hand auf den Mund. In seinen Augen blitzte etwas schelmisch auf.

„Es ist mir letztendlich Wurst, ob du auf ex trinkst oder jeden einzelnen Schluck hinunterwürgst. Aber", er hielt inne und grinste, „danach bekommst du mich als Nachtisch."

Das ließ sie sich nicht zweimal sagen und stürzte den Tasseninhalt hinunter. Den aufkeimenden Würgreflex versuchte sie zu unterdrücken. Mit einem wüsten Fluch knallte sie die Tasse auf die Bar und blickte Tom an. „So, und was ist mit deinem Teil der Abmachung?", fragte sie ungeduldig, als sich Tom in keinerlei Weise in ihre Richtung bewegte.

Er lächelte milde. „Laut Knigge kommt nach der Vorspeise der Hauptgang und erst dann folgt der Nachtisch."

„Du hast es versprochen, Mann!"

Er ging nicht auf sie ein und warf die Pferdesteaks in die Pfanne. Schweigend briet er das Fleisch und kochte Risotto und Gemüse zu Ende. Hin und wieder hatte Blue das Gefühl, ihn verschmitzt lächeln zu sehen. Er spielte mit ihr und genoss die Wirkung, die er auf sie hatte.

Als sie sich holen wollte, was er ihr versprochen hatte, kam er mit zwei voll beladenen Tellern in den Händen auf sie zu und grinste.

„Wenn du fertig geschmollt hast, können wir mit dem Hauptgang weitermachen. So kommst du schneller zu deinem Nachtisch." Er unterstrich seine Aussage mit einem Augenzwinkern. Sie aßen schweigend die Teller leer. Zumindest leerte Tom seinen. Sie musste bei der Menge, die er gekocht hatte, passen. Mit einem Seufzer schob sie den Teller weg.

Tom musterte sie. „Isst du das nicht mehr?", fragte er hoffnungsvoll.

Sie schmunzelte. „Bedien dich. Ich bin mehr als satt."

Er zog den Teller zu sich und machte sich genüsslich über die Reste her. „Du wolltest mir noch etwas erzählen", sagte er schmatzend. Fragend hob Blue die Augenbrauen. „Ich möchte wissen, wer das Arschloch ist, der das Lemniskate-Labor leitet."

Mattys Gesicht schlich sich vor ihr inneres Auge. Unwillkürlich zog sich ihr Magen zusammen und ihr wurde übel. Sie hatte das Gefühl, seine Hände wieder auf und in sich zu fühlen.

Tom konnte ihren inneren Kampf spüren und nahm sachte ihre Hand. „Hab keine Angst. Ich bin für dich da."

„Das ist es nicht. Ich weiß nicht, ob ich es schaffe, die Geschichte mehr als einmal zu erzählen." Tom sah sie verwirrt an. „Jetzt erzähle ich es dir, und sobald wir im Club auftauchen, muss ich die ganze Scheiße noch einmal wiederholen."

Tom lehnte sich zurück. „Das erledige ich für dich."

Sie schüttelte den Kopf. „Ich weiß dein Angebot zu schätzen, aber da muss ich selbst durch, denn an diese Info ist eine Bedingung geknüpft."

Tom atmete einmal tief durch. „Fühlst du dich gut genug, um in den Club zu gehen?" Als Blue bedächtig nickte, fuhr er fort. „Okay, ich rufe Boss und Gabriel an und sage ihnen, dass wir uns mit ihnen treffen."

Nachdem sie das Chaos in der Küche beseitigt hatten, schickte er sie ins Schlafzimmer. In freudiger Erwartung tänzelte sie beinahe dahin. Sie zog sich aus, setzte sich auf das Bett und schaute zur Tür. Als er schließlich eintrat, hatte er das Handy am Ohr und schenkte ihr nicht eine Sekunde Beachtung.

„Ja, ist okay ...", sprach er ins Telefon. „Nein, sie will das so ... hm ... wir sind in spätestens einer Stunde da ..." Dann drehte er sich um und blieb wie elektrisiert stehen. Seine Augen begannen zu leuchten und tief in seiner Brust erklang ein leises Knurren. Ohne den Blick von ihrer Hand zu nehmen, die langsam über ihren Bauch nach Süden wanderte, brummte er einen letzten Satz ins Mikrofon: „Mach zwei daraus, Boss." Dann legte er auf. Alles Weitere geschah in einer einzigen fließenden Bewegung.

Bevormundet

Es war seltsam, wie unbehaglich sich Blue fühlte, als Tom den Camaro auf den Parkplatz des Clubs lenkte. Gott sei Dank war es noch früh und es standen kaum Autos vor dem Eingang.

Bevor sie die dunklen, verwinkelten Räume betraten, atmete sie kurz durch. Der Club war noch so gut wie leer. Der DJ spielte sich warm und die Mädels hinter der Bar bereiteten sich auf den Ansturm vor. Zweifelsohne würde in weniger als einer Stunde der Club zum Bersten voll sein und sich vor dem Eingang eine Schlange gebildet haben. Nur die Kunden des weniger seriösen Geschäftszweigs wussten, dass sie durch den Hintereingang in den Club gelangen konnten. Dort bekamen sie, was sie suchten: Drogen, Glücksspiel und käuflichen Sex.

Der Ledermantel hing Blue zu weit von den Schultern und die Jeans schlackerte um ihren Hintern. Als sie und Tom den Korridor zu den Privaträumen betraten, kam eine schlanke Person auf sie zu gerannt. Sie warf die Arme um Blue und ihre langen blonden Haare umhüllten sie wie ein nach Aprikosen duftender Vorhang.

„O mein Gott! Es ist wahr", seufzte sie. „Du lebst." Lucy drückte Blue an sich. „Ich hatte solche Angst um dich."

Langsam löste sich Blue aus Lucys Umarmung, bevor sie in Tränen ausbrechen konnte. „Es geht mir gut, Lucinda." Das war glatt gelogen, doch sie wollte nicht, dass Lucys hübsches Gesicht noch mehr Sorgenfalten bekam.

„Du bist dünn geworden", bemerkte Lucy. „Tom, du musst dafür sorgen, dass sie wieder zu Kräften kommt."

Blue schnaubte und bedachte Tom mit dem eindeutigen Halt-bloß-die-Klappe-Blick. „Wir müssen los, Lucy. Boss wartet auf uns." Mit diesen Worten wandte Blue sich zum Gehen. Es war ihr unangenehm, wenn jemand versuchte sie zu bemuttern.

Lucy sah sie mit schmalen Augen an. Sie glaubte Blue nicht ein einziges Wort. Doch dann wurde ihr Ausdruck wieder wärmer. „Falls du mich brauchst, bin ich für dich da. Nur damit du es weißt."

Tom und Blue gingen schweigend den Korridor hinunter, bis sie vor Orions Tür angekommen waren. Plötzlich überkam sie Panik. Ihr Herz hämmerte hart gegen die Rippen und ein Schweißfilm bedeckte ihre Stirn und die Handflächen. Kraftlos sank sie gegen die Wand neben der Tür. In wenigen Augenblicken war es soweit und sie musste sich den Fragen stellen. Die ganze Geschichte noch einmal durchleben zu müssen, stellte sie vor eine beinahe unlösbare Aufgabe. Am liebsten wollte sie den ganzen Mist tief in sich vergraben und vergessen.

Tom stellte sich vor sie und stützte seine Hände links und rechts neben ihr an der Wand ab. Das Kinn war ihr auf die Brust gesunken und tief atmend kämpfte sie die Panik nieder. Mit mangelhaftem Erfolg.

„Sieh mich an, Blue."

Tom hatte leise gesprochen. Für sie aber war es, als hätte er geschrien. Ihre Nerven lagen blank und sie war kaum fähig zu reagieren. Zögerlich hob sie den Kopf.

„Du schaffst das, Süße. Du hast schon Schlimmeres erlebt. Das jetzt ist doch nichts im Vergleich zu den letzten Wochen."

Für einen Moment erlaubte sie sich in Toms grünen Augen zu versinken und kam tatsächlich etwas zur Ruhe. Sie musterte ihn von Kopf bis Fuß. Er hatte sich in den letzten Wochen verändert. War ernster geworden. Die Kleidung, die er trug, unterstrich dieses Bild. Schwarze Cargohose, dunkelblauer anliegender Rollkragenpullover und Kampfstiefel. Unter der Bikerjacke trug er eine Halbautomatik und am Rücken ein Messer. Die dunklen Haare hatte er wie immer nach „Out of bed"-Manier gestylt. Er wirkte selbstsicher und unerschütterlich. Er war zum Krieger geworden. Ihr Fels in der Brandung. Sie drückte sich von der Wand ab. „Du hast recht. Bringen wir es hinter uns."

Er gab sie frei und legte seinen Arm um Blues Schultern. Dann betraten sie das Büro, ohne anzuklopfen. Die Szene, die sie vorfanden, erinnerte Blue an die Cosa Nostra. Boss saß hinter seinem Schreibtisch. Er trug einen schwarzen Nadelstreifenanzug. Darunter ein weißes Hemd mit blutroter Krawatte. Sein dunkles Haar hatte er zurückgekämmt und in seinen Fingern hielt er eine dicke Havanna. Es fehlten nur noch die Gamaschen und der Geigenkoffer.

Gabriel lümmelte auf der Couch, die an der Wand stand. Er trug wie gewöhnlich schwarze Combathosen und ein graues Muscleshirt. Seine Füße, die über die

Armlehne baumelten, steckten in Kampfstiefeln. Er war durch und durch Soldat. Immer einsatzbereit.

Boss hob den Kopf und sah sie an. Er erstarrte kurz. Sein Blick sprach Bände. Sorge und Erleichterung standen in ihm. Die Augen, die ihr stets vertraut vorgekommen waren, seit ein paar Wochen wusste sie, woher sie sie kannte. Sie erinnerten sie an ihre eigenen. Ruckartig erhob er sich und kam auf sie zu. Er blieb vor ihnen stehen und breitete die Arme aus. Unfähig sich ihm zu nähern, senkte Blue den Blick. Sie ertrug es nicht, körperlichen Kontakt zu anderen zu haben. Mit Ausnahme von Tom. In seiner Umarmung wollte sie sich verkriechen.

Boss kannte sie gut und wusste sofort, was bei ihr im Argen lag. Also nötigte er sie nicht dazu. Stattdessen drückte er ihr einen schnellen Kuss auf die Stirn. „Schön, dass du hier bist", sagte er. Dann ging er zurück zum Schreibtisch, öffnete eine Schublade und griff hinein. Als sie sah, was er hervorgezaubert hatte, setzte ihr Herz aus. Boss hatte ihre SIG, den Dolch, ihr Handy und was am wichtigsten war, das Medaillon, nacheinander auf die Tischplatte gelegt.

„Deine Sachen. Wir haben die Waffe und das Medaillon auf dem Unigelände gefunden. Das Handy und den Dolch zwei Straßen weiter in einem Mülleimer."

Mit zittrigen Händen nahm sie die Gegenstände an sich. Die SIG schob sie in den Hosenbund. Das Mobiltelefon wanderte in die Manteltasche und der Dolch fand seinen Platz im Stiefelschaft, wo er hingehörte.

Tom nahm ihr die Halskette ab. „Lass mich dir helfen." Er legte sie ihr um. „Der Verschluss war gerissen. Boss hat ihn reparieren lassen", flüsterte er ihr ins Ohr und küsste sie sanft auf den Hals. Dann führte er sie zu einem Stuhl, als sei sie allein nicht dazu in der Lage. Nachdem sie sich gesetzt hatte, nahmen die drei Männer ebenfalls ihre Plätze ein. Boss hinter seinem Schreibtisch, die Füße hochgelegt. Gabriel lag wieder auf der Couch und Tom stand hinter ihr wie ein Schatten, seine Hand auf ihrer Schulter. Wäre es nicht Tom, hätte sie das als einengend empfunden.

Wie sollte sie dieses Gespräch nur hinter sich bringen? Und wo sollte sie am besten anfangen? Tom schien wie üblich ihre Unsicherheit zu spüren und sprang deshalb für sie in die Bresche.

„Blue weiß, wie wir das Labor und die Büros von Lemniskate Helvetica finden können." Die Stille, die sich ausbreitete, war fast greifbar. Man konnte die Hausstaubmilben husten hören. Sechs Augen waren auf Blue gerichtet, die Männer warteten hoffnungsvoll. Ihr Magen fühlte sich an, als hätten sich ganze Regenwurmkolonien darin eingenistet. Nachdem sie sich schließlich genug am Riemen gerissen hatte, schaute sie auf, geradewegs in Orions Gesicht. Sie öffnete ihren Mund, doch nichts geschah. Kein Ton kam über ihre Lippen. Nach einer gefühlten Ewigkeit, es mussten Äonen vergangen sein, trat Tom vor sie. Er kniete sich auf den Boden und nahm ihre Hände.

„Schau mich an, Blue", sagte er eindringlich. Als sie nicht reagierte, drückte er ihre Finger. „Erzähl mir, was du weißt. Vergiss nicht, du bist in Sicherheit."

Noch einmal atmete sie durch und blickte dann in die Augen ihres Mannes. „Ich kenne den Leiter des Labors", begann sie. „Wenn wir ihm folgen, finden wir das Laboratorium. Nachdem ich ihn bearbeitet habe, wird er sicher auch mit der Adresse des Hauptsitzes herausrücken."

Ein leises Räuspern war zu hören. Von wem es kam, wusste Blue nicht. Ihr Orbit kreiste allein um Tom.

„Wer ist es, Süße?"

„Bevor ich es euch sage, müsst ihr mir versichern, dass dieses Aas mir gehört. Was ihr mit dem Labor und allem anderen macht, ist mir schnuppe. Aber der Leiter gehört allein mir."

Tom ließ ob dieser Bombe den Kopf hängen, Gabriel setzte sich alarmiert auf und Boss funkelte verärgert in ihre Richtung. Kopfschüttelnd strich er sich mit der Hand über das Gesicht.

„Wie stellst du dir das vor? Du kannst dich ja kaum auf den Beinen halten. Wie willst du da kämpfen?", fragte Boss zwischen zusammengebissenen Zähnen.

Das hatte sie befürchtet. Sie wollte Matty und wenn es das Letzte war, was sie tat. Das durfte ihr niemand nehmen. Deshalb nahm sie ihre gesamte Kraft zusammen, nicht dass es besonders viel gewesen wäre, und fixierte Boss.

„Die Sache ist ganz einfach, Onkel", sie spie das letzte Wort regelrecht aus, „entweder du sicherst mir das zu und bekommst im Gegenzug die Information, die du willst, oder ich sehe mich gezwungen, auf eigene Faust loszuziehen. Also, es liegt bei dir."

Tom zischte Blue an, Gabriel fluchte nicht jugendfrei und Boss riss entsetzt die Augen auf. Keine zwei Sekunden später schloss er seine Gefühle wieder hinter einer kühlen Fassade ein. Plötzlich kam der König in ihm an die Oberfläche. Er erhob sich und reckte energisch sein Kinn.

„Das kommt nicht infrage, Blue", donnerte er. „Ich befehle dir, uns jetzt unverzüglich zu sagen, was du weißt!"

Sie stand ebenfalls auf. Die Energiekugel in ihrem Inneren begann schneller zu pulsieren und die Kraftwellen durchströmten sie bis in die Fingerspitzen. Die Luft, die sie umgab, begann zu vibrieren. „Nur zu meinen Bedingungen", wiederholte sie brummend.

Boss' Augen wurden schwarz. Mit gefletschten Zähnen kam er auf sie zu. Er blieb nur wenige Zentimeter vor ihr stehen und schaute auf sie herab. Die Luft zwischen ihnen schien zu knistern.

„Du stehst unter Hausarrest, Siria Sangualunaris. Du wirst deine Wohnung unter keinen Umständen verlassen. Solltest du dich nicht daran halten, wirst du an dein Bett gekettet. Und sei dir eines gewiss: Stirbt auch nur ein Vampir in der Zwischenzeit durch Lemniskate, trägst du dafür die Verantwortung."

Vor ihr stand in der Tat ein König. Hart und unbarmherzig. Jeder andere wäre vermutlich vor ihm auf die Knie gefallen und hätte um Vergebung gebeten. Bei Blue löste er lediglich Trotz aus und mit dieser Aktion trieb er sie geradezu in die falsche Richtung. Die Energiewellen begannen immer schneller zu pulsieren, während sie ihn anstarrte.

„Damit machst du mir keine Angst, Onkel. Ich habe inzwischen genug Erfahrung mit eingesperrt und gefesselt sein." Sie trat hinter den Stuhl, auf dem sie gesessen hatte. Im Zorn hob sie den Arm und schlug mit der Hand gegen die Lehne. Zumindest wollte sie das.

Der Stuhl sollte lediglich umfallen. Stattdessen flog er hoch in die Luft und krachte gegen die Wand. Dort zersplitterte er in zig Teile. Erstaunt blickte Blue erst auf ihre Hand, dann in die Runde. Sie hatte den Stuhl überhaupt nicht angefasst. Wenige Zentimeter, bevor sie ihn berührt hatte, war das Energiefeld aus ihrer Hand ausgebrochen und hatte das Möbelstück quer durch den Raum katapultiert. Kurz bevor der Stuhl der Erdanziehung getrotzt hatte, hatte sich die Energie in einem kleinen, blauen Blitz entladen.

Tom war der Erste, der seine Stimme wiederfand. „Was zum Teufel war das?"

Gabriel und Boss waren wie vom Donner gerührt. Da Blue von dem ganzen Theater die Schnauze gestrichen voll hatte, drehte sie sich auf dem Absatz um und ging zur Tür.

„Blue!" Boss' herrische Stimme prallte von ihr ab.

„Leckt mich doch alle! Ich komme, wie ihr gerade gesehen habt, sehr gut allein klar", rief sie und streckte ihnen den Mittelfinger entgegen.

Tom war aufgesprungen und wollte ihr nachrennen.

„Untersteh dich", brüllte sie ihn an. „Ich brauche keinen Babysitter."

Erst sah er sie verdattert an. Doch gleich darauf funkelten seine Augen wütend. „Hatten wir dieses Thema nicht schon abgehakt, Baby?"

„Ich lass mir von niemandem vorschreiben, was ich zu tun habe." Es tat ihr im Herzen weh, so mit Tom zu reden. Doch Boss' Engstirnigkeit hatte bei ihr alle Sicherungen durchbrennen lassen.

Tom sah sie gelassen an. „Und ich erinnere dich an unsere Abmachung und erwarte, dass du dich daran hältst."

Blues Mund klappte auf und gleich wieder zu. Was sollte man darauf entgegnen? Auf wen war sie eigentlich wütend? Die Antwort war einfach: Nur auf sich selbst.

Ohne zu antworten, drehte sie sich um und rannte davon. Was war nur geschehen? Früher war sie niemandem Rechenschaft schuldig gewesen und Boss hatte ihr in solchen Dingen meist freie Hand gelassen. Doch jetzt hatten plötzlich drei Männer das Gefühl, sie könnten über sie bestimmen. Ein König, der jetzt auf einmal meinte, Regent spielen zu müssen. Ein selbst ernannter Bodyguard und ein Mann, der sie als seine hilflose, kleine Ehefrau ansah. Eins war klar, früher war sie besser dran gewesen, früher hatte sie ihr Leben selbst in der Hand. In diesem Moment fasste sie einen Entschluss. Sie wollte ihr Leben zurückbekommen. Sie wollte wieder Herr über sich sein. Tom würde das akzeptieren müssen, wenn er weiterhin mit ihr zusammen sein wollte. Sie war nicht das zerbrechliche Püppchen, für das er sie hielt.

Frustriert ging Blue zu ihrem Büro. Auf dem Weg dorthin lief sie Lucy in die Arme. Diese bemerkte sofort, dass etwas nicht stimmte. Blues Blick hielt sie jedoch davon ab, zu fragen.

„Hast du Zeit, mir die Haare zu schneiden, Lucy?" Blue war inzwischen genervt von allem. Schon der Gedanke, wer alles gegen ihren Willen ihre Haare angefasst hatte, ließ sie schaudern.

„Na klar. Ich hab jetzt eine halbe Stunde Pause. Komm, lass uns in meine Garderobe gehen. Da hab ich alles, was ich brauche.“

Als sie kurz darauf auf dem Stuhl vor Lucys Schminkspiegel saß, bekam sie fast kalte Füße wegen ihres Entschlusses. Lucy stand hinter ihr und bürstete ihre Haare.

„Wie viel soll ich abschneiden?“, fragte Lucy.

„Alles“, antwortete Blue bestimmt, „es ist Zeit für einen Neuanfang.“

Lucy erstarrte. „Bist du sicher? Ich meine, du hast so schöne Haare.“

Blue ergriff ihre Hand, die auf ihrer Schulter lag. „Mach sie kurz, Lucinda. Ich kann mich so nicht mehr ansehen. Sorg einfach dafür, dass ich gut aussehe.“

Lucy nickte und holte ihre Utensilien heraus. Das leise Klimpern der Scheren und Kämme erinnerte unangenehm an die Zeit im Labor. Energisch schob Blue diese Bilder in den hintersten Winkel ihres Bewusstseins. In der Zwischenzeit verabschiedete sie sich von den hüftlangen schwarzen Haaren, die sie so viele Jahre begleitet hatten.

„Kannst du bitte deine Jacke ausziehen? Sonst ist sie nachher voller Haare.“

Blue nickte stumm und zog die Jacke aus. Sie trug darunter nur ein kurzärmliges Shirt. Lucy atmete zischend aus. Blue nahm an, dass sie die mittlerweile verblassenden Narben an ihren Armen gesehen hatte. Nachdem Lucy Blue ein Handtuch über die Schultern gelegt hatte, nahm sie ein Haargummi und band Blues Haare zu einem tiefsitzenden Pferdeschwanz zusammen. Zögernd griff sie zur Schere und setzte sie an. Bevor sie jedoch zudrückte, sah sie Blue im Spiegel in die Augen. „Bist du wirklich sicher?"

Wieder nickte Blue. Als Lucy ihren Blick wieder auf die Schere gerichtet hatte, schloss Blue die Augen. Stille Tränen sammelten sich in ihren Augenwinkeln und rannen als warme Rinnsale über die Wangen. Sie konnte fühlen, wie sich der Druck an ihrem Hinterkopf erhöhte.

„Was wurde dir nur angetan, Liebes?", hörte sie Lucy hinter sich murmeln. Dann fühlte sich ihr Kopf plötzlich seltsam leicht an und sie hatte den Eindruck nackt zu sein. Eins musste man Lucy lassen, sie arbeitete zügig. Als sie Blue bat die Augen zu öffnen, stockte ihr der Atem. Ihr blickte eine Fremde aus dem Spiegel entgegen. Die Haare waren nun schulterlang. Lucy hatte sie leicht durchgestuft und so standen die Haarspitzen neckisch und fransig ab. Die glasigen Augen ihres Konterfeis blickten groß und verloren aus diesem Gesicht. Blue konnte kaum Ähnlichkeiten mit sich selbst erkennen. Wer war diese blasse Frau mit den eingefallenen Wangen und den viel zu großen Augen?

„Ich habe es bewusst nicht ganz kurz gemacht. Falls du es später wirklich kurz geschnitten haben willst, kannst du noch einmal zu mir kommen." Lucys Worte drangen wie durch Watte in Blues Bewusstsein.

Licht ins Dunkel

Blue hatte die Jacke wieder angezogen und Lucy richtete die Frisur noch einmal, als ein Keuchen von der Tür her ertönte. Beide sahen auf und blickten in Toms entsetztes Gesicht. Hinter ihm tauchten Boss und Gabriel auf. Blue erhob sich schwerfällig und umarmte Lucy.

„Danke, du hast mir wirklich einen riesigen Gefallen getan." Danach drehte sie sich steif um und trat den Männern entgegen. „Was wollt ihr?", fragte sie mit eisiger Stimme. Die Frustration darin war nicht zu überhören.

„Du siehst toll aus, Baby", sagte Tom.

„Danke. Ich hatte Lust auf eine Veränderung. Also, sagt schon, was ihr wollt."

Boss schob sich an Tom vorbei und nagelte sie mit seinem Blick fest. Seine Hände waren an den Seiten zu Fäusten geballt. Er schäumte vor Wut. „Wir nehmen deine Bedingung an." Er hielt kurz inne und räusperte sich unbehaglich. „Der Laborchef gehört dir. Aber", er hob den Zeigefinger, „ich habe auch eine Bedingung."

Blue reckte das Kinn. „Dachte ich mir. Ich höre", sagte sie.

Boss kam einen Schritt näher. „Du wirst die nächsten drei Tage damit verbringen, zu Kräften zu kommen. In dieser Zeit planen wir die Aktion. Sollte ich das Gefühl haben, dass du noch nicht fit genug bist, bleibst du außen vor. Verstanden?" Boss' Autorität ließ sie nur knapp nicken. Dann fiel ihm noch etwas ein. „Ach ja, Tom und du solltet euch im Klaren darüber werden, wie eure Beziehung auszusehen hat. Diese kindischen Machtkämpfe werde ich nicht länger dulden."

Sie stand da, mit offenem Mund und fühlte sich wie ein gemaßregeltes Kind. Tom schien es ähnlich zu gehen. Sie sahen einander an. Sein Blick war amüsiert. Blue ließ sich auf einen der Stühle fallen. Die Müdigkeit, die sie auf einmal überfiel, hatte etwas Lähmendes.

„Ich nehme an", begann sie leise, „du willst jetzt alles wissen?"

Boss nickte, rührte sich aber nicht von der Stelle. Tom näherte sich ihr, wie man sich einem unberechenbaren Raubtier nähern würde. Aber war sie das denn nicht? Sie hatte zurzeit keine Selbstkontrolle und rastete bereits wegen Kleinigkeiten aus. Er legte seine Hand auf ihre Schulter und spendete ihr so die nötige Kraft. Ihre Arme hatte sie fest um den Oberkörper geschlungen und sie hielten sie zusammen.

„Sein Name ist Dr. Matthias Bonnet." Ihre Stimme war beinahe ein Würgen. Zögernd hob sie den Kopf und sah in Toms Gesicht. „Ihr kennt ihn als Matty."

Das Zischen kam von zwei Seiten. „Dein ehemaliger bester Freund? Ach ja, das macht Sinn. Der gehörnte Möchtegernliebhaber." Toms Stimme klang rau wie Sandpapier und sein Griff an ihrer Schulter verstärkte sich schmerzhaft.

„Nein", sagte sie kopfschüttelnd, „die Schnitte und Verbrennungen hat mir ein Dr. Martin Roth zugefügt." Ein Zittern durchlief sie vom Scheitel bis zum kleinen Zeh.

„Was haben sie sonst noch mit dir gemacht? Tom hat die Vermutung geäußert, dass noch mehr passiert sein könnte."

Boss' Worte drangen wie durch Watte an ihr Ohr. Sofort eilten ihre Gedanken zu jenem Moment zurück, als sie Matty dabei erwischt hatte, wie er sie befummelte. Die Erinnerung an seinen Geruch stach sie in der Nase. Sie fühlte seine Hand, wie sie ihre nackte Brust knetete und seine Finger zwischen ihren Oberschenkeln. Plötzlich wurde ihr die Beengtheit in Lucys Garderobe zu viel. Sie sprang auf und bahnte sich einen Weg nach draußen. Ihr war schlecht und sie hatte das Gefühl zu ersticken. Zumindest war diese Flucht ihr Plan gewesen. Gabriel hielt sie jedoch fest und zwang sie stehen zu bleiben.

„Du haust jetzt nicht einfach ab. Wir müssen wissen, womit wir es zu tun haben." Boss' Ton ließ kaum Raum für einen Widerspruch. Langsam gaben die Knie unter ihr nach und sie sank schluchzend zu Boden. „Ich kann es nicht. Nicht vor ihm", sagte sie und zeigte dabei auf Tom.

Dieser prallte sichtlich zurück. „Gott, dann muss es wirklich schlimm sein, Baby. Aber denk an unsere Abmachung. Wir wollten alles gemeinsam durchstehen. "

Das Blut rauschte in Blues Ohren und der Boden schien zu vibrieren. „Ich will trotzdem nicht, dass du es hörst."

Er machte einen Schritt auf sie zu. „Du bist meine Frau, Baby. Ich werde alles mit dir teilen. Die guten wie die schlechten Zeiten, wie man so treffend sagt.“

„Spuck es endlich aus, Blue. Tom hat ein Recht es zu erfahren.“ Boss hatte leise gesprochen. Der Befehl darin war aber überdeutlich zu hören. Er ließ ihr keine Wahl. Also holte sie tief Luft. Dabei vermied sie es, jemanden anzuschauen.

„Roth hat mich verletzt und mir unvorstellbare Schmerzen zugefügt. Und Matty hat … sagen wir es so, er konnte die Finger nicht bei sich lassen.“

„Du wurdest misshandelt?“ Boss war entsetzt.

„Ich bring ihn um. Das Schwein wird mich um Erlösung anflehen“, sagte Tom.

„Nein“, sagte sie bestimmt. „Matty gehört mir, schon vergessen? Und er wird mir alles erzählen, was wir wissen wollen, bevor er durch meine Hand stirbt.“

***

Schweiß lief in Strömen über Blues Rücken und Gesicht. Mit dem Handtuch wischte sie sich trocken und ging nach dem Training in die Küche. Eine weitere Pflicht stand an: Nähren. Wenn sie Matty und Lemniskate kaltstellen wollte, musste sie auch diese ekelerregende Sache erfüllen. Tom war noch nicht zu Hause. Sie holte zwei Konserven aus dem Kühlschrank und wärmte sie in der Mikrowelle. Mit einer großen Tasse ging sie auf die Terrasse. Dort setzte sie sich seitlich auf die Brüstung und lehnte sich mit dem Rücken an die Hauswand. Die Lichter der Stadt funkelten unter ihr und der Atem entwich ihren Lungen in silbernen

Dampfwölkchen. Die kalte Luft fegte brennend durch ihre Bronchien und reinigte auch ihren Kopf.

„Schau, dass du nicht runterfällst."

Die spöttische Stimme erschreckte Blue, sodass ihr beinahe die Tasse aus der Hand geglitten wäre. „Verdammt, Gabriel! Ist dir noch nie aufgefallen, dass anständige Leute an der Tür klingeln und darauf warten, dass man ihnen aufmacht?"

Gabriels Augen funkelten und in Sekundenschnelle stand er bei ihr. Er drückte sie gegen die Wand und presste seinen massigen Körper gegen ihren. „Das hat man mir schon öfters gesagt. Da gibt's nur ein kleines Problem. Ich bin nicht anständig."

„Lass mich los, oder ich muss handgreiflich werden."

Gabriel lachte und trat zurück. „War nur ein Scherz, Prinzessin. Ich wollte dir was von Boss mitteilen." Dann sah er sich um und hob die Augenbrauen. „Wo ist Tom? Er sollte es auch erfahren."

Blue zuckte mit den Schultern und ging zurück in die Wohnung. „Er hatte noch was zu erledigen."

Er folgte ihr seufzend. „Sag jetzt bloß nicht, dass ihr euch gezofft habt."

Als Antwort schnaubte sie und schüttelte den Kopf. Sie hatte sich auf dem Sofa niedergelassen und zog die Knie an die Brust. Gabriel lümmelte sich in den Sessel und legte die Beine auf den Wohnzimmertisch. Er schien sich wie zu Hause zu fühlen. Blue musste gegen den Drang ankämpfen, ihn darauf hinzuweisen, dass es sich bei dem Tisch um ein sündhaft teures Designerstück handelte.

„Also", begann er, „der Plan sieht folgendermaßen aus." Doch bevor er weitersprach, schaute er sie erwartungsvoll an. Als sie nicht reagierte, schnaubte er. „Gibt's in diesem Haushalt auch etwas zu trinken?"

Blue verdrehte die Augen. „Was möchte der Herr denn? Bier oder lieber etwas Härteres?"

Er grinste und fegte nicht vorhandenen Staub von seiner linken Schulter. „Was hast du denn Härteres?"

„Weißt du was, warum stehst du nicht auf und bewegst deinen Arsch selbst zum Schrank?"

Wieder schien er sie auszulachen. „Eben noch hast du mich darauf aufmerksam gemacht, dass ich keinen Anstand habe. Und jetzt forderst du mich auf, in deinen Schränken herumzustöbern?"

Knurrend ging sie zum Schrank mit dem Stoff und riss die Tür auf. „Was willst du? Talisker, Grey Goose oder billigen Tequila."

„Talisker." Als Blue nach dem Glas griff und die Flasche entkorken wollte, änderte er seine Meinung. „Nein, warte! Ich nehme doch lieber einen Grey Goose."

Brummend stellte sie die Whisky-Flasche zurück und nahm stattdessen den Wodka. Sie stellte ihm das Glas auf den Tisch und ließ sich wieder auf die Couch fallen. „Zufrieden? Nun erzähl endlich, was Sache ist."

Gabriel nahm bedächtig einen Schluck und sah sie stirnrunzelnd an. „Was ist mit dir? Du lässt dir doch sonst nie ein gutes Schlückchen entgehen."

„Ich trinke zurzeit nicht. Ich muss in Form kommen."

Damit war Gabriel wohl zufrieden und begann endlich mit seinem Bericht. Er erzählte, dass sie zusammen mit Tom in vier Tagen mit der Beschattung von Matty beginnen sollte. Spätestens in zehn Tagen sollte der

Standort des Labors und des Hauptsitzes bekannt sein, damit mit der Planung des Überfalls begonnen werden konnte. Im Groben wollten die Männer das Labor mit mehreren gezielt platzierten Brandbomben zerstören. Und der Hauptsitz sollte zeitgleich hochgejagt werden. Nicht wirklich raffiniert, aber wahrscheinlich umso wirkungsvoller.

Der Plan hatte nur einen Haken, dessen die anderen sich nicht bewusst waren. Blue würde sich nicht daran halten. Sie hatte nicht vor, drei Tage und Nächte herumzusitzen und nichts zu tun. Sie war damit einverstanden gewesen, dass sie sich nähren und alles tun würde, damit sie wieder auf die Beine kam. Aber in ihrer Wohnung die Zeit mit Däumchen drehen totzuschlagen, kam nicht infrage. Schon bevor Gabriel aufgetaucht war, hatte sie ihre eigenen Pläne geschmiedet. Sobald er wieder verschwunden war, würde sie sich ein paar Stunden aufs Ohr hauen. Danach wollte sie sich auf den Weg zu Mattys Wohnung machen und dort auf ihn warten. Er würde sie nicht sehen. Sie wollte sich ihm lediglich an die Fersen heften. Nur so konnte sie vermeiden, dass sie nachher wertvolle Zeit damit verschwendeten, ihm zu folgen.

***

Das mit dem Schlafen hätte sich Blue schenken können, denn obwohl sie total fertig war, hatte sie sich im Bett nur hin und her gewälzt. Kurz vor fünf Uhr morgens hatte sie sich aus Toms Armen geschält und angezogen.

Nun saß sie im Camaro am Straßenrand. Mattys Haus war ungefähr fünfzig Meter entfernt. Die Adresse hatte sie durch seine Handynummer übers Internet ausfindig gemacht. Seit einer Stunde wartete sie, dass er das Haus verließ, damit sie ihm folgen konnte. Wohin auch immer ihn sein Weg führen würde. Es hatte die ganze Nacht geschneit und die Welt schien in flauschige Watte gepackt. Noch immer fielen dicke Flocken vom Himmel. Eins musste man Matty lassen, er hatte den Jackpot geknackt. Er bewohnte ein luxuriöses Jugendstilhaus am Zürichberg. Mit dem Blut, Leid und Leben von Vampiren ließ sich anscheinend gutes Geld verdienen.

Blue wollte nicht darüber nachdenken, sonst geriet ihre Selbstbeherrschung in Schieflage und sie würde ihm an Ort und Stelle die Kehle herausreißen. Da die Dunkelheit des jungen Wintertags sie noch immer verhüllte, musste sie sich keine Gedanken darüber machen, entdeckt zu werden. Matty ging ohnehin davon aus, dass sie das Zeitliche gesegnet hatte. Plötzlich öffnete sich das Tor zu Mattys Anwesen und ein Jaguar fuhr heraus. Im schwachen Licht der Straßenlaternen konnte sie nicht erkennen, ob der Wagen schwarz oder dunkelblau war. Als er an Blue vorbeifuhr, konnte sie Matty hinter dem Steuer sitzen sehen. Sie startete den Motor und wendete, um ihm zu folgen.

Sie war darauf bedacht, ein bis zwei Autos zwischen Matty und sich zu haben, damit er sie nicht entdeckte. Sein Weg führte aus dem Stadtzentrum hinaus Richtung Urdorf. Dann bog er unvermittelt auf ein Industrieterrain ab und hielt an. Blue blieb auf der Hauptstraße und parkte am Straßenrand. Leise stieg sie aus und schlich auf das Gelände. Matty hatte den Jaguar abgeschlossen und ging mit einem Aktenkoffer auf ein großes Gebäude zu. Sie sah, wie er einen Zutrittsausweis auf ein Lesegerät hielt, worauf ein leises Summen das Entriegeln der Tür bestätigte. Matty öffnete die Glastür und betrat das Gebäude. Auf leisen Sohlen bewegte Blue sich weiter und blieb vor dem Haus stehen, in welchem Matty verschwunden war. An der Hauswand neben dem Eingang waren verschiedene Tafeln angebracht. In der oberen Hälfte stand in fetten Lettern Lemniskate Helvetica und darüber Unita Labs. Blues Gehirn brauchte ein paar Sekunden, bis es die Situation eingeordnet hatte. Bei Unita Labs hätte sie nach ihrem Studium ihre Stelle gehabt. Leider wurde sie vor Arbeitsantritt gebissen.

Plötzlich brannte verletzter Stolz in ihrer Brust und Mattys Verrat schmerzte umso mehr. Obwohl sie wusste, dass sie niemals zu dem fähig gewesen wäre, was Matty nun tat. Matty hatte sie von Anfang an nur benutzt und sie war dämlich genug gewesen, es nicht zu bemerken. Wie viele Stunden hatten sie während des Studiums zusammen gelernt? Wie oft hatte sie die Schreibarbeiten für ihn erledigt, wenn er anderweitig beschäftigt gewesen war? Mit Computer-Games zum Beispiel. Wie blöd konnte man eigentlich sein?

Wie betäubt stolperte sie zu ihrem Wagen zurück und konnte gerade noch rechtzeitig die Tür zumachen, als Matty das Gebäude verließ. Hastig notierte sie sich die Adresse des Hauptsitzes. Danach fuhr sie hinter Mattys Wagen her. Als sie erkannte, wo er hinfuhr, erstarrte sie. Sein Weg führte zu einer stillgelegten Militärkaserne außerhalb Zürichs.

Anscheinend rechnete niemand mit unerwünschtem Besuch, denn vor der Einfahrt auf das Gelände standen keine Sicherheitsleute. Diese Tatsache würde ihren Job vereinfachen. Vorausgesetzt, dass es sich hier wirklich um das Laboratorium handelte. Selbst Blue war klar, dass es zu gefährlich war, wenn sie jetzt aussteigen und Matty hineinfolgen würde. Deshalb beschloss sie, nach Hause zurückzukehren. Sie würde in der nächsten Nacht in die Büros von Lemniskate eindringen und dort eine Reise durch deren Datenbanken und Akten-schränke machen.

Unerwartetes

Der Schneefall hatte den ganzen Tag nicht nachgelassen und die Welt schien zur Ruhe gekommen zu sein. Niemand war in dieser Nacht auf der Straße und Blue konnte ungesehen die Lemniskate-Räume betreten. Während des Tages hatte sie sich Gedanken darüber gemacht, wie sie am besten an der Sicherheitskonsole vorbeikam, denn sie hatte keinen Ausweis. Sie war zu keiner Lösung gekommen. Sie kämpfte auch mit ihrem schlechten Gewissen. Tom hatte ihr, als er zu seiner Schicht im Club aufgebrochen war, das Versprechen abgenommen, keinen Unsinn anzustellen. Man musste kein Genie sein, um zu wissen, dass er damit genau solche Aktionen gemeint hatte. Aber Blue hatte dieses Herumsitzen so satt und schließlich war sie ein Profi in solchen Dingen. Einbrüche, wie dieser einer war, führte man am besten allein aus. Man hinterließ weniger Spuren und war unauffälliger.

Der Parkplatz war leer. Dennoch war es besser, wenn niemand einen schwarzen Camaro vor dem Gebäude sah. Vor allem zu einer Zeit, wo alle schlafen sollten. Deshalb hatte sie ihn etwas weiter entfernt abgestellt. Sie schlich im Schatten der Häuserwand zum Eingang. Niemand war da und auch im Gebäude selbst konnte sie keinen Herzschlag ausmachen. Aber wie kam sie durch diese verdammte Tür?

Unschlüssig starrte sie auf ihre Hand. War es so einfach? Einen Versuch war es wert. Sie konzentrierte sich auf den Energieball in ihrem Inneren und leitete ihn in ihre rechte Hand. Vorsichtig legte sie die Finger auf die Konsole und ließ die Energie überfließen. Ein leises Summen ertönte und die Tür sprang wie von Geisterhand geöffnet auf. Blue betrat den Korridor und zog die Tür zu. Manchmal war es doch nicht so schlecht ein Vampir zu sein.

Neben dem verlassenen Empfangstresen hing ein Übersichtsplan. Durch die Scheiben drang gedämpftes Licht der Straßenbeleuchtung und dieses reichte aus, um den Plan zu studieren. Die Büros, die sie suchte, befanden sich im dritten Stock. Bevor sie sich weiter ins Gebäudeinnere bewegte, schaute sie sich nach Überwachungskameras um. Und tatsächlich, in jeder Ecke hingen sie. Doch bei genauerem Hinsehen erkannte Blue, dass es sich um Attrappen handelte. Das alles war viel zu einfach.

Sie griff nach der SIG, die unter dem linken Arm im Holster steckte. Sich weiterhin dicht an der Wand haltend, rannte sie so leise wie möglich die Treppe hoch. Obwohl sie wusste, dass sich kein atmendes Lebewesen im Haus befand, konnte sie nicht anders. Die Ruhe im Gebäude war wie ein Flüstern.

Im dritten Stock musste sie sich etwas ausruhen. Ihre Kondition war total im Arsch. Daran würde sie noch arbeiten müssen. Sie suchte die Tür zum Chefbüro. Am anderen Ende des Korridors wurde sie fündig. Der

Raum war lächerlich groß und hypermodern eingerichtet. Der Schreibtisch stand mit dem Rücken zu einer riesigen Fensterfront. Rechts davon befand sich
eine Wand mit vier massiven Aktenschränken und da-
neben prangte das mannshohe Gemälde eines adlig an-
mutenden Mannes. Das Antlitz blickte auf sie herab, als
wollte er sagen: „Du hast hier nichts verloren. Geh dahin zurück, von wo du hergekommen bist." Die mittel-
alterliche Kleidung schien diesen Ausdruck zu verstär-
ken. In der linken Ecke des Büros stand ein Konferenz-
tisch mit sechs gepolsterten Stühlen.

Blue setzte sich an den Computer. Während er hochfuhr, durchsuchte sie die Schubladen des Schreibtischs.
Dort stieß sie auf eine Stofftasche und, unglaublich
aber wahr, auf das Computerpasswort. Wie blöd
konnte jemand sein, wenn er das Passwort aufschrieb
und den Zettel im obersten Schubfach deponierte?

Inzwischen war das Computersystem hochgefahren
und auf dem Bildschirm tauchte das Fenster mit der
Eingabeaufforderung für das Passwort auf. Als sie Zugang zu den Datenbanken hatte, klickte sie sich willkürlich durch die Dateien. Sie war auf der Suche nach
Kontakten und Berichten des Labors. Als sie das elekt-
ronische Adressbuch durchblätterte, ließ ein Name sie
erstarren. Igor Delcours. Igor von den Outlaws. Igor
verkaufte das Geheimnis seines Volks für gutes Geld.
Kurzerhand lud sie das komplette Adressbuch sowie
die Forschungsberichte auf einen Speicherstick, den sie
mitgebracht hatte.

Danach nahm sie sich die Aktenschränke vor. Der
vierte Kasten war mit Objekte beschriftet. Hatte Folterknecht Roth sie nicht auch so genannt? Wahllos nahm

sie eine der nummerierten Aktenmappen heraus und
warf einen Blick hinein. Sie stieß auf abstoßende Fotos
eines schlimm zugerichteten Körpers einer jungen
Vampirin. Laut der Akte lag ihre Entführung zwei Jahre
zurück. Wenn sie bereits vor zwei Jahren in die Fänge
von Lemniskate geraten war, weshalb wurde Boss
nicht über ihr Verschwinden informiert? Warum hatten sie erst vor ein paar Monaten davon erfahren? Was
war mit all den anderen Fällen?

Ratlos schob sie die Unterlagen zurück. Aus einem inneren Antrieb heraus zog sie die erste und die letzte
Akte der Reihe heraus. Volltreffer. Ihre eigene Akte. Die
Fotos waren wie ein Schlag in die Magengrube. Unfähig alles zu lesen, wollte sie sie wieder zuklappen, als
ihr Blick auf eine rote Notiz am Rand der ersten Seite
fiel.

Datum des Todes: 25.01.11

Sie war tot. Noch einmal zog sie eine x-beliebige Akte
heraus und warf einen Blick auf die erste Seite. Diese
Person war ebenfalls tot. Zumindest, wenn man nach
der Akte ging. Akte um Akte wurde halb herausgezogen. Ein Teil hatte die Notiz, ein anderer nicht. Hieß
das, dass es noch lebende Vampire in Gefangenschaft
gab?

Zu guter Letzt öffnete Blue die Dokumentenmappe,
die am Anfang der Reihe hing. Die Fotos sahen ebenfalls grauenvoll aus. Das Gesicht des männlichen Op-
fers kam ihr erschreckend bekannt vor. Plötzlich fiel es
ihr wie Schuppen von den Augen. Es handelte sich um
Leander, ihren Vater. Mit zittrigen Händen blätterte sie

weiter. Verzweifelt suchte sie nach der roten Notiz. Es gab keine. Laut den Aufzeichnungen wurden die ersten Tests vor vier Jahren an ihm vorgenommen. Wie um alles in der Welt konnte er so etwas überleben?

Plötzlich hörte sie das leise, aber regelmäßige Schlagen eines menschlichen Herzens. Jemand hatte das Gebäude betreten. Hastig kramte sie die Akte ihres Vaters und ihre eigene zusammen und zog willkürlich sechs weitere heraus. Dann schob sie die Schublade zu und eilte zum PC. Der Download war beendet. Mit ein paar Klicks fuhr sie den Rechner herunter und zog den Stick aus der Schnittstelle. Blue nahm die Stofftasche, die sie in der Schublade entdeckt hatte. Sie war groß genug, um die acht Akten darin zu transportieren. Den Stick schob sie in die Hosentasche.

Sie wollte das Büro verlassen, als ein Mann vor der Tür anhielt und Anstalten machte, den Raum zu betreten. Mit angehaltenem Atem und rasendem Herzen konnte sie sich gerade noch rechtzeitig hinter der Tür in den Schatten verdrücken, bevor er eintrat.

Mit seiner Stablampe leuchtete er kurz den Raum aus und Blue betete, dass er nicht hinter die Tür blickte. Als die Tür ins Schloss gefallen war, konnte sie ein leises Keuchen nicht unterdrücken. Seine schweren Schritte entfernten sich und erst, als Blue sie ein Stockwerk höher vernahm, wagte sie, in den Korridor zu treten.

Im Erdgeschoss blieb Blue erst stehen, als sie an der Glastür angekommen war. Sie zog am Türgriff, doch nichts passierte. Hektisch drehte sie sich um ihre eigene Achse auf der Suche nach der Konsole. Gleich neben dem Ausgang hing sie. Sie legte erneut die Hand darauf. Dieses Mal wollte es ihr aber nicht gelingen, den

Energiestrom zu bündeln und in die Konsole fließen zu lassen. Mit jeder Sekunde wurde sie nervöser und es fiel ihr schwerer, sich zu konzentrieren.

„Komm schon, verdammt noch mal", fluchte Blue leise. Als sie die gedämpften Schritte des Wachmanns auf der Treppe hörte, gelang es ihr endlich, den Energieball zu orten und ihn in ihre Hand zu lenken. Mit einem leisen Klick entriegelte sich das Schloss und sie eilte zur Tür hinaus. Blue rannte wie der Teufel zu ihrem Auto. Erst als sie im Wagen saß, erlaubte sie sich, einen Blick zum Gebäude zu werfen. Der Wachmann trat in die Winternacht und setzte seine Runde fort. Er hatte nichts bemerkt. Als er im benachbarten Haus verschwunden war, startete sie den Motor und fuhr nach Hause. In ihrem Kopf herrschte absolutes Chaos. Igor ... Leander ... die Fotos der anderen Opfer ... ihre Fotos ...

Wie sie die Fahrt zu ihrer Wohnung hinter sich gebracht hatte, war ihr ein Rätsel. Sie kam erst wieder richtig zu sich, als sie mit dem Lift nach oben fuhr. Noch immer presste Blue die Tasche an sich und der Speicherstick stach sie in die Leiste. Ohne die Akten loszulassen, streifte sie den Ledermantel ab und ließ ihn auf den Boden fallen.

Am Schreibtisch kippte sie die Dokumentenbündel auf die Tischplatte und warf die Tasche hinter sich. Dann startete sie den Computer und schob den USB-Stick in die Schnittstelle. Mehrere Stunden arbeitete sie sich durch den Papierstapel und die gestohlenen Dateien. Das Klingeln des Smartphones ließ sie zusammenfahren. Tom. Das schlechte Gewissen schlug zu und sie nahm mit pochendem Herzen ab.

„Hey, Baby. Ich wollte kurz deine Stimme hören."

„Das ist schön", entgegnete sie wenig geistreich. Sie war so darauf konzentriert ihrer Stimme einen ruhigen Ton zu geben, dass ihr nichts anderes eingefallen war.

„Ist alles okay bei dir?"

Bildete sie es sich ein oder hatten seine Worte einen skeptischen Unterton? „Hier ist alles in Ordnung. Und bei dir? Alles im grünen Bereich?"

Er lachte leise. „Ja. Wie es scheint, haben die Idioten heute Ausgangssperre. Es ist richtig langweilig. Du fehlst mir, Süße."

„Dann spring auf dein Motorrad und komm zu mir." Wenn er nur wüsste, wie sehr sie ihn vermisste. Trotz des Mists, den sie gerade fabriziert hatte.

„Sorry, aber deshalb rufe ich dich an. Ich muss nach der Arbeit kurz in meine Wohnung. Ich komme aber so schnell wie möglich zu dir. Du ahnst nicht, was ich mir schon die ganze Nacht vorstelle, mit dir zu tun."

Bei seinen Worten zog sich ihr Unterleib genussvoll zusammen. „Beeil dich", hauchte sie ins Telefon.

„Da kannst du dir sicher sein. Ich liebe dich, Baby."

Dann legte er auf und Blue versuchte sich erhitzt wieder den Akten zu widmen. Je tiefer Blue Einblick gewann, desto mehr erfasste sie blankes Grauen. Die Dinge, die sie ihr angetan hatten, waren nichts im Vergleich zu den Gräueltaten, die die anderen Opfer hatten über sich ergehen lassen müssen. Man hatte nichts ausgelassen. Matty und seine Schlächter hatten ohne Betäubung Gliedmaßen amputiert und Reißzähne gezogen, nur um zu sehen, ob irgendetwas wieder nachwuchs. Sie hatten männliche und weibliche Vampire gezwungen miteinander zu schlafen, um sie dabei zu studieren. Diese perversen Schweine!

Als Blue weiterlas, fand sie Eintragungen über junge Vampirinnen, die man erst mit Hormonen vollgepumpt hatte, um sie danach künstlich zu befruchten. Nur um den Verlauf einer Schwangerschaft zu beobachten. Danach schnitten sie die Babys aus dem Körper der Mütter und machten an den Frischgeborenen ebenfalls grauenvolle Tests. Nachdem sie ihrer überdrüssig geworden waren, hatten sie sie in der Tierfutterverarbeitung entsorgt. Niemand hatte etwas davon bemerkt.

Mit jedem Satz den Blue las, wurde ihre Wut auf Matty größer. Wie konnte er so etwas machen? Warum tat er das? Unschuldige Männer, Frauen und Kinder! Plötzlich wurde ihr schlecht und sie konnte sich gerade noch auf die Toilette retten. Nachdem sie sich die Eingeweide aus dem Leib gekotzt und sich etwas gefangen hatte, wusste sie, was ihre weiteren Schritte sein mussten. Aber bevor sie überhaupt etwas unternehmen konnte, musste sie sich an Boss' Bedingung halten und sich nähren, essen und trainieren. Das Schwierigste würde aber sein, Tom von ihrem Einbruch bei Lemniskate zu erzählen.

***

Tom stieg vom Bike. Bei solchen Straßenverhältnissen Motorrad zu fahren grenzte an Suizidneigung. Ihm machte es jedoch nichts aus. Er liebte die Grenzerfahrung. Schnee und Eis beeindruckten ihn nicht. Im Gegenteil, er wurde euphorisch, und wenn das Adrenalin durch seine Venen rauschte, lebte er auf. Sein Verlangen nach Blue wurde dadurch noch mehr angefacht, und als er mit dem Fahrstuhl zu ihr hochfuhr, war er hart wie Stahl.

Er fand Blue im Trainingsraum. Laute Rockmusik dröhnte aus den Boxen. Blue schlug und trat auf den Sandsack ein, als ginge es um Leben und Tod. Mit Stolz stellte er fest, dass sie viel besser aussah als noch vor einem Tag. Die Narben verblassten zusehends und sie hatte wieder Farbe. Sie war die begehrenswerteste Frau, die ihm je begegnet war.

Sein Territorialinstinkt schlug stark an. Jeder, der seine Frau verletzte oder auch nur berührte, verlor seinen Kopf. So viel stand fest. Plötzlich hielt sie inne und sah ihn an. Er konnte seinem inneren Drang nicht widerstehen und ging auf sie zu. Er musste sie haben, fühlen, kennzeichnen. Jetzt. Mit zwei kraftvollen Schritten hatte er sie erreicht und an sich gerissen. Ohne eine Sekunde verstreichen zu lassen, küsste er sie. Seine Hand glitt zu ihrem festen Po und packte zu. Zu seiner Überraschung schob sie ihn von sich.

„Stimmt was nicht?" Er griff nach ihrer Hand und musterte sie. Sie hatte die Augen niedergeschlagen und kaute nervös auf der Unterlippe.

„Ich muss dir etwas erzählen und ich weiß jetzt schon, dass es dir nicht gefallen wird."

In seinem Bauch zog sich etwas zusammen, doch er zwang sich, ruhig zu bleiben. Er drückte ihre Hand. „Du kannst mir alles erzählen, Liebling."

Sie atmete tief durch und hob den Blick. „Dafür sollten wir ins Büro gehen."

Er nickte und folgte ihr. Das Erste, was ihm auffiel, war der Stapel Unterlagen auf dem Schreibtisch, der vorher nicht da gewesen war. Blue nahm die Papiere und gab sie Tom. Er setzte sich auf den Stuhl und blätterte die Akten durch. Blankes Entsetzen erfüllte ihn, als ihm bewusst wurde, was er da in seinen Händen hielt.

„Wie bist du an diese Dokumente gekommen?" Verdammt, er kannte die Antwort bereits und Enttäuschung kroch in ihm hoch. Sie hatte ihr Versprechen nicht gehalten. Aber was hatte er eigentlich erwartet? Blue war nicht der Typ, der dasaß und Däumchen drehte.

***

„Ich bin diese Nacht in die Lemniskate-Büros eingebrochen", antwortete sie leise.

„Was du nicht sagst." Seine Stimme triefte vor Sarkasmus und es ärgerte ihn, dass er es nicht gelassen nehmen konnte. „Kannst du dir vorstellen, was alles hätte passieren können?"

Sie nickte mit eingezogenem Kopf.

„Wie kann ich dir vertrauen, wenn du dich nicht an unsere Abmachungen hältst? Herrgott noch mal! Ich würde durchdrehen, wenn dir etwas passiert wäre."

„Es tut mir wirklich leid. Aber dieses untätige Herumsitzen macht mich wahnsinnig und du vergisst, dass ich ein Profi bin."

Er ließ die Schultern hängen und atmete ein paar Mal durch. „Aber du bist wirklich in Ordnung?"

Sie nickte. „Es ist alles glatt gelaufen."

Er entspannte sich. „Dann ist jetzt wohl eine Wiedergutmachung von dir fällig."

Sie lächelte und fuhr mit ihren Fingern in den Ausschnitt seines Pullovers. „Ich stehe zu Ihren Diensten, mein Herr."

***

Tom war so nah und sein Geruch vernebelte ihre Sinne. Sie war froh, dass er ihren nächtlichen Ausflug mit Fassung nahm. Es hatte ihr wehgetan, den Anflug von Enttäuschung in seinen Augen zu sehen. Jetzt wollte sie ihm ihre ganze Liebe geben und ihn verwöhnen. Das Klingeln des Handys holte sie aus ihrer Trance. Tom bedeutete ihr abzunehmen und sie tat wie geheißen. „Ja", meldete sie sich heiser vor Leidenschaft.

„Wie ich gehört habe, bist du noch am Leben, Hure!" Igor klang wie klirrendes Eis.

„Was willst du?"

„Du bist eine Mörderin. Hast meinen Bruder Janus getötet. Und du wirst diese Schuld mit dem Tod bezahlen."

Seltsamerweise ließ sie diese Drohung kalt. Tom stand vor ihr, mit glühenden Augen.

„Janus, der Bastard, hat nichts anderes verdient. Aber keine Angst. Es wird die Zeit kommen, in der wir uns gegenüberstehen werden, Igor. Nur jetzt habe ich Wichtigeres zu tun, als mich mit dir herumzuschlagen." Sie konnte hören, wie er noch etwas erwidern wollte, doch sie beendete das Gespräch.

Tom war noch immer das Zentrum ihres Universums und deshalb glitt das Handy ohne ihr bewusstes Zutun zu Boden. Tom hob fragend die Augenbraue. Sie zuckte mit den Schultern. „Igor will mich töten. Aber das ist jetzt nicht wichtig. Nur du bist wichtig.“

„Nun, wenn du es so siehst“, begann er belustigt, „wo waren wir stehen geblieben?“

Treueschwur

Am Ende des Abends hatten Blue und Tom die Wohnung verlassen und sich auf den Weg zu dieser Militärkaserne gemacht. Tatsächlich mussten sie nicht lange warten und ein Van fuhr auf das Gelände. Eiskalte Schauder glitten über Blues Körper. Es war derselbe graue VW Multivan, in dem sie verschleppt worden war.

Vor einer doppelflügeligen Tür hielt der Wagen an und vier Männer stiegen aus. Einer ging nach hinten und öffnete den Laderaum. Dann hievten sie zu zweit einen leblosen Körper heraus und trugen ihn nach drinnen. Sie hatten ein neues Opfer gefunden. Tom und Blue mussten so schnell wie möglich handeln. Je mehr Zeit sie verloren, desto geringer war die Überlebenschance für dieses arme Wesen. Aus einem Impuls heraus wollte Blue aus dem Wagen steigen und zur Tat schreiten. Toms Hand auf ihrer Schulter hielt sie zurück.

„Nein, warte", sagte er leise und zog sein Handy heraus.

Erst als Tom hastig zu berichten begann, wurde Blue bewusst, dass er mit Boss telefonierte. Er erzählte Boss, sie hätten zusammen das Büro und das Labor gefunden. Im gleichen Atemzug erwähnte er, dass sich möglicherweise noch weitere Überlebende in den Räumen des Labors aufhalten könnten.

„Ihr kommt sofort zum Club. Wir müssen taktisch vorgehen!" Blue hörte Boss' Stimme gedämpft aus Toms Handy.

***

Die Stimmung im Büro war fast elektrisch geladen. Gabriel stand bis auf die Zähne bewaffnet in einer Ecke und machte eine Miene wie Satan persönlich. Fünf andere Blue unbekannte Männer standen neben ihm. Alle gleich gekleidet. Sie trugen wie Gabriel schwarze Combathosen, schwarze Kampfstiefel und graue oder schwarze Shirts. Jeder Einzelne wog mindestens hundert Kilo und der Kleinste war schätzungsweise eins fünfundneunzig groß. Sie boten ein imposantes Bild.

„Verneigt euch", rief Gabriel in militärischem Ton.

Die Männer fielen auf sein Kommando hin vor ihr auf das rechte Knie und verneigten sich tief.

Während Blue dümmlich dastand und sich über dieses unerwartete Verhalten wunderte, erhob sich Boss und stellte sich neben Tom.

„Die Männer werden dir heute den Treueeid schwören, Blue. Dir, ihrer Prinzessin und Erbin des Throns."

Boss' Stimme dröhnte in ihren Ohren. Ihr Verstand versuchte immer noch die Situation zu begreifen, während Boss sich seltsamerweise Tom noch weiter näherte und sich am Ende zwischen sie drängte.

Dann ergriff Gabriel das Wort. „Ich nehme nicht an, dass du weißt, wie dieses Ritual abläuft. Deshalb werde

262

ich es kurz erklären." Er holte kurz Luft und Blue hatte währenddessen genügend Zeit, sich noch unbehaglicher zu fühlen. „Jeder dieser Männer wird sich mit deinem Dolch am linken Handgelenk einen Schnitt zufügen. Du wirst von jedem ein paar Tropfen ihres Blutes aufnehmen. Danach verschließt du den Schnitt mit dieser Salbe." Er hielt ihr einen schwarzen Tiegel hin. „Sie verhindert ein narbenfreies Abheilen. Je mehr solcher Narben ein Wächter hat, umso höher steigt er in der Rangordnung."

Tom hatte inzwischen tief zu grollen begonnen, was Blue noch mehr verunsicherte. Sie drehte sich zu ihm um und blickte in weißglühende Augen.

„Was ist los mit dir?", fragte sie leise.

Tom zitterte am ganzen Leib und rang sichtlich um Fassung. „Das ist …"

Er brach ab und krümmte sich. Boss stellte sich vor ihn und legte ihm die Hände auf die Schultern. Langsam aber stetig drängte er ihn rückwärts, bis er mit dem Rücken an der Wand stand. Boss blickte Tom mitfühlend in die Augen.

„Ich weiß, dass es dir Schmerzen bereitet, Tom. Aber da musst du durch. Dieses Ritual ist notwendig, um Blues Stellung in der Gesellschaft zu festigen."

Nun ging Blue dazwischen. „Was soll das, Tom? Es ist doch nur ein Symbol."

„Er kann nichts dafür", unterbrach Gabriel sie.

Seine Männer knieten noch immer mit gebeugtem Haupt vor ihr. Langsam kam sie sich lächerlich vor.

„Die Tatsache, dass du Blut von anderen männlichen Vampiren in dich aufnimmst, bereitet Tom Schmerzen und sein Instinkt sagt ihm, dass er sein Revier verteidigen muss. So ist das, wenn zwei Vampire eine Bindung haben."

Verblüfft starrte Blue von einem zum anderen. „Aber wenn das so ist, können wir doch das Bluttrinken auch sein lassen ..."

„Siria Leandra Sangualunaris! Du wirst dich dieser Tradition beugen! Genau wie Tom!" Boss' Befehlston hallte von allen Wänden wider und ließ keinen Raum für Widerrede.

Mit eingezogenem Kopf wandte Blue sich den knienden Männern zu. Vier sahen sich zum Verwechseln ähnlich. Sie hatten goldblonde kurz geschnittene Haare und dunkelbraune Augen. Nur der Fünfte im Bunde war anders. Er war kleiner mit schwarzen, zu einem Irokesen geschnittenen Haaren, die ihm hinten bis zwischen die Schulterblätter reichten. Auf den kahl geschorenen Seiten des Kopfes prangten Tribaltattoos in Form von Raubkatzen. Seine tiefblauen Augen musterten sie.

„Wie heißt ihr?", fragte sie die fünf.

„Ihre Namen tun nichts zur Sache. Sie sind Schattenlords und als solche werden sie sich wie dein Schatten verhalten."

Gabriels rüde Unterbrechung ließ sie herumfahren. „Ich tue, was ihr von mir verlangt. Aber nur unter der Bedingung, dass ich weiß, mit wem ich es zu tun habe!" Ohne einen weiteren Kommentar abzuwarten, wandte sie sich wieder ihrer sogenannten Leibgarde zu. „Also, wie ist dein Name?", fragte sie den Ersten.

Ohne den Kopf zu heben, antwortete er: „Shadow."

Belustigt hob Blue eine Augenbraue. Der Name passte perfekt. Dann zog sie ihren Dolch aus dem Stiefel und reichte ihn dem Schattenlord mit dem Griff voraus. Shadow nahm ihn mit einer Selbstverständlichkeit entgegen, die beinahe schmerzte. Er setzte die Klinge an die Innenseite des linken Handgelenks, auf dem Blue bereits zwei solcher Linien erkennen konnte, und zog sie mit sanftem Druck über die Haut. Sofort bildeten sich feine Blutstropfen an der Oberfläche. Nur mit Mühe konnte Blue den Trieb unterdrücken, über Shadow herzufallen. Es war ein Glück, dass sie sich die letzten Tage genügend genährt hatte. Ansonsten hätte sie diese Selbstbeherrschung nicht aufbringen können. Ihr Körper war nach wie vor ausgehungert und wollte nach jeder Gelegenheit greifen, die sich ihm bot. Langsam griff sie nach Shadows Arm und führte ihn an ihre Lippen. Hoch konzentriert nahm sie seine Blutstropfen auf. Der Vampir in ihr schrie nach mehr, doch irgendwie schaffte sie es, sich zurückzuhalten. Im Hintergrund stöhnte Tom aggressiv auf. Sie hatte das Gefühl, dass es besser war, wenn sie ihn ignorierte.

Nachdem sie sich von Shadow gelöst hatte, hielt Gabriel ihr den Tiegel hin. Er hatte bereits den Deckel abgeschraubt. Blue tauchte den Finger in die Salbe, um den Schnitt damit einzureiben.

Dann war der Nächste an der Reihe. „Und wie ist dein Name?", fragte sie. Ihre Stimme war dunkel gefärbt vom unterdrückten Blutdurst. Sie konnte unterschwellig Shadows Essenz in ihrem Inneren fühlen. Sie spürte seine Loyalität und wusste instinktiv, dass diese Männer sie bis in den Tod verteidigen und ihr durch die Hölle folgen würden.

„Ich bin Nero, Prinzessin.“

Beinahe wäre ihr herausgerutscht, dass er sie gefälligst nicht Prinzessin nennen sollte. Andererseits sah sie die Notwendigkeit von Disziplin in einer solchen Gesellschaft ein. Sie würde sich wohl daran gewöhnen müssen, plötzlich etwas Besseres zu sein. Sie nickte kurz und gab ihm den Dolch. Dann wiederholten sie das Ritual.

Der Dritte im Bunde hieß Umbro und der Vierte war Dark. Alles passende Namen für Schattenlords. Wahrscheinlich flößten sie so mehr Respekt ein als mit ihren echten Namen, die vielleicht Sepp und Geni waren.

Als Blue beim fünften Soldaten angekommen war, war sie schon gespannt, wie er sich nannte. Nicht nur sein Äußeres unterschied ihn von den anderen. Seine Ausstrahlung zeugte von einer Kraft, die Shadow und seine Kumpels nicht besaßen. Er hatte etwas Aristokratisches an sich. Er wirkte weiß im Gegensatz zu der bronzefarbenen Haut der Männer neben ihn und irgendetwas zog sie in seine Richtung.

„Wie ist dein Name?“

„Man nennt mich Irbis“, antwortete er leise mit samtenem Tenor.

Sie runzelte belustigt die Stirn. „Man hat dich nach Schneeleoparden getauft?“

Er grinste und entblößte seine langen weißen Fänge. Dann tippte er sich mit dem Zeigefinger gegen die Wange. „Weiß wie Schnee“, sagte Irbis und sein Finger wanderte zu seinen sinnlich geschwungenen Lippen. „Rot wie Blut.“ Danach glitt seine Hand zu seinen dunklen Haaren. „Schwarz wie Ebenholz.“

„Und sie konnten dich wohl kaum Schneewittchen nennen, was?"

Er zwinkerte ihr zu.

Lächelnd reichte sie ihm den Dolch, den er ohne Zögern entgegennahm. Irbis zog sie auf seltsame Weise an. Es war, als wäre sie am Ziel einer langen Suche. Aber es war nichts Romantisches an dem Gefühl. Sie versuchte, es auf seine offene Art zu schieben, obwohl sie wusste, dass da mehr war. Mit diesem Gedanken legte sie die Lippen auf den Schnitt und ließ ein paar Tropfen seines Blutes ihre Kehle hinuntergleiten. Sein Blut schmeckte kräftiger als das seiner Vorgänger. Im Hintergrund bemerkte Blue auch eine bittere Note, von der ihr Instinkt ihr sagte, dass das nichts Gutes war.

Kaum hatte sie die Salbe auf der Wunde verteilt, erfüllte sie ein ziehendes Gefühl. Es fühlte sich wie eine nie enden wollende Sehnsucht an, die sich in ihre Eingeweide krallte. Sie krümmte sich und schlang die Arme um ihren Leib. Hinter Irbis tauchte plötzlich Andromedas Silhouette auf. Sie stand nur da und verschwand genauso schnell wieder. In Blues Kopf drehte sich alles und sie kippte vornüber. Irbis sprang vor und fing sie auf, bevor sie mit dem Gesicht zuerst auf dem Boden landete.

„Danke", stammelte Blue.

Irbis nickte ihr ergeben zu und lächelte.

Aus der Ecke hörte sie Tom knurren. „Was hast du ihr angetan? Das wirst du bereuen!", brüllte er Irbis an.

Dieser drehte sich zu Tom um. In dem Moment ging ein Raunen durch den Raum und niemand sagte mehr etwas. Alle Blicke waren auf den Schattenlord und Blue gerichtet. Selbst Tom verharrte in seiner Schimpftirade.

„Sie sind gleich", flüsterte jemand. Blue wusste nicht wer.

Kaum war Blue wieder auf den Beinen, stürmte Tom auf Irbis los und wollte ihm ans Leder. Blue sprang dazwischen und legte Tom ihre Hände auf die Brust. Das Herz hämmerte hart gegen seine Rippen und er atmete schwer.

„Lass ihn, Tom. Er hat nichts Falsches getan."

„Er hat dich verletzt. Du hattest Schmerzen."

„Nein, hat er nicht. Mir ist nur schwindlig geworden. Und er hat mich vor dem Sturz bewahrt", log sie.

Noch einmal knurrte Tom, dann packte er Blue und zerrte sie aus dem Raum. Er ging in ihr Büro und knallte die Tür hinter ihnen zu. Grob drückte er sie gegen die Wand. Er vergrub seine Nase an ihrem Hals und atmete ein paar Mal tief ein und aus. „Ich kann sie riechen. Diese Kerle." Seine Stimme war heiser. „Ich weiß, ich sollte es nach dem Gesetz, aber ich kann es nicht ertragen, dass du von diesen Typen getrunken hast."

In der nächsten Sekunde fühlte sie einen stechenden Schmerz. Tom hatte sich in ihr verbissen, bereits zum zweiten Mal in vierundzwanzig Stunden nahm er ihr Blut. Er kennzeichnete sie als sein Eigentum. Denn nichts anderes war sie und nichts anderes wollte sie sein. Eine angenehme, elektrische Woge erfasste sie und trug sie davon.

Säuberung

Als sie in den Korridor traten, schwankte Blue ein wenig und klammerte sich an Toms Arm.

„Scheiße, Blue. Ich glaube, ich habe zu viel von dir genommen." Er legte ihr liebevoll den Arm um die Taille und stützte sie.

Sie winkte ab und ging weiter zu Orions Büro. Jetzt war keine Zeit für so etwas. Sie mussten ihren Überfall auf Lemniskate planen.

Keiner der Anwesenden hob den Blick, als sie durch die Tür traten. Es waren jedoch nur noch Boss, Gabriel, Shadow und Nero da. Dark, Umbro und Irbis waren gegangen. Die vier Männer waren über den Schreibtisch gebeugt. Erst als Tom sich künstlich räusperte, hob Gabriel den Blick und grinste.

„Hast du dein Revier wieder ordentlich abgesteckt, Tommy?"

„Schnauze. Wir haben wichtigere Sachen zu besprechen." Blue warf Gabriel einen warnenden Blick zu. Und damit begannen Tom und sie mit ihrer Berichterstattung.

Die Planung überließ Blue den Superhirnen. Erschöpft lehnte sie sich mit dem Rücken an die Wand und schloss die Augen. Es war immer noch deutlich, dass es mit ihrer Gesundheit nicht zum Besten stand.

Und zu allem Übel hatte ihr Tom tatsächlich zu viel Blut genommen. Ein Rascheln holte sie irgendwann aus ihrem Dämmerzustand.

„Hier, das wirst du brauchen."

Shadow hielt ihr eines dieser grauenhaften, blickdichten Gläser hin. Der säuerliche, rostige Geruch des Konservenblutes stieg ihr in die Nase, noch bevor sie das Ding in der Hand hatte. Angewidert und widerstrebend nippte sie am Glas, während sie Shadow neugierig beobachtete. Sein Blick war auf die Gruppe Männer gerichtet, die sich energisch über die Taktik ihrer Mission unterhielten. Sie schienen sich alles andere als einig zu werden.

Shadow strahlte etwas Altersloses aus. Sein Gesicht sah aus wie das eines Dreißigjährigen, doch seine Augen zeugten von Ruhe und Wissen. Sie ließen ihn Jahrhunderte alt wirken. Was mochte er in seinem Leben alles gesehen und erlebt haben?

Als er bemerkte, dass sie ihn beobachtete, sah er sie direkt an. Seine vollen Lippen verzogen sich zu einem Lächeln. Blue hatte das Gefühl, die peinliche Stille zwischen ihnen brechen zu müssen.

„Darf ich dich etwas fragen?"

Er neigte ergeben den Kopf. „Natürlich, Prinzessin."

„Hör zu, Schattenmann, wenn wir unter uns sind, gilt die Regel, mich beim Vornamen zu nennen. Ich heiße Blue. Alles klar?"

Er lächelte. „Alles klar ... Blue."

„Dark, Nero und Umbro sind unverkennbar deine Brüder." Als er nickte, fuhr sie fort. „Und wie passt Irbis ins Bild?"

Shadow schien sich unbehaglich zu fühlen. „Ich weiß nicht recht. Vielleicht solltest du dir diese Frage für ihn aufbewahren. Es ist schließlich seine Geschichte."

„Was denn, Ungehorsam deiner Prinzessin gegenüber?", fragte sie und zog eine Augenbraue hoch.

Shadow fing an, nervös mit dem Stiefel auf dem Boden herumzuscharren. Dann brach er sein Schweigen. „Irbis ist ein Findelkind. Mein Vater hat ihn im Wald während der Jagd gefunden, als Irbis keine zwei Tage alt war. Bereits vor seiner Wandlung zeigte er das seltene Talent, das den Schattenlords eigen ist."

Blue hob fragend die Augenbraue.

„Unsere spezielle Begabung ist mit nichts in der Vampirwelt zu vergleichen. Wir können mit unserer Umwelt verschmelzen oder uns mit enormer Geschwindigkeit von einem Ort zum anderen bewegen. Wir können uns an andere Orte teleportieren und dabei sogar jemanden mitnehmen. So ähnlich wie Gabriel, nur kann er es nicht mit einem Passagier."

Als er aufgehört hatte zu reden und grinste, merkte sie, dass sie ihn mit offenem Mund anstarrte. „Das ist …", stammelte sie, als drüben am Schreibtisch laut geflucht wurde.

„Das ist absoluter Bullshit, Tom! Dein Plan ist schlichtweg nicht umsetzbar. Warum setzt du dich nicht in die Ecke und überlässt den Erwachsenen das Denken?"

Gabriel hatte sich bedrohlich vor Tom aufgebaut und löste prompt den Beschützerinstinkt in Blue aus. Das würde definitiv zu nichts führen. Wenn zu viel Testosteron im Raum war, kam man nie auf einen Nenner. Es war an der Zeit etwas Östrogen einzubringen, und endlich etwas Konkretes auf die Beine zu stellen.

„Hey", rief sie. Abrupt verstummte das Gekeife und alle Blicke waren auf sie gerichtet. „Wie wär's, wenn ihr euch meinen Plan anhört? Danach könnt ihr entscheiden, wie es gemacht wird."

Die Männer nickten und wirkten erleichtert, dass die Prinzessin ihres Amtes waltete. Prinzessin zu sein war vielleicht doch nicht so schlecht, wie sie angenommen hatte. Sie musste lernen damit umzugehen. Ihrem Naturell entsprechend war sie unterwürfig oder hatte sich immer dafür gehalten. Sie spürte den Respekt und den Gehorsam der anwesenden Männer und genoss heimlich das Gefühl der Macht.

***

Tom, Shadow, Nero, Dark und Blue kauerten im Schatten einer Hecke und beobachteten das Kasernengelände. Sie warteten darauf, dass ihre Uhren sechs Uhr morgens anzeigten. Den Zeitpunkt, an dem sie zuschlagen wollten.

Boss, Gabriel, Umbro und Irbis würden zeitgleich ins Bürogebäude eindringen. Dort sollten sie auf dem Stockwerk, auf welchem Lemniskate Helvetica die Büros hatte, an strategischen Punkten Brandbomben platzieren. Diese würden dann alle Räumlichkeiten und Aufzeichnungen dieser verhassten Firma zerstören. Durch den ersten Bruch und die dadurch erhaltenen Daten und Akten wussten sie genug, um auch an die Hintermänner zu kommen.

Das Kasernengelände lag still vor ihnen. Eine kalte Brise frischte auf und zerrte an der Kleidung. Als es Zeit war, gab ihnen Shadow ein Zeichen. Die drei Schattenlords bildeten die Vorhut und gaben dem Vorrücken von Tom und Blue Deckung. Es war unvorstellbar, wie schnell sie sich bewegten, man konnte sie mit bloßem Auge kaum erkennen. Sie verschmolzen tatsächlich mit ihrer Umwelt. Nachdem sie sich vergewissert hatten, dass die Luft rein war, winkten sie Tom und Blue zu sich.

Blue hatte den Zaun zum Gelände passiert, als sich ein Auto näherte. Durch die Form der Scheinwerfer wusste sie, dass es sich um Mattys Jaguar handelte. Die Zeit zum Handeln war gekommen.

„Shadow, ihr geht rein und räumt schon mal auf. Tom und ich schnappen uns die beiden Saftsäcke in dem Wagen." Selbst aus dieser Distanz konnte Blue in dem Auto zwei unterschiedliche Herzschläge ausmachen. „Wir kommen nach. Und denkt daran, es könnten sich noch Überlebende da drin befinden." Kaum hatte sie gedanklich einen Punkt hinter ihre Aussage gesetzt, erinnerte nur noch ein Luftzug an die Anwesenheit der Schattenlords.

Inzwischen hatte das Auto die Geländeeinfahrt fast erreicht. Entschlossen trat Blue aus dem Schatten auf den Platz hinaus. Der Jaguar kam abrupt zum Stehen, keinen Meter von ihr entfernt. Matty riss entsetzt die Augen auf. Während sie sich durch die Frontscheibe anstarrten, zerrte der kalte Wind an Blues Ledermantel.

Neben Matty saß Folterknecht Roth, der nervös auf dem Sitz herumrutschte. Als sich Matty wieder im Griff

hatte, legte er den Rückwärtsgang ein und wollte flie-
hen. Inzwischen war jedoch Tom ebenfalls aus seiner
Deckung gekommen und versperrte den Fluchtweg.
Matty fluchte.

„Sei ein Mann, Bonnet, und steig aus", sagte Blue kalt.

Ohne sie aus den Augen zu lassen, löste er den Sicherheitsgurt und stieg aus. Er blieb in der offenen Autotür
stehen, die Hände auf dem Rahmen liegend.

„Du warst tot", sagte er mit gebrochener Stimme, „wie
ist das möglich?"

Nun machte sich Roth ebenfalls daran auszusteigen.
Mit einem kurzen Blick gab Blue Tom zu verstehen,
dass er sich um diesen Wurm kümmern sollte. Tom
nickte kurz und bewegte sich dann so schnell zur Beifahrerseite, dass er vor dem menschlichen Auge ver-
schwimmen musste.

Matty lenkte ihre Aufmerksamkeit wieder auf sich,
indem er sich bewegte.

„Wie du siehst, Matty, lebe ich noch. Obwohl ich zugeben muss, dass du und dein Freund mich beinahe geschafft hätten." Sie ging auf ihn zu und Matty wich zurück. Plötzlich wirbelte er auf dem Absatz herum und
rannte davon.

Nach drei Schritten hatte sie ihn zu Boden gerissen.
Das Keuchen, das aus seiner Brust drang, verschaffte
ihr wohltuende Befriedigung. Sie griff zum Stiefel und
zog den Dolch hervor. Mit einem Ruck riss sie Matty
hoch und hielt ihm die Messerspitze unter das Kinn. Er
wagte es nicht, sich zu rühren, geschweige denn, einen
Laut von sich zu geben. „Tom", rief Blue. „Du kannst
dich an dem Typen austoben. Das ist Martin Roth.

Matty und ich werden dir dabei zusehen. Nicht wahr,
Matty?"

Er jammerte und wimmerte.

Mit der Geschmeidigkeit einer Raubkatze griff Tom
ins Fahrzeuginnere und zerrte Roth ins Freie. Dieser
zappelte an Toms Arm wie ein Fisch am Haken. Tom
hatte ihn an der Kehle gepackt und hochgehoben.
Roths Füße baumelten zehn Zentimeter über dem Boden. Sein Gesicht hatte sich dunkelrot verfärbt und er
rang nach Luft. Tom fletschte die Zähne und knurrte.
Mit Schwung schleuderte er sein Opfer zu Boden. Roth
wimmerte, während Tom ihn am Kragen packte und
wieder hochzerrte.

„Du hast ein paar falsche Entscheidungen getroffen,
mein Freund." Toms Stimme war kalt und hart wie der
eisbedeckte Asphalt unter seinen Stiefeln. „Du hast
Vampire gequält und getötet. Ihr habt sie zu monströ-
sen Dingen gezwungen und nicht einmal vor Babys
haltgemacht. Ihr seid widerwärtige, kranke Kreatu-
ren."

Tom holte aus und seine Faust landete krachend auf
Roths Kiefer. Der Feigling jaulte auf und stolperte rückwärts. Nach all den schrecklichen Dingen, die er anderen angetan hatte, war er noch widerwärtiger, indem
er sich schwach zeigte. Tom trat wieder auf ihn zu und
baute sich vor ihm auf. „Dein größter Fehler war, dass
du dich an meiner Frau vergriffen hast. Und dafür
mein Freundchen", Tom hielt inne und riss Roths Kopf,
der vor ihm kniete an den Haaren nach hinten, „wirst
du jetzt sterben."

Mit diesen Worten zog er seinen Dolch und schnitt
Roth die Kehle durch. Roth machte ein erschrockenes

Gesicht. Sein Blut ergoss sich auf den Boden und sammelte sich in einer dunklen Pfütze. Ein Röcheln drang aus seiner Brust, dann kippte er vornüber und landete mit dem Gesicht voran in seinem eigenen Blut.

„Nichts anderes als Monster seid ihr!“, zischte Matty. „Ausrotten sollte man euch.“

Voller Zorn schlug Blue ihm mit der flachen Hand ins Gesicht. Von der Wucht des Schlags wurde er zu Boden geschleudert und blieb benommen liegen. Fauchend stürzte sie sich auf ihn. Den Dolch drückte sie ihm hart gegen die Brust. Die Messerspitze grub sich tief in sein Hemd. „Du schimpfst uns Monster? Das steht dir nicht zu, du Satan!“

Ihre Stimme versagte ihr vor Wut den Dienst, weshalb die Worte wie ein Zischen über ihre Lippen kamen. Irgendwo hinter ihr konnte sie Tumult hören und gleich darauf rief jemand ihren Namen.

Das Letzte, was sie jetzt wollte, war, dass sie jemand in ihrem Triumph störte. Diesen Moment wollte sie ungestört auskosten. Irgendjemand legte ihr seine Hände auf die Schultern. Ein vertrauter Duft stieg ihr in die Nase und Blue erkannte, dass es Tom war.

„Du solltest jetzt kurz mitkommen und dir etwas ansehen.“

Seine Stimme war eindringlich, konnte sie aber nicht von ihren Plänen abbringen. Deshalb knurrte sie. „Das kann warten, bis ich den hier fertiggemacht habe!“

Toms Gesicht kam in ihr Blickfeld. „Nein, kann es nicht. Vertrau mir. Dieses Arschloch wird noch da sein, wenn du zurückkommst.“

Fluchend gab sie Matty einen letzten Stoß und erhob sich. Tom hatte inzwischen Dark zu sich gerufen und ihm den Befehl erteilt, auf die Ratte Matty aufzupassen.

„Also, was ist so unglaublich wichtig, dass es nicht warten kann?"

Ohne eine Antwort führte Tom sie zu Shadow, der am Boden kniete. Neben ihm lag ausgestreckt eine Gestalt. Sie bewegte sich kaum. Als Shadow Blue kommen hörte, erhob er sich und sah sie gequält an. Unwillkürlich wanderte ihr Blick zu der Person zu ihren Füßen. Ein großer Mann, geschunden, voller alter und neuer Narben und blutender Wunden. Das Haar hatte man ihm abrasiert. Die geschlossenen Augen lagen tief in den Höhlen und er atmete flach. Er würde sterben, da bestand nicht der geringste Zweifel. Kaum hatte sich dieser Gedanke in Blues Kopf eingenistet, hob der Mann die Lider. Sein rotbrauner Blick brannte sich in ihre Netzhaut und die Knie versagten ihr den Dienst. Sie sank vor ihm zu Boden und bettete unbeholfen seinen Kopf in ihrem Schoß.

„Leander", presste sie hervor, am Kloß vorbei, der sich in ihrer Kehle gebildet hatte.

Er nickte schwach. Seine Augen schwammen in Tränen. „Siria, meine Tochter."

Seine Stimme war ein raues Flüstern und jedes Wort kostete ihn Mühe. Mit zitternden Händen fuhr sie ihm über die Wange.

„Scht, nicht sprechen", sagte Blue.

Er schüttelte den Kopf. „Mir bleibt keine Zeit mehr." Ein schwaches Husten unterbrach ihn. Als er wieder zu Atem gekommen war, fuhr er fort. „Du musst mit Ignaz Meier Kontakt aufnehmen. Er ist Rechtsanwalt und hat seine Kanzlei an der Fraumünsterstraße. Von ihm wirst du alles erfahren, was du wissen musst." Ein weiterer Hustenanfall schüttelte seinen gepeinigten Körper. Leander fühlte sich erschreckend kalt an. Er lag im Sterben. So viele Jahre hatte er Folter und Qual überstanden und im Moment seiner Rettung gab sein Körper auf.

„Vater, bitte halte durch. Gib nicht auf. Nicht jetzt."

Er lächelte schwach und hob mühsam die Hand, um Blues Haar zu berühren. „Sei stark, Siria. Wenigstens hatte ich ein einziges Mal die Gelegenheit mit dir zu sprechen. Was könnte ich mir mehr wünschen?"

Seine Augen konnten sie nur mit Mühe fokussieren, während sich ihr Blickfeld durch Tränen trübte.

Jemand hatte ihr erneut die Hand auf die Schulter gelegt. Blue schüttelte sie jedoch mit einem Fauchen ab. In dieser Minute wollte sie niemanden in ihrer Nähe haben. Sie ertrug es einfach nicht. In ihrer Trauer griff sie nach der Energiekugel in ihrem Inneren und breitete sie aus. Ließ sie aus ihrem Körper ausbrechen und hüllte Leander und sich darin ein. Alle Geräusche erstarben und wohlige Stille umgab sie. Einzig Leanders rasselnder Atem unterbrach die Ruhe.

Verzweifelt schob Blue ihren Ärmel zurück und wollte sich ins Handgelenk beißen, damit er von ihr trinken konnte. Er hielt sie zurück.

„Dafür ist es zu spät. Sei einfach bei mir und halt mich fest."

Seine geflüsterten Worte drangen tief in ihr Herz und brachten es zum Bluten. Entspannt schloss er die Augen und schmiegte sich an sie.

„Ich habe euch immer geliebt“, flüsterte er, „deine Mutter und euch beide.“

Sie horchte auf, glaubte etwas falsch verstanden zu haben. „Was meinst du damit, Vater?“, fragte sie.

Er schien sie nicht mehr zu hören. Stattdessen wiederholte er immer wieder dieselben Worte wie sein persönliches Mantra. „Ich habe euch drei immer geliebt.“

Nach entsetzlichen Minuten, in denen sie noch immer die Hoffnung gehegt hatte, dass er es schaffen könnte, erschlaffte sein Körper und beendete seine Agonie. Leanders Kopf sank an ihre Schulter und er atmete ein letztes Mal aus. Eisige Kälte breitete sich in ihrem Herzen aus. Leander war weg, ihr Vater tot. Der Verlust der verpassten Gelegenheit ihn kennenzulernen schmerzte sie und fraß sich wie Säure durch ihre Adern. Noch nie im Leben war sie so rasend vor Zorn gewesen wie in diesem Moment. Nicht als Boss über sie hergefallen war, nicht als Tom verschleppt worden war und nicht als sie Mattys Verrat erkannt hatte. Der Druck in ihrer Brust wurde unerträglich. Deshalb legte sie den Kopf in den Nacken und schrie.

Als Blue sich wieder im Griff hatte, zog sie den Ledermantel aus, faltete ihn zu einem Kissen zusammen und legte ihn unter Leanders Kopf. Dann nahm sie seine Hände, küsste sie und faltete sie auf seiner Brust. Seine Züge entbehrten jeder Anspannung, er wirkte zufrieden.

Das Energiefeld drang noch immer pulsierend aus ihr heraus. Es gab ihr die Kraft sich zu erheben. Ihr Handeln kannte nur noch ein Ziel: Mattys Vernichtung.

Langsam wandte sie sich ihm zu und ging in seine Richtung. Dark hatte ihn im Schwitzkasten. Als der

Schattenlord sie ansah, wich alles Blut aus seinem Gesicht und er trat von Matty weg. Blues Schritte waren lautlos. Es schien, als ob sie über den Asphalt schwebte. Matty taumelte rückwärts und landete unschön auf seinem Hintern. Im Hintergrund, zu weit weg für ihr Bewusstsein, konnte sie die anderen aufgeregt flüstern hören.

„Du Ratte", zischte Blue leise, „du hast meinen Vater ermordet!"

Matty sah sie verständnislos an. „Deinen Vater? Aber du bist doch Waise?"

Inzwischen stand sie über ihm. „Dieser Mann war Leander Delcours, mein Vater und Igors Bruder. Sein älterer Bruder, um genau zu sein." Nun begriff Matty anscheinend einen Teil dessen, was sich abspielte. „Ich bin Siria Leandra Sangualunaris. Tochter von Leander Delcours und Andromeda Sangualunaris. Schwester des Königs der Vampire. Somit bin ich die Thronerbin und auch die rechtmäßige Anführerin der Outlaws."

Mattys Gesicht war vor Angst verzerrt und er begann rückwärts zu kriechen. Der Wurm würde aber nicht entkommen. Mit einem Satz war sie wieder über ihm. Sie kauerte sich hin.

„Etwas weißt du noch nicht. Ich bin ein Assassine und jetzt, mein ehemals bester Freund, wirst du sterben." Mit diesen Worten stieß sie ihm den Dolch ins Herz und sah zu, wie das Leben in seinen Augen erlosch.

***

Tom konnte es kaum glauben, als er sah, wen Shadow aus dem Labor getragen hatte. Er hatte Leander sofort

280

erkannt, denn er erinnerte sich an die Fotos in Blues Medaillon und den gestohlenen Unterlagen. Mit einem kurzen Blick auf Leander hatte er bemerkt, dass es um dessen Gesundheit nicht zum Besten stand.

Kurz entschlossen eilte er zu Blue. Er geriet jedoch ins Stocken, als er sah, in welchem Zustand sie sich befand. Sie war geladen und bis zum Zerreißen angespannt. Er hatte große Mühe ihre Aufmerksamkeit zu erlangen und sie dazu zu bewegen, von Matty einen Moment abzulassen.

Als Leander dann gestorben war, war ihre Traurigkeit für ihn physisch zu spüren gewesen. Der Schrei, den sie ausgestoßen hatte, brachte die Fensterscheiben der Kaserne und des Jaguars zum Bersten. Sie mussten sich die Ohren zuhalten, um sie vor Schaden zu schützen. Niemand wagte es, sich ihr zu nähern.

Nachdem sie Leander sanft auf ihren Mantel gebettet hatte, stand sie plötzlich auf. Ihr Energiefeld umfloss sie noch immer. Sie strahlte schiere Macht aus. Und Zorn, unendlichen, tödlichen Zorn. Noch nie hatte Tom Blue so gesehen.

Die Luft um sie herum knisterte und dort wo das Kraftfeld den Boden berührte, begann der Asphalt zu schmelzen und Blasen zu werfen. Sie hinterließ auf dem Weg zu Matty Bonnet eine breite Rinne im Boden.

Das Erschreckendste waren jedoch ihre Augen. Sie leuchteten wie weißer Stoff in einer Schwarzlichtlampe. Fluoreszierendes Blau. Unglaublich Furcht einflößend. Er hatte immer gewusst, dass Blue gefährlich sein konnte, sie aber so zu sehen, war eine ganz andere Sache.

Toms Magen zog sich bei diesem Anblick zusammen. Sie tat ihm leid, denn er konnte ihre Qual deutlich fühlen und wollte sie ihr am liebsten abnehmen. Als er mit ansehen musste, wie sie Matty das Messer in die Brust stieß, hätte er sich am liebsten übergeben. Nicht weil ihm Bonnet leidgetan hatte, sondern weil ihm Blues Worte wieder eingefallen waren. Ein paar Monate zuvor hatte sie ihm erzählt, dass jedes Mal, wenn sie jemanden tötete, ein Teil von ihr starb. Sein Beschützerinstinkt schlug an. Tom eilte zu ihr. Sie war neben Bonnets Leiche zusammengesunken und wischte mit fahrigen Bewegungen ihren Dolch an dessen Kleidung ab.

Tom kniete sich neben sie und strich ihr einige Haarsträhnen aus dem Gesicht. Er suchte nach den richtigen Worten. Was sagte man in einer solchen Situation? Alles, was ihm in den Sinn kam, war zu schwach. Dann hob sie unerwartet den Kopf und sah ihn an. Seine Arme öffneten sich und sie sank ohne ein Wort an seine Brust. Er drückte sie an sich, fühlte ihre Wärme, aber auch ihre Verzweiflung.

Blue löste sich viel zu schnell wieder aus seiner Umarmung. Auf ihren Zügen lag Bedauern. „Wir haben dafür jetzt keine Zeit. Wir müssen unsere Spuren beseitigen und verschwinden, bevor die Menschen auftauchen.“

Abschied

Blues Knie waren weich wie Gummi und jeder Schritt erforderte großen Kraftaufwand. Tom und die Schattenlords starrten sie an. Ihr Blick wanderte zum Leichnam ihres Vaters. Unwillkürlich zog sich ihre Brust zusammen. Mit einem Seufzen nahm sie ihre Funktion als Truppenleiter wieder auf und erteilte Befehle. Sie fühlte sich ausgelaugt und jede Faser ihres Körpers schmerzte. Es mussten aber noch einige Dinge erledigt werden, bevor sie sich einen Zusammenbruch erlauben konnte.

„Shadow, sind alle Brandsätze platziert?" Er nickte. „Gut, dann zünde sie, sobald wir das Gelände verlassen haben." Dann wandte sie sich an Dark. „Schließ den Multivan kurz und leg Leander hinein. Tom wird dir helfen. Und du, Nero, schaffst Bonnets Leiche in die Kaserne. Dann müssen wir ihn nicht entsorgen. Danach kümmerst du dich um die anderen Opfer." Die Schattenlords hatten neben Leander noch fünf weitere lebende Opfer aus den Labors geholt.

Alle Männer schwärmten aus und ließen Blue allein zurück. Bei dieser Gelegenheit nahm sie das Mobiltelefon in die Hände und rief Boss an. In kurzen Worten informierte sie ihn über den Stand der Dinge.

„Blue, es tut mir leid, von Leanders Tod zu hören.
Bring ihn ins Krematorium. Ich werde dort alles für die
Zeremonie in die Wege leiten."

Nachdem sie den Anruf beendet hatte, war ihr elend.
Sie ging zum Wagen, wo die anderen bereits auf sie
warteten.

In ihren Augenwinkeln wurde die Nacht zum Tag
und den Bruchteil einer Sekunde später erschütterten
die verschiedenen Detonationen der Brandsätze das
Wageninnere. Die Kaserne brannte lichterloh und somit würden auch alle Spuren ihrer Anwesenheit vernichtet werden. Shadow, Nero und Dark hatten gute
Arbeit geleistet.

Die Ladefläche des Multivans war alles andere als
komfortabel. Neben Blue lag Leanders lebloser Körper.
Sie hatte ihn mit ihrem Mantel zugedeckt und hielt
seine Hand, die inzwischen eiskalt war. Dark saß am
Steuer und Tom neben ihm auf dem Beifahrersitz. Sha-
dow und Nero kümmerten sich um die beiden anderen
Wagen. Doch das war im Moment Blues kleinste Sorge.
Wie ein Echo hallten Leanders letzte Worte in ihrem
Kopf. Ignaz Meier ... euch drei immer geliebt ... Was
sollte das nur heißen?

Eine bleierne Müdigkeit überkam sie und wurde ver-
stärkt durch die Gewissheit, über Wochen hinweg mit
ihrem Vater unter einem Dach gewesen zu sein. Beide
hatten sie Höllenqualen erlitten. Wenn sie es gewusst
hätte, hätte sie versucht ihn zu retten. Vielleicht könnte
er jetzt noch am Leben sein. Aber was sollte das? Alles
Warum und Vielleicht brachte rein gar nichts. Selbst
wenn sie es gewusst hätte, wie hätte sie ihm helfen können? Sie war selbst nur knapp dem Tod entronnen.

Die Luft im Krematorium war kühl und roch steril. Leander war inzwischen auf einen Untersuchungstisch gelegt worden und Tom und Blue hatten die rituelle Kleidung angezogen. Weite, bodenlange Roben aus dunkelroter Seide bedeckten ihre nackte Haut. Ein Seil in der gleichen Farbe war um ihre Taillen geschnürt. Darüber trugen sie weiße Schürzen, um die Seide zu schützen. Die Tradition wollte es, dass ein Toter von den zwei nächsten Angehörigen gewaschen und mit einem Öl aus Myrrhe, Weihrauch und Salbei gesalbt wird. Während des Einölens musste der Körper achtmal umschritten werden. Beim Kopf beginnend im Uhrzeigersinn. Das sollte den Lauf der Zeit symbolisieren und die Zahl Acht bezog sich auf den Neuanfang.

Während des Rituals durfte kein Wort gesprochen werden. Die Stille war den Erinnerungen an den Verstorbenen gewidmet. Nur, Blue hatte keine Erinnerungen an Leander und Tom war nur hier, weil ihre Mutter unauffindbar war und er deshalb ihren Platz eingenommen hatte.

Nachdem sie die Waschung und Salbung beendet hatten, kleideten sie ihren Vater in die gleiche Robe. Seine war jedoch weiß, für die Unendlichkeit stehend, in die Leander eingegangen war. Als er aufgebahrt war, entledigten sie sich der hässlichen weißen Schürzen.

Shadow, Irbis, Dark und Umbro trugen Leander auf einer Bahre in den Zeremonienraum. Die Blicke von Orion, Gabriel, Nero, David und Lucy waren auf sie gerichtet. Die Schattenlords stellten die Totenbahre auf ein passendes Gestell mit vier Rädern und traten von Leander weg.

Dem Ritual weiter folgend kamen alle Anwesenden einzeln zu Leander. Sie schnitten sich eine Haarsträhne ab und benetzten sie mit einem Tropfen ihres Blutes. Leander sollte einen Teil von ihnen mit auf die ewige Reise nehmen. Die Haarsträhnen wurden in eine Holzschale zu seinen Füßen gelegt. Zuletzt kam Blue an die Reihe. Mechanisch griff sie nach der Schere, die ihr unter die Nase gehalten wurde, und schnitt sich ein paar Haare ab. Dann zog sie die Schneide über die Spitze ihres Daumens. Wie in Trance beobachtete sie, wie sich das austretende Blut in kleinen Tropfen sammelte. Jemand räusperte sich und holte sie damit in die Realität zurück. Schnell drückte sie den blutigen Daumen auf das Bündel Haare und legte es in die Schale. Bevor sie sich jedoch abwandte, konnte sie dem Drang nicht widerstehen, Leander ein letztes Mal die Hand an die Wange zu legen und ihm die Stirn zu küssen. Als sie seine kalte, starre Haut berührte, brach die ganze Erschöpfung und Trauer über ihr zusammen. Die Knie gaben unter ihr nach und am Ende fand sie sich in Toms Armen wieder.

***

Es war eine anstrengende Zeit gewesen. Das Totenritual sah vor, dass sie zwei Tage im Zeremonienraum am Boden knieten und Leanders Leichnam in Gedanken durch die Kremation begleiteten. Nach diesen zwei Tagen stand Blue auf der Terrasse ihrer Dachwohnung und blickte in den winterlichen Sonnenuntergang. Die kalte Jahreszeit neigte sich dem Ende zu und die Tage wurden bereits spürbar länger. Die Urne mit Leanders

Asche ruhte in ihren Armen und wartete darauf, dass das Ritual zu Ende gebracht wurde.

Insgeheim genoss sie die Einsamkeit ihres großen Balkons. Tom lag in der Badewanne und die Schattenlords waren wer weiß wo. Irgendwie vermisste sie das einsiedlerische Leben, das sie früher geführt hatte. Mit diesem Gedanken ging Blue auf das Geländer zu und öffnete die Urne. Sie ließ den Wind hineinfahren und die Asche davontragen. Alles bis auf einen kleinen Rest, denn mit diesem hatte sie andere Pläne. In Gedanken verabschiedete sie sich von Leander. Ihrem Vater, den sie nur ein paar Minuten kennen durfte, von dem sie aber insgeheim immer gewusst hatte, dass er da gewesen war.

Als Blue schließlich wieder reinging, war sie komplett durchgefroren. Glücklicherweise war das Badezimmer frei und sie flüchtete sich direkt unter die heiße Dusche. Tom lag schon im Bett, als sie mit geröteter Haut das Zimmer betrat, und befand sich bereits in anderen Gefilden. Wie es den Anschein hatte, hatte er auf sie warten wollen, war aber eingeschlafen. Leise ging sie ums Bett herum, machte die Nachttischlampe aus und schmiegte sich an ihn.

Ignaz Meier

Ignaz Meiers Kanzlei lag an der Fraumünsterstraße, so wie Leander es gesagt hatte. Nachdem Blue sich ein paar Tage von den Ereignissen im Labor erholt und den nötigen Mut aufbringen konnte, hatte sie ihn um einen Termin gebeten. Ohne nachzudenken, hatte sie der Sekretärin ihren richtigen Namen genannt. Diese war kurz ins Stocken geraten und verband Blue umgehend mit ihrem Chef. Ignaz Meier hatte eine volle, tiefe Stimme. Er sagte ihr, dass sie noch am selben Tag vorbeikommen sollte.

Mit pochendem Herzen stellte Blue das Auto auf dem Parkplatz neben der Fraumünsterkirche ab. Diese Kirche war früher das Gotteshaus eines ehemaligen Frauenklosters, welches 835 n. Chr. von König Ludwig dem Deutschen gestiftet wurde. Es wurde bis 1524 von Frauen des süddeutschen Hochadels bewohnt. Der römisch-gotische Bau in der Zürcher Altstadt war heute eine evangelisch-reformierte Kirche. Wie in Trance eilte sie die Fraumünsterstraße hinunter und fand sich vor der Tür der Kanzlei wieder. Ihr Finger drückte zitternd auf die Klingel, bevor sie eintrat.

Ignaz Meier war eine Respekt einflößende Erscheinung in den Sechzigern. Der schwarze Maßanzug unterstrich die Autorität des Mannes. Den Kopf hatte er kahl geschoren und tief auf seiner Nase thronte eine Lesebrille aus Horn. Der Schreibtisch machte trotz der Aktenstapel einen akribisch geordneten Eindruck.

Blue trat näher. Der Anwalt erhob sich und streckte ihr die Hand entgegen. Sie war warm und knochig.

„Bitte setzen Sie sich, Frau Sangualunaris."

„Bitte nennen Sie mich Blue, denn bis vor Kurzem habe ich nichts von meinem richtigen Namen gewusst."

Er nickte und lehnte sich im Stuhl zurück. Einen Moment sagte niemand etwas. Doch dann stand er ruckartig auf.

„Blue", begann er mit leicht fragendem Unterton, „da Sie heute hier sind, nehme ich an, dass Ihr Vater von uns gegangen ist."

Sie nickte.

„Dann möchte ich Ihnen mein herzliches Beileid aussprechen."

„Vielen Dank. Aber ich habe Leander kaum gekannt. Er hat mir Ihren Namen genannt, bevor er in meinen Armen gestorben ist."

„Das tut mir leid, zu hören. Ihr Vater und ich haben viele Jahre zusammengearbeitet." Er ging zu einem Tresorschrank und machte sich am Zahlenschloss zu schaffen.

„Wissen Sie von uns?"

Die Frage ließ ihn innehalten. „Ich verstehe nicht, was Sie meinen."

„Wissen Sie von der Existenz unserer Spezies?"

Er lächelte milde. „Ihr Vater und ich hätten nicht über dreißig Jahre zusammengearbeitet, wenn wir uns nicht voll und ganz vertraut hätten. Ja, ich weiß von Ihrer

Rasse und was es damit auf sich hat. Anfangs hatte ich natürlich Bedenken." Er stoppte und überdachte seine Aussage noch einmal. „Bedenken ist das falsche Wort. Ich hatte eine Heidenangst. Eine blutsaugende, Menschen tötende Kreatur wollte, dass ich ihre Interessen vertrat. Doch nachdem Leander sich mir erklärt und mir alles erzählt hatte, legte sich meine Angst. Vertrauen Sie mir, meine Liebe, Ihr Geheimnis ist bei mir sicher." Dann drehte er sich dem Safe zu und holte etwas heraus. Als er zum Schreibtisch zurückkam, hielt er eine längliche Schachtel aus poliertem Kirschholz in den Händen. Auf deren Deckel lag ein Stapel Briefumschläge. Nachdem er sich gesetzt und Ordnung in die Unterlagen gebracht hatte, nahm er einen gelben Umschlag zur Hand.

„Ihr Vater war ein wohlhabender Mann. Er hat Ihnen ein Vermögen in Geldanlagen und Immobilien hinterlassen. Sie und ein weiterer Nutznießer sind seine einzigen Erben. Der Erbteil, der Ihrer Mutter zusteht, wurde bereits an deren Vertreter ausbezahlt und verwaltet."

Zwar überraschte es Blue, das zu hören, aber durch ihren Job bei Boss hatte sie ein ansehnliches Einkommen. Vielleicht hätte sie sich mehr darüber freuen müssen, bot sich ihr hier doch die Möglichkeit mit Boss' Sonderaufträgen und den Nachtschichten im Club aufzuhören. Doch sie wollte diese Arbeit nicht aufgeben. So sehr sie sie manchmal hasste, sie war ein Teil von ihr. Was sollte sie sonst tun? Während ihr diese Gedanken durch den Kopf schossen, hatte Meier den Umschlag geöffnet und den Inhalt herausgezogen. Ein

Bündel ordentlich zusammengehefteter Papierbogen kam zum Vorschein.

„Ich muss Sie nun um ein paar Unterschriften bitten. Es handelt sich hier um Vollmachten für Bankkonten, bei denen Sie das alleinige Zeichnungsrecht haben, sowie die Übertragung von Besitzurkunden dreier Immobilien." Er reichte Blue die Formulare und einen edlen Füllfederhalter. Auf jedem Blatt zeigte er ihr die Stelle, wo sie zu signieren hatte. Dann gab er ihr die Originale und steckte die Kopien in einen bereits adressierten Briefumschlag. „Haben Sie noch Fragen?"

Verwirrt schüttelte Blue den Kopf.

„Gut. Dann wäre nur noch eine Sache zu erledigen." Mit diesen Worten schob er die Kirschholz-Kiste zu ihr herüber.

Der längliche Kasten stand vor ihr und ihre Finger berührten den Deckel. Das Holz war glatt und warm. Vorsichtig hob sie ihn an. Das Innere war mit schwarzem Samt bekleidet. Als Erstes stach ihr der gelbliche Briefumschlag ins Auge. Blue nahm ihn heraus und dadurch erblickte sie die Gegenstände, die unter dem Umschlag in den Samt gebettet waren. Es handelte sich um zwei identische, atemberaubend schöne Schwerter. Die Klingen der beiden Einhänder waren aus Damaszener-Stahl gefertigt und das organische Muster, das für diese Art Stahl typisch war, schien beinahe lebendig. Das Heft war mit Leder umwickelt und in regelmäßigen Abständen wand sich ein Silberdraht darum. Die Parierstange war leicht nach hinten gebogen und wies verschnörkelte Gravuren auf. Der Knauf war aus massivem Silber und an dessen Scheitel prangte ein Stern aus Saphiren, welche in das Edelmetall eingelassen waren. Nachdem Blue sich von ihrer Verblüffung erholt hatte, öffnete sie den Briefumschlag und zog vier vollgeschriebene Bogen Papier heraus. Sie wiesen eine feste Qualität auf. Es handelte sich um einen Brief, geschrieben in einer klaren, elegant geschwungenen Schrift. Er war viereinhalb Jahre zuvor geschrieben worden.

Liebe Siria, Tochter meines Blutes und meines Herzens!
Wenn Du diese Zeilen liest, heißt das, dass ich tot bin. Es tut mir unendlich leid, dass Du die Wahrheit nicht von mir oder Deiner Mutter erfahren kannst. Aber es ist besser, am Anfang der Geschichte zu beginnen: Damals, vor so vielen Jahren, herrschte ein erbitterter Krieg zwischen Orions Armee und den Kämpfern der Outlaws, denen ich vorstand. Wir führten den Krieg unserer Väter fort.
Meine Leute und ich kämpften um das Recht der Freiheit und Selbstbestimmung. Wir wollten uns von Menschen ernähren, wenn uns danach war. Sie waren schließlich nichts als Vieh, und wenn dabei einer umkam, war das ein Kollateralschaden, den man hinnehmen konnte.
Wir kamen immer mehr in Bedrängnis, weshalb Igor auf die Idee kam, Andromeda zu entführen. Es war allgemein bekannt, dass Orion seine Schwester abgöttisch liebte. Er würde alles für sie tun. So dachten wir zumindest. Wir wollten ihn mit ihr als Druckmittel zur Kapitulation zwingen.

Wir hatten es schon längere Zeit zuvor geschafft, Spione in Orions Reihen zu schleusen und mit ihrer Hilfe konnten wir Andromeda in unsere Gewalt bringen. Orion war außer sich vor Zorn, unternahm jedoch sonderbarerweise nichts, um das Leben seiner Schwester zu retten. Was wir zu diesem Zeitpunkt nicht wussten, war, dass Orion und Andromeda eine Absprache hatten. Sollte jemals einer von ihnen in die Hände des Feindes fallen, würde der andere nichts für seine Rettung unternehmen. Sie wollten so vermeiden, erpressbar zu sein.

Als wir dahintergekommen waren, dass sich unser Plan in Nichts aufgelöst hatte, wurde Janus wütend. Er fiel über Andromeda her und wollte sich an ihr vergehen. Janus hat schon immer zu solchen Ausbrüchen geneigt.

Während der paar Wochen, in denen sie in unserer Gefangenschaft war, bekam ich zunehmend das Gefühl, mich geirrt zu haben. Immer öfter hatte ich mich zu ihr geschlichen, um mich mit ihr zu unterhalten. Durch sie habe ich meine Sichtweise geändert und eine andere Einstellung zu den Dingen bekommen. Durch Andromeda erkannte ich, dass wir auf dem falschen Weg waren. Die Freiheit, für die wir kämpften, war nichts anderes als die Unterdrückung der Menschen und Beherrschung unseres eigenen Volkes. Wären wir siegreich, würden wir zu seelenlosen Bestien ohne Verstand mutieren. Genau das Bild, das die Menschen in Mythen und Legenden von uns hatten.

Sie machte mir klar, dass eine Symbiose mit den Menschen viel besser war. Dass mit freiwilligen Blutabgaben und den Blutkonserven unser Überleben mehr als

gesichert wäre. Vielleicht bestünde sogar irgendwann
die Möglichkeit aus dem Verborgenen zu treten und
ein produktives, offenes Miteinander zu leben. Sie
lebte für diesen Traum und konnte viele Menschen,
die eingeweiht waren, zu ihrem Freundeskreis zählen.
Sie inspirierte mich zu einem solchen, vielleicht utopi-
schen Leben.
Aber ich schweife ab. Wie gesagt, griff Janus Andromeda an. Irgendwie schaffte ich es, dazwischenzuge-
hen und sie aus seinen Klauen zu befreien. Er war außer sich und schimpfte mich einen Verräter. Ich
würde mit dem Feind kollaborieren.
Gemeinsam flohen wir in die Nacht. Ohne Essen, ohne
Geld, ohne Ziel. Mir war damals schon klar, dass ich
ihr mit Haut und Haaren verfallen war.
Wir tauchten ein paar Tage bei einer von Andromedas
menschlichen Freundinnen unter. Uns war jedoch
klar, dass das nur eine Übergangslösung sein konnte.
Deshalb machte ich mich auf die Suche nach einer si-
cheren Bleibe. Irgendwann fand ich eine baufällige
Holzhütte. Tief im Wald, oberhalb Einsiedelns. Vorsichtig holte ich Erkundigungen über die Ruine ein.
Niemand sollte auf uns aufmerksam werden. Wie sich
herausstellte, gehörte die Hütte niemandem mehr. Sie
war vergessen und dem Verfall preisgegeben. Es war
die ideale Zuflucht. Nach etlichen Wochen Umbau
war unser Nest wohntauglich. Eines muss ich Deiner
Mutter wirklich hoch anrechnen: Sie hat sich nie über
die ärmlichen Umstände beklagt. Sie hat hart mitgear-
beitet, um unser Leben erträglich zu gestalten.
Und dann kam der Tag, an dem sie bemerkte, dass sie

schwanger war. Der Ehrlichkeit halber muss ich zugeben, dass wir anfangs geschockt waren. Nicht, dass wir uns nicht hätten vorstellen können, gemeinsam Kinder zu haben. Wir liebten uns über alles. Aber ein Kind auszutragen, zu gebären und aufzuziehen, während man in ständiger Angst lebt entdeckt zu werden, ist eine andere Geschichte.

Mehrmals pro Woche ging ich einkaufen. Immer an anderen Tagen, Orten und zu anderen Zeiten. Ich wurde von Monat zu Monat unruhiger. Meine Nervosität nahm im selben Maß zu, wie der Bauchumfang Deiner Mutter. Kurz vor der Geburt konnte ich sie überreden, mit ihrem Bruder Kontakt aufzunehmen. Er sollte ein Treffen mit seinem Arzt arrangieren, damit dieser einen Blick auf Andromeda werfen konnte. Sie wirkte schon länger schwach und war außergewöhnlich blass. Ich hatte Angst, dass sie die Geburt nicht überleben würde. Zuerst wollte sie das Treffen nicht. Sie hatte Angst vor Orions Reaktion, wenn er erfuhr, dass sie mit mir, einem dreckigen Outlaw zusammen war. Orions Freude seine Schwester wieder in den Armen zu halten überwog jedoch. Er akzeptierte die Tatsache, weil ich sie gerettet und den Outlaws den Rücken gekehrt hatte.

Doc hatte Andromeda untersucht und war zu einem unerwarteten Ergebnis gekommen. Andromeda erwartete Zwillinge! Für Orion und Deine Mutter war das keine Überraschung. Anscheinend waren Zwillingsschwangerschaften in deren Familie keine Seltenheit. Sie selbst waren Zwillinge und ihr Vater hatte ebenfalls einen Zwillingsbruder, der jedoch bereits im

Kindesalter gestorben war. Der Arzt hatte eine Anä-
mie festgestellt und ihr deswegen eine Transfusion gegeben. Ansonsten schien sie gesund zu sein.
Eines Tages machte ich mich wieder auf, um Besor-
gungen zu machen, als ich ein paar von Orions Krie-
gern in die Hände fiel. Natürlich wussten sie nichts
von Andromedas Verhältnis zu mir und auch nicht,
dass Orion damit einverstanden war. Sie nahmen
mich gefangen und verhörten mich tagelang. Egal,
was ich sagte, sie glaubten mir natürlich nicht. Meine
Sorge um Andromeda stieg ins Unermessliche, sollte
sie doch in diesen Tagen gebären. Irgendwann war O-
rion ins Verhörzimmer gestürmt und hatte wild ge-
tobt. Was ihnen einfiele, mich gefangen zu nehmen,
rief er aus. Ob sie nicht wüssten, dass ich nun auf deren Seite stünde. Das werde Konsequenzen haben. Er
zeterte weiter, während er mich wegführte. Heute
glaube ich, dass er die beteiligten Männer exekutieren
ließ, denn ich habe sie nie wieder gesehen.
Ich schickte Orion nach Hause und eilte geradewegs
zu unserer Hütte. Der Wohnraum war ein Chaos. Die
spärliche Einrichtung war umgeworfen und zum Teil
zerbrochen. Andromeda lag bewusstlos unter einem
Regal und blutete stark am Kopf. Nachdem ich sie darunter hervorgeholt hatte, kam sie kurz zu sich. Sie erzählte mir, was geschehen war.
Vier Tage vor meiner Rückkehr hatte sie euch beide
zur Welt gebracht. Zuerst Dich, Siria Leandra und
dann deinen Bruder Draconis Orion. Schon vor dem
Tage der Geburt war ihr aufgefallen, dass immer wieder Fremde in der Nähe des Hauses herumgeschlichen
waren. Sie hatte befürchtet, dass es sich um Leute der

Outlaws handelte. Da sie davon ausgehen musste, dass ich tot war, war sie gezwungen, euch in Sicherheit zu bringen.

Als sie dann in die Hütte zurückgekehrt war, traf sie auf ein paar von Igors Leuten. Es kam zum Kampf und sie wurde verletzt. Über das Schicksal deines Bruders konnte ich trotz intensiver Suche nichts herausfinden. Dich habe ich jedoch ziemlich schnell gefunden, da Du von irgendjemandem ins Babyfenster des Spitals Einsiedeln gebracht worden warst. Ich musste mich versteckt halten, um die Outlaws nicht auf dich aufmerksam zu machen. Und aus rein egoistischen Gründen habe ich auch Orion nicht ins Vertrauen gezogen. Zwei Dinge werde ich mir nie verzeihen. Nämlich, dass ich nicht für Andromeda da sein und sie beschützen konnte und dass ich dich nicht aus deiner schrecklichen Kindheit befreit habe.

Andromeda brachte ich zu einem ihrer Freunde. Er ist Arzt und kann schweigen. Er und seine Frau haben Andromeda in Pflege genommen. Kurz nachdem sie mir alles berichtet hatte, ist sie in ein tiefes Koma gefallen und bis heute nicht mehr zu sich gekommen. Das Paar kümmert sich rührend um Deine Mutter und dafür habe ich sie finanziell entschädigt. Solange Andromeda atmet, sind alle Unkosten gedeckt. Mehrmals wöchentlich habe ich an ihrem Krankenbett gewacht, in der Hoffnung sie würde aufwachen. Doch sie tat es nicht. Wie sehr habe ich mir gewünscht, sie wieder lachen zu sehen, die Wärme ihrer Umarmung zu fühlen, sie zu küssen oder nur ihre Stimme zu hören. Und jetzt, da Du diesen Brief liest,

werde ich keine Gelegenheit mehr dazu haben. Beim
Gedanken daran bricht mein Herz.
Nun, am Ende all dieser Worte, muss ich Dich um
zwei Dinge bitten:

Liebe Siria, bitte wache am Bett Deiner Mutter, so wie
ich es getan habe. Du musst es nicht täglich machen,
aber so oft Du Zeit erübrigen kannst. Sollte sie wie
durch ein Wunder aufwachen, sag ihr, wie sehr ich sie
geliebt habe, auch wenn wir nicht durch die Blutzeremonie verbunden waren. Sie ist trotzdem die Frau im
Blute für mich. Sag ihr, dass meine letzten Gedanken
ihr gehörten.
Meine zweite Bitte lautet folgendermaßen: Finde Draconis, Deinen Bruder. Die Familie muss vereint sein,
um stark handeln zu können. Ich habe mir lange Gedanken über seinen Verbleib gemacht und vermute
folgendes Szenario. Wahrscheinlich haben die Outlaws ihn mitgenommen. Ich könnte mir vorstellen,
dass er bei einer Outlaw-Familie aufgewachsen ist. Du
wirst ihn an einem Muttermal erkennen, das er laut
Andromeda hinter dem linken Ohr trägt. Ein sternförmiges Mal. Alle Nachkommen von Darius haben dieses Mal. Nur an verschiedenen Stellen des Körpers. Du
und Dein Bruder tragen es hinter dem linken Ohr. Zumindest hat mir das Deine Mutter so erzählt. Auch ich
trage das Mal an dieser Stelle.
Die beiden Schwerter werden seit Generationen an
den Erstgeborenen im Geschlecht Delcours weiterge-
geben. Und da Du, wenn auch nur wenige Minuten,
vor Deinem Bruder zur Welt kamst, gehören sie Dir.
Gebrauche sie weise. Sie werden Dir auch im Kampf

gegen Igor gute Dienste leisten. Er wird nämlich den
Outlaws-Thron nicht freiwillig aufgeben.
Bitte vergib mir meine Fehler und den Irrglauben,
dem ich zu lange gefolgt bin. Ich liebe Dich, meine
Tochter. Ich habe euch drei immer geliebt.

Leander Delcours

P.S. Deine Mutter ist in der Obhut von Liesbeth und
Frank Horath. Du findest die Adresse in den Unterlagen, die Du von Ignaz Meier bekommen wirst.

Gerücht

Wie betäubt verließ Blue das Büro. Den Koffer mit den Schwertern trug sie unter dem Arm, die Unterlagen befanden sich darin und der Brief ihres Vaters ruhte in der Brusttasche ihres Ledermantels. Ihre Füße trugen sie automatisch zu ihrem Auto. Der Camaro mit den getönten Scheiben wirkte unter den gutbürgerlichen Autos wie ein Wolf unter Schafen. Ein Raubtier. Aber war sie das nicht auch? Waren die Vampire nicht alle Raubtiere unter Schafen? Wer etwas anderes behauptete, log oder verschloss sich vor der Wahrheit. Ein Teil von ihnen war jedoch gezähmt oder sollte sie sagen zivilisiert? Sie machten keine Jagd auf Menschen. Doch wie lange würden die Outlaws noch im erzwungenen Untergrund leben?

Nachdem sie die Schwerter in den Kofferraum gelegt und den Wagen verschlossen hatte, lehnte sie sich mit verschränkten Armen ans Heck des Autos. Krampfhaft versuchte sie, ihre Gedanken zu ordnen.

Was fühlte man in einer Situation wie dieser? Blue suchte in ihrem Inneren nach Emotionen jeglicher Art, fand aber nur Leere. Ihr Herz war erstarrt. Sie sollte Tom davon erzählen. Es wäre das einzig Richtige. Sie nahm das Smartphone, um ihn anzurufen und stellte dabei fest, dass der Akku leer war. Mist! Nach Hause wollte sie jetzt aber auch noch nicht. Die frische Luft tat ihr gut, weshalb sie ein paar Schritte ging.

Ihr Weg führte sie an der Limmat entlang über den Stadthausquai zum Bürkliplatz. Dort lehnte sich Blue an die Brüstung und blickte über den Zürichsee zu den dahinterliegenden Bergen. Der Beginn der Alpen.

„Hallo Prinzessin", erklang auf einmal Shadows Stimme hinter ihr.

„Hatten wir nicht die Abmachung, dass du mich beim Vornamen nennst, wenn wir allein sind?", bemerkte sie, ohne sich umzudrehen.

Er trat neben sie ans Geländer. Sie standen einen Augenblick schweigend da.

„Bist du zufällig hier oder mir gefolgt?" Sie sah immer noch zu den Bergen, ohne sie wahrzunehmen.

„Es ist unsere Aufgabe für deine Sicherheit zu sorgen. Deshalb wird immer einer von den Schattenlords in deiner Nähe sein." Also war er ihr gefolgt. „Tom hat mich angerufen. Er macht sich Sorgen, weil er dich nicht erreichen konnte."

Sie nickte. „Der Akku ist leer."

Shadow griff in seine Tasche und reichte ihr sein Mobiltelefon. „Ruf ihn an, damit er sich beruhigen kann. Er ist ein junger Vampir und muss noch lernen, wie er mit den intensiven Gefühlen umgehen soll, die dieses Dasein mit sich bringt. Es ist schwer für einen gebundenen Vampir, seine Empfindungen zu ordnen und unter Kontrolle zu halten."

Sie nahm das Handy entgegen und er lächelte warm. „Ich werde mich jetzt zurückziehen, bleibe aber in deiner Nähe."

Tom nahm bereits nach dem zweiten Klingeln ab. „Ist sie okay, Shadow?" Er klang gereizt.

„Ich bin es." Blue hörte, wie er ausatmete.

„Ich habe mir schon Sorgen gemacht."

„Ich weiß. Shadow hat es mir gesagt. Ich wollte dich anrufen, aber der Handyakku war leer."

Er schwieg kurz. „Bist du sicher?"

Sie stutzte. „Warum fragst du mich so etwas? Glaubst du mir etwa nicht? Nach dem Treffen mit Meier wollte ich dir erzählen, wie es gelaufen ist und dabei habe ich bemerkt, dass mein Handy tot ist."

Er schnaubte. „Du hast dich nicht mit Irbis herumgetrieben?"

Blue hatte das Gefühl, ihre Welt stehe plötzlich Kopf. „Nein, wie kommst du denn darauf?" Was sollte dieser Mist? Ein Räuspern drang an ihr Ohr.

„Ich weiß auch nicht." Er klang jetzt ruhiger. „Ich habe bei euch beiden ein komisches Gefühl und wohl die Kontrolle verloren. Entschuldige bitte."

„Mach dir darüber keine Gedanken. Ich liebe dich, Tom, und das wird sich auch nicht ändern."

Er atmete auf. „Ich weiß. Wann kommst du?"

„Bald und dann werde ich dir alles erzählen."

Sie konnte ihn lachen hören. „O Baby, ich verspreche dir, dass wir so viel mehr tun werden als reden. Lass dich überraschen." Dann legte er auf.

Wie auf Kommando erschien Shadow wieder. Blue gab ihm das Telefon zurück. „Danke."

Shadow machte ein verdrossenes Gesicht. Etwas schien ihn zu beschäftigen. „Was hast du, Schattenlord?"

Er legte seine Finger so fest um die Brüstung, dass die Knöchel weiß hervortraten. „Ich kann es dir nicht sagen, Prinzessin. Aber das Wissen erdrückt mein Herz."

Es war Blue aufgefallen, dass er sie nun als seine Anführerin ansprach und sie fühlte, dass es für ihn in dem Moment wichtig war.

„Kannst du es mir nicht sagen, weil es sich um eine militärische Sache handelt oder weil du denkst, dass es mich verletzen könnte?" Er antwortete nicht. Volltreffer! Jetzt musste sie es wissen. „Sag es mir." Der Schattenlord schüttelte den Kopf. „Muss ich es dir befehlen?"

„Tu das bitte nicht, Blue. Du hast keine Ahnung, was das für dich zu bedeuten hätte."

„Du bist durch den Eid an mich gebunden und deshalb wirst du mir jetzt sagen, was dich bedrückt. Ich werde damit fertig."

Er baute sich vor ihr auf und sah ihr in die Augen. „Ich habe von einem Gerücht gehört. Tom soll während deiner Gefangenschaft mit einer anderen Frau …"

Blue hob energisch die Hand und brachte Shadow zum Schweigen. „Stopp. Du hattest recht. Ich sollte das nicht wissen." Das konnte nicht sein. Sie kannte Tom und wusste, dass da etwas faul sein musste. Sie würde es fühlen, wenn er sie betrogen hätte. Sein Blut in ihren Adern würde ihn verraten.

„Entschuldige, Prinzessin. Ich hätte dir das nicht sagen sollen, doch es war, als würde ich von etwas Bösem dazu gezwungen."

Blue winkte ab und entließ Shadow nach Hause. Sie ging zurück zu ihrem Wagen, machte dabei aber einen Umweg durchs Züricher Niederdorf. Sie brauchte einen klaren Kopf, wenn sie auf Tom traf.

Tom erwartete sie bereits, als sie nach Hause kam. Seine Begrüßung war stürmisch. Kaum hatte sie den Aufzug verlassen, hob er sie hoch und küsste sie innig. In diesem Moment fühlte sie seine Liebe mit jeder Faser.

„Ich dachte schon, ich müsste die Stadt auf den Kopf stellen, um dich zu suchen", sagte er scherzhaft. Dann sah er sie prüfend an. „Wie ist es mit Meier gelaufen?"

Sie ließ sich von ihm ins Wohnzimmer führen, wo sie ihm alles erzählte und ihm Leanders Brief zum Lesen gab.

„Wir werden deine Familie finden, Süße. Versprochen."

Blue konnte nur nicken, denn Shadows Worte spukten unkontrollierbar in ihrem Kopf herum. „Da ist noch etwas, das dir im Magen liegt." Tom schien sie besser zu kennen, als sie gedacht hatte. Sie erhob sich und ging auf und ab. Wie sagte man so was? Sie wollte Tom nicht das Gefühl geben, dass sie ihm nicht vertraute. Aber wenn sie es nicht aussprach, würde die Geschichte in ihrem Inneren schwelen wie ein Krebsgeschwür.

„Als ich in den Händen von Lemniskate war, ist da etwas passiert, wovon ich wissen sollte?"

Tom runzelte die Stirn und stützte die Unterarme auf die Oberschenkel. „Worauf willst du hinaus?"

Blue hielt in ihrer Wanderung inne und sah ihn an. „Ich habe von einem Gerücht gehört, dessen Inhalt sich um dich und eine andere Frau dreht."

Ein Schatten glitt über sein Gesicht. „Das könnte ich niemals! Du bist mein Leben. Woher hast du das? Von Irbis?"

„Nein, nicht von ihm. Shadow hat es kurz erwähnt."

Tom brummte etwas Unverständliches und stand auf. „Du kannst mir vertrauen, Baby. Schenk diesem Mist keinen Glauben."

Als Antwort legte sie ihm die Arme um den Hals und küsste ihn sanft. „Beweise es, indem du mich ins Bett schaffst."

Er lachte kehlig und warf sie sich über die Schulter. Sie würde herausfinden, wer eine solche Lüge verbreitete. Derjenige sollte sich warm anziehen.

Doppelagent

Shadow, Nero, Gabriel und Tom saßen an Blues Tisch und spielten Poker. Sie hatte sich etwas abseits gesetzt und befüllte zwei Adresshülsen, die sie in einer Tierhandlung erstanden hatte, mit dem Rest von Leanders Asche. Eine hängte sie sich an die Kette, an der bereits das Medaillon hing. Die zweite Hülse bewahrte sie für ihren verschollenen Bruder auf. Dann nahm sie Leanders Brief zur Hand und las ihn noch einmal durch.

„Shadow, du hast nicht zufälligerweise Ahnung vom Schwertkampf?"

Er blickte von seinen Karten auf. „Das gehört leider nicht zu meinen Stärken", antwortete Shadow. „Aber Irbis ist einer der besten Schwertkämpfer, die ich kenne."

Das Klingeln ihres Handys ließ sie alles vergessen. Es konnte nur eine Person sein, die anrief, das erkannte sie am Klingelton. Boss. „Wir haben einen Notfall. Ich rufe alle für eine Krisensitzung in den Club."

„Wir kommen sofort hin." Dann wandte sie sich an die Männer. „Die Arbeit ruft. Wir müssen in den Club."

***

„Wir haben ein Problem am Hals." Boss blickte besorgt in die Runde. „Mein Informant bei der Stadtpolizei hat mich gewarnt, dass uns innerhalb der nächsten sechsunddreißig Stunden eine Razzia erwartet." Orion stand ruckartig auf und stützte sich mit den Händen auf dem Tisch ab. „In zwei Stunden öffnet der Club. Die menschlichen Sicherheitsleute, die Mädchen und der Rest der Crew erscheint wie immer eine halbe Stunde vor Türöffnung. Das heißt, wir haben von jetzt an knapp neunzig Minuten Zeit, den Club zu säubern. Kein Dope, kein Schwarzgeld, kein Glücksspiel, keine sichtbare Prostitution und besonders wichtig, keine Blutkonserven. Sämtliche Waffen werden weggebracht und ihr habt ab sofort, bis nach der Razzia, während des Diensts nur Pfefferspray bei euch. Noch Fragen?"

Sie schauten sich gegenseitig an. Nach einer endlos langen Minute meldete sich Gabriel zu Wort. „Wo bringen wir das Dope, das Geld und die Waffen hin?"

Boss lehnte sich zurück. „Das werde ich in die Hand nehmen. Um die Sicherheit der Bücher werde ich mich auch kümmern. Und die Mädchen müssen sich die nächsten Tage als Go-Go-Tänzerinnen verdingen. Eins muss euch klar sein. Ihr dürft mit niemandem darüber reden. Denn Tatsache ist, dass wir schon wieder einen Verräter unter uns haben. Sollte irgendetwas von dem, was wir gerade besprochen haben, nach draußen sickern, weiß ich, dass mich einer von euch verarscht. Und nur damit das klar ist: Ich ziehe demjenigen bei lebendigem Leib die Haut ab, der das gewagt hat."

Mit diesen Worten erhob er sich und die anderen folgten ihm. Die Beleuchtung im Club war voll aufgedreht und jeder hatte eine Aufgabe zugeteilt bekommen. Die Schattenlords kümmerten sich um die Pokertische, Tom räumte die Garderobe der Mädchen auf und ließ alle Indizien auf ihre horizontale Tätigkeit verschwinden. Boss holte alle illegalen Waffen aus seinem Wandtresor und legte ein paar Bündel Geldscheine hinein. Nichts war auffälliger als ein gut laufender Nachtclub mit null Bargeld im Safe. Blue hatte ihm zugesehen, als sie ihre Waffen, die sie in ihrem Büro gehortet hatte, vorbeibrachte.

„Das Dope, das Geld, die Bücher sowie die Waffen bringe ich in die Garage, wo der Golf steht. Nur du und ich wissen davon."

Sie nickte und fing an unruhig herumzutigern. „Boss, kann ich dich kurz sprechen?" Ihre Stimme klang gefestigter, als sie sich fühlte.

Boss hielt inne und nickte. Dann setzte er sich in den Ledersessel und bedeutete ihr, sich ebenfalls niederzulassen. Schweigend holte sie Leanders Brief aus ihrer Manteltasche und gab ihn an Boss weiter. Zögernd nahm er ihn entgegen und begann zu lesen. Mit jeder Seite wurde sein Ausdruck düsterer. „Ich hatte immer geglaubt oder besser gehofft, dass dein Bruder bei der Geburt gestorben war, und sich Andromeda und Leander vor den Outlaws versteckt hielten. Doch als du deinen Vater gefunden hast, sah ich mich mit meinen schlimmsten Befürchtungen konfrontiert. Wir müssen die beiden finden. Koste es, was es wolle. Andromeda und Draconis müssen nach Hause kommen. Sobald die Sache mit der Razzia vom Tisch ist, machst du dich auf die Suche. Das sind wir ihnen schuldig. Wir werden sie finden. Auch wenn das bedeutet, dass wir jedem männlichen Menschen oder Vampir hinter die Ohren schauen müssen."

Er sprach und sprach und sprach. Es hatte den Anschein, dass er sich selbst Mut zusprechen musste. Dann unterbrach er sich und musterte Blue argwöhnisch. „Liegt dir sonst noch etwas auf dem Herzen?" Blue schüttelte den Kopf. Es gab nichts, was ihr Onkel für sie tun konnte, was die Sache mit dem Gerücht betraf. Sie musste das zusammen mit Tom untersuchen.

Nachdem der Club aufgeräumt war und sie davon ausgehen konnten, dass die Polizei nichts finden würde, bereitete Blue sich auf ihre Schicht vor. Sie hatten die Mädchen und Buchmacher informiert, dass aus „internen Gründen" während der nächsten Tage keine Glücksspiele, Wetten und Prostitution erlaubt waren. Lucy und ihr Team reagierten etwas verwundert über diese Order, machten sich aber gleich daran herauszufinden, wer von ihnen gut genug tanzen konnte, um als Go-Go durchzugehen.

Am nächsten Tag war es soweit. Zwei Stunden nach Türöffnung betraten zehn uniformierte Polizisten und einer in Zivil den Club. Boss machte ein säuerliches Gesicht, denn die Razzia fand zur Hauptgeschäftszeit statt. Er hatte bis dahin gehofft, dass die Bullen erst kurz vor Schließung auftauchen würden. Alles in allem lief es aber glatt und außer ein paar Gramm Cannabis, die bei einem Besucher gefunden wurden, mussten die Beamten mit leeren Händen wieder abziehen.

Blut und Schmerz

Als die Polizisten endlich wieder gegangen waren, atmeten alle auf. Boss schenkte jedem einen Drink aus. Blue hatte sich an Tom geschmiegt und genoss seine Nähe. Er redete ausgelassen mit den Schattenlords, streichelte ihr aber ohne Unterlass den Nacken.

„Entschuldigen Sie bitte, werter Herr. Aber haben Sie heute Nacht noch etwas Wichtiges vor?", flüsterte sie ihm ins Ohr.

Er wandte sich ihr zu und machte ein Gesicht, als müsste er stark überlegen. „Hm, nicht dass ich wüsste. Weshalb fragt die Dame?"

Sie lächelte. „Nun, ich hätte da Bedarf an der Zuwendung eines gewissen Vampirs."

Ein tiefes Brummen drang aus seiner Brust. „Und wer ist der Auserwählte?" Sie schürzte die Lippen, stand auf und hielt ihm die Hand hin. Er ergriff sie und ließ sich von ihr davonführen.

„Hey", rief Gabriel, „könnt ihr nicht mal an was anderes denken?"

„Sagt der Neider", entgegnete Tom lachend.

„Nicht neidisch, aber von eurem Geturtel wird mir schlecht." Die anderen Männer verfielen in grölendes Gelächter.

Blue verdrehte die Augen. „Ach, leck mich doch, Gabriel.“

Er gluckste. „Nein, Schätzchen. Erweis du mir doch die Ehre.“

Bevor Tom sich in seinem Territorium auch nur im Geringsten bedroht fühlen konnte, schoss Blue schon zurück. „Sorry. Aber so viel Geld hast du nicht.“

Lachend verließen Tom und Blue den Raum und schlenderten schäkernd zu ihrem Büro. Sie schloss hinter ihnen die Tür ab und schlich auf Tom zu. Sie sah, wie sich seine Fänge vor Erwartung verlängerten und aufblitzten. Sie drängte ihn immer weiter, bis er auf die Couch fiel. Wortlos ging sie ihm an die Hose und erfreute sich an seinem Atem, der stoßweise seine Lungen verließ.

„Ich dachte, du bist auf der Suche nach Zuwendung. Wie komme ich zu dieser Ehre?“

„Zum einen gehörst du mir und ich will spielen. Und zum anderen, weil ich dich liebe.“

Er sah sie feurig an und fuhr mit den Fingern durch die Haare. Sie hatte ihm inzwischen die Hosen bis zu den Kniekehlen heruntergezogen und nahm ohne zu zögern seine Männlichkeit zwischen ihre Lippen. Er schloss genussvoll die Augen und legte den Kopf nach hinten. Sie genoss die Intimität und seine Finger, die sich mit ihrer freien Hand verschränkt hatten. Sie nahm seinen Duft auf und ließ ihn von ihrem Blut bis in die äußersten Spitzen ihres Körpers tragen. Ihre Körpermitte erhitzte sich und zog sich erwartungsvoll zusammen. Sie spürte, wie sich vor Verlangen ihr Nektar sammelte, um für Tom bereit zu sein.

„Baby, das ist so gut. Du bringst mich um den Verstand." Toms Stimme war dunkel gefärbt und sein Becken begann, sich rhythmisch zu bewegen. „Du solltest jetzt besser aufhören, Liebste."

Sie richtete sich auf, zog sich die Hose aus und setzte sich auf ihn. Er versenkte sich tief in ihr und keine fünf Minuten später bäumte er sich auf und hielt sie in leidenschaftlicher Umklammerung fest.

Das leise Klopfen an der Tür holte sie zurück in die Realität. „Mach auf. Dieses Risiko geht man ein, wenn man Sex am Arbeitsplatz hat." Mit einem Zwinkern zog er sich die Hosen hoch und brachte Blues Herz ins Stolpern. Als sie sich vergewissert hatte, dass sie beide gesellschaftstauglich angezogen waren, öffnete sie.

Eines der Mädchen stand vor der Tür. „Entschuldigen Sie bitte die Störung, aber draußen an der Bar wartet jemand, der Sie sprechen möchte."

Seufzend sah Blue sie an und das Mädchen wich verlegen zurück. Wahrscheinlich bot Blue ein zerzaustes Bild. „Was hast du? Und wer will was von mir?"

Sie begann zu stammeln. „Sie sehen etwas mitgenommen aus, wenn ich das sagen darf. Und die Frau hat nicht gesagt, warum sie mit Ihnen sprechen möchte." Sie blickte betreten zu Boden und wirkte dadurch wie ein scheues Reh.

„Sie kann in mein Büro kommen."

„Das habe ich ihr auch schon gesagt, doch sie weigert sich", antwortete das Mädchen. Blue nickte, verabschiedete sich mit einem Blick von Tom und folgte ihr.

Als die beiden Frauen hinaus auf den Korridor traten, überkam Blue eine seltsame Ahnung. Ohne jedoch auf ihr Bauchgefühl zu hören, ging sie weiter. Im öffentlichen Bereich des Clubs schlugen ihr Lärm und der Geruch von Alkohol, Zigarettenrauch und Schweiß entgegen. Die Tanzfläche war voll und auch an der Bar drängten sich die Leute aneinander.

Eine junge Frau sah Blue an und kam augenblicklich auf sie zu. Sie war klein und etwas dicklich. Das rote Haar hatte sie kurz geschnitten, was das runde Gesicht betonte.

„Du wolltest mich sprechen?", fragte Blue sie über die laute Musik hinweg.

Sie nickte brav wie ein Schoßhündchen. „Können Sie bitte kurz mit nach draußen kommen?" Wieder beschlich Blue dieses ungute Gefühl und wieder schob sie es unbeachtet zur Seite. Sie war an diesem Abend zu abgelenkt von dem Mann, der in ihrem Kopf herumspukte, sodass sie ihren Instinkten zu wenig Beachtung schenkte. Die junge Frau ging voraus und Blue folgte ihr mit etwas Abstand zum Ausgang. Aus einem Reflex heraus tastete Blue nach dem Dolch, den sie an diesem Abend unter dem Pullover am Rücken trug.

Es war ungewöhnlich warm für Ende Februar. Der Alpenföhn, der warme Wind, der selbst im tiefsten Winter angenehme Temperaturen mit sich brachte, hatte eingesetzt. Die Tür war gerade hinter Blue ins Schloss gefallen, als sich zwei Gestalten aus der Dunkelheit lösten. Die junge Frau mit den roten Haaren ging geradewegs auf den einen der beiden zu. Blue konnte genau erkennen, wie er ihr einen Geldschein in die Hand drückte und sie danach fortschickte. Nun schrillten alle Alarmglocken in Blue. Doch es war zu spät. Hätte sie doch nur auf ihre Instinkte gehört.

„Was wollt ihr von mir?“, fragte sie ruhig, darauf bedacht ihrer Stimme Kraft zu verleihen.

„Kannst du dir das nicht denken?“, antwortete einer der beiden heiser, während sie näherkamen. Kontinuierlich wich Blue zurück, bis sie mit dem Bein gegen ein geparktes Auto stieß. Plötzlich tauchte ein weiterer Mann auf. Er lachte leise und jagte Blue damit eiskalte Schauder über den Rücken.

„Wer seid ihr, verdammt noch mal!“ Sobald sie die Frage gestellt hatte, drang ein scharfer Geruch an ihre Nase. Outlaws! Sie war naiv wie eine Anfängerin in die Falle gerannt und das auch noch schlecht bewaffnet.

„Igor schickt uns. Er hat wegen Janus’ Tod noch eine Rechnung mit dir offen. Wir sollen dich zu ihm bringen. Egal, in welchem Zustand. Hauptsache, du atmest noch. Das war seine einzige Bedingung.“

Mit Schrecken musste Blue beobachten, wie der Outlaw eine Peitsche ausrollte und provokativ knallen ließ. Die anderen hatten sich ihr in der Zwischenzeit von beiden Seiten genähert. Blitzschnell griff Blue an ihren Rücken und zog den Dolch. Doch bevor sie sich damit zur Wehr setzen konnte, zischte die Peitsche durch die Luft und schlug ihr die Waffe aus der Hand. Reflexartig zog Blue ihre Hand an die Brust und rieb sich das schmerzende Handgelenk. Die zwei Männer, die seitlich an sie herangetreten waren, griffen grob nach ihren Armen und drehten sie ihr auf den Rücken.

„Wir werden jetzt etwas Spaß mit dir haben. Igor hat es uns ausdrücklich erlaubt.“

Verzweifelt versuchte Blue ihre Energiequelle anzuzapfen und in ihre Hände zu leiten. Doch es wollte ihr nicht gelingen. Blue war wie blockiert. Aus Mangel an anderen Möglichkeiten trat sie dem rechten Kerl mit voller Wucht gegen das Schienbein. Er jaulte auf und lockerte seinen Griff. Dieser Sekundenbruchteil genügte Blue und sie konnte sich losreißen. Mit dem Schwung, der aus dieser Bewegung entstanden war, schlug sie dem linken Typen ihre rechte Faust auf das Auge. Benommen ging der zu Boden und hielt sich den Kopf.

Rechts neben Blue im Kies lag ihr Dolch. Sie wollte gerade einen Satz dahin machen, als das Zischen der Peitsche erklang und die Peitschenschnur sich brennend um Blues Hals schlang. Der Herr der Geißel zog daran und Blue wurde brutal von den Füßen gerissen. Sie landete hart auf der Seite und die Kieselsteine gruben sich in ihre Haut. Die Peitschenschnur schnitt scharf in Blues Haut und schnürte ihr die Luft ab. In ihrem Kampf nach Sauerstoff griff Blue nach der Peitsche und versuchte durch Gegenzug den Druck auf ihre Kehle zu verringern, damit sie nicht das Bewusstsein verlor.

Inzwischen waren die beiden anderen Angreifer wieder auf den Beinen und näherten sich ihr. Sie wusste, wenn sie liegen blieb, würde das ihren Tod bedeuten. Deshalb versuchte sie hochzukommen. Durch den Blutstau rauschte es in ihren Ohren und sie bekam kaum Luft. Trotzdem schaffte sie es aufzustehen, ohne den Griff um die Peitsche zu lockern.

Einer der beiden kam auf Blue zu gerannt. Mit einem Side-Kick gegen seine Brust warf sie ihn in hohem Bogen auf den Rücken. Wegen dieser Aktion hatte sie aber den anderen aus den Augen verloren. Dieser nutzte die Gunst der Stunde und schlug ihr die Faust in die Niere. Der Schmerz lähmte sie und sie ging zu Boden. Okay, das war's jetzt. Als der nächste Fußtritt in ihrem Unterleib landete und ihr den letzten Rest Luft aus den Lungen presste, nahm sie Abschied von der Welt und rollte sich auf dem Boden zusammen. Instinktiv wollte sie ihre inneren Organe schützen.

„Hey, ihr Schlappschwänze!", holte Irbis' Stimme sie aus der Betäubung. „Warum sucht ihr euch nicht jemanden zum Spielen, der genauso groß ist wie ihr, anstatt euch an einer Frau zu vergreifen, die zu allem Übel auch noch unbewaffnet ist."

Danach bekam Blue nur noch mit, wie ein Schuss die Luft zerriss und der Peitschenmann zu Boden fiel. Zwischen seinen Augen prangte ein Loch.

Kaum hatte der Druck um ihren Hals etwas nachgelassen, stemmte sie sich auf die Knie und füllte begierig ihre Lungen mit Luft. Aus dem Augenwinkel konnte sie erkennen, dass die anderen zwei keuchend am Boden lagen. Stöhnend versuchten sie aufzustehen. Genau wie Blue. Irbis war zu ihr geeilt und löste vorsichtig die Peitschenschnur von ihrem Hals.

„Geht", hörte sie Shadows harte Stimme, „und nehmt euren Freund mit. Er versaut uns unseren Parkplatz. Ach ja, vergesst nicht Igor unsere Grüße auszurichten."

Das war wieder einmal knapp und Blue wurde klar, dass sie etwas unternehmen musste.

„Scheiße, Blue, du blutest." Irbis hatte ihr inzwischen auf die Beine geholfen und sie gegen ein Auto gelehnt. Automatisch bewegten sich Blues Finger zu ihrem Hals. Tatsächlich war die Haut nass und klebrig. Shadow hatte sich nach der Peitsche gebückt und untersuchte sie.

„Das ist ja ein fieses Ding", sagte er beinahe ehrfürchtig. Dann hielt er Blue den Riemen unter die Nase. Die Peitsche war zu dreiviertel ihrer Länge mit rasiermesserscharfen Haken gespickt. Als sie mit der rechten Hand danach greifen wollte, sah sie, dass auch die Haut am Handgelenk aufgerissen war. Wild entschlossen nahm Blue das Ding, wie eine Trophäe, entgegen, rollte sie zusammen und befestigte sie am Gürtel. Dann blickte sie Irbis an.

„Du musst mir Unterricht im Schwertkampf geben. Heute noch." Blues Stimme klang heiser.

Irbis nickte ergeben. „In einer Stunde komme ich zu dir und bringe alles mit. Verbinde deine Wunden, stärke dich und zieh enge, aber elastische Trainingskleidung an."

Als sie sich umwandte, sah sie, dass Tom mit aschfahlem Gesicht in der Eingangstür stand. Sie sahen sich an und sie konnte dem Drang, in seine Arme zu sinken nicht widerstehen. Er kam mit großen Schritten auf sie zugeeilt und presste sie an seine breite Brust.

„Geht's dir gut, Baby?" Er kämpfte hörbar mit unterdrücktem Zorn.

„Jetzt geht es mir gut." Ihre Stimme bebte.

„Komm, ich fahr dich heim." Sie würde sich nur allzu gern von ihm nach Hause fahren lassen, doch sie war unter Zeitdruck und während des Kampftrainings durfte sie von nichts abgelenkt werden.

„Das ist lieb von dir, aber ich habe mich gerade mit Irbis zum Kampftraining verabredet." Tom presste die Lippen aufeinander. „Hör zu, Tom. Das ist sehr wichtig für mich. Es geht mir gut. Wirklich. Und mit einem

Schattenlord in meiner Nähe wird mir nichts passieren. Ich liebe dich, vergiss das nicht."

Tom knurrte und küsste sie besitzergreifend. „Ruf an, wenn ihr fertig seid." Dann ging er davon. Was hatte er eigentlich gegen Irbis? Sie konnte einfach keinen Grund für seine Eifersucht finden.

***

Nachdem Blue ihr Büro verlassen hatte, war er ruhelos durch den Club gestreift. Er fühlte das Eis in seinem Inneren immer noch, das sich gebildet hatte, nachdem er gedacht hatte, Blue sei tot. Er könnte es nicht ertragen, wenn wieder so etwas geschehen würde. Er hatte sich damals wie von Satan besessen gefühlt.

Während er seinen trüben Gedanken nachhing, bemerkte er, wie einer der Securities an Shadow herantrat und ihm etwas ins Ohr flüsterte. Shadow hatte sich augenblicklich verspannt und zusammen mit Irbis rasend schnell den Club verlassen. Eine halbe Sekunde hatte sich Tom über dieses Verhalten gewundert, bis ihn die Erkenntnis wie eine Ohrfeige traf. Blue war in Gefahr! Shadow und Irbis waren schließlich für ihre Sicherheit zuständig. Innerlich fluchend rannte er ihnen hinterher. Er stieß die Tür auf und fand sich im Vorhof der Hölle wieder. Blue kniete auf dem Boden. Um ihren Hals war eine Peitsche gewickelt und um sie herum drei fremde Männer, die sich unter dem Angriff der Schattenlords wanden.

Als er dann zusehen musste, wie sich Irbis beinahe liebevoll um Blue kümmerte, brannte schreckliche Eifersucht in seiner Brust. Es war seine Aufgabe, die Frau seines Herzens zu beschützen und zu versorgen. Verdammt!

„... ich komme in einer Stunde zu dir ...“, konnte Tom Irbis gerade noch sagen hören. Doch dann war Blue in Toms Arme gesunken mit ihrer Wärme und Anschmiegsamkeit.

„Ich liebe dich“, hatte sie ihm gesagt. Doch die unvernünftige Eifersucht auf Irbis hatte bereits wieder ihre Zähne in sein Herz geschlagen. Nachdem er sie widerwillig hatte gehen lassen, stapfte er frustriert zurück in den Club und schwor sich, dass er Irbis die Eingeweide rausprügeln würde, wenn er es wagen sollte, Blue auch nur anzufassen. Der territoriale Vampir in ihm schrie lauthals.

Per aspera ad astra 1
(Ohne Fleiß kein Preis)

Als Blue zu Hause ankam, hatte die Blutung am Hals bereits aufgehört und die Wunden hatten sich geschlossen. Wie befohlen nährte sie sich, stieg unter die Dusche, um das Blut wegzuwaschen und zog eine enge kurze Trainingshose und ein hautenges bauchfreies Tank-Top an. Wie immer in Schwarz, der Farbe der Nacht.

Kaum hatte sie ihre Sportschuhe geschnürt, stand Irbis schon auf der Terrasse und klopfte an die Scheibe. Blue fühlte sich von dieser Fähigkeit, sich überall hinzubeamen wie üblich überfordert. Als er die Wohnung betreten hatte, stellte er eine riesige Trainingstasche ab. Dann hob er den Blick und zog zischend Luft durch die Zähne. Blue sah ihn verwirrt an. „Deine Narben", war alles, was er hervorbrachte. Im Reflex schaute sie an sich hinunter und betrachtete die narbenübersäte Haut auf ihren Armen und Beinen. Viele waren verschwunden. Doch die, die noch vorhanden waren, würde sie für den Rest ihres Daseins tragen. Vor allem die Brandwunden hatten hässliche Spuren hinterlassen. Beschämt versuchte sie sich zu bedecken, doch Irbis schüttelte den Kopf und nahm ihre Hände.

„Nicht", sagte er und strich Blue zärtlich eine Haarsträhne aus dem Gesicht. „Du brauchst dich nicht dafür zu schämen. Narben, die man aus einem Kampf davonträgt, sollte man mit Stolz tragen. Und doch bin ich froh, dass wir es diesen Bastarden heimgezahlt haben."

Ein empörtes Schnauben drang aus ihrer Kehle. „Es war kein Kampf, Irbis. Ich lag nackt auf einer Pritsche, gefesselt und wehrlos, während sich zwei Männer an mir vergangen haben. Das ist wahrlich kein Kampf."

Er schüttelte den Kopf und seine Finger zeichneten die Narben an ihren Armen nach. „O doch, es war ein Kampf. Nur kein fairer. Du hast aber trotzdem gewonnen, denn du bist ihnen entkommen und durch dich konnten wir das Labor und den Hauptsitz zerstören."

Es hatte keinen Sinn mit ihm darüber zu diskutieren. Deshalb brachte Blue Abstand zwischen sie und stemmte die Hände in die Hüften. „Komm, lass uns anfangen. Uns läuft die Zeit davon." Mit diesen Worten ging Blue Richtung Trainingsraum davon.

Irbis folgte ihr geräuschlos. In der privaten Folterkammer öffnete er die geheimnisvolle Tasche und beförderte deren Inhalt zutage. Zuerst warf er ihr ein rotes Tuch zu.

„Hier, binde das um den Kopf. Nichts ist störender als Haare, die einem in die Augen fallen." Er faltete seines auseinander und band es sich um den Kopf. Dann holte er zwei Schwerter heraus.

„Sollte ich nicht mit meinen Einhändern üben?", warf
sie ein, während sie Irbis dabei beobachtete, wie er zwei
Fahrradschläuche an der Sprossenwand befestigte.

„Nein", antwortete er entschieden, „für den Anfang
nehmen wir meine. Sie sind speziell geschliffen und
deshalb extrem scharf. Und eine scharfe Klinge, Prinzesschen, sorgt für die nötige Konzentration." Das Augenzwinkern, mit dem er seine Aussage quittierte,
machte ihn unwiderstehlich. Und als er dann noch seinen Pulli auszog und barbrüstig vor ihr stand, war es
fast zu viel des Guten. Die schneeweiße Haut spannte
sich über seinem gut trainierten Körper. Er war nicht
so massig wie Gabriel oder Shadow, eher sehnig und
drahtig.

Der Unterricht war hart. Erst verlangte er von Blue
die unmöglichsten Dehnübungen, bei denen sie sich
wie ein Schlangenmensch vorkam. Die Schlimmste
war, als sie sich auf den Bauch legen musste und er ihr
die Arme mitsamt Oberkörper nach hinten zog. Dabei
hatte er doch tatsächlich seinen Fuß auf ihren Po gestellt, um mehr Zug geben zu können. Die Schulter, die
Janus ihr ausgerenkt hatte, protestierte bei dieser unge-
wöhnlichen Belastung schmerzhaft. Blue biss die
Zähne zusammen, denn Schmerz zuzulassen bedeutete
Schwäche und Schwäche zu zeigen versprach den si-
cheren Tod. Nachdem er sie derart durch die Mangel
gedreht hatte, zeigte er ihr, wie sie ein Schwert richtig
festhalten musste, ohne ihr Handgelenk zu verkramp-
fen, denn die Schwünge mussten aus dem Schulter-
und Handgelenk kommen. Erst führte er sie in den Bewegungen, indem er sich hinter sie stellte und ihre
Arme umfasste. Das Gefühl von Haut auf Haut jagte

Blue immer wieder heißkalte Schauder über den Rücken. Als er der Überzeugung war, dass Blue es kapiert hatte, begannen sie mit dem Zweikampf. Er war alles andere als rücksichtsvoll und fair ebenfalls nicht.

Als sie ihn deswegen kurz anfauchte, meinte er nur mit einem süffisanten Lächeln: „Igor wird dich auch nicht mit Samthandschuhen anfassen und Fairness existiert in seinem Wortschatz nicht." Womit er recht hatte.

Nach vier Stunden Training oder besser verdroschen werden, schmerzte sie jeder Muskel und sie hatte tiefe Schnitte davongetragen. Mit Stolz konnte sie jedoch sehen, dass sie Irbis auch zwei- oder dreimal getroffen hatte. Am Ende hatte er ihr noch Kraftübungen für den Oberkörper gezeigt, die sie täglich machen sollte. Blue musste dazu die Fahrradschläuche benutzen, die er zu Beginn aufgehängt hatte.

„Du hast gute Arbeit geleistet, Prinzesschen. Mehr als diese Session brauchst du nicht. Mir ist selten jemand begegnet, der sich so schnell mit dem Schwertkampf vertraut gemacht hat wie du. Deine Gabe hat dir sehr geholfen." Blue sah ihn verwirrt an. „Dein Kampf-Talent", meinte er erklärend.

„Danke, dass du es mir gezeigt hast", sagte sie demütig, während sie vorsichtig einen Schnitt an ihrem Bauch mit dem Handtuch abtupfte.

„Warte", meinte der Schattenlord und nahm ihr das Tuch ab. „Leg dich hin." Langsam ging sie in die Knie und legte sich mit dem Rücken auf die Gymnastikmatte. Er ließ sich neben ihr nieder. Ihre Augen fixierten sich gegenseitig. Dann, wie in Zeitlupe, bewegte er seinen Kopf nach unten und leckte sanft mit der Zunge über den Schnitt, den sie sich am Oberarm eingefangen hatte. Sie konnte fühlen, wie sich die Wunde versiegelte. Dasselbe machte er auch an ihrer Schulter, den Oberschenkeln und schließlich widmete er sich der Verletzung an ihrem Bauch. Es fühlte sich seltsam an, von ihm so berührt zu werden. Es hatte etwas von verbotenen Früchten, die man heimlich probierte. Ihr Körper wollte Irbis' nahe sein. Seine Wärme spüren, ihn riechen und fühlen. Dennoch war es kein sexuelles Verlangen. Nein, nicht im Geringsten und das verwirrte sie am meisten.

Ein Räuspern in der Tür ließ sie zusammenfahren. Shadows Gesichtsausdruck war nicht zu deuten.

„Entschuldigt die Störung, aber ich muss euch etwas von Orion ausrichten. Morgen Abend will er uns alle im Club haben. Es gibt Neues über die Hintermänner von Lemniskate. Er will diese Angelegenheit ein für alle Mal erledigt haben."

Irbis war inzwischen aufgestanden und half Blue hoch. „Du hättest anrufen können", knurrte er seinen Bruder an.

„Das habe ich ja versucht, du Klugscheißer, du hast nicht abgenommen."

Irbis rieb sich mit einem Handtuch die Arme ab und funkelte Shadow böse an. „Schon einmal was von Textnachrichten gehört?"

Nun war Shadow an der Reihe, verärgert zu sein. „Kann ich dich kurz unter vier Augen sprechen?" Shadows Frage war mit einem Befehlston unterlegt, welchem Irbis Folge zu leisten hatte.

Wortlos verließen sie den Trainingsraum Richtung Wohnzimmer. „Ich hoffe, du weißt, was du tust", hörte

Blue Shadows harsche Stimme. Irbis antwortete nicht. „Mann, das ist die Prinzessin und du bist für ihren Schutz zuständig. Wie willst du diese Aufgabe erledigen, wenn du sie als Betthäschen benutzt? Nicht zu vergessen, sie ist an Tom gebunden. Du weißt, was das bedeutet.“

Plötzlich begann Irbis zu lachen. „Hey Bro, glaub mir, ich will sie nicht ins Bett zerren. Das käme mir nicht im Traum in den Sinn. Ich mag sie einfach und wir verstehen uns gut. Das ist alles.“

Kurz durchzuckte Blue ein Schamgefühl, es verschwand aber sofort wieder. Sie wollte nicht, dass Irbis wegen ihr in Schwierigkeiten geriet.

„Gut“, sagte Shadow erleichtert, „dann werde ich dich jetzt ablösen.“

O nein! Entschlossen betrat Blue das Wohnzimmer. „Shadow“, sagte sie selbstbewusst, „nichts gegen dich, aber ich will, dass Irbis hierbleibt. Ich möchte noch ein paar Sachen mit ihm besprechen.“ Der Gedanke Irbis jetzt gehen lassen zu müssen erschreckte sie.

Shadow neigte leicht den Kopf. „Wie du wünschst, Prinzessin.“ Dann warf er Irbis einen warnenden Blick zu und verpuffte sich ins Irgendwo.

Irbis und Blue hatten noch eine Zeit lang gequatscht, bevor sie die Müdigkeit überfallen hatte. Nach energischen Protesten seinerseits hatte er letztendlich ein Kissen und eine Decke von Blue angenommen, um auf der Couch zu schlafen.

Bevor Blue das Licht ausmachte, schrieb sie Tom eine Nachricht, dass sie müde sei und jetzt schlafen gehe. Er antwortete nicht.

Der scharfe Geruch von Desinfektionsmitteln

brannte ihr in der Nase. Um sie herum konnte sie Gemurmel hören. Sie versuchte sich zu bewegen, die Augen zu öffnen. Doch es gelang ihr nicht. Das metallische Klimpern von Untersuchungsbesteck und das ihr allzu bekannte höhnische Lachen ließen ihr das Blut in den Adern gefrieren. Wie war es möglich, dass sie sich wieder in diesem Folterlabor befand? Sie konnte den Gedanken kaum zu Ende denken, als ein brennender Schmerz in ihr Bewusstsein drang.

Das Messer glitt unterhalb ihres Brustbeins ins Fleisch und bahnte sich seinen Weg bis zum Schambein. „Wir werden dich ausweiden wie ein Stück Vieh", drang Mattys spöttische Stimme an ihr Ohr. Der Schmerz war unerträglich und sie konnte nichts anderes tun, als zu schreien und zu weinen.

Die warmen Hände, die sich um ihr Gesicht gelegt hatten, waren wie ein Leuchtfeuer, das sie durch tiefste Dunkelheit lotste. Und als sie endlich imstande war die Augen zu öffnen, blickten sie Irbis' dunkelblaue Augen sorgenvoll an. Zitternd fiel sie um seinen Hals und suchte Halt im Hier und Jetzt. Gewissheit, dass das hier die Realität war.

***

Irbis hatte es sich auf Blues Couch bequem gemacht. Das Designerteil war komfortabler, als es aussah. Das Kissen roch nach ihr und die Decke war herrlich weich.

Er fühlte sich verwirrt. Diese Frau, die Prinzessin, mahnte er sich selbst, löste in ihm eigenartige Gefühle aus. Er fühlte sich auf intensive Art zu ihr hingezogen. Er wollte sie in seiner Nähe wissen, sie beschützen und für sie da sein. Doch hatte das nichts mit romantischer Liebe oder Sex zu tun. Im Gegenteil. Jegliches dieser Art käme für ihn einem Frevel gleich.

Während er versuchte seine Gefühle zu ordnen, zerriss ein Schrei die Stille der Wohnung. Noch in der gleichen Sekunde war er auf die Beine gesprungen und in Blues Zimmer gesprintet. Auf dem Weg dahin, sozusagen im Flug, hatte er seine Browning vom Couchtisch gegriffen.

Blue lag schweißgebadet in ihren Laken und warf unruhig den Kopf hin und her. Tränen rannen über ihr Gesicht, dennoch schien sie zu schlafen. Plötzlich verzerrten sich ihre Züge und sie schrie erneut. Irbis setzte sich an den Bettrand und strich ihr die schweißnassen Haare aus der Stirn.

„Aufwachen, Prinzesschen", sagte er sanft. Doch Blue reagierte nicht. Sie wimmerte weiter. Irbis legte ihr die Hände an die Wangen. „Wach auf, Blue!" Ihre Lider hoben sich zitternd und ihr Atem entwich stoßweise ihren Lungen. Dann warf sie sich ihm an den Hals und bebte am ganzen Körper.

„Hey, Prinzesschen", flüsterte der Schattenlord mit einem sanften Lächeln. „Du hast schlecht geträumt, was?" Blue nickte matt. „Willst du reden?" Lange sagte sie nichts und Irbis hielt einfach ihre Hand.

„Ich war wieder im Labor", war alles, was sie zu diesem Thema sagte und er beschloss, nicht nachzuhaken.

Als sie sich etwas beruhigt hatte, machte er Anstalten aufzustehen. „Nein!", schrie sie fast. Dann fügte sie etwas beherrschter hinzu: „Bitte bleib bei mir. Ich ... ich will nicht allein sein."

Irbis' Verstand kam kurz ins Schleudern. Doch er fing sich sofort und nach kurzem Zögern legte er sich neben sie auf die Bettdecke.

Blue schüttelte den Kopf. „Nein, mir ist kalt. Bitte leg dich zu mir unter die Decke."

Irbis schlug unsicher die Augen nieder. Dabei stellte er erleichtert fest, dass sie Unterhose und Shirt trug. Gott sei Dank. Wäre es anders gewesen, wäre er vielleicht doch noch schwach geworden. Zu seiner Überraschung schmiegte sie sich eng an ihn und er konnte nichts anderes tun, als seine Arme um sie legen. Ihre Haare kitzelten ihn auf seiner nackten Brust und sie roch verdammt gut. Fast schon vertraut.

„Irbis", nuschelte sie schlaftrunken, „wenn du mich noch einmal Prinzesschen nennst, schneide ich dir eigenhändig die Zunge heraus." Dann schlief sie ein und Irbis konnte sich ein Lächeln nicht verkneifen.

„Also doch!" Diese gezischten Worte drangen tief in Irbis' schlafendes Bewusstsein ein. Ganz der Soldat, der er war, flog seine Hand zur Browning und zielte in die Richtung, aus der die Stimme gekommen war. Gleichzeitig riss er die Augen auf. Blue hatte sich überhaupt noch nicht gerührt.

Tom stand rasend vor Zorn in der Schlafzimmertür und hatte sichtlich Mühe sich zu beherrschen. Irbis konnte ihn verstehen. Das Bild, das er und Blue boten, gab genügend Raum für Missverständnisse.

„Ich bring dich um", sagte Tom bedrohlich leise. Das hatte Blue dann doch gehört und sie schoss im Bett hoch. Wieder dankte Irbis allen Göttern dieses Universums, dass sie nicht nackt war. Anders wäre die Situation sofort eskaliert.

„Was zum Teufel machst du denn hier? Du hast mich zu Tode erschreckt", rief Blue aus.

Tom funkelte sie wütend an. „Was macht der Typ in deinem Bett?"

Blue hatte empört nach Luft geschnappt und wollte gerade aufspringen, Irbis hielt sie jedoch zurück. „Es sieht vielleicht nicht so aus, aber es ist nichts passiert."

Irbis hatte versucht, so ruhig wie möglich auf Tom einzureden. Gleichzeitig war er aufgestanden und dabei hatte er demonstrativ die Bettdecke zurückgeschlagen, um Tom noch einmal zu zeigen, dass sie nicht nackt waren. Doch Tom hatte dafür keine Augen. Stattdessen sprang er wutentbrannt über das Bett, verpasste dabei Blue versehentlich einen Tritt und riss Irbis mit sich. Dieser war jedoch schneller und nahm den um sich schlagenden Tom in den Schwitzkasten. Irbis sah sich besorgt nach Blue um. Sie hielt sich die Schläfe und schien unter Schock zu stehen.

„Komm mal runter, Mann!", sagte der Schattenlord und zerrte seinen Kontrahenten nach draußen auf die Terrasse.

Dort ließ er ihn los und trat einen Schritt zurück. Toms Augen glühten weiß, wie immer, wenn er seine Gefühle nicht im Griff hatte.

„Hast du dich jetzt ein bisschen eingekriegt? Du hast in deiner Raserei nicht mal bemerkt, dass du Blue ziemlich hart getreten hast!"

Tom atmete schwer. „Wie konnte sie mir das antun?", fragte Tom verzweifelt, mehr sich selbst als Irbis. Anscheinend hatte Tom kein Wort von dem gehört, was Irbis gesagt hatte.

„Sie hat überhaupt nichts getan. Ich hab auf der Couch geschlafen. Sie hatte einen Albtraum und danach wollte sie nicht allein sein." Tom war schließlich aus seiner Raserei aufgewacht und sah Irbis ungläubig an. Der Schattenlord schüttelte resigniert den Kopf. „Sie hat geschrien, Tom. Was hätte ich denn tun sollen? Du warst ja nicht da. Aber ich kann dir versichern, dass in ihrem Herzen nur Platz für dich ist."

Per aspera ad astra 2

Die Stimmung in Boss' Büro war mehr als angespannt. Shadow und die anderen vier Schattenlords standen an der Wand und scharrten abwechselnd mit den schweren Stiefeln am Boden. Gabriel lümmelte sich wie üblich auf dem Sofa und schliff seinen Dolch und Tom saß auf einem der beiden Stühle, die vor Boss' Schreibtisch standen. Blue konnte fühlen, wie er sie beobachtete. Sie hatte ihm alles erklärt und gedacht, dass die Dinge zwischen ihnen geklärt waren.

Ihre Nerven lagen blank, deshalb stand sie auf und verließ den Raum. Boss würde ihr über den Weg laufen, sobald er zu seinem Büro ging. Gedankenverloren spielte Blue mit der Peitsche, die sie dabeihatte. Leise öffnete sich die Tür und Tom kam heraus.

„Blue, wir müssen reden", sagte er schlicht.

„Was gibt's? Ich dachte, wir hätten wegen gestern alles geklärt?"

„Es tut mir wirklich leid wegen letzter Nacht. Ich hab die Nerven verloren, als ich dich zusammen mit diesem Typen im Bett gesehen habe."

Was war nur los mit ihm? „Dieser Typ", ahmte sie seinen Ton nach, „war für mich da, als du es nicht konntest. Und ob du es nun glaubst oder nicht, er hat mich nur in den Armen gehalten. Nicht mehr, aber auch nicht weniger. Und ich habe mich dafür entschuldigt, dich nicht angerufen zu haben."

Tom machte einen Schritt auf sie zu. Er ließ resigniert die Schultern hängen und sah sie an. „Ich habe ein schlechtes Gefühl. Als würde uns jemand in die falsche Richtung lenken."

„Ich fühle mich auch unbehaglich. Aber ich kann es nicht in Worte fassen."

Er legte ihr die Hände auf die Schultern und küsste sie auf die Stirn. „Wir lieben uns und nichts kann sich zwischen uns drängen. Wir werden alles gemeinsam schaffen."

„Blue, ist alles in Ordnung?" Irbis' Stimme drang im selben Moment an ihr Ohr, als sie seine Berührung am Arm spürte.

Tom wand sich. „Du", fuhr er Irbis an, „lass gefälligst deine Finger von meiner Frau!"

„Tom", sagte sie müde. „Du musst deine Eifersucht in den Griff bekommen, denn sonst machst du alles kaputt."

Dann kam Boss um die Ecke und die Wogen wurden zwangsläufig geglättet.

In Orions Büro pflanzte sie sich neben Gabriel auf die Couch. Je eher diese verdammte Besprechung begann, desto eher konnte sie sich wieder abseilen und hatte ihre Ruhe.

Boss saß mit gefurchter Stirn in seinem protzigen Lederchefsessel. Sein Blick wanderte zu jedem der Anwesenden. Am Ende blieb er an Blues Gesicht hängen.

„Gabriel hat alle Dossiers und Files, die du besorgt hast, durchgearbeitet und ist auf interessante Neuigkeiten gestoßen." Er hielt inne, um seinen Worten Wirkung zu verleihen. „Er hat vier Namen aus den Dokumenten extrahieren können. Der erste ist Alexandre Beauxmont, der CEO von Unita Labs. Er wohnt in Zug, ist aber oft während der Woche in Zürich. Der zweite ist Roberto Hoch, ein hohes Tier beim Bevölkerungsschutz VBS. Wir vermuten, dass sie sich deshalb in der Kaserne einnisten konnten. Aber lassen wir das ... Der dritte Typ ist Karl D'Ambrosio. Er ist Privatbankier und hat anscheinend die Sache weitgehend finanziert."

Ein unruhiges Knurren ging durch die Runde. Wahrscheinlich dachten alle das Gleiche. Die Eliminierung eines CEOs und eines Privatbankers war eine Sache, aber die Beseitigung eines Militärangehörigen etwas ganz anderes. Der ganze Staatsapparat würde sich an ihre Fersen heften.

„Ruhe", rief Orion. „Ich bin noch nicht fertig. Es gibt noch eine weitere Zielperson. In den Unterlagen ist Gabriel immer wieder auf die Initialen DD gestoßen. Um wen es sich dabei handelt, konnten wir nicht in Erfahrung bringen. Alles, was wir wissen ist, dass DD in engem Kontakt zu Igor Delcours steht."

Das Schweigen, das sich nach dieser Mitteilung ausbreitete, war erdrückend. Niemand schien zu wissen, was jetzt zu tun war. Blue fühlte alle Blicke auf sich und ihr wurde unbehaglich zumute.

„Und was willst du jetzt von uns, Boss?", fragte sie, da die anderen, wie es aussah, zu feige waren die Frage zu stellen. Boss lehnte sich erhaben im Stuhl zurück.

„Ist das nicht bereits klar? Sie müssen beseitigt werden. Nur so können wir verhindern, dass wieder so etwas Grauenvolles passiert."

Gabriel wurde auf den Typen vom Militär angesetzt. Er würde später David als Unterstützung dazu holen. Shadow und Nero übernahmen den Unita Labs-Chef. Irbis und Dark hatten den Auftrag, den Banker verschwinden zu lassen und Tom und Umbro sollten herausfinden, wer dieser ominöse DD war und diesen dann ebenfalls beseitigen.

„Und du, Blue", sprach Orion sie als Letzte an, „du wirst dich auf die Suche nach unseren verschollenen Familienmitgliedern machen. Das ist schon längst überfällig."

Blue nickte gehorsam und stand auf. In dem Moment hätte sie alles dafür gegeben, die Bastarde, die hinter Lemniskate steckten, zur Strecke zu bringen. Aber Boss hatte recht, es war an der Zeit, diese Angelegenheit in Angriff zu nehmen.

„Ist in Ordnung, Boss. Ich mache mich gleich daran", sagte sie und sah Tom kurz an. Er erhob sich und sie verließen gemeinsam den Club.

Die frische Luft, die auf dem Parkplatz in ihre Bronchien drang, hatte etwas Befreiendes. Auf dem Heimweg ließ sie die Scheibe herunter und genoss den Fahrtwind. Gott sei Dank waren Vamps nicht so anfällig für Schnupfen, Erkältungen und dergleichen. Tom saß neben ihr und hielt ihre Hand. „Bitte sei vorsichtig, Tom."

Er drückte kurz ihre Finger. „Was hältst du von mir? Ich bin der geborene Held."

***

Der Tag brach bereits an und färbte den Himmel über den Glarner Alpen rosa. Blue saß seit zwei Stunden im

Wagen vor dem Haus der Horaths. Die Adresse hatte sie aus Meiers Unterlagen. Erst war es noch zu früh gewesen und danach hatte ihr der Mut gefehlt, um auszusteigen. Je länger sie wartete und das Jugendstilhaus anstarrte, desto eigenartiger kam es ihr vor, dass sich im Inneren der Räume nichts regte.

Mit böser Vorahnung löste Blue den Sicherheitsgurt, überprüfte die SIG und das Messer im Stiefel und stieg langsam aus. Der morgendliche Wind fegte vom Stadtzentrum herauf Richtung Zürichberg, wo die Villa stand. Er fuhr in ihren Ledermantel und bauschte ihn auf. Sie überquerte die Straße. Die Blicke, die ihr die Passanten zuwarfen, sprachen Bände, verständlich allerdings. Der schwarze, lange Ledermantel, die Kampfstiefel, die engen Stretchhosen und das schwarze, langärmlige Shirt mit dem tiefen V-Ausschnitt passten eher in einen Goth-Schuppen als in eine solch vornehme Gegend.

Blue blieb vor dem schmiedeeisernen Tor stehen und beobachtete noch einmal die Fenster, die sie wie leere Augenhöhlen anstarrten. Dann drückte sie auf die Klingel neben dem Tor. Nichts rührte sich. Wäre es nicht Tag gewesen, sondern Nacht, wäre sie kurzerhand über den Zaun gesprungen und hätte sich umgesehen.

„Suchen Sie die Horaths?"

Die freundliche Stimme hinter ihr ließ sie herumfahren. Blue musste sich zusammenreißen, damit sie nicht die Zähne fletschte. Die kleine, alte Frau, die Blue angesprochen hatte, sah sie untröstlich an.

„Oh, entschuldigen Sie bitte. Ich wollte Sie nicht erschrecken. Aber sind Sie auf der Suche nach Franz Horath und seiner Frau?“

Blue nickte vorsichtig. Die Oma blickte traurig zum Haus.

„Da werden Sie Pech haben. Die Horaths sind vor etwa zwei Jahren über Nacht ausgewandert.“

„Was meinen Sie mit über Nacht ausgewandert? Wo sind sie jetzt?“ Blue musste sich um einen ruhigen Ton bemühen und die Frau zuckte mit den Schultern.

„Franz Horath und seine Frau waren meine Freunde. Wir trafen uns täglich zum Kaffee. Eines Morgens, als ich sie besuchen wollte, stand ein Möbelwagen vor der Tür und eine Frau mit dunklen Haaren kommandierte, zusammen mit einem Mann, die Möbelpacker herum. Als ich sie fragte, wer sie sei und was hier zugange war, meinte sie nur, dass es mich zwar nichts anginge, sie es mir aber doch erzählen würde.“ Sie hielt inne und ihr Blick schien in die Vergangenheit zu schweifen. Plötzlich schwammen ihre Augen in Tränen. Dann straffte die alte Dame die Schultern und sah Blue direkt an. „Die Frau meinte, sie wäre von einem internationalen Transportunternehmen und sie hätten den Auftrag, Horaths Mobiliar zu verschiffen, da sich die beiden ins sonnige Florida abgesetzt hätten. Ich konnte das kaum glauben, war ich doch am Tag zuvor noch bei ihnen gewesen und sie hatten mit keiner Silbe solche Pläne erwähnt. Lange Zeit habe ich nachgeforscht, die Polizei und Privatdetektive darauf angesetzt. Alle Versuche die Horaths zu finden sind gescheitert. Sie sind wie vom Erdboden verschluckt.“

Mit jedem Wort, das der Alten über die Lippen gekommen war, wurde Blue kälter. Wenn die Horaths verschwunden waren, was war dann aus Andromeda geworden? Im Übrigen, warum war ihre Mutter nicht mehr aufgetaucht? Seit dem Treueschwur hatte sie sich nicht mehr blicken lassen.

„Darf ich fragen, was Sie von ihnen wollen?"

Die Güte, die aus den betagten Augen sprach, ließ Blue wahrheitsgetreu antworten. „Ich bin auf der Suche nach meiner Mutter und es hieß, die Horaths wüssten über sie Bescheid." Die Frau hatte die Hand an ihre Wange gelegt und sah Blue nun zu allem Übel mitleidig an.

„Ach, Kind. Das tut mir so leid."

Als Blue nach dieser Pleite wieder im Wagen saß, klingelte das Handy. Muse' Assassin plärrte aus ihrer Manteltasche. „Was?", fragte sie, als sie den Anruf entgegengenommen hatte. Bitte nicht noch mehr Hiobsbotschaften.

„Komm sofort zu deiner Wohnung. Wir sind auch alle da." Boss' Stimme duldete keine Widerrede. Wenn er sich in einer solchen Gemütsverfassung befand, war die Kacke am Dampfen. Blue konnte sich nicht einmal durchringen zu fragen, weshalb ihre Wohnung zum Stützpunkt erklärt worden war.

Hinterhalt

Bereits im Lift zum Dachappartement konnte Blue den metallischen Geruch von Blut wahrnehmen. Aber erst als die Fahrstuhltür zur Seite geglitten war, erkannte sie das wahre Ausmaß der Katastrophe. Boss stand mit gestrafften Schultern am Fenster, Shadow saß auf dem Sofa und hatte das Gesicht in den Händen vergraben. Dark und Umbro lehnten an der Wand neben dem Sofa und Gabriel saß am Esstisch. Von Irbis, Tom und Nero fehlte jede Spur.

Die Männer, die anwesend waren, boten ein erschreckendes Bild. Sie waren übersät von Schrammen, ihre Kleidung war zerrissen und über und über mit Blut befleckt. Ein schrecklicher Verdacht drängte sich Blue auf.

„Was ist passiert?", fragte sie heiser, nicht sicher, ob sie die Antwort hören wollte. Alle Blicke richteten sich auf sie. Boss kam auf sie zu, das Gesicht vor Kummer verzerrt.

„Komm und setz dich, Nichte." Er hatte sie am Arm genommen und wollte sie zum Sessel führen. Blue widersetzte sich jedoch. Eisige Kälte kroch durch ihre Adern wie flüssiger Stickstoff.

„Wo sind Tom, Irbis und Nero?" Plötzlich hörte sie Schmerzenslaute aus dem Schlafzimmer. Ohne die

Antwort ihres Onkels abzuwarten, wirbelte sie herum und stürzte durch die Zimmertür. Hinter ihr hörte sie Orion ihren Namen rufen, doch es war ihr egal.

Das Bild, das sich ihr bot, ließ ihr Herz einen Schlag aussetzen. Irbis lag auf dem Boden neben dem Bett. Eine Frau kniete neben ihm und drückte eine blutige Kompresse an seinen Hals. Das blonde Haar hatte sie im Nacken zu einem straffen Knoten gedreht und sie trug eine weiße Krankenschwesterntracht. Auf dem Bett lag Tom. Er regte sich nicht und die graue Farbe seines Gesichts ließ Blue denken er sei tot. Allein der Klang seines schwach schlagenden Herzens bewahrte sie davor, den Kopf vollends zu verlieren.

„Bleiben Sie liegen, sonst reißt die Wunde wieder auf." Die Stimme der Frau war freundlich, hatte aber einen gebieterischen Unterton.

„Es geht mir gut, verdammt", fluchte Irbis. „Kümmern Sie sich lieber um Tom."

Der Mann, der bei Tom war und sich dessen Verletzung angenommen hatte, wandte sich im gleichen Moment an seine Assistentin. „Er hat recht, Soraya. Ich brauche hier Ihre Hilfe." Die Krankenschwester erhob sich und warf einen letzten, warnenden Blick auf Irbis.

Da entdeckte der Schattenlord Blue. Der gequälte Ausdruck in seinem Gesicht trieb ihr die Tränen in die Augen.

„Ich muss Sie bitten zu gehen", sagte die Schwester streng zu Blue. Der Arzt pfiff sie aber zurück.

„Lassen Sie sie. Sie kann sich um Irbis kümmern, während Sie mir hier assistieren. Die Kugel hat die Leber durchschlagen und eine Arterie zerfetzt. Wenn wir die nicht sofort nähen, verblutet er."

Die Schwester war bereits an der Seite des Arztes. „Wo wollen Sie mich haben, Doc?" Das war also der berühmte Doc. Doch bevor sich Blue weiter mit diesem Gedanken befassen konnte, ergriff sie Panik. Mit einem Schlag war ihr bewusst, was Doc gerade gesagt hatte. Tom hatte einen Bauchschuss erlitten und die Leber war getroffen. Das war schlecht.

„Was ist denn passiert, um Himmels willen", rief Blue schockiert. Irbis versuchte sich aufzurichten, ließ es aber gleich wieder bleiben. Er keuchte vor Schmerzen und sank zu Boden. Wie ferngesteuert ging Blue zu ihm und kniete sich hin. Ein dünnes Rinnsal aus Blut lief unter der Kompresse am Hals heraus. „Du blutest wieder", stellte sie entsetzt fest und drückte ihre zitternde Hand auf den Verband.

„Er braucht Blut", rief ihr Doc über die Schulter hinweg zu, „sonst schließt sich die Wunde nie. Also, lass ihn an deine Vene."

Blue erschrak und sah verunsichert zwischen Irbis und Tom, der noch immer bewusstlos auf dem Bett lag, hin und her. Der Gedanke einen anderen Mann an ihre Vene zu lassen, verstörte sie. Sie hatte das Gefühl Tom damit zu betrügen. Irbis schien ihr Dilemma zu spüren und legte seine Hand auf ihre inzwischen klammen Finger auf der Kompresse.

„Du brauchst das nicht zu tun. Besorg mir einfach eine Konserve. Das wird reichen."

Blue nickte dankbar, konnte aber hören, wie Doc ‚wird es nicht' flüsterte. Sie musste sich eingestehen, dass er recht hatte. Irbis' Leben war wichtiger als ihre falsche Scham. Mit einem harten Knoten im Magen biss sie sich ins linke Handgelenk und hielt es Irbis hin.

Ihre Verzweiflung spiegelte sich in seinem Gesicht wider, doch seine Instinkte übernahmen schnell die Kontrolle und er riss an ihrem Arm, bis er das blutende Handgelenk an die Lippen führen konnte.

Dann begann er sanft an der Bisswunde zu saugen, die Blue sich zugefügt hatte. Seine Vorsicht erstaunte sie. Wenn Boss oder auch Tom sich an ihr genährt hatten, waren sie grober zu Werke gegangen. Irbis' freie Hand legte sich auf ihre Wange und sein Daumen fuhr langsam über die darunterliegende Haut. Diese Geste hatte so etwas Beruhigendes, dass Blue die Augen entspannt schloss. Eine angenehme Wärme erfüllte sie. Es war nicht der Ekel, den sie immer bei Boss empfunden hatte und auch nicht mit der wilden Leidenschaft bei Tom zu vergleichen. Es fühlte sich mehr wie nach Hause kommen an. Nach dem ersten warmen Sonnenstrahl auf dem Gesicht nach einem langen Winter. Wie eine warme Dusche nach intensivem Sport. Viel zu schnell löste sich Irbis von ihr und sank seufzend zu Boden. „Danke, aber das hättest du vielleicht nicht tun sollen."

Blue schüttelte den Kopf. Über die Konsequenzen konnten sie sich später noch Gedanken machen. „Lass es stecken, Schattenlord. Erzähl mir lieber, wie es überhaupt zu dieser Katastrophe gekommen ist."

Er sagte lange nichts und sie begann zu knurren. „Ich habe ein Recht darauf, es zu erfahren!" Irbis sah sie gequält an, nahm ihre Hand und seufzte.

„Du warst über unsere Pläne informiert. Shadow und Nero waren auf Beauxmont angesetzt. Tom und Umbro sollten sich um DD kümmern, Dark und ich waren für D'Ambrosio zuständig und Gabriel sollte zusammen mit David zu diesem Militärtypen gehen. Leider wurden wir an allen Standorten von Outlaws erwartet. Jemand hat uns eine Falle gestellt. Alle bis auf eines unserer Ziele sind entkommen. Einzig Beauxmont wurde eliminiert. Leider hat Nero dabei ...“ Er kam ins Stocken und schloss die Augen. Doch bevor sich seine Lider ganz gesenkt hatten, hatte Blue Tränen unter ihnen hervorblitzen gesehen.

„Aber wie ist das überhaupt möglich? Die Outlaws konnten unmöglich wissen, was wir vorhatten“, überlegte sie laut. Irbis setzte sich ruckartig auf. Ihr Blut zeigte bereits Wirkung, denn er hatte wieder etwas Farbe im Gesicht.

„Wir haben Verräter unter uns, Blue. Denk an die Razzia.“ Dann war seine Kraft wieder verebbt und er ließ sich zurück auf den Boden sinken. Sie rückte ihm das Kissen zurecht und setzte sich auf die Fersen.

„Ich werde denjenigen finden, der euch verraten hat. Versprochen“, sagte sie mit mehr Zuversicht, als sie empfand.

„Wir haben ihn, Prinzesschen. Es war David. Gabriel hat ihn in deinem Trainingsraum angekettet.“ Brennende Wut kroch in Blue hoch und ihre Fänge drohten auszufahren. Mit größter Mühe nahm sie sich zusammen und holte eine Decke aus dem Schrank hinter Irbis. Sie deckte ihn zu und strich ihm die Haare aus dem Gesicht.

Müde drehte er den Kopf zur rechten Seite und legte seine Wange in ihre linke Hand. Ohne darüber nachzudenken, nahm sie eine Strähne seines Nackenhaares, die ihm am Hals klebte, und drehte sie zwischen ihren Fingern. Dabei fiel ihr Blick auf einmal, das sich hinter der Ohrmuschel befand. Ein sternförmiges Muttermal ... Blues Herz begann zu galoppieren. Sie hatte keine Ahnung, was sie jetzt tun musste oder was sie sagen sollte. Da bemerkte sie, dass Irbis bereits eingeschlafen war und ihr so noch etwas mehr Zeit blieb, mit dieser Entdeckung fertigzuwerden.

In ihr tobte ein totales Gefühlschaos. Da lag er, ihr Bruder. Sie hatte erst vor Kurzem erfahren, dass es ihn überhaupt gab und jetzt war sie völlig überwältigt von der Tatsache, ihn gefunden zu haben. Wie sagte man so etwas? Blue musste sich fragen, was sie nun wirklich empfand. Konnte sie ihn jetzt schon lieben, obwohl sie sich gerade erst begegnet waren? Wie wäre es gewesen, wenn sie nie getrennt worden wären? So egoistisch es klingen mochte, sie wäre froh gewesen, nicht allein ihre schlechte Kindheit durchlebt haben zu müssen. Ja, doch, sie liebte Irbis bereits. Sie hatte sich von Anfang an zu ihm hingezogen gefühlt.

Doc war inzwischen vom Bett weggetreten und wischte sich die Hände ab. Blue stand auf und ging zu Tom. Er sah schrecklich aus. Das Gesicht war grau, das Herz schlug schwach und viel zu schnell und sein Bauch war in einen dicken Verband gepackt. Die Haare klebten auf seiner schweißnassen Stirn und er fühlte sich eiskalt an, als Blue nach seiner Hand griff. David würde für den Verrat büßen, den er an Boss und den Jungs begangen hatte. Aus weiter Entfernung drang Docs Stimme an ihr Ohr.

„Er hat viel Blut verloren. Wenn er aufwacht, wird er brüllen vor Hunger. Und wenn ich brüllen sage, meine ich das wörtlich. Also sorgt für genügend Konserven.

Ich werde morgen noch mal nach ihm sehen." Dann verließ er leise das Zimmer.

Seufzend beugte sich Blue zu Tom hinunter und küsste ihn sanft. Da lagen sie, Tom, ihr Mann und Irbis, ihr … Sie schaffte es nicht einmal, das Wort zu denken. Erfüllt von Wut und Frustration richtete sie sich auf und ging ins Wohnzimmer. Gabriel, Orion und die drei anwesenden Schattenlords hoben die Köpfe. Sie bedachten Blue mit aufmerksamen Blicken und sie wusste auch warum. Sie konnte fühlen, wie ihr inneres Chaos ihre Augen zum Leuchten brachte.

„Umbro, du warst mit Tom unterwegs", sagte sie leise. Er nickte. „Komm her", befahl sie, dieses Mal lauter. Er erhob sich und kam zu ihr. Sein Körper war gespannt wie eine Bogensehne. Als er vor ihr stand, schnellte ihre Hand vor und krallte sich an seiner Kehle fest. Die anderen Männer zischten verärgert wegen der Demütigung, die Blue über Umbro brachte.

„Warum hast du es zugelassen, dass Tom so schwer verletzt wurde? Er ist für solche Situationen nicht genug trainiert und er war deinem Schutz unterstellt!"

Umbro starrte sie aus schmerzverzerrten Augen an. Durch den Druck auf seinen Kehlkopf konnte er kaum sprechen. Stattdessen war Shadow aufgestanden und hinter seinen Bruder getreten.

„Tom hat keinen Schutz nötig. Er hat gekämpft wie einer von uns. Wenn er nicht gewesen wäre, hätte ich noch einen Bruder verloren."

Verwirrt lockerte Blue den Griff und Umbro ging keuchend in die Knie. „Was meinst du damit, Shadow?", fragte sie, ohne den Befehlston zu unterdrücken. Er räusperte sich und half seinem Bruder auf die Beine, während er antwortete.

„Tom hat Umbros Leben gerettet. Er hat sich vor ihn in die Schusslinie geworfen. Die Kugel, die ihn fast getötet hätte, hat Umbro gegolten." Er hielt inne, atmete schwer und bedeckte seine Augen mit der Hand. „Wäre Tom nicht gewesen, wäre Umbro jetzt tot wie ... Nero."

Blue hatte das Gefühl, vom Blitz getroffen worden zu sein. Der stille, sanftmütige Nero war tot? Ihr Ärger auf Umbro machte einer neuen Wut Platz. Sie warf einen entschuldigenden Blick auf Umbro. „Wo ist David?", knurrte sie.

Orion schüttelte den Kopf. „Lass es, Blue. Gabriel wird sich um David kümmern."

„Kommt nicht infrage!", rief sie. „Durch seinen Verrat wurde Nero getötet und Irbis verletzt. Sie sind meine Schattenlords und mein Mann ist auch nur knapp dem Tod entronnen. Ich lasse nicht zu, dass sich jemand anderer um diesen Verräter kümmert. Das bin ich meinen Männern schuldig."

Einen Moment sagte niemand etwas. Dann zuckte Boss mit den Schultern. „Okay, dann tu, was du nicht lassen kannst." Mit einem knappen Kopfnicken deutete er in Richtung Trainingsraum.

Blue stapfte hin und riss die Tür auf. David saß auf dem Boden, die Hände auf dem Rücken an die Sprossenwand gefesselt. Als er Blue hörte, sah er auf und sie konnte deutlich die Spuren des Kampfes in seinem Gesicht erkennen. Sie ging neben ihm in die Knie und packte ihn an den Haaren. Er keuchte zwar auf, in seinen Augen jedoch stand weder Angst noch Hohn.

„Warum hast du das getan, David?", fragte sie ihn leise.

Er grinste falsch und spuckte ihr vor die Füße.

„Gut", sagte sie ruhig und richtete sich auf, „damit hast du die Richtlinien dieses Gesprächs festgelegt." Blue erhob sich und ging zum Gestell, auf dem der Kurzhantelsatz lag. Selbstsicher griff sie nach einer 10 kg-Hantel und trug sie zurück zu David. Mit störrischem Blick fixierte er sie. Er verzog keine Miene. Die Beine hatte er von sich gestreckt. Es tat ihr weh, ihm Schmerzen zufügen zu müssen. Doch er war ihnen allen in den Rücken gefallen und auf Verrat stand der Tod. Auch für Menschen, die eingeweiht waren. Und das hatte er von Anfang an gewusst. Alles was sie noch brauchten waren Informationen.

„Also, David", begann Blue ruhig, „so wie ich es sehe, hast du zwei Möglichkeiten. Entweder beantwortest du meine Fragen freiwillig oder ich prügle sie aus dir heraus. Es liegt ganz bei dir."

Er drehte den Kopf trotzig weg und sie ging vor ihm in die Knie. „Warum? Wegen dir ist Nero gestorben und Irbis und Tom sind nur mit Glück mit dem Leben davongekommen. Ich dachte immer, Tom wäre dein Freund."

Er reagierte immer noch nicht. Mit einem Seufzen hob sie die Hantel hoch. „Du lässt mir keine andere Wahl, David." Dann schlug sie mit einer schnellen Bewegung die Hantel kraftvoll auf sein Knie. Die Kniescheibe barst mit einem grässlichen Knirschen und er schrie auf.

„Du Miststück!", fluchte er unter Schmerzen.

Blue gab sich unbeeindruckt, ihren Schmerz über diese Tat gut hinter ihrer Fassade verborgen.

„Nun, warum hast du dich auf Igors Seite geschlagen?" Er keuchte und Schweißperlen glitzerten auf seiner Stirn. Doch er blieb nach wie vor stur.

„Du hast noch ein zweites Knie", sagte sie drohend. Da schien er zu erwachen.

„Er hat sie mir weggenommen", rief er verzweifelt.

„Was hat er dir weggenommen?", hakte Blue nach. Inzwischen zitterte David wie Espenlaub. Ob nun wegen der Schmerzen oder aus Angst konnte sie nicht sagen.

„Meine Frau und meine Tochter. Er hat sie vor sechs Wochen entführt."

Er holte tief Luft und schluckte erstickte Schluchzer hinunter. „Er hat gesagt, dass er sie umbringt, wenn ich nicht tue, was er sagt", fuhr er fort. Geräuschvoll zog er die Nase hoch. „Nachdem er Estée als Kontakt verloren hatte, war er anscheinend gezwungen, so schnell wie möglich jemand Neues zu rekrutieren, der ihn über die Dinge bei Boss informiert. Durch die Razzia wollte er an Boss' Drogenkontakte kommen. Der Typ bei der Polizei scheißt auf zwei Seiten. Er lässt sich von Boss und von Igor bezahlen. Delcours braucht Geld und deshalb will er Boss vom Drogenthron stürzen."

Blue hatte sich inzwischen neben ihn auf den Boden gesetzt und die Arme vor der Brust verschränkt. Stumm dachte sie über seine Worte nach.

„Du musst mir glauben", rief er. „Igor bringt die beiden um, wenn ich mich nicht bis spätestens morgen früh bei ihm melde. Verstehst du? Du musst mich freilassen!"

Sie stand geschmeidig auf und schaute zu David hinunter. „Das ist nicht möglich. Du kennst die Regeln. Erst muss ich Antworten haben, dann machen wir uns Gedanken darüber, wie wir deine Familie zurückholen können."

Er schlug frustriert den Hinterkopf gegen die Sprossenwand. Kummer und Angst drangen ihm aus jeder Pore. „Ich kann dir nicht mehr sagen, Chefin. Sonst hebe ich das Grab für meine Familie selbst aus." Seine unkooperative Haltung wurde zum Problem. Blue konnte ihn verstehen, doch half er mit seinem Gejammer weder seiner Familie noch ihr. Es war an der Zeit seine Zunge zu lockern. Nun war endgültig Schluss mit Mitleid.

„Wo hat Igor sich verkrochen?", fragte sie mit einem Knurren in ihrer Stimme. Es war völlig klar, dass David den Mund nicht aufmachen würde. Obwohl er förmlich nach Angst stank. Deshalb stellte sie ihren Absatz auf seine zertrümmerte Kniescheibe und gab ein wenig Druck darauf. David schrie auf.

„Bitte, Blue! Ich kann nicht." Sie erhöhte den Druck. „Na gut", keuchte er, „ich sage dir, wo er ist. Aber bitte hör auf!" Blue hob den Fuß und ließ ihm Zeit zu Atem zu kommen.

„Ich höre", blaffte sie ihn an, am Ende ihrer Geduld. Keuchend nannte er ihr die Adresse und ließ sie damit erstarren. Igor hatte sich Davids Angaben zufolge in Franz Horaths Haus verschanzt. Was für ein Bastard! Demnach wusste er wahrscheinlich auch über den Verbleib des Ehepaars Horath und ihrer Mutter Bescheid.

Noch an diesem Morgen hatte sie vor diesem Haus gestanden. Igor und die Antworten auf viele Fragen in greifbarer Nähe.

„Wer ist DD?", fragte Blue weiter und erntete einen verwirrten Blick von David. „In diversen Unterlagen sind wir immer wieder über die Initialen DD gestoßen. Und zwar immer in Bezug auf Igor."

Er schien krampfhaft nachzudenken, seine Augen zuckten hektisch in ihren Höhlen hin und her. „Ich weiß nichts über jemanden, der so heißt", sagte er plötzlich panisch.

„Denk ein bisschen besser nach. Oder muss ich deiner Erinnerung auf die Sprünge helfen?" Drohend hob sie den Fuß. David wimmerte und versuchte sein Bein wegzuziehen, doch er konnte das verletzte Knie nicht beugen.

„Nein, Blue, bitte! Ich versuche ja mich zu erinnern." Sein Schluchzen ließ sie innehalten.

Plötzlich ertönte ein markerschütterndes Brüllen. David zuckte zusammen, und noch bevor Blue überhaupt reagieren konnte, stand Irbis kreidebleich und schwankend in der Tür.

„Tom", sagte der Schattenlord und hielt ihr die Hand hin. Während sie nach dieser griff und aus dem Raum eilte, rief sie David über die Schulter zu: „Du hast etwas Zeit dir Gedanken zu machen. Nutze sie gut."

Tom bot ein fürchterliches Bild. Das Gesicht zu einer Fratze verzerrt, die Augen weiß leuchtend, warf er sich gegen Gabriel und Shadow, die ihn mit aller Macht im Bett festhielten. Ohne nachzudenken, sprang Blue auf das Bett und setzte sich auf ihn, um ihn ruhigzustellen. Wenn er so weitertobte, bestand die Gefahr, dass die

Wunde wieder aufriss. Beherzt nahm sie sein Gesicht in die Hände und versuchte seine Aufmerksamkeit zu gewinnen. Alles, was sie darin erkennen konnte, war das Raubtier, das ihn in eisernem Griff hatte.

„Beruhige dich, Tom", sagte sie um Beherrschung bemüht. Er entspannte sich etwas und Gabriel und Shadow lockerten ihren Griff. Diesen Moment nutzte Tom. Er riss sich los, packte Blue und schlug ihr brutal die Reißzähne ins Fleisch. Sie konnte spüren wie er Haut, Muskeln und Blutgefäße einfach zerriss. Der Schmerz kam erst viel später. Irbis rief ihren Namen und Gabriel versuchte Tom von ihr herunterzuziehen. Das hatte allerdings zur Folge, dass die Bisswunde am Hals noch mehr aufriss.

„Lass los, Gabriel", keuchte Blue, „holt lieber Blutkonserven. Möglichst viele davon."

***

Sie konnte sich nicht erinnern, wann Gabriel und die anderen zurückgekommen waren und wie sie sie von Tom losbekommen hatten. Bereits nach kurzer Zeit war ihr aufgrund des Blutverlusts schwarz vor Augen geworden. Das Nächste, was sie wieder wusste, war, wie ihr jemand eine Tasse mit Konservenblut an die Lippen gehalten hatte. Der Geruch hatte sie wieder in die Welt zurückgeholt. Ausnahmsweise nahm sie es gern an, denn ihr Körper war buchstäblich ausgetrocknet. Sie würde sich später an einem Vampir nähren müssen. Leider kam Tom wegen seines Zustands dafür nicht infrage.

Irbis stand vor ihr, einen leichten Grünstich um seine Nase. Er schien ehrlich besorgt. Blue drehte sich auf dem Bett um und sah wie Tom neben ihr friedlich schlief.

„Was ist passiert?", fragte sie heiser und zuckte zusammen. Während des Sprechens hatte sich ein brennender Schmerz in ihrem Hals ausgebreitet.

„Tom hat beinahe zu viel von dir genommen", sagte Irbis mit wütendem Unterton.

„Wie habt ihr mich von ihm runtergekriegt?" Irbis warf einen verärgerten Blick in Toms Richtung und ließ sich danach neben Blue auf das Bett plumpsen.

„Gar nicht. Er hat von selbst losgelassen, als er bemerkt hat, was er dir gerade antut. Er war außer sich, weil er dachte, er hätte dich getötet." Einen Moment herrschte Stille und aus dem Augenwinkel konnte sie sehen, wie Irbis nervös mit den Händen rang. „Wenn er dich getötet hätte, ich glaube, ich hätte ihm das Herz herausgerissen."

Blues Hand hob sich automatisch und strich ihm die langen Strähnen seines Irokesen zurecht. Dabei fiel ihr Blick auf das Mal hinter seinem Ohr und ihr wurde elend. Sie wusste, dass sie dieses Gespräch nicht länger hinausschieben sollte. Doch sie war einfach feige in solchen Dingen.

Plötzlich schien er in sich zusammenzufallen wie ein leerer Sack. Kraftlos, ohne jegliche Spannung. Das leise Schluchzen, das aus seiner Brust zu ihr herüberdrang, ließ sie den Blick heben. Er hatte die Ellbogen auf die Beine gestützt und das Gesicht in den Händen vergraben.

„Nero ist tot", sagte er in seine Handflächen hinein.

„Ich weiß." Der Kloß in ihrem Hals ließ sie nur flüstern. Nun hob er den Kopf und sah sie mit einem seltsamen Feuer in den Augen an. Was dann geschah, hätte sie kommen sehen müssen. Doch es ging so schnell, dass sie total überrumpelt wurde. Irbis hatte seine Hand in ihren Nacken gelegt und sie zu sich herangezogen. In schierer Verzweiflung presste er seine heißen Lippen auf ihre. Sein Körper strahlte Hitze in Wellen ab und überflutete Blue mit einer Gewalt, die ihr den Atem raubte.

Vorsichtig, darauf bedacht ihn durch ihre Abweisung nicht zu verletzen, legte sie ihre Hände auf seine Brust und schob ihn etwas weg. Er zischte frustriert.

„Das dürfen wir nicht tun", flüsterte sie, ohne ihn anzusehen. Er atmete laut aus.

„Sorry, natürlich, Tom", war alles, was er darauf entgegnete. Dabei legte er seine Stirn auf ihren Kopf.

„Es geht nicht nur um ihn. Es gibt da etwas, was ich dir sagen muss ..." Weiter kam sie nicht, denn hinter ihnen räusperte sich jemand und ließ sie herumfahren.

Shadow stand mit zusammengekniffenen Augen im Zimmer. „David verlangt nach dir, Blue", sagte er mit vor Missbilligung triefender Stimme. Irbis senkte betreten den Kopf. Blue stand auf, klopfte ihm auf die Schulter und ging in Richtung Zimmertür. Bevor sie aber den Raum verließ, schaute sie noch nach Tom. Er lag auf der anderen Bettseite und atmete ruhig und entspannt. Das kränkliche Grau war aus seinen Zügen verschwunden und hatte einem goldbraunen Farbton Platz gemacht. Vorsichtig küsste sie ihn auf die Stirn. Danach ging sie geradewegs in den Trainingsraum.

David hockte noch so da, wie sie ihn verlassen hatte. Das Knie, dessen Kniescheibe zermalmt war, war inzwischen stark angeschwollen und die Hose spannte sich darüber. „Du wolltest mich sprechen."

Er hob den Kopf. In seinen Augen stand pure Verzweiflung, aber auch ein Schimmer von Hoffnung.

„Ich glaube, ich weiß, wofür DD steht." Er hielt inne und begann unbehaglich hin und her zu rutschen. Wahrscheinlich war ihm inzwischen der Hintern eingeschlafen.

„Dann spuck's schon aus! Wir haben keine Zeit zu verschwenden." David zuckte wegen Blues harschem Ton zusammen.

„Ich mach ja schon", schnauzte er, besann sich aber schnell. „Ich glaube mich zu erinnern, dass Igor einmal über eine DD gesprochen hat. Als ich bei ihm war, wurde er von einer Delilah Delcours angerufen."

Blue runzelte kritisch die Stirn. Hatte Igor eine Schwester? Und woher sollte David das wissen? Igor würde die Namen seiner engsten Leute sicher nicht einem erpressten Spion mitteilen. So dumm konnte selbst Igor nicht sein.

„Und wie genau hast du den Namen erfahren? Ich nehme nicht an, dass Igor ihn dir auf die Nase gebunden hat."

„Was glaubst du denn? Ich bin nicht blöd", fauchte er. „Ich saß gerade auf einem Stuhl in dieser gottverdammten Villa. Igor, dieses Aas, hatte mir gerade mitgeteilt, dass er meine Familie in seiner Gewalt hat, als einer seiner Arschlecker hereinkam und sagte, dass Delilah in der Leitung wäre. Igor war sofort aufgestanden und sagte mit eisigem Unterton, dass er seine Frau nicht warten lassen wollte."

Igor war verheiratet! Das war ja was ganz Neues. Vielleicht ergab sich für sie die Gelegenheit, über sie an ihn heranzukommen. Auch wenn sie sich dabei auf sein Niveau herablassen mussten.

Als Blue zufrieden das Wohnzimmer betrat, fiel ihr sofort auf, dass die Schattenlords nicht mehr anwesend waren. Boss und Gabriel saßen mit säuerlichem Gesicht auf den Polstermöbeln. Es machte den Anschein, als hätten sie sich an ihrer Bar gütlich getan. Beide hielten ein Glas Talisker in der Hand.

„Wo sind Shadow und die anderen? Es gibt interessante Neuigkeiten", sagte Blue leicht verstört. Boss sah sie betreten an, nickte jedoch mit dem Kopf Richtung Terrassentür. Mit einer bösen Vorahnung ging sie hin und schob sie auf. Das Bild, das sich ihr bot, brachte ihr Blut vor Wut zum Kochen.

***

Irbis hatte sich so schuldig gefühlt, dass er sich am liebsten seiner Haut entledigt hätte. Er hatte zugelassen, dass seine seltsamen Gefühle für Blue ihn überwältigt hatten. Er hatte das wirklich nicht tun wollen, doch sie hatte ihm erlaubt, von ihrer Vene zu trinken und sie hatte sich um ihn gekümmert ...

Es war für ihn ein großer Schock gewesen, als Tom, rasend vor Hunger, angefangen hatte zu brüllen. Noch nie war er einem Vampir in solcher Rage begegnet. Gabriel und Shadow konnten ihn kaum festhalten. Aus Mangel an anderen Möglichkeiten war er so schnell wie möglich zu Blue geeilt. Der Schweiß stand ihm auf der Stirn, als er sie endlich erreicht hatte und er konnte fühlen, wie ihm beinahe die Knie versagten. Nur zu deutlich war ihm bewusst gewesen, dass er sich noch nicht von seiner Verletzung erholt hatte.

Das Gesicht, das sie zog, nachdem er einzig und allein Toms Namen erwähnt hatte, brannte sich in sein Herz. Sie liebte diesen Kerl wirklich. Egal, welchen Scheiß Tom ablassen würde, sie würde immer ihm gehören. So war das eben bei Vampirbindungen.

Er war ihr mit etwas Abstand gefolgt, nur um vor Schreck erstarrt stehen zu bleiben. Blues Schlafzimmer hatte sich in ein Schlachtfeld verwandelt. Gabriel und Shadow rangen noch immer mit Tom und Blue hatte sich auf ihn geworfen. Wie ein Untier warf sich Tom gegen den Griff des Schattenlords und des Soldaten und schaffte es, sich loszureißen.

Wie das Raubtier, das sie eigentlich alle tief im Inneren waren, stürzte er sich auf Blue und riss ihr beinahe die Kehle heraus. Sie musste Schmerzen haben, doch sie ließ sich nichts anmerken. Ruhig und beherrscht schickte sie alle weg, um Blutkonserven zu holen. Widerstrebend war er seinem Bruder gefolgt. Mit den Armen voll Beutel waren sie zu Tom und Blue zurückgeeilt. Der Anblick, der sich ihm geboten hatte, hatte ihn beinahe zerstört.

Tom kniete brüllend auf dem Bett, die bewusstlose Blue in seinen Armen. Durch die große Bisswunde an ihrem Hals trat Blut in einem kleinen Rinnsal heraus. Für Irbis hatte es den Anschein, dass sie bereits ausgeblutet war. Aber sie durfte einfach nicht sterben. Auf keinen Fall!

„Ich habe sie umgebracht", schluchzte Tom, „was um Himmels willen habe ich nur getan!"

Gabriel war zu ihm hingegangen, hatte Blue aus Toms Armen gehoben und versorgt. Tom hatte sie ohne Gegenwehr losgelassen.

„Sie lebt, Tom. Beruhige dich", sagte Gabriel mit seinem Bariton. Shadow zwang Tom die Blutbeutel auf und befahl ihm, sich wieder schlafen zu legen. Tom hatte ohne Widerrede das kalte Konservenblut hinuntergewürgt und sich hingelegt.

Doch für Irbis war der Horror noch nicht zu Ende. Blue lag da, leblos und das Gesicht leichenblass. Er beschloss, nicht von ihrer Seite zu weichen, bis sie zu sich kommen würde. Er hasste Tom für das, was er Blue angetan hatte. Was war das nur mit ihr? Seit er sie beim Treueschwur das erste Mal gesehen hatte, fühlte er sich stark zu ihr hingezogen. So stark wie noch nie zuvor zu jemandem. Er wollte jeden umbringen, der sich an ihr vergriff. Was natürlich unsinnig war, denn nur gebundene Vampire empfanden auf diese Weise.

Als sie dann nach einer halben Ewigkeit endlich die Augen aufschlug, hätte er vor Erleichterung heulen können. Es war bereits schwer genug für ihn, dass er Nero verloren hatte. Wenn sie jetzt auch noch gestorben wäre, wäre er Amok gelaufen. Ganz bestimmt. Aus einem Impuls heraus küsste er sie. Ihre Nähe war einfach zu überwältigend.

Blue hatte ihn jedoch von sich geschoben und Irbis fühlte sich wie ein verdammter Idiot. Sie war eine gebundene Vampirin und ihr Mann schlief neben ihnen, verdammt! Idiot! Zu allem Übel hatte Shadow die ganze Szene live und in Farbe mitbekommen. Sein Bruder

und Kommandant hatte ihm befohlen, seine Finger
von der Prinzessin zu lassen. Und jetzt das. Der Kuss
würde Konsequenzen haben. Aber Irbis war alles egal.

Nachdem Blue zu David gegangen war, trat Shadow
an Irbis heran. Seine Augen hatten zornig gefunkelt.
„Terrasse", blaffte er, „jetzt sofort!"

Der verlorene Sohn

Dark und Umbro hielten Irbis fest, während Shadow auf ihn einprügelte. Irbis sah schrecklich aus. Ein Auge war zugeschwollen, die Lippe aufgeplatzt, die Nase blutete und schien gebrochen. Seine Wunde am Hals, die sich gerade erst geschlossen hatte, blutete wieder. Er hing in den Armen seiner Brüder, die ihn mehr stützten als festhielten.

Blue war klar, was diese Szene zu bedeuten hatte. Irbis wurde bestraft für einen lächerlichen Kuss. Sie konnte nicht verhindern, sich selbst die Schuld dafür zu geben.

Shadow holte aus und seine Faust landete in Irbis' Seite. Blue hatte das Gefühl, dass Shadows Fäuste auch ihre Organe trafen. Ihr Magen zog sich schmerzhaft zusammen. Aus einem Urinstinkt heraus griff ihr Geist nach dem Energieball in ihrem Inneren und schickte ihn durch ihren Körper. Mit dieser Macht ausgefüllt ging sie zwei Schritte auf die Männer zu.

„Stopp", rief sie und erschrak gleichzeitig über den Zweiklang in ihrer Stimme. Die Wirkung verfehlte sie jedoch nicht, denn Shadow hielt mitten in der Bewegung inne und riss den Kopf herum.

„Was fällt euch ein, Irbis so zu behandeln? Er hat sich doch knapp von einer Verletzung erholt. Und er ist euer Bruder!“

Shadow baute sich vor Blue auf und blickte sie missbilligend an. „Er hat einen direkten Befehl missachtet, Prinzessin. Und Ungehorsam kann ich nicht dulden.“

Blue trat noch einen Schritt auf ihn zu. Sie standen nun so nah beisammen, dass sie sich fast berührten. Die Energie, die von ihr ausging, knisterte beinahe zwischen ihnen.

„Nichts, was er getan haben könnte, rechtfertigt diese Bestrafung“, fauchte Blue. „Dazu kommt noch, dass du kein Recht hast ihn zu schlagen.“

Shadow sah sie verständnislos an. „Aber“, begann er, „er hat dich geküsst. Gegen meine Order und gegen deinen Willen. Du hast ihn weggeschoben. Das habe ich genau gesehen! Bei uns Schattenlords ist die Befehlskette ein Ehrenkodex.“

Blues Wut verselbstständigte sich und brach aus ihr heraus. „Deine Order interessiert mich nicht! Wenn Irbis mich gegen meinen Willen angefasst hätte, würde ich ihm selbst den Arsch versohlen. Aber das hat er nicht getan.“ Ein Seufzen drang aus ihrer Brust und sie sah Irbis entschuldigend an. Dieses Gespräch hatte sie sich weiß Gott anders vorgestellt.

„Es tut mir leid“, sagte sie bedrückt zu Irbis, „aber ich hätte mir gewünscht, dass du es auf eine andere Art erfährst.“

Dann wandte sie sich Shadow zu. „Irbis ist mein Zwillingsbruder.“

Umbro und Dark zogen zischend Luft ein, Irbis flüsterte leise ‚Was?‘ und Shadow stand mit offenem Mund da.

„Aber … der Kuss?“, fragte er wie der letzte Idiot.

Blue warf verärgert die Hände in die Luft und kam nicht umhin, sich zu fragen, wie jemand so begriffsstutzig sein konnte. „Vergiss doch endlich diesen Kuss“, rief sie. „Mein Bruder und ich fühlten von der ersten Sekunde an eine seltsame und starke Anziehung. Wir konnten unsere Gefühle nicht einordnen.“

Dann trat sie zu Irbis und nahm sein Gesicht in die Hände. Durch diese Berührung schien sein letztes bisschen Kraft verbraucht zu werden und er fiel auf die Knie. Erst wollte sie ihn auffangen, doch er war zu schwer. Deshalb ging Blue mit ihm zu Boden und zog ihn in ihre Arme. Ein Beben ging durch seinen Körper und sie spürte, dass er jeden Moment in Tränen ausbrechen würde.

„Lasst uns allein“, befahl sie den Schattenlords und ohne ein Wort drehten sie sich um. „Und kein Wort zu Tom, Boss oder Gabriel. Sie werden es von mir erfahren, wenn es so weit ist. Verstanden?“ Ein knappes Nicken von den dreien bestätigte ihr, dass sie den Befehl befolgen würden.

Irbis zitterte an Blues Brust wie ein erschrecktes Kleinkind. Als sie kurz aufstehen wollte, um ihm eine Decke zu holen, krallte er sich derart an ihr fest, dass sie blaue Flecken bekam.

„Nein“, flüsterte er, „bitte bleib bei mir.“

Nach einer gefühlten Ewigkeit regte er sich und drehte sich mit dem Gesicht zu Blue. Seine Augen waren glasig und das getrocknete Blut in seinem Gesicht verlieh ihm einen Ausdruck von leichtem Wahnsinn.

„Warum hast du es mir nicht schon früher gesagt?" Der Vorwurf in seiner Stimme war deutlich zu hören und für Blue nur zu verständlich.

„Weil ich es auch erst seit heute weiß."

„Wie hast du es herausgefunden?"

„Leander, unser Vater, hat mir in einem Brief mitgeteilt, dass ich einen Zwilling habe, hinter dessen linkem Ohr sich ein sternförmiges Muttermal befindet", antwortete sie aufrichtig und legte dabei den Zeigefinger auf die entsprechende Stelle.

„Dann heiße ich also nicht Irbis, sondern Draconis?", fragte er ungläubig.

„Ja, du heißt Draconis Orion Sangualunaris."

Blue konnte hören, wie die Terrassentür aufgestoßen und danach wieder geschlossen wurde. Widerstrebend hob sie den Blick und sah sich Tom gegenüber. Er atmete schwer und hielt sich den Bauch. Irbis befreite sich aus ihrer Umarmung und erhob sich umständlich. Danach half er auch ihr auf die steifen Beine und stellte sich schützend vor sie.

Tom zog die Augenbrauen zusammen und kurz war ein weißes Aufblitzen in seinem Blick zu erkennen. Gequält schloss er die Augen und kniff sich in den Nasenrücken.

„Tom, Mann ...", begann Irbis ruhig, doch Tom hob abwehrend die Hände.

„Nein, warte. Zuerst müsst ihr hören, was ich zu sagen habe. Denn ich weiß nicht, ob ich nachher noch den Mut dazu aufbringe."

Irbis schwieg, Tom vergrub seine Hände tief in den Hosentaschen und Blue hielt die Luft an. Dann hob Tom ruckartig den Kopf und sah sie schmerzerfüllt an.

„Ich weiß, ich hab Mist gebaut. Dass ich dich vorhin beinahe umgebracht habe, war der Gipfel der Schöpfung. Du weißt, dass ich dich liebe, Blue. Bei Gott, ich liebe dich schon seit Jahren." Er stoppte und fuhr sich nervös durch die Haare. „Doch", fuhr er nach einer kurzen Pause fort, „ich verstehe, dass du dir einen anderen genommen hast. Einen, der seine Gefühle und Triebe im Griff hat. Irbis ist ein guter Typ. Er kann dich angemessen beschützen und bei ihm läufst du nicht ständig Gefahr, getötet zu werden." Dann drehte er sich um und sagte über die Schulter hinweg: „Du hast etwas Besseres verdient als mich, deshalb gebe ich dich frei. Werde glücklich mit Irbis."

Seine Worte schnitten Blue wie Rasierklingen ins Herz und ihre Kehle brannte, als hätte sie Säure getrunken. Es dauerte einen Moment, bis sie sich gefangen hatte und als sie endlich ihre Stimme wiedergefunden hatte, war Tom bereits bei der Terrassentür angekommen.

„Tom! Warte bitte", rief sie mit bebender Stimme. Er blieb mit hängenden Schultern stehen.

„Was willst du noch?", fragte er schroff, ohne sich umzudrehen.

Blue musste unwillkürlich lächeln. „Dich, du Idiot."

Tom, der gerade noch wie ein gefallener Krieger dagestanden hatte, erstarrte zur Salzsäule. „Was hast du gerade gesagt?", fragte er atemlos.

Blues Herz hatte inzwischen zu einem rasanten Galopp angesetzt und sie klammerte sich Hilfe suchend an Irbis' Arm. „Komm zu mir und du wirst alles erfahren."

Nach diesen Worten schien die Welt stehen zu bleiben. Die Geräusche der Stadt verstummten, kein Lüftchen war zu spüren, selbst die Herzen der anderen verlangsamten ihren Rhythmus. Das ganze Universum hatte sich auf einen Punkt zusammengezogen. In diesem Augenblick existierte für Blue nur noch Tom, der sich in Zeitlupe, so schien es, umdrehte. Nachdem er die Bewegung beendet hatte, schaute er sie direkt an. Sein grünleuchtender Blick brannte sich in ihre Netzhaut. Wieder hielt er sich den Bauch. Die Verletzung bereitete ihm Schmerzen.

Langsam kam er auf sie zu. Als er dicht vor ihr stand, griff sie nach seiner Hand. Sie umschloss warm und fest die ihre und Blues Welt fiel an ihren Platz. Seine innere Unruhe floss auf sie über und ließ ihr Herz unruhig gegen die Rippen schlagen. Es war an der Zeit die Karten auf den Tisch zu legen.

Auch auf die Gefahr hin, dass es abgedroschen klang, begann sie mit den Worten: „Es ist anders, als du denkst." Tom bemühte sich sichtlich ein Schnauben zu unterdrücken, doch Blue ließ sich nicht aus dem Konzept bringen. „Gerade du solltest wissen, dass die Dinge oft anders sind, als sie zu sein scheinen. Du kamst als Mensch in unsere Welt und hattest nie Probleme damit, mit Vampiren in Kontakt zu sein. Nach den Mythen und Legenden der Menschen sind Vampire blutrünstige Untote. Nichts ist jedoch weniger wahr. Du hast die Tatsache über die Existenz unserer Spezies mit einer Selbstverständlichkeit aufgenommen, die mich überrascht hat. Nun bist du selbst ein Vampir. Du hast am eigenen Leib erfahren, dass wir sehr leidenschaftliche Wesen sind. Wir lieben leidenschaftlich und hassen mit der gleichen Intensität."

Blue hielt kurz inne und wartete auf eine Reaktion von ihm. Tatsächlich nickte er knapp und forderte sie mit seinem Blick auf fortzufahren.

„Was ich mit all dem sagen will, ist, dass ich Irbis liebe, aber auf eine andere Art, als ich dich liebe. Irbis ist mein Bruder, Tom. Verstehst du, was ich damit meine? Er ist der Bruder, den ich suchen sollte."

Tom griff sich verblüfft an die Stirn. „Was?", fragte er verstört.

Blue lächelte, trat nahe an ihn heran und schlang ihre Arme um seine Taille. „Du hast mich schon richtig verstanden."

Er sah sie mit großen Augen an und hielt sie nun seinerseits zitternd fest. „Du willst nichts von ihm?" Entschuldigend warf er Irbis einen Blick zu.

„Nein, ich will nichts von ihm. Nur eines ist mir wichtig. Er soll nie mehr aus meinem Leben verschwinden. Und was uns betrifft, wollte ich nie einen anderen Mann als dich."

Erleichtert schloss er die Augen und schmiegte sich eng an sie. Plötzlich löste er einen Arm und hielt Irbis die Hand hin.

„Es tut mir leid, Mann, dass ich mich so scheiße benommen hab." Irbis nickte und griff nach der dargebotenen Hand. Tom zog an Irbis Arm und riss ihn in seine Umarmung.

So standen sie nun da in einer klassischen Gruppenumarmung, als Boss' Stimme hinter ihnen ertönte. „Sucht euch doch ein Zimmer! Von diesem Wir-haben-uns-jetzt-alle-ganz-doll-lieb wird einem ganz schlecht."

Sie drehten sich alle gleichzeitig um und sahen, wie Boss mit mürrischem Gesicht in der Tür zum Wohnzimmer stand.

„Du", sagte er energisch zu Tom, „gehörst ins Bett." Tom zuckte spürbar zusammen.

Sie drückte sanft seine Hand und hob den Blick. „Er hat recht. Leg dich hin. Ich komme nachher zu dir." Tom nickte ihr zu und verließ die Terrasse mit unsicheren Schritten.

„Und du", fuhr er an Irbis gewandt fort, „dir würde ein wenig Ruhe auch nicht schaden. Und wasch dir das Blut aus dem Gesicht. Du siehst furchtbar aus."

So kannte Blue ihren Onkel. Er war unerbittlich, manchmal sogar unbarmherzig und brutal, doch wenn ihn plötzlich unerklärliche Vatergefühle überkamen, konnte man gar nicht anders, als ihn gern zu haben.

„Kann ich kurz mit dir sprechen, Onkel?", fragte sie und bemühte sich nicht zu lächeln. Er sah sie mit zusammengekniffenen Augen an. Dann nickte er zurückhaltend. Einen kurzen Moment suchte sie nach den richtigen Worten. Irbis stand ruhig neben ihr, den Arm um ihre Schultern gelegt.

„Hatte ich nicht gesagt, du sollst reingehen, dich saubermachen und ausruhen?“, giftete Boss Irbis an. Dieser schickte sich danach doch tatsächlich an, dem Befehl Folge zu leisten.

„Nein“, fuhr Blue dazwischen. „Er muss hierbleiben. Dieses Gespräch betrifft auch ihn.“

„Dann fass dich bitte kurz. Ich hab nicht die ganze Nacht Zeit. Und es macht den Anschein, dass du dich noch heute nähren solltest.“

Sie räusperte sich kurz und ergriff noch einmal das Wort. „Ich möchte dir jemanden vorstellen, Onkel“, begann sie und griff nach der freien Hand ihres Bruders. „Das ist Draconis Orion Sangualunaris. Mein lange verschollener Bruder.“

Boss schaute überrumpelt einige Male zwischen ihnen hin und her. „Das ist doch nicht möglich.“ Er hatte diese Worte an sich selbst gerichtet, weshalb sie nichts darauf sagte. „Ihr seid euch so ähnlich. Nicht identisch, aber ähnlicher als normale Geschwister. Zweieiige Zwillinge. Diese Ähnlichkeit ist mir schon beim Treueschwur aufgefallen. Doch ich konnte mir darauf keinen Reim machen.“ Dann trat er auf Irbis zu und riss ihn in seine Arme. „Willkommen in unserer Familie.“

Boss war sichtlich gerührt. Doch was Blue beunruhigte war, dass sich Irbis immer mehr in sich zurückzog. Stumm gab sie ihrem Onkel ein Zeichen, dass er sie mit Irbis allein lassen sollte. Er nickte kaum merklich und zog sich in die Wohnung zurück. Prüfend sah sie ihrem Bruder ins Gesicht. In seinen Augen stand eine Spur von Panik und die Augenbrauen hatte er eng zusammengezogen.

„Was hast du?" Ihre Frage war nur ein Flüstern, dennoch glich sie einem Hilfeschrei. Sie hatte das Gefühl, ihren erst gefundenen Bruder gleich wieder zu verlieren. Obwohl er hier in ihrer Reichweite stand, herrschte plötzlich eine schmerzhafte Distanz zwischen ihnen. Irbis begann unruhig herumzutigern.

„Irgendwie habe ich gerade das Gefühl, dass mir der Boden unter den Füßen weggezogen wird." Er hielt kurz inne und holte angestrengt Luft. „Plötzlich ist meine Familie nicht mehr meine Familie. Und auf einmal bin ich nicht mehr der, der ich immer gewesen bin. Wer bin ich, Blue? Sag es mir. Wo gehöre ich hin?" Er blickte sie an und seine Not schnitt ihr ins Herz.

„Shadow, Umbro und Dark werden immer deine Brüder und damit deine Familie sein. Sieh's doch einfach so, du hast einen Onkel und eine Schwester dazubekommen."

Er nickte leicht und schien eine Spur ruhiger. „Macht es dir etwas aus, wenn ich nach Hause gehe? Ich muss nachdenken."

Natürlich machte es ihr nichts aus. Sie ließ ihn jedoch nicht gehen, ehe sie ihm eine Kopie von Leanders Brief, die Adresshülse mit dessen Asche und die Adresse von Ignaz Meier in die Hände gedrückt hatte. Gleichzeitig nahm sie ihm das Versprechen ab, dass er sich so schnell wie möglich mit Meier in Verbindung setzen sollte. Danach hatte er sich nach Hause verpufft.

Völlig erschlagen kehrte Blue ins Wohnzimmer zurück. Der Tag war lang gewesen. Sie hatte das Gefühl, das Gespräch mit der alten Frau vor Horaths Haus müsste Monate her sein.

Boss ging auf Blue zu. „Du solltest dich ausruhen“, sagte er mit seiner tiefen Stimme. „Wo ist Irbis?“

Sie seufzte und zog die Schultern hoch, dabei fiel ihr Blick auf Shadow, der mit verschlossener Miene auf der Couch saß. „Er ist heimgegangen. Er braucht etwas Zeit, um nachzudenken.“

Plötzlich, so schnell, dass sie keine Zeit hatte, zu reagieren sprang Shadow auf und drückte ihr mit seiner großen Pranke die Kehle zu. Boss stieß einen derben Fluch aus und wollte Blue zu Hilfe eilen. Mit einer knappen Handbewegung konnte sie ihn aber davon abhalten. In Shadows Blick stand der Schmerz über den Verlust von Nero und Irbis. Sie fühlte, dass sie mit ihm zusammen da durch musste. Sie schauten sich in die Augen. Lange und intensiv. Schließlich schien er sich darüber bewusst zu werden, was er da gerade tat, denn er erstarrte. Sein entsetzter dunkelbrauner Blick senkte sich schuldbewusst und er fiel vor Blue auf die Knie.

„Verzeih mir, Prinzessin“, sagte er heiser. „Ich war respektlos. Der Verlust meiner beiden Brüder hat mir den Verstand vernebelt.“

Das Bild, das der Krieger bot, war erschütternd und sein Verhalten machte Blue traurig. „Steh auf, Shadow“, sagte sie sanft.

Shadow rührte sich nicht. Stattdessen jammerte er weiter. „Ich habe Schande über meine Familie und mich gebracht.“

„Steh auf und sei der Mann, der du eigentlich bist, Schattenlord“, sagte sie noch einmal.

Zögernd hob er den Kopf und sah sie unsicher an. Als Blue ihm ermutigend zunickte, kam endlich Bewegung in seinen Körper. Etwas umständlich kam er auf die Füße, blieb aber gebeugt vor ihr stehen.

„Du hast Irbis nicht als Bruder verloren. Er wird immer dein Bruder sein, denn ihr seid tief im Herzen verbunden. Glaub mir, wenn ich dir sage, dass er dieselbe Angst hat. So, nun nimm Dark und Umbro und geh nach Hause. Steht Irbis bei und bereitet euch auf Neros Trauerzeremonie vor."

Shadow sah sie zweifelnd an, weshalb sie einen Seufzer nicht zurückhalten konnte. „Mach dir um mich keine Gedanken, Schattenlord. Sei ein Bruder und Kommandant für die anderen Schattenlords. Das ist jetzt deine oberste Pflicht. Ich werde Gabriel bitten hierzubleiben." Dieser nickte sofort pflichtbewusst.

Mit einem dankbaren Blick verbeugte sich Shadow tief und als er sich erhob, schien er etwas von seiner Selbstsicherheit zurückgewonnen zu haben. „Vielen Dank für deine Güte, Prinzessin." Damit nickte er den beiden anderen Schattenlords zu und sie verschwanden.

Boss trat auf Blue zu und sah sie mit leuchtenden Augen an. „Ich bin stolz auf dich, Nichte. Heute hast du dich wie eine Monarchin verhalten." Unwillkürlich zog sich ihr bei seinen Worten der Magen zusammen.

Daraufhin erzählte sie ihm von David und seiner Familie, dem Verschwinden der Horaths, von DD und dass sich Igor anscheinend in Horaths Villa verkrochen hatte. Boss hatte sie immer finsterer angesehen, doch alles schweigend zur Kenntnis genommen. Als Blue jedoch den verräterischen Polizisten erwähnte, platzte ihm der Kragen.

„Dieser Betrüger lässt sich von zwei Seiten bezahlen! Er spioniert für mich die Behörden aus und für Igor hält er bei mir ein Auge offen. Hat der denn null Ehre im Leib?" Boss holte einmal tief Luft und sah sie dann an. „Ich habe einen Auftrag für dich. Er muss beseitigt werden. Du bekommst die übliche Bezahlung plus einen Bonus. Es ist nicht ganz ungefährlich, einen Polizisten auszuschalten. Ich lass dir alle Informationen per E-Mail zukommen."

Blue ließ sich völlig erschlagen auf die Polstergruppe fallen und bedeckte ihre Augen. „Du musst dich unbedingt nähren, Blue", hörte sie Boss sagen. Dann vernahm sie ein Rascheln und gleich darauf drang das Summen der Mikrowelle zu ihr ins Wohnzimmer.

„Hier", sagte Orion und tippte ihr auf die Schulter. „Viel ist es nicht, denn wir haben alle Vorräte an Tom gegeben. Es wäre ohnehin besser für dich, wenn du Vampirblut zu dir nehmen würdest."

Blue zuckte unschlüssig mit den Schultern und nahm die Tasse entgegen. Die kleine Menge Konservenblut musste genügen. Tom war nicht in der Verfassung, um als Lebendspender herzuhalten.

„Danke."

Boss setzte sich seufzend zu ihr aufs Sofa und nestelte an seinem Hemdsärmel herum. Dann hielt er Blue sein Handgelenk hin. Blue war zu überrascht, um in irgendeiner Art und Weise zu reagieren.

„Komm und nimm es dir schon. Bevor ich es mir anders überlege. Ich bin selten in Geberlaune."

Blue klappte der Mund auf. Sie wollte das nicht, hielt es nicht für notwendig. Doch ihr Körper hatte bereits andere Pläne, denn bevor sie sich hätte zurückhalten können, hatten sich ihre Zähne bereits in Boss' Haut geschlagen.

***

Bevor sich Boss verabschiedete, versprach er, alle zusammenzutrommeln, sobald sie sich ausgeruht und die Schattenlords die Trauerzeremonie hinter sich hatten.

In der plötzlichen Stille der Wohnung führte sie ihr Weg erst zu David. Jemand hatte ihm das Notbett aufgestellt, ein Kissen unter den Kopf geschoben und ihn zugedeckt. Sogar sein Knie war versorgt worden. Seine Hand war jedoch immer noch an die Sprossenwand gefesselt.

Eigentlich konnte sich Blue nur eine Person denken, die dafür verantwortlich war, und zwar Gabriel. Sie war froh, dass er David so gut verarztet hatte, denn das schlechte Gewissen plagte sie. David schlief tief, weshalb sie die Tür zum Trainingsraum leise wieder schloss. Dann ging sie ins Gästezimmer, wo sie Gabriel vermutete. Sie klopfte vorsichtig an.

„Herein", drang seine Stimme gedämpft durch die Tür. Blue trat ein.

Gabriel lag mit entblößtem Oberkörper auf dem Bett, die Hosen saßen tief auf seinen Hüften, die Beine hatte er gekreuzt und die Füße steckten noch in den Militärstiefeln. Selbst die Waffen hatte er nicht abgelegt. Er war vierundzwanzig Stunden am Tag und sieben Tage die Woche Soldat.

„Hast du dich um David gekümmert?" Auf die Frage hin richtete er sich auf, nickte und klopfte mit der flachen Hand auf den Bettrand. Sie setzte sich.

„Ereignisreicher Tag heute, was?" Seine Stimme klang belegt. Blue nickte und wusste mit einem Mal nicht mehr, weshalb sie zu Gabriel ins Zimmer gegangen war. Deshalb stand sie auf und schickte sich an, den Raum zu verlassen.

„Danke, dass du für David da warst. Wenn du was brauchst, ruf mich einfach."

Er schmunzelte. „Dito", sagte er mit unergründlichem Blick. Ohne eine Antwort darauf zu finden, lächelte sie unsicher zurück und schloss die Tür hinter sich.

Blue hatte nur noch ein Bedürfnis: eine heiße Dusche. Der Wasserdampf hüllte das Badezimmer in eine sanfte Wolke. Er streichelte und beruhigte ihre Sinne. Die Kleider fielen wie von selbst an Ort und Stelle zu Boden. Sie wollte nicht mehr denken, nicht mehr fühlen.

Unter dem heißen Wasserstrahl schwand ihre letzte Kraft und sie ließ sich an den Fliesen entlang zu Boden gleiten. Den Kopf zwischen den Knien blieb sie reglos sitzen und ließ sich gehen. Das Wasser spülte alles Elend und die Verzweiflung weg. Den Abfluss hinunter, weit weg.

Blue hatte ihn nicht kommen gehört. Erst als er das Wasser abgestellt und ihr ein Handtuch um die Schultern gelegt hatte, erwachte sie aus ihrer Paralyse.

„Komm ins Bett, Süße. Es wird alles wieder gut, glaub mir."

Toms Stimme drang wie durch dicke Wattebüschel an ihre Ohren. Doch dann hoben sich ihre Arme und der Kopf, als wäre sie eine Marionette und Tom der Puppenspieler, der an deren Fäden zog. Tom hob sie hoch und trug sie ins Bett, trotz seiner Verletzung, die ihn noch schmerzen musste. Seine Nähe und sein Moschus-Nadelholzduft rissen Blues letzte innere Barrieren nieder. Die Gewissheit ihn beinahe verloren zu haben, trieb sie unerbittlich an und mit fahrigen Bewegungen zerrte sie ihm das T-Shirt über den Kopf. Ihre Hände glitten über seinen Rücken und stießen auf den Verband, den er noch immer um den Bauch gewickelt hatte. Das ließ sie einen Moment zögern, doch dann schob sie alle aufkeimenden Zweifel beiseite. Voll innerem Aufruhr presste sie ihre Lippen auf seinen Mund und begann an seiner Unterlippe zu knabbern. Seine Arme schlangen sich fest um sie und die Finger gruben sich in die Haut ihrer Taille.

„Findest du das eine gute Idee?", fragte er schwer atmend.

Während sie stumm nickte, wanderten ihre Hände automatisch nach unten und öffneten seine Hose. Er bäumte sich leicht auf, als sein erregtes Geschlecht endlich befreit war. Und dann reagierte er auf ihre Bemühungen und drehte sich auf den Rücken, sodass sie auf ihm zu liegen kam. Blues nasse Haare hinterließen kleine Rinnsale auf seiner bronzefarbenen Brust. Dieser Verführung folgend beugte sie sich zu ihm hinunter und ließ ihre Zungenspitze über seine Haut gleiten, um die Wassertropfen aufzulecken. Sie wollte ihn mit Haut und Haaren und ohne Wenn und Aber.

Als er schließlich seinen Weg zu ihr gefunden hatte und tief in sie eindrang, hatte sie die Gewissheit, dass sie in diesem Augenblick ihr Band verstärkten. Das statische Kribbeln kroch ihr wieder über die Haut wie beim ersten Mal. Sie fühlte, dass alles in Ordnung war.

Sie lag in den Armen ihres Mannes und freute sich auf
die Zukunft. Das erste Mal, seit sie existierte.

Danksagung

Ich möchte an dieser Stelle ein kleines Dankeschön aussprechen. Allen voran meinem Mann Herman. Er ist mir eine große Stütze und erweist sich als sehr geduldig, wenn ich mal wieder die Zeit vergesse. Dafür gibt es in unserem Haus nie einen Streit um die Fernbedienung.

Ein großes Danke auch an euch, meine Leserinnen und Leser. Ihr seid große Klasse!

Und last, but not least: dem Team des dp Verlags. Ohne euch, wäre Blue und ihre Bande aus der Welt der Bücher verschwunden. Vielen Dank für diese Chance.